कुलभूषण का नाम दर्ज कीजिए

कुछ प्रतिक्रियाएँ...

विस्थापन की गहरी अन्तर्छायाएँ, इतिहास और देश-काल को हाड़-मांस में मिला कर कह देना और ऐसी सघन कथा भूमि, मानव स्वभाव के ट्रैजिक-कॉमिक की ऐसी गति, चरित्रों के नाभिक में प्रवेश की ऐसी क्षमता, बहुत बाँधती रही है यह किताब। ...कथा के भीतर कथाओं को उनके पूरे प्रवाह और जैविक में विन्यस्त कर यह महाआख्यान लम्बी राह चला है। इसे एक साथ देश और मनुष्य दोनों के निर्वासन, विस्थापन की गहरी तकलीफ़ में उतरना जो था!

–चन्द्रकला त्रिपाठी

अलका सरावगी का यह उपन्यास इस लिहाज़ से महत्त्वपूर्ण है कि यह जानी-पहचानी राजनीतिक-समाजशास्त्रीय सच्चाइयों के बीच वे निजी कहानियाँ खोज निकालता है जो इस पूरी त्रासदी को एक ज़रूरी पाठ भर नहीं रहने देतीं, एक हिलते-डुलते-काँपते-सिहरते अनुभव में बदल डालती हैं। पूर्वी बंगाल के लोगों का पलायन, उन्हें भारत में शरणार्थियों की तरह बंगाल से बाहर–दण्डकारण्य तक में–बसाने की कोशिश, हरे-भरे खेतों से पथरीले पहाड़ों तक की तोड़ देने वाली यात्रा–यह सब कुछ ऐसी मार्मिकता के साथ उपन्यास में दर्ज है कि आप इसे बीच में छोड़ नहीं सकते। अपनी जिस अचूक इतिहास-दृष्टि के लिए अलका सरावगी *कलिकथा वाया बाईपास* से ही जानी जाती रही हैं, वह इस उपन्यास में भी अपनी गहरी मानवीय प्रतिबद्धता से लैस ऐसा मार्मिक आख्यान रचती है जिसे भुलाना आसान नहीं।

–प्रियदर्शन

अलका सरावगी के पास क़िस्सों की अक्षय पोटली है। क़िस्सागोई पारम्परिक ढंग से उनकी रचनाओं का वितान नहीं बुनती, केन्द्रीय पात्र के वैचारिक-संवेदनात्मक ऊहापोह का रूप धर कर आती है। वे समय की विडम्बनाओं को अपनी रचनाओं में खोलती हैं, लेकिन केन्द्रीय पात्र को कठघरे में खड़ा करके। उसकी मासूमियत/औदात्य को आग्रहपूर्वक बुनती नहीं, आत्मपड़ताल की ईमानदार प्रक्रिया में उसे निरन्तर अपने को शिकस्त खाते और जूझते दिखाती हैं। यही चरित्र की ताक़त है, और लेखिका की निस्संगता का उदाहरण भी।

–रोहिणी अग्रवाल

इतिहास में जिनका नाम दर्ज हुआ नहीं, लेकिन कुलभूषण जैसे पात्र अड़े खड़े हैं अपनी ज़िद पर कि उनका नाम दर्ज किया जाये। कौन दर्ज करेगा, कौन इस दर्ज हुए को पढ़ेगा–प्रश्न यह नहीं है, प्रश्न है कि जिसे उपेक्षा का स्थायी भाव दे दिया हमने-इतिहास ने-समाज ने, वह डेढ़ चप्पल पहने हाशिये पर खड़ा पुकार रहा है, पुकार ही नहीं रहा सत्यापित भी कर रहा है एक बार इसका नाम दर्ज करके तो देखिए! कितने ताने-बाने सुलझे, अनसुलझे लिपटे चले आयेंगे। सुखासीन समुदाय से अपदस्थ इस पात्र ने साहित्य में एक नये नायकत्व की नींव रख दी है।

–गरिमा श्रीवास्तव

हिन्दी में विभाजन तथा विस्थापन पर रचित उपन्यास प्राय: पंजाब-दिल्ली व पश्चिमी पाकिस्तान सीमा की पृष्ठभूमि पर केन्द्रित रहे हैं। यह उपन्यास तत्कालीन ईस्ट पाकिस्तान की सीमा पर हुए विभाजन, कई साल बाद तक होते रहे दंगों तथा मुक्तिवाहिनी के संग्राम की पृष्ठभूमि में जिस प्रकार लगातार होते विस्थापन की त्रासदी को प्रकट करता है, वह हिन्दी के रचना जगत् की एक महत्त्वपूर्ण उपलब्धि है। ढाका से लेकर कलकत्ते तक की विडम्बनापूर्ण जीवनगाथाओं के बीच मारवाड़ी तथा बंगला संस्कृति के अन्तरंग चित्र इस उपन्यास को सशक्त भाषिक-सांस्कृतिक आधार प्रदान करते हैं।

–वैभव सिंह

कुलभूषण का नाम दर्ज कीजिए

अलका सरावगी

वाणी प्रकाशन

वाणी प्रकाशन

4695, 21-ए, दरियागंज, नयी दिल्ली 110 002

फ़ोन : +91 11 23273167 फ़ैक्स : +91 11 23275710

शाखाएँ

अशोक राजपथ, पटना 800 004, बिहार

कॉफ़ी हाउस कैम्पस, महात्मा गांधी मार्ग, इलाहाबाद 211 001, उत्तर प्रदेश

महात्मा गांधी अन्तरराष्ट्रीय हिन्दी विश्वविद्यालय, वर्धा 442 001, महाराष्ट्र

सुल्तानिया रोड, मोतिया पार्क, भोपाल 462 001, मध्य प्रदेश

www.vaniprakashan.com
marketing@vaniprakashan.in
sales@vaniprakashan.in

KULBHOOSHAN KA NAAM DARJ KEEJIYE
by Alka Saraogi

ISBN : 978-93-89915-92-1
Novel

प्रथम संस्करण 2020

मूल्य : ₹ 399

सिटी प्रेस, दिल्ली-110 095 में मुद्रित

वाणी प्रकाशन का लोगो मक़बूल फ़िदा हुसेन की कूची से

रास्ते चलते एक पोस्टर को देखकर वह ठिठककर रुक गया था। लोअर सर्कुलर रोड पर 'आत्मकथा' नाम के किसी नाटक का पोस्टर लगा था। उस पोस्टर के नीचे लिखा था—'बीसवीं सदी के अन्तिम साल का महाकाव्य।' यह बात उसे कुछ कम समझ में आयी। उसने देखा कि हल्के रंग की नीली शर्ट पहने एक दाढ़ीवाला पढ़ा-लिखा-सा आदमी भी उस पोस्टर को देखे जा रहा था। एक बार उसने सोचा कि इस आदमी से मतलब पूछ ले, फिर उसने यह ख़याल छोड़ दिया।

उसे मालूम था कि वहाँ किसी नाटक करनेवाली एक पुरानी संस्था का दफ़्तर है। यह बात उसे उसी तरह मालूम थी, जैसे कि उसे कलकत्ता शहर की तमाम सड़कों पर बनी दुकानों, मकानों, ऑफ़िस, मन्दिर-मस्जिद-चर्च और छोटी-मोटी फ़ुटपाथिया दुकानों तक के बारे में मालूम था। उसे अगर पूछा जाता कि फलाँ सड़क पर इस कोने से लेकर उस कोने तक कौन-कौन-से छोटे या बड़े धन्धे-व्यापार चलते हैं या किनके दफ़्तर हैं, तो वह इस शहर का एक अच्छा-ख़ासा व्यापारिक नक़्शा बना सकता था। फ़ुटपाथ के 'इटालियन' सैलून यानी ईंट पर बैठकर हजामत बनाते नाइयों या चाभी खोने पर बन्द तालों की चाभी बना देनेवाले मिस्त्रियों के तो वह नाम भी बता देता।

उसके इस 'ज्ञान' का पूरा-पूरा फ़ायदा उठाते हुए भी उसके भाई के परिवार के लोग, जहाँ वह एक तरह से क्या, ठीक-ठाक नौकरी ही करता था, उससे अक्सर शिकायती लहजे में पूछ लेते—"भूषण चाचा, आप उस बन्दर का नाच दिखानेवाले मदारी से क्या इतनी बातें कर रहे थे? मेरी गाड़ी रास्ते में ट्रैफ़िक में फँसी थी और मैंने देखा कि आप पूरे वक़्त उससे गप लगा रहे थे।" वह हँसकर रह जाता। उसे पता था कि उसके जाने के बाद वे लोग आपस में मिलकर हँसेंगे और कोई-न-कोई कहेगा, "क्या पता चाचा उससे कोई नये बिज़नेस की सलाह ले रहे हों।" उसके बाद उन लोगों के

दिमाग़ में दो बन्दर लिए घूमते, डमरू बजाते चाचा की छवि उभरेगी और वे इतना हँसेंगे कि उनकी आँखों से आँसू गिरने लगेंगे।

लोगों के उस पर हँसने में उसे कभी कोई परेशानी नहीं हुई। अक्सर वह भी उन लोगों के संग मुस्कराना शुरू करता और तब तक ऐसे ही ख़ुश दिखता, जब तक कि उनकी हँसी बन्द नहीं हो जाती। भाई के घर की गली में फ़ुटपाथ पर सब्ज़ी की दुकान लगानेवाला अक्सर उसे सब्ज़ी का पुराना थैला ढोए हुए बस से उतरकर आते देख ठिठोली करता था–"क्यों चाचा, आज क्या-क्या पकवान खानेवाले हो?" वह जवाब में हँसता और कहता, "आज तो हरे चने की कढ़ी बनेगी। तुमने क्या दाम में हरे चने ख़रीदे?" सब्ज़ीवाले को पता था कि चाचा कभी उसकी महँगी सब्ज़ियाँ लेनेवाला नहीं है। वह आधा दाम बताता और चाचा कहता, "तुमसे सस्ती तो मैं ही लाया हूँ" और मुस्कराते हुए आगे चल देता।

उसकी मुस्कराहट उसके चेहरे पर जादू की डंडी-सी फेर देती थी। उसे यह बात भी शहर की गलियों के चप्पे-चप्पे की तरह मालूम थी। बचपन से ही अपने को शीशे में देखकर वह बहुत मायूस हो गया था। एक तो उसके सारे भाई-बहनों से उलट उसका रंग मटमैला था और ऊपर से उसके नाक-नक़्श भी कहीं पिचके तो कहीं फूले हुए-से थे। जाने क्यों उसके साथ ऊपरवाले ने यह मज़ाक़ किया था। वह बचपन में बहुत क्रोधी था। बाक़ी लोग तो उसे कोई पत्ता देते नहीं थे, पर वह सबका बदला माँ से लेता। माँ से वह हमेशा ग़ुस्से से बात करता। उसे पता था कि माँ कमज़ोर जानकर उसे सबसे ज़्यादा प्रेम देना चाहती है, पर वह माँ की हर बात से चिढ़ता। अपने को जितनी बार शीशे में देखता, उसे माँ का गोरा रंग और अच्छे-ख़ासे नाक-नक़्श वाला चेहरा याद आ जाता। पिता से तो ख़ैर उसे नफ़रत ही थी, जिनकी बदसूरती उसने विरासत में पायी थी। पर बड़े होते-होते किशोर वय में उसने शीशे में देखा कि जब वह मुस्कराता है, तो उसके गाल ऊपर उठ जाते हैं और वह अच्छा-सा दिखने लगता है। या कम-से-कम उतना बुरा नहीं दिखता।

उन्हीं दिनों किशोरावस्था में उसे श्यामा धोबी मिला था, जो अपने बाप के साथ उन दिनों उनके घर धोने के कपड़े लेने आने लगा था। तब वे लोग ईस्ट पाकिस्तान के कुष्टिया शहर में रहते थे। श्यामा इतना बदसूरत था कि शायद उससे अधिक बदसूरत इन्सान हो ही नहीं सकता। वह तवे की तरह काला था और उसका पूरा चेहरा चेचक के दागों और गड्ढों से इस तरह पटा हुआ था कि उसकी आँखों की सफ़ेदी से ही पता चलता था कि उसकी

आँखें हैं। पर श्यामा इस तरह चलता और ख़ुश दिखता, जैसे उसे जाने क्या ख़ज़ाना मिला हुआ हो। उसके बाप गोबिन्दो धोबी ने माँ से कहा था–"एक ही बेटा दिया ऊपरवाले ने। मातामाई ने बख़्श दिया, यह क्या कम है। अब इसे रोज़गार सिखाना है माँ जी!" माँ उसकी बदसूरती से एक बार चौंक गयी थी, पर माँ ने अपने मन की बात छुपाते हुए कहा था–"अरे, कितना हँसमुख है यह! सदा ऐसे ही ख़ुश रहना बेटा।"

श्यामा धोबी ने ही कुलभूषण को 'भूलने के बटन' के बारे में बताया था–"अरे कुलभूषण! अपने शरीर में ऊपरवाले ने एक ऐसा बटन लगाया है कि बस अपनी अँगुली उस पर रखी और तुम सब भूल जाओगे कि लोग तुम्हारे ऊपर कैसे हँसते हैं। बटन दबाया कि तुम्हारी पूरी आत्मा में ख़ुशी की लहर उठने लगेगी। तुम दुखी रहना चाहोगे तो भी नहीं रह पाओगे। हमारे धोबी-तालाब पर एक बार एक कनफटा जोगी आया था। तब मैं तेरह साल का था। उसने मुझे कहा कि चेचक माता ने तुम्हें ज़िन्दा छोड़ा तो किसलिए? मुझे मालूम था कि मैं मर-मर कर ज़िन्दा हुआ था। तब जोगी ने कहा कि तुम्हें मैं 'भूलने का बटन' बताता हूँ। कभी भी मन पर कोई परछाईं घिरने लगे, तो बस बटन दबाना और चमत्कार देखना। लोग तुम्हें देखकर अचरज करेंगे कि गोबिन्दो धोबी का बेटा श्यामा ऐसे ख़ुश कैसे रहता है जबकि दुनिया के बड़े-से-बड़े सेठ-साहूकार अपनी सुन्दर काया में भी कुढ़ते-चिढ़ते-जलते रहते हैं।"

'आत्मकथा' नाटक का पोस्टर देख चाचा यानी कि कुलभूषण जैन इसलिए भी खड़ा रह गया था कि उसमें मुख्य किरदार का नाम किसी कुलभूषण का था। बड़ी मुश्किल से चाचा ने अपना नाम छाँटकर सिर्फ़ भूषण किया था। वरना बचपन में अपने चेहरे से ज़्यादा अपने नाम से चाचा को परेशानी थी। इस बात के लिए भी उसे अपने माँ-बाप पर बेहद ग़ुस्सा आता था। एक तो वह अपने माँ-बाप का चौथा बेटा था यानी बेटों की भरमार के बाद पैदा हुआ था। ऊपर से उसका गाढ़ा रंग और पूरे चेहरे को घेरती नाक और मिचमिची छोटी आँखें! जाने क्या सोचकर उसे कुलभूषण की पदवी दी गयी थी। 'क' से ही नाम पण्डित ने रखने को कह दिया था, तो कुछ और रख लेते। अपने कुल को चमकाने की ज़िम्मेदारी उसी पर क्यों डाली गयी!

भाड़ में जाये 'कुल'! जब उसे बंगाली लड़की से 'लव' हुआ, तब उसने कुछ उमंग से सोचा था। उसे अच्छी तरह मालूम था कि उसका जैनी 'कुल' चिकन-मछली खानेवाली लड़की को कभी घर में घुसने नहीं देगा। अच्छा ही हुआ कि उसने अपने नाम से पहले ही 'कुल' को हटा दिया। ज़िन्दगी से तो

'कुल' को हटना ही था। वह रीमा सरकार से कलकत्ते के बी.के.पाल एवेन्यू में लड़कियों की सिलाई क्लास के स्कूल के बाहर मिला था। रीमा बिल्कुल उसकी प्रतिरूप थी। उससे भी कुछ ज़्यादा गाढ़ा काला रंग और बिना अनुपात के नाक-आँख। यहाँ तक कि वह बंगाली लड़कियों की तरह 'एलोकेशी' भी नहीं थी-यानी घुटने तक लम्बे बालों वाली। उसके बाल मुश्किल से पीठ तक पहुँचते थे और उनमें से आधे कटे-फटे हवा में उड़ते रहते थे। किन्तु उसके पास भी वही हँसी थी, जो जादू की छड़ी की तरह उसकी बदसूरती को ग़ायब कर देती थी। उन दिनों भूषण जैन एक साड़ी प्रिंटिंग के कारख़ाने में काम सीख रहा था। यह कारख़ाना सिलाई क्लास के पिछवाड़े की तरफ़ था। जाने कैसे ऐसा हुआ था कि हर रोज़ वे दोनों बिल्कुल एक साथ उस मकान में घुसते। तीन दिन तक ऐसा होने के बाद वे एक-दूसरे को देख मुस्कराये थे। बस पहली मुस्कराहट में ही 'लव' हो गया था। गनीमत थी कि इस बार यह पिछले कुष्टिया वाले प्रेम की तरह इकतरफ़ा नहीं था। वह तो ख़ैर, चाँद से दिल लगाने जैसा था।

बचपन से दादी-नानी-चाची-ताई से कुलभूषण सुनता आ रहा था-"अरे, तुझे कौन लड़की देगा? बेमाता ने तुझे गढ़ा तब थोड़ा तो रूप डाल देती। ऊपर से लम्बा कितना हो गया। देस में ऊँट होते हैं न। वैसा ही चेहरा। तेरी ऊँटनी कहाँ से लायेंगे?"

'लव' होते ही भूषण की दुनिया बदल गयी थी। उसका मन होता कि दादी-नानी-ताई-चाची से जाकर कहे-'मिल गयी मेरी ऊँटनी। मेरी अप्सरा। तुम्हें वह कैसी भी लगे, वह मेरी हीर है और मैं उसका राँझा हूँ। मैं नाराज़ होकर उससे बात नहीं करता, तो उसकी आँखों से वैसे ही आँसू गिरते हैं जैसे नरगिस या मीना कुमारी के। बल्कि हमारा 'लव' सच्चा है जो चमड़े की परख पर नहीं बसा है। हम बूढ़े होंगे, हमारे झुर्रियाँ आ जायेंगी, पर हमारा 'लव' वैसा ही रहेगा।'

'लव' शब्द के लिए भूषण ने हिन्दी के 'प्रेम' शब्द का कभी इस्तेमाल नहीं किया। आज भी नहीं करता। प्रेम हिन्दुस्तानी लोग करना ही नहीं जानते। सब सौदेबाज़ी जानते हैं। कहीं 'कुल' का सौदा होता है, कहीं 'धन' का, कहीं 'रंग' का सौदा होता है तो कहीं जन्मपत्री के 'गुणों' का। उसके बाक़ी तीन भाइयों की शादी तो बिना लड़की को देखे ही हुई थी। वे शादी के बाद प्रेम भले कर लें, 'लव' तो शादी के पहले ही हो सकता है।

जाने इस पोस्टर वाले कुलभूषण की क्या आत्मकथा होगी जो वह इस

नाटक में सुनानेवाला होगा! भूषण उर्फ़ चाचा की आत्मकथा में तो इतने उतार-चढ़ाव होंगे कि सुननेवाला मानेगा ही नहीं कि किसी का जीवन ऐसा हो सकता है। चाचा अपने बड़े भाई के जिस परिवार में काम या नौकरी करता है, वहाँ भाई के लड़कों-लड़कियों-बहुओं में उसके बारे में बहुत कौतूहल है, वह अच्छी तरह जानता है। एक बार भाई की लड़की, जिसकी शादी में उसने दस आदमियों जितनी खटनी की थी, ने उससे पूछा–"चाचा, मैंने किसी से सुना कि आप बस की कंडक्टरी कर चुके हैं।" चाचा को मालूम है कि लड़की ने उससे यह सवाल पूछने के पहले सौ बार सोचा होगा। आज तक क़िसी ने इस तरह उसके मुँह पर यह सवाल नहीं पूछा था। चाचा यह भी जानता है कि पीठ पीछे उसका सारा ख़ानदान इस बारे में बातें करता है–'मारवाड़ी जैन परिवार का लड़का बस का कंडक्टर हो, कभी सुना है? विश्वास तो नहीं होता!'

चाचा ने कुछ जवाब नहीं दिया था। सच कहता तो लड़की का मन शायद ख़राब हो जाता। उसने अपने पिता से तो यह क़िस्सा बिल्कुल नहीं सुना होगा। बड़े भैया ने तो ख़ुद उसे क़सम दिलाई थी कि कोई उससे कभी इस बारे में पूछे, तो वह इस बात को अफ़वाह बता देगा। भूषण के चचेरे भाई के लड़के सुरेश ने बस में चढ़कर उससे जब टिकट माँगा था, तो भूषण चाचा सकपका गया था। यह कमीना बत्तीस नम्बर बस पर कलकत्ते के चौरंगी से दक्षिणेश्वर के रूट पर क्या कर रहा है? जानबूझकर चाचा ने कंडक्टरी के लिए कलकत्ता से बाहर जानेवाली बस का रूट लिया था। चाचा ने चश्मे के अन्दर से पनीली आँखों से भतीजे को देखते हुए टिकट दिया था। उससे पैसे भी नहीं लिए थे। उसकी आँखों की याचना को कमीना ठीक समझ रहा था कि चाचा चाहता है कि वह किसी को न बताये कि चाचा बस की कंडक्टरी कर पेट और परिवार को पाल रहा है। पर चाचा ने उसी रात एकदम ठीक-ठीक कल्पना कर ली थी कि भतीजे ने घर जाते ही अपने माँ-बाप को तो पहली साँस में बता दिया था और कम-से-कम चार फ़ोन लगाकर दूर-दराज के लोगों को भी ख़बर दे दी थी।

बड़े भाई की लड़की को चाचा ने बताया था कि कैसे सुरेश ने उसके जैसे ही दिखनेवाले किसी कंडक्टर को उसे समझ लिया था। चाचा ने यह तक जोड़ दिया था कि सुरेश ने लोगों से यह भी कहा था कि वह कंडक्टर उसे देखते ही एक मैले-चिट्टे रुमाल से अपना मुँह ढँक रहा था। "कुछ लोगों को इसी में मज़ा आता है कि चटखारे लेकर तरह-तरह की अफ़वाहें

फैलाते रहें"–कहते-कहते चाचा ने भाई की बेटी को अचरज में डालने के लिए कह डाला था–"अब तो मुझे भी लगने लगा है कि सचमुच ही मैं बत्तीस नम्बर बस के दक्षिणेश्वर से चौरंगी रूट पर कंडक्टरी करता था। हर बार अपने बारे में हर जगह एक ही बात सुननी पड़े, तो आदमी को यक़ीन होने लगता है कि वही बात सच होगी।"

कुलभूषण नाम के इस ऐक्टर की तरह चाचा आत्मकथा लिखने बैठे, तो अपने बस कंडक्टरी के अनुभव को लिखेगा कि नहीं? अपने परिवारवालों के लिए इसे एक रहस्य छोड़कर चले जाना ठीक होगा। यों भी सुरेश की छवि एक झूठ बोलनेवाले की है। अगर वह अपनी कहानी में इस बात को नहीं लिखेगा, तब तो सबको यक़ीन हो जायेगा कि सुरेश ने बिल्कुल झूठ कहा था। पर आत्मकथा की शुरुआत उसे कहाँ से करनी होगी? अपने बेघर होने की कथा से? या बिना देश का होने की कथा से? आज के बांग्लादेश या उन दिनों के ईस्ट पाकिस्तान के कुष्टिया शहर के छूटने की कथा से? या और पीछे जाकर राजस्थान के बिसाऊ नाम के गाँव से कुलभूषण के दादा भजनलाल के पूर्वी बंगाल में कुष्टिया आ बसने से?

भूषण ने आँखें खोली थीं, तब तक दादा और ताऊ-पिताजी का पूर्वी बंगाल में अच्छा-ख़ासा किराने का होलसेल का काम जम चुका था। पूरी मारवाड़ी पट्टी में उन लोगों की साख थी। तब क्या कुलभूषण के दादा ने सोचा होगा कि कुष्टिया की गोराई नदी की नहर के किनारे पेड़-पौधे साफ़ करके कच्ची सड़क बनाने का सरकारी टेंडर मिलने के कारण जिस बच्चे को भाग्यशाली मानकर उसका नाम कुलभूषण रखा गया, वह एक दिन बत्तीस नम्बर बस रूट में कंडक्टर बनकर लोगों से दस-दस पैसे लेकर उन्हें टिकट दे रहा होगा?

सच पूछो तो वह जितने दिन ईस्ट बंगाल में या ईस्ट पाकिस्तान में रहा, उसका जीवन कभी पटरी से नहीं उतरा। 'भूषौन बाबू' कहकर उसे सब बुलाते। 'बाबू' लगाये बिना कभी उसके घरवालों तक ने उसे नहीं पुकारा होगा। दादा भजनलाल हमेशा कहते कि वह होशियारी में उन पर गया है। मिट्टी से भी सोना निकाल लेगा। सरसों के तेल में एक बूँद 'झाँझ' दो, फिर देखो, खुदरा व्यापारी कैसे ऊँचे दाम देने को राजी हो जायेगा। नारियल के तेल में कितना 'वाइटोल' मिलाने से तेल बढ़ जायेगा और मुनाफ़ा भी, यह उसके बड़े भाइयों को पता तक नहीं था। बड़े भैया एक बार नक़ली तेल लगाकर ख़ुश हो रहे थे कि, देखो यह तेल जाड़े में भी नहीं जमता। वह इस बात पर ख़ूब हँसा था। कामकाज में वह ऐसा पक्का था कि कहीं कोई नुक़सान होने ही नहीं

देता। आज भी भाई का परिवार जानता है कि चाचा को कोई काम दे दो, वह ऐसी सफ़ाई से करेगा कि लोग देखते ही रह जायें। हाँ, यह ठीक है कि वह हर काम धीरे करता है। 'हड़बड़ी में गड़बड़ी'—बचपन में उसके कान में उसके दादा ने ऐसे कई मन्त्र फूँक दिये थे—'कोई काम छोटा नहीं। जो काम मिले, उसे जी-जान लगाकर करो।'

भाई के बेटे की बहू कहती है—"चाचाजी, शादी में जाना है। मेरी भारी साड़ी में इस्तरी कर देंगे क्या? और किसी को दूँगी तो आपके जैसी सफ़ाई से तो कर नहीं सकेगा।" चाचा अपनी बड़ाई पर ख़ुश दिखता हुआ कहता है—"टाइम लगेगा। ज़रूर कर देंगे। क्यों नहीं करेंगे? क्यों नहीं करेंगे भई?" चाचा जैसे एक बार अपने को कहता है और दूसरी बार सामनेवाले को। "अरे नहीं-नहीं चाचाजी, मैं रामू से ही करवा लेती। आपको क्यों तकलीफ़ देती? मगर पिछली बार उसने मेरी नयी-नयी साड़ी जला दी।"

भूषण चाचा 'क्यों नहीं करेंगे' कहकर बहू को यह दिलासा देना चाह रहा था कि उसे ऐसा-वैसा कोई भी काम करने में एतराज़ नहीं है। पर वह जानता है कि हर बार ऐसे मौक़े पर भाई का परिवार उसे यह जतला देना चाहता है कि वह फलाना काम चाचा से किसी मजबूरी में करवा रहा है। यह रस्साकशी लगभग रोज़ होती है। पर दोनों पक्ष अपनी-अपनी बात पर क़ायम रहते हैं।

"भूषण बाबू जैसी ख़रीदारी तो इनके दादा भजनलाल बाबू ने भी नहीं की होगी"—कुष्टिया में दुकान का मुनीम जगमोहन हमेशा कहता। चटगाँव से सुल्तानिया ऑयल मिल का सरसों का तेल हो, या चाँदपुर से लाल मिर्च या सिलहट से दालचीनी, लौंग, इलाइची का सौदा हो, भूषण हमेशा सबसे कम दाम में सबसे बढ़िया चीज़ों की ख़रीदारी करता। वह किराने के सामान के डब्बों-पीपों के साथ ही कभी-कभी चाँदपुर से नौका पर ख़ुद सवार होकर कुष्टिया में गोराई नदी के घाट पर उतरता। क्या मजाल कि कोई एक पीपा तेल का बदलकर पुराना तेल दे दे। यहाँ तक कि लदाई और उतराई में भी वह ख़ुद मुटिया-मज़दूर की तरह जुट जाता। कोई नहीं कह सकता था कि वह सेठों का लड़का है। कभी-कभी तो वह किसी मज़दूर से बीड़ी माँग कर सुलगा लेता और उन्हीं की तरह गोराई, जिसे वे गंगा ही कहते थे, का विशाल प्रवाह देखते हुए उकड़ूँ बैठकर कश लगाता। शुरू-शुरू में कुली-मज़दूर घबराकर उसके पास से उठ जाते थे। पर बाद में वे उसे अपनी बिरादरी का मानने लगते। उससे दो पैसे उधार भी माँग लेते और अपने घर शादी-ब्याह-रतजगा का भजन होने पर उसे न्यौता भी देते।

भूषण को उन लोगों के साथ बहुत सुकून महसूस होता। ऐसा उसे अपने घरवालों के साथ कभी नहीं लगा। पिता उसके काम से बहुत ख़ुश थे, पर उसकी कुली-मज़दूरों में घुलने-मिलने की आदत से बहुत चिढ़ते। माँ उसे प्रेम से देखती, पर उसे पता था कि माँ सोचती है कि जाने कैसे ऐसी शक्ल का लड़का उसके पेट से जन्मा है। बाक़ी सारे भाई-बहनों में वही सबसे अलग था। इस बात पर उसे बहुत कुढ़न होती कि माँ इस बात को छिपाने के लिए उसे सबसे अच्छी चीज़ें खाने के लिए देती। माँ को मालूम नहीं था कि छह साल की उम्र में उसने माँ और नानी को यह कहते सुन लिया था कि वह जितनी बार कुलभूषण को देखती है, यह सोचती है कि वह माँ पर क्यों नहीं गया। तब नानी ने अफ़सोस ज़ाहिर करते हुए कहा था-"हाँ, माँ पर जानेवाला बेटा और पिता की शक्ल पर जानेवाली लड़की सदा सुखी होते हैं।"

भूषण चाचा अगर 'आत्मकथा' के नाटक में यह कहता हुआ पाया जाये कि उसके जीवन के रजिस्टर में उसने अपने को 'सदा सुखी' लिखा है, तो लोग शायद हैरानी में पड़ जायेंगे। फिर चिढ़कर कहेंगे कि भूषण हमेशा का झूठा है। जिस आदमी ने अपने जीवन में चोरी-चकारी, बस-कंडक्टरी और न जाने क्या-क्या किया होगा और क्या बाक़ी छोड़ा होगा, और न जाने कितने झूठ बोले होंगे, वह आत्मकथा में भला कोई सच लिखेगा? वह अपना एक अलग किरदार खड़ा कर लेगा जैसा कि उसने असली जीवन में एक अलग नाम रखकर कर ही रखा है।

जीवन ने हमेशा भूषण से ऐसा मज़ाक़ किया है कि उसकी हर छिपाई गयी बात का सबको पता चल जाता है। नॉर्थ कलकत्ता के तेलीपाड़ा में भाड़े के छोटे-से मकान के एक तल्ले पर कोई गोपाल चन्द्र दास रहता है, कुलभूषण जैन नहीं-यह बात भला दस किलोमीटर दूर साउथ कलकत्ते के बालीगंज में बँगले में रहनेवाले उसके भाई और उसके परिवार तक कैसे पहुँच गयी?

भूषण उन दिनों काफ़ी दिन बीमार रहा। टायफ़ायड, मलेरिया, फ्लू सब एक-के-बाद-एक उसे पकड़ते रहे। बीस-पच्चीस दिन से वह भाई के घर नहीं जा पाया। फ़ोन भी ख़राब पड़ा था। मोबाइल का ज़माना था नहीं। कई बार सोचा कि अपने बेटे प्रशान्त को कहे कि ताऊजी के घर जाकर बीमारी की ख़बर पहुँचा आओ और कुछ मदद ले आओ, पर कॉलेज में पढ़नेवाले लड़के का मुँह देखकर उसकी हिम्मत नहीं हुई।

भाई के घर में बड़ी भाभी सदा से उसका ख़याल रखती आयी है। एक दिन बड़ी भाभी सुबह उठकर रोने लगी कि उसने भूषण बाबू के बारे में

बहुत ख़राब सपना देखा है। "बेचारे भूषण बाबू! किसी ने परिवार में उन्हें इज़्ज़त नहीं दी। बेचारा उसी पेट से जन्मा, जिससे बाक़ी भाई जन्मे, पर उसे क्या मिला। यहाँ-वहाँ भटकता रहा। किसी ने चोर कहा, किसी ने आवारा। किसी ने कहा इसका चरित्र ठीक नहीं—रात-रात भर घर से ग़ायब रहता है। बेचारी माँ बस दुखी रहती थी अपने बेटे के लिए। वही दुख कलेजे में लिए ऊपर चली गयी माँ!" कहते-रोते जब बड़ी भाभी ने उस दिन सुबह के नाश्ते में हाथ नहीं लगाया, तो भाई ने पुराने नौकर रामू को आदेश दिया कि वह नॉर्थ कलकत्ता के तेलीपाड़ा में जाकर भूषण का पता लगाये। जिस गली का पता बताया गया था, वहाँ पहुँचकर रामू ने रास्ते पर अड्डा जमाते लड़कों से लेकर इस्तरी करते धोबी और घर के बाहर चबूतरों पर बैठे बूढ़ों से भूषण बाबू जैन के बारे में पूछताछ की, पर कोई उसे इस नाम के आदमी का पता नहीं बता सका। अन्त में वह थककर इस्तरी करते धोबी के पास बैठ गया। वहाँ उसे एक चारख़ाने की बढ़िया कमीज़ दिखाई दी, जो बड़े बाबू के छोटे बेटे की थी। उसने धोबी से पूछा—"अरे यह कमीज़ किसकी है?" धोबी ने कहा—"मेरी है।" "तुम्हें किसने दी?"—रामू ने फिर पूछा। "अरे वह गोपाल चन्द्र दास है ना-यहीं रहता है ऊपर एक तल्ले में। उसके लड़के ने मुझे दी। इसे बीस रुपये में मुझे बेच गया। बाप बीमार पड़ा है ना। क्या करे? महँगी शर्ट है। उसके बाप के मालिक ने दी थी।"

इस तरह रामू 'गोपाल चन्द्र दास' उर्फ़ कुलभूषण जैन के कमरे तक पहुँच गया था। बड़ी भाभी के रोने-धोने, उसके सपने की कथा सुन भूषण का दिल भर आया। उसने रामू का हाथ पकड़कर कहा—"रामू, मुझे अपनी चमड़ी भी उतारकर भाई-भाभी के लिए देनी पड़े, तो दे दूँगा। वे ही मेरे माँ-बाप हैं। उन्होंने जिस दिन मेरा हाथ पकड़कर मुझे कुएँ से बाहर खींचा, समझो कि उसी दिन से मैं कहीं खड़ा होने लायक हुआ। वरना परिवार की शादियों में मुझे कोई निमन्त्रण तक नहीं भेजता था।" रामू ने अपने साथ लाये रुपये और फल भूषण चाचा को सौंप दिये और घर जाकर पूरा-का-पूरा क़िस्सा ज्यों-का-त्यों बड़े बाबू और माँजी को सुना दिया।

भूषण जब ठीक-ठाक होकर भाई के घर पहुँचा, तो भाभी ने पहले मन्दिर में ठाकुर के सामने प्रणाम करवाया। सिर पर हाथ रखकर स्वस्थ रहने का आशीष दिया। 'सचमुच भाभी तुम मेरे लिए माँ से बढ़कर हो'—भूषण कहना चाहता था। पर गला भर आने के डर से चुप रह गया। भाभी के बायें हाथ में कई महीनों से बहुत दर्द रहता है। बेचारी हाथ ऊपर तक नहीं उठा

पाती। साड़ी-ब्लाउज़ पहनने में दिक्क़त होने के कारण अक्सर नाइटी-गाऊन पहने रखती है। भूषण का दिल भाभी के लिए दुखता रहता है। डॉक्टर-दवा सब करवा चुकी है। मशीन से अल्ट्रासाउंड भी ले चुकी है। पर हड्डी का डॉक्टर कहता है, 'फ्रोजन शोल्डर' का कोई इलाज़ नहीं। यह दर्द अपने-आप ही जायेगा।

एक दिन जब भाभी दर्द से बुरी तरह कराह रही थी, भूषण ने अनजाने भाभी का कन्धा और हाथ दबाना शुरू कर दिया था। "आहा, क्या 'सलाई' पड़ी है भूषण बाबू। भगवान आपको भी ऐसी ही 'सलाई' दे।" भूषण ने कुछ घबराकर बड़े भाई की तरफ़ देखा था। पर भाई भी उसे प्रशंसा की निगाह से देख रहा था। तब से भूषण दोनों के सारे दर्दों की दवा बन गया था। कभी भाई के पाँव दबा देता, कभी गरम पानी से कमर सेंक देता। फिर धीरे-धीरे भाभी के हाथ-कन्धे में 'वोलिनी' लगाकर गरम-गरम गमछे से सेंक भी करने लगा। 'भाभी कितनी गोरी है' पहली बार उसके मन में यह बात आये बिना नहीं रही थी। पर तुरन्त भूलने का बटन दबाकर वह इस ख़याल को हमेशा के लिए भूल गया था। सीता माता के कंगन लक्ष्मण पहचान नहीं पाया था क्योंकि उसने कभी भाभी के पाँव से ऊपर अपनी दृष्टि ही नहीं डाली थी।

"भाभी, मैं अपनी पूरी बीमारी में यही सोचता रहा कि कहीं तुम्हारे कन्धे का दर्द और बढ़ न गया हो। पर क्या करता, उठने लायक ताक़त ही नहीं थी।"—भूषण ने सच्चे हृदय से कहा। "आपकी दुआ ही होगी भूषण बाबू, दर्द पहले से काफ़ी कम हो गया है। पर आप अभी यहाँ भी आराम करते रहें। ज़्यादा भाग-दौड़ से कमज़ोरी फिर आ जायेगी। अरे रामू, भूषण बाबू को ठीक से नाश्ता तो दे।" तभी कमरे से निकलकर बड़ा भाई आ खड़ा हुआ था—"भूषण कल अपना राशन-कार्ड लेकर आना।" कहकर भाई अन्दर कमरे में वापस चला गया था। भूषण को काटो तो ख़ून नहीं। राशन कार्ड गोपाल चन्द्र दास के नाम से है। भाई की बेरुख़ी और सीधे राशन कार्ड देखने की माँग से वह समझ गया कि रामू ने सारी बातें सच-सच बता दी हैं। भूषण चाचा ने जाने कैसे सोच लिया था कि रामू उसकी हालत पर तरस खाते हुए यह बात किसी को नहीं बतायेगा। जब-जब भूषण ने ऐसा सोचा है, वह ग़लत साबित हुआ है। अपने रिश्तेदार तो अपने होते ही नहीं, क्योंकि पैसा उन्हें दूर कर देता है। अपने तबके के ग़रीब भी अपने नहीं होते, क्योंकि वे मालिक के क़र्ज़दार होते हैं।

भूषण किसी तरह नाश्ता गटककर बड़े भाई के कमरे में गया था। "भैया,

तुम्हारी कमर का दर्द कैसा है? सेंक दूँ?" उसने पूछा था। उसने देखा कि भाई का चेहरा कुछ नरम हो आया। "भूषण, तूने ऐसा क्यों किया? तूने अपने माँ-बाप-कुल-धर्म-गोत्र सब बदल लिए? अरे, तूने बंगालिन से शादी की, तो चल, कोई बात नहीं। तू उसे अपना नाम देता। तू ख़ुद बंगाली बन बैठा? कुष्टिया में हम लोग बंगालियों के बीच बंगाली बनकर रहते थे, उन्हीं की भाषा बोलते थे, उन्हीं की तरह परवल, तोरुं, लाल पत्ता साग, भाजा, चड़चड़ी खाते थे, पर क्या हमने अपने नाम-गोत्र बदल लिए थे?" भूषण एक मिनट चुप रहा। अब यह तो बोल नहीं सकता कि बंगाली पाड़ा यानी मोहल्ले में रहता है, इसलिए नाम बदलना पड़ा। तब क्या बोले? "भैया, कुष्टिया से जैसे हमें भगाया गया क्योंकि हम मुसलमान नहीं थे, वैसे ही मुझे तेलीपाड़ा से भगा दिया जाता। मुझे गोपाल चन्द्र दास बनना पड़ा। मोहल्ले के लड़के दुर्गा पूजा पर चन्दा माँगने आये, तो कहा, जैन बाबू, पाँच हज़ार से कम नहीं लेंगे आपसे। आप तो बड़े आदमी हैं। इससे कम देने से आपको पाड़ा में रहने नहीं देंगे।" भूषण ने देखा कि भाई को उसकी बात ठीक लगी, ऐसे सिर हिला रहा था। भाई को तीसेक साल पहले नक्सलियों की धमकी मिलने के कारण अपनी फैक्टरी बन्द करनी पड़ी थी। "सोचो भैया, मैं फिर घर-बार उठाकर तुमसे माँगने के लिए आकर तुम्हारे सामने खड़ा हो जाता, तो तुम्हें क्या अच्छा लगता? कुष्टिया की खाँटी बांग्ला में मैंने कहा, क्या बोलते हो? कौन जैन बाबू? मेरा नाम तो गोपाल चन्द्र दास है। पाँच हज़ार रुपये तो मेरे बाप-दादों ने भी नहीं देखे। यह तो मेरे साल भर के ख़र्च से भी ज़्यादा है बाबा! दुर्गा माँ की जय हो। माँ, इस ग़रीब पर तुम अप्रसन्न मत होना।"

भूषण की उस पार के बंगाल की बोली और उनके पड़ोसी गोपाल चन्द्र दास की नक़ल सुनकर बड़ा भाई हँस पड़ा। "भूषण, तुम्हें तो फ़िल्म लाइन में होना चाहिए था। तुमने रामलीला में रावण के बेटे मेघनाद का कितना बढ़िया रोल किया था। देर तक सब लोग ताली बजाते रहे थे।" कुछ देर के लिए दोनों भाई बचपन के भाई बन गये। दोनों के चेहरे बचपन की मासूमियत और छोटे-छोटे आनन्द की स्मृति से एक साथ जगमगा उठे।

"सच भूषण, गंगा किनारे का हमारा कुष्टिया का घर अभी भी सपने में आता है। घर तो वहीं खड़ा होगा। जाने कौन मुसलमान रहता होगा उसमें? कैसे हम लोग रातोंरात सब कुछ छोड़ कर चले आये थे। पहली बार नोआखली में हिन्दुओं को मारने की ख़बर आयी। तब पिताजी और छोटे बाबू ने अपनी लाइसेंस वाली बन्दूक़ें निकालकर साफ़ कर ली थीं। हमने छत पर पिसा हुआ

काँच, ईटें और लाल मिर्च का चूरा तैयार रखा था। पर तुलु मियाँ सरदार आकर बाबूजी को बोल गया–'मालिक! बच्चों और औरतों को आज साढ़े पाँच बजे शाम की गाड़ी से अपने भाई 'छोटे बाबू' के साथ कलकत्ता भेज दीजिए। आपको कोई डर नहीं।' ख़ाली माँ–पिताजी वहाँ रह गये थे। बाद में छोटे बाबू का परिवार तो कलकत्ता बस गया पर हम लोग फिर माँ–पिताजी के पास चले गये। नोआखली के समय मैं दस साल का था। मुझे याद है कि कैसे छोटे बाबू और चाची ने उस दिन रोते–रोते अपने कपड़ों में गहने छिपाये थे, चाँदी के बरतनों को कपड़े के गट्ठर में बाँधा था। हम लोगों और चाची को मालगाड़ी में फेंक कर छोटे बाबू ख़ुद चढ़ गये थे। उसी से हम कलकत्ता पहुँचे। कुल चालीस लोग थे कुष्टिया की उस मालगाड़ी में।"

भूषण का मन उदास हो गया। पहली बार उस घर को छोड़ने की याद उसे नहीं है। वह सात साल का होगा। होगी भी, तो दूसरी या तीसरी बार छोड़ने की याद में मिल गयी होगी। जीवन वहीं छोड़ आया था वह। बाक़ी लोग तो कैसे–न–कैसे फिर जम गये थे। बस वही एक नौकरी से दूसरी नौकरी, एक घर से दूसरे घर तक धक्के खाता रह गया था। उसे यह भी पता है कि इन लोगों को शक है कि सबसे अन्तिम बार सन् चौंसठ के दंगों के समय इस पार आते समय भूषण ने चाँदी का बड़ा थाल चुराकर बेच दिया था। जबकि हुआ यह था कि भागने की आपाधापी में बड़े थाल वाली पोटली न जाने बॉर्डर पार करते समय रेल में कहीं छूट गयी या भारत की सीमा पर पहुँचानेवाले दलालों की टोली में किसी ने दबा ली। वह तो बॉर्डर तक अकेला वापस भी गया था पोटली का पता लगाने, पर कुछ पता नहीं चला था।

बड़े भैया अचानक चुप होकर कुछ सोचने लगे थे। भूषण जानता था कि वे बड़े थाल वाली पोटली के बारे में सोच रहे हैं। भले ही पहले यह बात हो चुकी थी कि उसने चाँदी का थाल नहीं चुराया। अगर चुराया होता, तो ऐसी फटीचर जैसी ज़िन्दगी काटता वह? पर मन में शक अगर एक बार घुस जाता है, तो वह वायरस की तरह जब–तब ज़िन्दा हो जाता है। यह सच है कि उसने बाक़ी लोगों के कलकत्ता बसने के बाद ईस्ट पाकिस्तान से हिन्दुस्तान आते समय कुछेक छोटी–मोटी चीज़ें बेचकर अपना हाथ ख़र्च निकाला था, पर वह जानता था कि यह काम सभी कर रहे हैं। रुपयों की किल्लत सभी को थी और बाईस साल का हो जाने के बावजूद न कोई उसके ब्याह की बात करता था और न उसकी किसी ज़रूरत की। तब तक उसके तीनों बड़े भाई ब्याह कर कलकत्ता में अपना घर और दुकान बना चुके थे। एक वही

रह गया था जो न हिन्दुस्तान का था और न पाकिस्तान का। न कोई उसका साथी था, न संगी।

कुष्टिया में श्यामा धोबी और स्कूल के कई मुसलमान साथी थे जो कुष्टिया के बाउल सन्त 'लालन शाह फ़क़ीर' की दरग़ाह में लगनेवाले पाँच दिन के मेले में उसके साथ रात-रात घूमते थे। कुष्टिया के बाशिन्दे लालन फ़क़ीर ने सौ साल पहले अपने को 'न हिन्दू, न मुसलमान' घोषित कर दिया था–*''लोग कहें लालन फ़क़ीर, हिन्दू है कि मुसलमान/लालन कहे ख़ुद ही ख़ुद, नहीं उसे कोई भान।''* कुष्टिया के लोग सिर्फ़ हिन्दू होने के कारण उसे पराया नहीं मान सकते, इसी भ्रम ने भूषण को कुष्टिया से नाता तोड़ने नहीं दिया। पर बांग्लादेश बनने के सात साल पहले चौंसठ के दंगों के समय माँ को लेकर भूषण को कलकत्ते की ढाकापट्टी में अपने भाइयों के पास लौटना पड़ा था। पिताजी मकान सही दाम पर बेचने के लिए वहीं रह गये थे। माँ के साथ लौटने पर भूषण को पता चला था कि भूषण 'बाबू' के लिए इस देश में न कोई जगह है न कलकत्ते की ढाकापट्टी के इस घर में।

एक दिन उसे रोज़ बचा-खुचा बासी खाना परोसनेवाली छोटी भाभी की सोने की चेन चुराने का झूठा आरोप लगाकर भैया ने उसे मारा। नाराज़ होकर वह बिना किसी को बताये घर से ग़ायब हो गया था। दो महीने तक माँ रोती रही जब तक पिताजी ने उसे नहीं बताया कि वह ज़िन्दा है और कलकत्ता में ही है। पिताजी ने बिना किसी को बताये बांग्ला अख़बार में निकलवाया था–"तुम्हारी माँ बचेगी नहीं। जल्दी घर लौटो।" तब उसने जवाब में अख़बार में ही लिखाया था–"मैं जहाँ हूँ, वहीं ठीक हूँ। माँ तुम्हारे कारण बीमार है। अच्छा होगा कि तुम घर लौटो।" पर पिताजी मकान-दुकान के मोह में वहीं पड़े रहे। अलबत्ता वे सात साल बाद इकहत्तर के साल में एक करोड़ शरणार्थियों की तरह रात-रात भर पैदल चलकर सिर्फ़ एक लुंगी पहने बॉर्डर तक आये थे।

भूषण टुकुर-टुकुर खड़ा भाई का चेहरा देखता रहा। उससे कमज़ोरी के कारण खड़ा नहीं रहा जा रहा था। अन्त में वह कुर्सी खींचकर बैठ गया। उसने देखा कि बड़ा भाई जैसे कुछ सोच रहा है कि उससे पूछे या न पूछे। भूषण ने गहरी साँस छोड़ी। अब जब सबके पाँव क़ब्र में लटके हैं, तब भी चाँदी के थाल का मोह सबको सताता है। बड़े भाई ने ठीक वैसा एक थाल बनवा लिया है। हर साल दीवाली में उसे भूषण साफ़ कर उसमें इक्कीस मिट्टी के दीये सजाकर तिल्ली का तेल डालता है। ठीक वैसा ही कंगूरेदार

थाल। पहली बार तो भूषण ने देखा था तो चौंक गया था। अरे, थाल तो बड़े भाई के पास था। बड़े भाई का ज़िगरी दोस्त दीपक भरतिया भी उस दिन भूषण के साथ ही इस पार आया था। वह इन्हें माल दे गया और सारी ज़िन्दगी शक उस पर किया गया।

बड़े भाई ने शायद उम्मीद की थी कि वह ऐसे ही चौंकेगा। उसने भूषण को अजीब-सी निगाह से देखते हुए कहा था–"यह पुराना थाल नहीं है। नया बनवाया है। पुरानी डिज़ाइन देकर। हमारा पुराना थाल कोई चोर बेच गया हो, यह सोचकर मैं हर दीवाली पर जालान चाँदीवाले और भट्टर चाँदीवाले की दुकान पर जाकर पुरानी डिज़ाइन के थाल माँगता था। पिछले साल मुझे उसी डिज़ाइन की एक छोटी थाली दिख गयी। तब मैंने अन्दाज़ से ठीक वही थाल बनवा लिया। देखो, ठीक वही लगता है न?"

भूषण ने गर्दन हिलाई थी। जाने क्यों उसे थाल वही लग रहा था। था तो चमचमाता हुआ नया। पर वह तो मंजन या 'सिल्वो' से रगड़ने पर भी चमक जाता। उसने थाल को हाथ में उठाकर वज़न आँकने की कोशिश करने की सोची, पर रुक गया। बड़े भाई ने शायद उसके मन की बात भाँपकर कहा–"दो किलो का है। हमारा कुष्टिया वाला तो तीन किलो से कम का नहीं रहा होगा!"

बाद में जब वह थाल में दीये सजा रहा था, तब उसने सोचा कि चालीस साल पहले जो चीज़ दो किलो की लगती होगी, वही अब तीन किलो जैसी भारी लग रही होगी। बड़ी भाभी ने देखा था कि भूषण का चेहरा उतरा हुआ है। तब भाभी ने कहा था, "भूषण बाबू। मैंने आपके लिए भी इसी डिज़ाइन की एक छोटी थाली बनवाई है। उसमें सात दीये तो अँट जायेंगे। आप दीवाली पर उसी में पूजा करें। मुझे क्या मालूम नहीं कि आपके पास चाँदी का एक छल्ला भी नहीं होगा।" भूषण का दिल भर आया था। भगवान ने औरतों के जैसे दिल बनाये, वैसे सारी क़ायनात के क्यों न बना दिये? भाई ने सचमुच यह थाल नया गढ़ाया है। उसके दिल से शक एकदम ख़त्म हो गया। अनजाने ही उसका हाथ भूलने के बटन की ओर बढ़ गया था जिससे यह बात उसे कभी याद न आये।

भूषण ने देखा कि भाई उसकी तरफ़ देखता जा रहा है। "क्या बात है भाई? कुछ पूछना है तो पूछो। कुष्टिया की बातें तो अब ख़त्म हो गयीं। तुम लोगों की तरह मैं भी माँ-बाप को छोड़ कलकत्ते में बस गया होता, तो आज मेरी यह हालत नहीं होती। मुझे तो एक तिनका भी नहीं मिला। बंगालिन से

शादी की, तो क्या मेरा हक़ ख़त्म हो गया था?" भाई कुछ देर चुप रहा। फिर बोला–"क्या भूषण, क्यों बीती बातों का दुख मना रहे हो? तुम्हें क्या लगता है, हमें बहुत कुछ मिला? अरे, सब तो ख़त्म हो चुका था। सारी ज़मीन-जायदाद, घर-दुकान तो वहीं रह गये। जब तक कमाई रहती है, उसमें हिस्सेदारी रहती है। कमाई ख़त्म होते ही तो बरतन-भाँडे तक पेट के लिए बेच देने पड़ते हैं। तुम तो घर छोड़कर निकल गये थे। तुम्हारे हक़ की बात कौन करता? तुम्हारी परवाह किसी को थी, तो सिर्फ़ तुम्हारी भाभी को और मुझे। हमसे जो बन पड़ा, तुम्हारे लिए किया।"

भूषण ग्लानि से भर उठा। सच यही है कि परिवार में यह सबसे बड़ा भाई ही है जिसने उसके लिए लगातार कुछ किया है। उसे अपने बनते हुए मकान का सुपरवाइजर रखने के पहले कितनी जगह नौकरी पर रखवाया। कितनी बार भूखे मरने की नौबत आने पर उसे पैसे दिये। चार भाइयों की एक बहन थी जो अपने रूप के कारण बड़े घर में ब्याही गयी। वह भी सोचती ज़रूर थी शुरू-शुरू में, भूषण के बारे में। उसके पति भी भूषण की तरह ही बदसूरत थे। शायद इसीलिए वह उसके बारे में सोच पाती थी। उसी ने अपने बिगड़े हुए देवर का साथ देने के लिए नैनीताल के बिड़ला स्कूल में भूषण को भेजने की सलाह अपने ससुर को दी थी। तब भूषण कुष्टिया से कलकत्ते आकर झकाझक सफ़ेद पैंट-शर्ट पहने सबकी ईर्ष्या का पात्र बनकर काठगोदाम मेल से नैनीताल गया था। पर बहन का देवर एक महीने में ही स्कूल से भाग आया था। भूषण छह महीने बाद दसवीं क्लास पूरी कर जब घर लौटा, तो उसे दोबारा नैनीताल भेजने की बात हवा हो गयी थी। बहन का देवर सेंट ज़ेवियर्स कॉलेज में जाने कैसे भर्ती हो गया था।

बाद में भूषण एक बार बहुत कड़की की हालत में बहन के दरवाज़े पर गया। बहन के दरवाज़े के बाहर चप्पल खोलते हुए उसने देखा कि एक चप्पल का अँगूठे के बाद का आधे से ज़्यादा हिस्सा ग़ायब था। कहीं रास्ते में टूटकर गिर गया होगा। बहन उसे देखकर घबरा रही थी, यह वह समझ गया था। जल्दी से बहन ने कुछ रुपये मोड़कर उसके हाथ में थमा दिये थे कि वह सटक ले। तभी बहन की कुँवारी ननद अन्दर घुसते हुए बोली थी–"माय गॉड! यह बाहर किसकी चप्पल है!" उसे देखते ही वह ठिठककर रुक गयी थी। वह लपककर बाहर निकला और अपनी डेढ़ चप्पलें पहनकर नौ दो ग्यारह हो गया। बहन को उसके कारण और नीचा न देखना पड़े, यह सोचकर वह फिर कभी वहाँ नहीं गया। उसे मालूम था कि दिन भर खटनी

करके हाथ से बनाये माँ के पेठे-सुहाली-बर्फ़ी आदि पकवान हर दीवाली पर बहन की सास लौटा देती थी क्योंकि वे लोग सिर्फ़ मेवे खाते थे।

"भूषण, मुझे रामू ने सारी बातें बतायीं। मुझे सिर्फ़ तुमसे इतना पूछना है कि चारखाने की जो नीली कमीज़ तुम्हारे बेटे ने धोबी को बीस रुपये में बेची, वह तुम्हारे बेटे तक कैसे पहुँची? वह तो उसकी एकदम नयी शर्ट थी। कितने दिन तक वह उसे खोजता रहा था। तुम्हें हम पुराने कपड़े ही नहीं देते, हर दीवाली पर तुम्हें और तुम्हारे सारे परिवार के लिए नये कपड़े देते हैं। फिर ऐसे तुम पर भरोसा कैसे रहेगा?" भूषण का दिल रुक गया। अपने बेटे को उसके जन्मदिन पर नयी कमीज़ देने का उसका बहुत मन था। पर उन दिनों पूरी तनख़्वाह उसकी बीवी रीमा की बीमारी में स्वाहा हो जा रही थी। उसे एक दिन बड़े भैया के छोटे बेटे विनायक की इस्तरी के लिए टाँगी हुई वह नीली शर्ट इतनी लुभावनी लगी थी कि अपने बेटे को उसमें देखने के लिए वह बेचैन हो गया था। क्या कहे भाई को? कि जैसे तुम्हारा बाप का दिल है, वैसे मेरे अन्दर भी बाप का दिल है।

"भूषण, तुम जानते हो कि तुम्हारे ऊपर जीवन भर सच्चे-झूठे इल्ज़ाम लोग लगाते रहे हैं। मैंने तुम्हें जहाँ भी नौकरी पर रखवाया, मुझे हमेशा नीचा देखना पड़ा। तुमने कहीं मेरी इज़्ज़त की परवाह नहीं की। तुमने मुझे कहा कि मेरे दोस्त की दुकान पर चोरी उसके मुनीम ने की थी, तुमने नहीं। मैंने मान लिया था कि तुम्हारे भाग्य में चोर कहलाना लिखा है। इसीलिए तुम्हें बिना ग़लती किये भी भुगतना पड़ता है। पर अब तुम मेरे घर में भी सेंध लगाओगे, तो मैं क्या करूँगा? बोलो?"

भूषण सकपकाया हुआ बैठा रहा। अगर खड़ा रहता, तो शायद बेहोश हो जाता। नहीं, भाई उसे जीवन के इस मुकाम पर नहीं छोड़ सकता। अब वह और नहीं भटक सकता। "भैया, वह शर्ट तो ख़ुद विनायक ने मुझे दी थी। उसने अपनी चार पुरानी शर्ट मुझे दी, तो मैंने कहा कि 'बेटा, एक नयी-सी कमीज़ भी दे दो। मेरे बेटे प्रशान्त का जन्मदिन है।' तब उसने ही मुझे दी। भैया, तुम क्या सपने में भी सोच सकते हो कि मैं अब तुम्हारे घर से सामान उठाऊँगा? तुम्हारे और भाभी के कारण मेरे घर में सामान रखने की जगह नहीं है।"

बड़ा भाई सोच में डूब गया-"मुझे पता है कि विनायक उस शर्ट को कई दिन तक खोजता रहा था। अरे, विनायक को बुलाओ तो! उसी से पूछ लेते हैं।" भूषण का दिल फिर रुक गया। उसने सोचा था बात आयी-गयी हो जायेगी। "विनायक, तुम्हारे जन्मदिन की नीली शर्ट तुमने ख़ुद चाचा को

दी थी?" बड़े भाई ने पूछा। विनायक ने कहा–"कौन-सी नीली शर्ट?" और चाचा की तरफ़ देखा। एक क्षण के लिए उसकी आँखें चाचा की आँखों को देखती रहीं। "अरे वही, जो तुमने अपने जन्मदिन पर पहनी थी और बाद में ढूँढ़ रहे थे कि कहाँ गयी!"–भैया ने अधीर होते हुए कहा। "ओह, अच्छा वह शर्ट! दरअसल मैं भूल गया था कि वह मैंने चाचा को उसके बेटे प्रशान्त के लिए दे दी थी। बाद में मुझे याद आ गया था। मैं आपको बताना भूल गया। चाचा, अब आपकी तबीयत ठीक है न?"–विनायक ने पूछा। चाचा ने राहत में सिर हिलाया। बिल्कुल अपनी माँ पर गया है। जैसे तुमने मेरी इज़्ज़त बचाई बेटा, भगवान तुम्हारी भी वैसे ही इज़्ज़त बचाये। भूषण ने मन-ही-मन आशीर्वाद दिया। वह विनायक को बाद में भी कुछ नहीं कह सकेगा, वह जानता है। सिर्फ़ दिल से दुआ ही दे सकता है।

"आजकल इन लड़कों को जाने क्या हुआ है, सब कुछ भूलते ही रहते हैं। पहले तो शर्ट तुम्हें दी है, यह भूल गये। फिर यह याद आ गया तो यह बात कहना भूल गये कि शर्ट खोयी नहीं थी। वाह बेटा! हमारी उम्र में आओगे, तब तो बाप का नाम भी भूल जाओगे"–भैया ने ग़ुस्से से कहा। उस आवाज़ में पछतावा भी था।

"भूषण, अब हमारे पास इस धरती पर कितने साल बचे हैं। मुझे भरोसा है तुम पर कि तुम बदल चुके हो। कहते हैं न कि कृष्ण भगवान की जन्मपत्री में लिखा था कि उन पर चोरी का इल्ज़ाम लगेगा। उन पर तक शायन्तक मणि को चुराने का दाग लगा था। जानते हो न? मुझे हमेशा लगा कि तुम्हारे ऊपर चाँदी का थाल चुराने का ग़लत आरोप लगा था। उस समय सबको जान बचाने की लगी थी। क्या जान से बढ़कर चाँदी-सोना है?" भूषण के मन से एक गहरा बोझ मानो उतर गया। उसने भूलने का बटन कई बार दबाया था, पर यह चाँदी के थाल वाली बात कुछेक साल बाद किसी-न-किसी कारण से फिर उभर आती थी। उसे लगा वह रो पड़ेगा।

वह तुरन्त उठकर भाई के कमरे से बाहर निकल आया। भाभी की आवाज़ सुनकर दरवाज़े के बाहर ठिठककर खड़ा हो गया। भाभी विनायक को कह रही थी–"मैंने भी बचपन में चोरी की थी। माँ की अलमारी से चुराकर काजू का भाँड भरकर छुपा लिया था। बाद में भी चोरी की। उस ज़माने में सासुएँ अपनी बहुओं को चोरी के डर से कभी अपनी चाभी नहीं देती थीं। तुम बताओ, तुमने कभी मेरी अलमारी से पैसे निकाले कि नहीं?" विनायक हँस रहा था–"माँ, आज तुम्हें सब सच-सच बता दूँ? तुम तो इतनी लापरवाह

थीं। तुम्हारी अलमारी खोलने की क्या ज़रूरत थी? तुम तो रामायण में ही रुपये दबाकर रखती थीं। लेकिन माँ, मैं जब पहली बार सिंगापुर गया था, तब मैंने एक दुकान से एक महँगा चश्मा उठा लिया था। मैं पकड़ा भी गया और उसका दाम मुझे चुकाना पड़ा। आज तक यह बात तुम्हें छोड़कर मैंने किसी को नहीं बतायी है।"–विनायक की आवाज़ एकदम धीमी हो गयी थी।

"अरे, मेरी एक दूर के रिश्तेदार की ननद है। सब जानते हैं कि वह चोरी करती है। जिसके घर जाती है, उसका कुछ-न-कुछ उठा लेती है। मन चल जाता है इन्सान का। ख़ुद न ख़रीद सके तो मन तो नहीं मरता न! मन तो सबका एक सा है। और बड़े पैसेवाले चोरी नहीं करते क्या? हमारा गहनेवाला जयन्तभाई कहता था, 'बड़े-बड़े घर की औरतें हीरे की पुड़िया देखने के लिए मँगवाती हैं और उसमें से हीरे निकाल लेती हैं। हमें पता होता है पहले से। इसलिए हम इनकी चीज़ों के दाम भी वैसे ही लगाते हैं।'"

भूषण खड़ा-खड़ा माँ-बेटे की बातचीत सुनता रहा। तरह-तरह के चोरी-घोटालों की वारदातों के बारे में अख़बार में वह रोज़ पढ़ता था। बड़े-बड़े नेता और उद्योगपति जेल आते-जाते रहते हैं। तो क्या हर आदमी एक चोर है? पैदा होने से मरने के बीच दुनिया में कोई ऐसा नहीं है जिसने किसी का कुछ न चुराया हो? भूषण को याद आया कि जब बहन के देवर के साथ उसे नैनीताल भेजा गया था, तो कैसे वह उसकी पेंसिल तक देखकर अचम्भे में पड़ गया था। बहन के देवर के पास हर चीज़ विलायती थी, जबकि उसके पास अव्वल तो कुछ सामान ही नहीं था और था भी तो, एकदम देहाती क़िस्म का। तभी भूषण के मन में पहली बार एक पेंसिल चुराने का ख़याल आया था। हालाँकि बहन का देवर एक महीने में भाग आया था, और उसका छोड़ा हुआ सारा सामान भूषण को ही मिल गया था, पर वह चुराई हुई पेंसिल उसने बरसों सँभालकर रखी थी। उससे कभी लिखा तक नहीं था कि वह ख़त्म न हो जाये। पर बाद में वह पेंसिल कोई ख़ास चीज़ नहीं रही थी। तब वह कहाँ ग़ायब हो गयी, इसके बारे में भूषण को ख़याल तक नहीं आया था।

नहीं, भूषण अपने को चोर नहीं मानता। अगर वह आत्मकथा लिखे, तो अपने बारे में यह कतई नहीं लिखेगा कि उसने कभी चोरी की। भूषण ने माँ के कुछ छोटे-मोटे सामान या एकाध सोने की चेन ली, तो अपना पेट भरने के लिए या अपनी प्रेमिका रीमा सरकार को ख़ुशी देने के लिए। यों भी माँ-बाप जिस धन को अपना समझकर उस पर चौकीदार की तरह बैठे रहते हैं, वह दरअसल होता तो उनके बच्चों का ही है। माँ तो मर गयी।

क्या वह चेन अपने साथ ऊपर ले जाती। कोई-न-कोई तो उसे लेता ही न। भूषण ने कभी भी कोई सामान उठाया, तो या मजबूरी में या फिर इसलिए कि उस विलायती पेंसिल की तरह उसका दिल उस पर आ गया था। चोरी तो बड़े-बड़े लोग ही असल में करते हैं क्योंकि न तो उनकी कोई मजबूरी होती है और न ही वे अपने दिल की चाहत पूरी करने में नाक़ाबिल होते हैं।

भूषण को यों भी किसी सामान की कोई परवाह नहीं। भाई का परिवार उसे जब-तब तरह-तरह की चीज़ें देता रहता है। रंग उड़े पाँवपोश, पुराने गमछों और चादरों से लेकर टेपरिकॉर्डर, घड़ी और दीवारों से उतारी पुरानी बत्तियों और पुराने नलों तक। वह हर सामान ख़ुशी ज़ाहिर करते हुए लेता है। कभी आज तक उसने नहीं कहा कि यह मेरे काम की चीज़ नहीं है या कि इसका मैं क्या करूँगा? कई बार वे लोग ख़ुद ही संकोच से कहते हैं, चाचा, इसे किसी को दे दीजियेगा। वह कहता है, 'हाँ हाँ, क्यों नहीं'। एक बार विनायक ने उससे कहा था, "चाचा, तुमसे एक बात तो सीखने लायक है। तुम कभी 'नहीं-नहीं' नहीं कहते। हमेशा कहते हो, 'क्यों नहीं?' बाक़ी लोग तो हर बात और हर काम पर सबसे पहले 'नहीं होगा' कहते हैं। भले ही बाद में उसे कर भी दें।" भूषण ख़ुश होकर हँस पड़ा था। ज़िन्दगी में अपने बारे में अच्छी बातें उसे कम ही सुनने को मिली हैं। ख़ासकर इस पार बंगाल में आने के बाद। तीनों बड़े भाई कामकाज के मामले में लापरवाह थे। उन्हें सिर्फ़ मौज-मस्ती से काम था। बड़े और मँझले भाइयों के ससुराल वाले तो अच्छे-ख़ासे रईस थे। इसलिए उन्हें कभी ख़याल ही नहीं आया कि काम करने की भी ज़रूरत है। भूषण ही गधाखटनी करता था और माँ-बाप के पास कुष्टिया में वही एक रह गया था। तब उसे अपने बारे में सिर्फ़ अच्छी बातें ही सुनने को मिलती थीं। पर वे दिन तो जैसे किसी और के जीवन में घटित हुए थे। किसी और भूषण बाबू के।

भूषण इतने सारे पुराने सामान का क्या करता है, भाई के परिवार के लिए यह बात ख़ासी रहस्यमय रही होगी। शायद इसी रहस्य को सुलझाने के लिए विनायक ने भूषण के तेलीपाड़ा के घर के पास सजनेवाली बड़ी दुर्गा की प्रतिमा को देखने के बहाने उसके घर दाल-लूची-आलूदम खाने का प्रस्ताव रखा था। शाकाहारी बंगाली खाने में चने की दाल और लूची यानी दाल की पूड़ी या राधावल्लभी और आलूदम कलकत्ते के मारवाड़ियों का प्रिय व्यंजन है। "हाँ, हाँ, क्यों नहीं, ज़रूर आओ। सब कोई आओ। मेरी लड़की मालविका बहुत बढ़िया दाल-लूची बनाती है"-भूषण ने अपनी आवाज़ में उत्साह भर कर कहा था।

"चाचा, तुम्हारे लड़की कब हुई? और वह इतनी बड़ी भी हो गयी कि खाना बनाने लगी? हमें तो यही पता है कि हमारा एक ही चचेरा भाई है–प्रशान्त। वह तो हर दीवाली पर अपने ताऊ-ताई को प्रणाम करने आने लगा है। उसकी कोई बहन है, हमें तो पता ही नहीं"–विनायक अचरज से कहे जा रहा था। भूषण ने झेंपकर कहा–"अरे, बड़ी भाभी को तो सब मालूम है। तुम्हारी चाची बीमार रहती है। इसलिए उसकी बांग्लादेश में रहनेवाली छोटी बहन की लड़की हमारे ही साथ रहती है न! कितनी बार तो भाभी ने उसके लिए कपड़े दिये हैं। पिछली दुर्गापूजा पर तो एक बड़ा विलायती पर्स भी दिया था।" "ओह अच्छा!"–विनायक ने कुछ शर्मिन्दा होकर कहा। वाकई, उसे चाचा के जीवन के बारे में क्या मालूम है? चाची बीमार रहती है, यह तो उसने माँ से सुना था। पर माँ तो हर बात को यों ही बढ़ा-चढ़ा कर कहती है। किसी को बुख़ार भी हो, तो ऐसे घबराती है जैसे कि उसका ऊपर का टिकट कट गया हो। "तो तय हो गया चाचा! हम सप्तमी के दिन नॉर्थ कलकत्ता की दुर्गा-पूजा देखने जायेंगे। शोभा बाज़ार की राजबाड़ी की पूजा देखकर खाना तुम्हारे यहाँ खायेंगे। अच्छा चाचा, उस दिन... 'वह सब' मत पकाना"–विनायक ने धीरे-से फुसफुसाकर कहा।

भूषण ने कुछ ऊँची आवाज़ में विनायक को लगभग डाँटते हुए कहा–"अरे भाई, मेरे घर में वह सब नहीं पकता। समझे? हम लोग वही खाते हैं जो तुम लोग यहाँ खाते हो।'' विनायक का चेहरा हैरत से रंग गया–"सॉरी चाचा। तुम्हें बुरा लग गया क्या? तुम बेशक नहीं खाते होंगे, पर चाची, प्रशान्त, मालविका तो खाते होंगे?"

"कहा न, नहीं खाते अब तुम विश्वास न करो, तो मत करो।" भूषण को सचमुच ग़ुस्सा आ रहा था। उस पर कभी किसी ने भरोसा नहीं किया है। वह झूठ बोले तो झूठ है ही, सच बोले तो वह भी झूठ है। रीमा सरकार से शादी कर वह कुछ दिन हिन्द मोटर मँझले भैया के घर के पास रहा था। उन्होंने ही वह घर दिलवाया था।

एक दिन वह घर लौटा, तो देखा मँझले भैया उसके घर के बाहर चबूतरे पर बैठे हैं। "ऐसे ही चला आया था। आज रात खाने में क्या बन रहा है?"–भैया के कहते ही भूषण समझ गया था। चेकिंग कर रहे हैं। मांस-मछली-मटन-चिकन क्या-क्या खाता है जैनी कुल का कुलभूषण? मुँह-नाक पर पट्टी बाँधे जैन साधु और साध्वियाँ नंगे पाँव भटक रहे हैं कि कोई जीव हवा के झोंकों से उनकी नाक से अन्दर प्रवेश न कर जाये। एक

यह भाई है जो न जाने क्या-क्या भक्षण करता होगा। वह भैया का हाथ पकड़कर रसोई में ले गया था। उन्हें सब अलमारी-तसले-पीपे-डिब्बे दिखाकर उसने कहा था–"देख लो भैया, हम लोग वही सब खाते हैं, जो तुम लोग खाते हो।" भैया ने कुछ झेंपते हुए कहा था–"लेकिन भूषण तुम्हारी बीवी शादी के पहले तो खाती रही होगी।" भूषण ने कहा था–"उससे तुम्हें कोई मतलब क्यों होना चाहिए, भाई, जब मुझे ही इस बात से कोई मतलब नहीं है।" बाद में उसे पता चला था कि मँझले भाई की छोटी बेटी और बेटे का बड़ा लड़का यानी पोता हिन्द मोटर में बंगाली पड़ोसियों के घर जाकर सब कुछ खाने लगे हैं। आधे बार तो वे घर में खाते ही नहीं। तब उसका बहुत मन हुआ था कि जाकर भाई की ख़बर ले, पर फिर उसने उन लोगों से मुँह न लगने में ही अपनी भलाई समझी थी।

विनायक सचमुच अपनी पत्नी और भाभी के साथ सप्तमी की शाम उसके घर पहुँच गया था। भूषण को लग रहा था कि वह शायद नहीं आयेगा। अन्त में कुछ-न-कुछ बहाना बना देगा। पर मालविका से उसने राधावल्लभी, चने की दाल और आलूदम बनवा लिया था। भाभी उसे हर साल दीवाली पर काँच की एक-दो पुरानी प्लेटें जो अब पूरा 'सेट' न होने के कारण किसी काम की नहीं रह गयी थीं, उसे दे देती थी। उसने पिछले तीन-चार सालों की सात प्लेटें साफ़ करके रख ली थीं। स्टील में खाना वे लोग पसन्द नहीं करेंगे। विनायक ने नीचे से ही आवाज़ लगाई थी। चाचाऽऽ। भूषण ने लपककर छोटे से चौक से नीचे झाँका था। तीनों को देखकर एक क्षण के लिए तो वह दंग रह गया था, जैसे कोई सपना देख रहा हो। आज ये लोग पहली बार रीमा चाची से मिलेंगे। जाने क्या सोचेंगे। रीमा इधर कई सालों से बीमार रहकर थुलथुली और मोटी हो गयी है। घुटनों में दर्द के कारण सीधी न चलकर दोनों तरफ़ झूलते हुए चलती है। पर ख़ैर, भाभी भी वैसे ही चलती है और भाभी भी कोई कम वज़नी नहीं है। अलबत्ता काले और गोरे थुलथुलेपन में भी अन्तर होता है।

"चाचा, हम लोग ऊपर आ रहे हैं। तुम नीचे मत आओ"–कहकर विनायक फुर्ती से सँकरी सीढ़ियाँ चढ़ने लगा था। पीछे-पीछे खुले बाल लहराती उसकी बीवी और भाभी भी हँसते-बात करते एक लाइन में चढ़ रही थीं। सीढ़ी से ऊपर आते ही विनायक ठिठककर सामने ढँककर रखे बड़े से पहाड़ को देखने लगा था। "यह सब क्या है चाचा?" विनायक बहुत भला लड़का है, पर वह कभी नहीं सोचता कि कहाँ पर क्या नहीं कहना चाहिए। "अरे, तुम अन्दर चलो न। यह सब पुराना सामान है। मेरे साले ने अपनी

फैक्टरी उठा ली है, उसी ने यहाँ एक बार रखने के लिए कहा था।" तभी भूषण ने देखा कि विनायक की पत्नी और भाभी खुसफुसा कर एक पुरानी चादर की ओर इशारा कर रही थीं जिसे पहाड़ को ढँकने के लिए इस्तेमाल किया गया था। "यह तो तुमने ही दी थी शीला"–कहकर भूषण उन्हें देखकर हँसा। "हाँ चाचाजी। मेरी शादी का बेडकवर है यह। वही मैं विनीता को बता रही थी"–भैया की बड़ी बहू ने कहा। "तुम लोगों का ही दिया हुआ है बेटा सब सामान"–कहकर भूषण चाचा ने उन दोनों के हाथ में सौ-सौ रुपये का एक लिफ़ाफ़ा थमा दिया। "अरे वाह, चाचाजी, हमें तो खाने के साथ-साथ प्रॉफ़िट भी हो गया"–शीला ने कहा। दोनों ने हलके से झुककर चाचाजी को प्रणाम जैसा किया।

विनायक कुछ अनमना-सा पहाड़ को देखता जा रहा था। भूषण चाचा को डर लगा कि कहीं वह अपने बचपने में चादर खींचकर न हटा दे। देखता तो मुमकिन है कह देता–"चाचा तुमने कबाड़ का बिज़नेस कर रखा है क्या?" पैसेवालों के लिए हर चीज़ दो-चार साल में कबाड़ हो जाती है, चाहे वह कितनी भी अच्छी और महँगी क्यों न हो। जहाँ नयी चीज़ आयी, पुरानी को हटाने के लिए वे बेचैन हो उठते हैं। इन लोगों को क्या मालूम कि पूरे मोहल्ले में एक भी घर ऐसा नहीं होगा जो गोपाल चन्द्र दास के एहसान तले नहीं दबा होगा। चाचा ने किसी के घर में बत्ती लगवा दी, कहीं नल लगवा दिया, कहीं दीवार घड़ी टँगवा दी। मोहल्ले के लड़कों ने क्लब बना रखा है, जो कि पार्टी का दफ़्तर भी है, उसमें तो कुर्सी-टेबल तक चाचा की दी हुई है। जब मकान-मालिक ने चाचा के घर को ख़ाली करवाने के लिए कोर्ट का नोटिस भेजा था, तब पार्टी के आदमियों ने उन्हें पहले ही ख़बर कर दी थी। पुलिस थाने से उन्हें नोटिस आने के पहले ही चाचा ने अपने वकील से 'स्टे' ऑर्डर ले लिया था।

पार्टी के लोग चाचा को मानते हैं। सिर्फ़ सामान की ही बात नहीं है, चाचा मोहल्ले का रक्तदान कैम्प हो या मज़दूर दिवस की सभा, सब जगह खड़ा मिलता है। अपने काम से छुट्टी लेकर सुबह से शाम तक फ्री में खड़ा रहनेवाला आदमी किसे नहीं चाहिए? उसके बगल के मकान में साहा बाबू का अपने लड़के-बहू के साथ झगड़ा हुआ, तो पार्टी ने उनका फ़ैसला करते समय साहा बाबू के साथ बहुत नाइंसाफ़ी की थी। साहा बाबू को अपनी पेंशन का आधा हिस्सा लड़के को नौकरी लगने तक देना होगा, यह सुनकर साहा बाबू रो पड़े थे। शाम को 'गोपाल बाबू' कहकर जैसे ही उन्होंने नीचे

से आवाज़ दी, चाचा समझ गया था कि उसे इस फ़ैसले को बदलवाना होगा। सचमुच उसके कहने पर पार्टी ने लड़के को आधी पेंशन की जगह चौथाई देना तय किया था। पड़ोस की ग़रीब विधवा रासमणि देवी की लड़की से जब जोगेश बनिक सुनार के लड़के ने प्रेम किया और जोगेश दोनों की शादी के लिए राजी नहीं था, तब पार्टी को बीच में डालकर चाचा ने रिश्ता तय करवाया था।

भूषण चाचा विनायक और दोनों महिलाओं को कमरे में ले आया और उन्हें बंगाली तरीक़े के ऊँचे पलँग पर बैठाया। ऐसे पलँग के नीचे सामान रखने की बहुत जगह रहती है। पुराने ज़माने के लोहे के सन्दूकों में भी चाचा ने सामान रख रखा था। चारों तरफ़ सामान ही सामान था। वे लोग कुछ देर एकदम चुप बैठे रहे। अचानक बड़ी बहू शीला ने कहा–"अरे देखो, मेरा पुराना टेपरिकॉर्डर! चाचाजी, यह तो अब क्या चलता होगा? इसका ऊपर का ढक्कन ही ग़ायब है। एक बार तो मैंने इसे पहचाना ही नहीं था।" "चलेगा क्यों नहीं शीला?" कहकर चाचा ने अपने बेटे प्रशान्त को आवाज़ दी। प्रशान्त ने तुरन्त कहीं से तार निकाला, कहीं जोड़ा और कैसेट घूमकर बजने लगा–"सत्यम् शिवम् सुन्दरम्..."

विनायक और दोनों महिलाएँ अचम्भे से देख रहे थे, जैसे दुनिया का कोई आठवाँ आश्चर्य देख रहे हों। "वाह प्रशान्त, तुम तो एकदम जीनियस हो"–विनायक ने प्रशान्त के कन्धे पर हाथ मारकर कहा। "यू नो विनायक, यह कैसेट भी मेरा रिकॉर्ड करवाया हुआ है। दिस वाज़ माइ फेवरेट। 'सत्यम् शिवम् सुन्दरम्' फ़िल्म के गाने आज भी मुझे बेहद पसन्द हैं"–शीला ने कहा। तीनों देख रहे थे कि भूषण चाचा बेटे को जीनियस कहे जाने पर ख़ुशी के अतिरेक से गद्‌गद हो रहे हैं। प्रशान्त के चेहरे पर अपने पिता को देखकर एक क्षण के लिए हिकारत का सा भाव आया और चला गया। "सच चाचा, आपको तो कुछ भी दिया हुआ सफल है। मैं कल ही आपको अपना नया सीडी प्लेयर दे दूँगा। मैं कई दिन से 'होम थिएटर' ख़रीदने की सोच रहा था"–विनायक की बात सुनकर प्रशान्त के चेहरे पर एक हलकी-सी हँसी बैठ गयी। "मैं तो बाबा को कितने दिन से कह रहा था कि यह अब आदम के ज़माने का हो गया है। हटाओ इसे। पर बाबा मानते ही नहीं थे।" शीला ने 'बाबा' सम्बोधन पर मुँह खोलकर आश्चर्य में पड़ी विनायक की पत्नी को कोहनी मारकर धीरे-से कहा–"अरे बांग्ला में 'फ़ादर' को बाबा कहते हैं!" विनायक की पत्नी कलकत्ते की ही लड़की है। पर बांग्ला बिल्कुल नहीं जानती। शीला फिर बोली–"चाचाजी, आपके घर आकर सचमुच हमें बहुत

अच्छा लग रहा है। ऐसे लग रहा है कि हम समय में पीछे की ओर यात्रा कर रहे हों। जैसे कोई 'टाइम मशीन' को पीछे घुमा दे। चीज़ें सिर्फ़ चीज़ें नहीं होतीं, वे स्मृतियों की नौकाएँ भी होती हैं"–शीला की बात पर विनायक और उसकी पत्नी वाह-वाह कर उठे। "भाभी, आपका तो कहने का अन्दाज निराला है। यूनिक! एब्सोल्यूटली यूनिक"–विनायक की पत्नी ने कहा। बड़ा भैया इस मामले में बड़ा ख़ुशनसीब है कि दोनों बहुएँ एकदम सगी बहनों की तरह रहती हैं, जहाँ देखो, साथ-साथ जाती हैं। विनायक का बड़ा भाई विष्णु बाहर आना-जाना कम पसन्द करता है। पर उसकी पत्नी बहुत मिलनसार है।

बीच-बीच में सब चुप हो जाते थे। फिर विनायक कुछ बोलकर चुप्पी को तोड़ता। चौके से लगातार खटर-पटर की आवाज़ें आ रही थीं। भूषण चाचा को लग रहा था कि मालविका और उसकी पत्नी रीमा बेवजह प्लेट लगाने में देर कर रही हैं। उसे मालूम है कि शीला को चौके से आयी आवाज़ें बिल्कुल पसन्द नहीं हैं। जब से भैया के दोनों बेटों के चौके अलग-अलग हुए हैं, भूषण बड़े बेटे विष्णु के चौके में ही खाता है। पहले संयुक्त चौका नीचे छोटी बहू विनीता के तल्ले पर था, जहाँ बड़े भैया और भाभी रहते हैं। एक दिन शीला ने बिना किसी लड़ाई-झगड़े के घोषणा कर दी कि छह महीने बाद चैत्र के नवरात्र की नवमी के दिन से दो चौके चलेंगे। बड़े भैया, भाभी और भूषण चाचा ऊपर शीला के चौके में दिन और रात का खाना खायेंगे। सुबह-शाम की चाय वे नीचे पियेंगे। भूषण चाचा इस फ़ैसले से सबसे ज़्यादा ख़ुश था। बड़े भैया ने कुछ आपत्ति की थी कि इससे रिश्तों में दरार पड़ जायेगी। पर शीला ने कहा था कि इतने लोगों का संयुक्त चौका चलने से विनीता दोपहर में भी आराम नहीं कर पाती। चौबीस घण्टे की खटर-पटर किसी को अच्छी नहीं लग सकती। तब बड़े भैया चुप हो गये थे। बात तो सही थी।

भूषण चाचा कई बार नीचे खाना बनानेवाले नौकर-दाइयों से नाराज़ होकर खाना छोड़ चुका था। जब बड़ी भाभी को इस बारे में पता चलता, वह उनमें और नौकर-दाइयों में सुलह करवा देती थी। इतने सारे लोगों की फ़रमाइशों के बीच कोई भूषण चाचा को कभी सुबह दस बजे का चाय-टोस्ट देना भूल जाता, तो कभी दोपहर के खाने में सिर्फ़ आलू की सब्ज़ी परोसकर कहता कि बाक़ी सब सब्ज़ियाँ ख़त्म हो गयी हैं। उस पार के बंगाल का आदमी केवल आलू की सब्ज़ी के साथ खाना खा सकता है? कभी नहीं। भूषण चाचा एकदम बिगड़ जाता और कह देता, मुझे खाना नहीं है।

ऐसे में शीला ही थी, जो नौकर या दाई को डाँटकर भूषण चाचा के

लिए फिर से कोई हरी सब्ज़ी बनाने को कहती। अक्सर वह ख़ुद का खाना परोसते समय एक कटोरी हरी सब्ज़ी ऊपर की ताक पर रख देती और कहती, यह चाचाजी के लिए है। विष्णु ने तो एक बार चाचा को ठीक समय पर चाय टोस्ट नहीं देने के लिए पुराने नौकर रामू को छोड़ ही दिया था। "सब एक साथ माँगता है, हम क्या करेगा? एक बोलेगा, मेरा चाय में अदरक मत डालो, दूसरा अदरक का चाय माँगेगा। ऊपर से चाचा बोलेगा, हमको टोस्ट नहीं भाता। गरम रोटी बना कर दो। कैसे करेगा हम सब एक साथ? हम बोला बैठो दस मिनट। बना देगा। पर उस पर चाचा गरमी खाता है। छोड़ दो, हमको ही छोड़ दो। चाचा को खिलाने के लिए दूसरा आदमी रखो"–रामू की इस बात पर विष्णु ने उसे हिसाब दे दिया था। फिर चाचा ने ही दोनों का ग़ुस्सा ठण्डा कर वापस रामू को बुलाया था।

चौका अलग होने पर एक तो खानेवाले लोग कम होंगे और दूसरे, शीला और विष्णु चाचा का ख़ास ख़याल रखेंगे। चूँकि रामू ही ऊपर खाना बनायेगा, उसे थोड़ा तो डर होगा कि चाचा को रोटी नहीं देने से विष्णु बर्दाश्त नहीं करेगा। ऊपर काले काँच की नयी डाइनिंग टेबल लगी। भूषण चाचा ने पहले दिन ही देखा, उस पर खाते हुए काँच पर हाथ के दाग पड़ जाते हैं। आदमी कहीं तो हाथ रखेगा कि नहीं। तब भूषण चौके में खिड़की के पास पड़े स्टूल पर बैठकर खाने लगा। शीला और विष्णु ने देखा, तो कुछ कहा नहीं। कभी वे लोग ख़ुद खाते होते, तो कहते, चाचा यहीं आइए न। पर अक्सर चाचा बाक़ी लोगों के बाद ही खाता और उसे चौके में खाना ही अच्छा लगता। धीरे-धीरे उसने देखा कि उसके रामू से बात करते ही शीला आकर चौके का दरवाज़ा बन्द कर देती–"चाचाजी, मुझे आवाज़ें अच्छी नहीं लगतीं। यहाँ ऊपर के तल्ले पर आवाज़ बहुत गूँजती है। आप आराम से दरवाज़ा बन्द कर के खाइए न।" कभी वह बर्तन धोने की आवाज़ें सुनकर चौके में आकर दरवाज़ा बन्द कर जाती तो कभी छौंक की गन्ध आने पर। इतने सालों तक अपने घर में चौका न चलने के कारण उसे रसोई से आती आवाज़ें शोर लगतीं।

भूषण चाचा ने प्रशान्त को इशारा किया कि चौके से आती खटर-पटर को कम करने के लिए बोले। प्रशान्त ने समझा कि वह खाना जल्दी लगाने के लिए इशारा कर रहा है। "कोरछे तो"-वह बांग्ला में कुछ चिड़चिड़ाकर बोला–"सचमुच कर ही तो रही होंगी चाचा"–विनायक ने हवा में घुल आया तनाव हटाते हुए कहा-"आप सचमुच बहुत हड़बड़ी करते हैं चाचा। हमें जल्दी भगाना है क्या?" "अरे नहीं बेटा। तुम लोग पहली बार आये हो। फिर न जाने

कभी आओगे या नहीं। मैं तो आवाज़ के लिए कह रहा था, कम करने के लिए"—चाचा का चेहरा हँसी से खिल उठा। उन तीनों को बाप-बेटे के बीच कुछ अनबन का भान हो रहा था। माहौल को ठीक करने के लिए शीला ने कहा—"चाचाजी, यह बेडकवर कितना सुन्दर है। कहाँ से लाये आप?" भूषण चाचा ख़ुशी से उछल पड़ा। "गरियाहाट से लाये हैं बेटा। तुम्हें पसन्द हो, तो तुम्हें भी यही डिज़ाइन ला देंगे।" भूषण चाचा ने अपनी पीठ ठोंकी कि वह भाभी के दिये पुराने बेडकवर न बिछाकर आज के लिए एक नया बेडकवर ख़रीद लाया था।

"अच्छा प्रशान्त, तुम्हारी पढ़ाई तो पूरी हो गयी न? अब क्या करने का इरादा है?"—विनायक ने पूछा। "अभी तो मैं इस घर को बचाने के लिए कोर्ट के केस में लगा हूँ। पिछले चार साल से केस चल रहा है न"— प्रशान्त ने कहा। "अरे!"—वे तीनों अवाक् थे। सचमुच उन्हें चाचा के जीवन के बारे में कुछ भी पता नहीं है। "चाचा, यह तल्ला क्या आपने भाड़े पर ले रखा है?"—विनायक ने पूछा। भूषण चाचा हँसकर रह गया। तभी मालविका दो हाथों में दो प्लेट लिए कमरे में घुसी। वह हलके से मुस्कराती हुई शरमा रही थी। उसके आते ही जैसे कमरा रोशन हो उठा। देखने में सुन्दर है मालविका। गेहुआँ रंग, सलोना चेहरा। कहीं से चाचा की बेटी नहीं लगती। आँखों में अजब गहराई है, जैसे कि जीवन को समझ रही हो। चाचा को उस क्षण डर लगा कि विनीता या शीला बोल न उठें कि अरे, हमारे यहाँ भी पहले ठीक यही प्लेट थी। तभी आज तक किसी की भी न देखी हुई चाची हाथ में अलग डिज़ाइन की एक प्लेट लिए डगमगाती हुई आती दिखी। दोनों बहुओं ने तुरन्त लपककर प्लेट ले ली और उन्हें झुककर प्रणाम किया। "आपनार शरीर की रोकोम? आपनाके औतो कष्ट दिलाम"—शीला ने शुद्ध बांग्ला में कहा। भूषण चाचा ने कुछ गर्व से प्रशान्त की ओर देखा। फिर अपनी पत्नी की ओर ऐसे देखा जैसे वह भी उसे पहली बार देख रहा हो। रीमा सरकार आज काफ़ी ठीक-ठीक लग रही थी। चाचा और चाची को इकट्ठे देखकर सबने मन-ही-मन ग़ौर किया कि प्रशान्त अपने माँ-बाप के मुक़ाबले सुन्दर तक कहा जा सकता था और मालविका तो जैसे टाट में मख़मल का पैबन्द!

चाची ने दोनों को आशीर्वाद दिया और विनायक के सिर पर हाथ रखा। "तुम लोग अपने चाचा का बहुत धयान रखते हो। रात इतनी देर से घर आता है। वहाँ से आना ही नहीं चाहता"—कहकर चाची हँसी। हँसी कमरे में फैल गयी। प्रशान्त भी अब हँस रहा था और मालविका मुस्कराती जा रही थी।

अचानक माहौल राधावल्लभी और चने की दाल की सौंधी गन्ध और सबकी हँसी से ख़ुशगवार हो उठा। विनायक ने कहा–"चाची, मैं बहुत खाऊँगा। पहले ही बोल देता हूँ" और उसने खाना शुरू कर दिया। जब वह पाँचवीं पूड़ी खा रहा था, तो उसकी पत्नी ने आँख दिखाई। बंगाली घर में मेहमान आये और मिठाई न हो, ऐसा हो नहीं सकता। "कुछ रसगुल्लों के लिए भी जगह रख लो"–विनीता की बात सुन भूषण चाचा हो-हो कर हँस पड़ा–"तुम्हें कैसे मालूम कि रसगुल्ला मिलनेवाला है और सन्देश या खीर नहीं?" "क्या चाचाजी, आपके घर के बगल में चितरंजन मिष्ठान्न भण्डार के रसगुल्ले हर मारवाड़ी घर में लड़का होने पर बाँटे जाते हैं। आप वह नहीं खिलायेंगे, यह कैसे हो सकता है?"–विनीता बोली। भूषण चाचा ने अपनी पीठ ठोंकी कि वह रसगुल्ला, चमचम और 'आबार खाबो' सन्देश तीनों ले आया था। मेहमाननवाज़ी महँगी पड़ेगी, वह जानता था। पर अपने ही बच्चे हैं, कोई पराये तो नहीं। जैसा कि चाचा को अनुमान था, दोनों बहुएँ जाते समय चाची को पग-लागनी के पाँच-पाँच सौ के लिफ़ाफ़े पकड़ा गयी थीं। मालविका और प्रशान्त को एक-एक घड़ी मिली थी।

मालविका ने दस सालों में एक दिन भी वह घड़ी हाथ से उतारी हो, भूषण चाचा को याद नहीं आता। सिर्फ़ नहाते समय और सोते समय ही वह घड़ी खोलकर रखती थी। इसीलिए चाचा ने वह घड़ी उसकी लाश जलानेवाले डोम को दे दी थी। चाचा उस रात को याद करता है, तो अब भी मन उस दिन की तरह डूब जाता है। उसे लगता है कि वह कैसे बेशर्मी से जिए चले जा रहा है। छब्बीस साल की लड़की, जिसे कोई दिल की बीमारी न हो, अचानक हार्ट-अटैक से मर जायेगी, किसने सोचा था। रीमा ने जिस दिन बताया कि मालविका की ख़ास सहेली का रिश्ता तय हो गया है, तभी उसने सोचा था, अब मालविका की भी शादी होनी चाहिए। चूँकि उन्होंने उसे पाला है, यह ज़िम्मेदारी भी उनकी है। बड़ी मुश्किल से कलकत्ता एयरपोर्ट के पास बारासात में एक घर-वर पसन्द आया था सबको। फिर न जाने क्या हुआ? भूषण तो भैया के घर काम पर था, उसे कुछ पता तक नहीं चला। रोज़ की तरह उस दिन भी घर आते-आते रात के नौ बज गये थे। घर में घुसा, तो एकदम सन्नाटा। खाना बनाने तक की कोई आवाज़ नहीं। कहाँ चले गये सब, उसने सोचा और आवाज़ दी–'मालविका'।

भूषण चाचा उस दिन सारे दिन भाभी का मन्दिर साफ़ करता रहा था। राधा-कृष्ण की डेढ़ बित्ते की पीतल की मूर्तियाँ काली-सी पड़ जाती हैं। हर

त्योहार पर भाभी भूषण चाचा को यह काम सौंपती है कि उन्हें 'ब्रासो' से चमकाकर एकदम सोने की मूर्तियाँ बना दिया जाये। फिर उन्हें कपड़े, दुपट्टे और गहने पहनाकर उनके चन्दन-तिलक करना होगा। मन्दिर की बिछावन बदलनी होती है। तमाम देवी-देवताओं के फ़ोटो फ्रेम पोंछने होते हैं। भूषण चाचा को पूरा दिन लग जाता है। भाभी भी साथ लगी रहती है और-'भूषण बाबू आप तो बहुत ही धीरे काम करते हैं'-चिढ़कर कहती रहती है। भूषण चाचा को पता है कि जब राधा-कृष्ण नयी पोशाक पहनकर बन-ठन कर खड़े हो जायेंगे, तो भाभी उन्हें निरखती रहेगी और कहेगी-"भूषण बाबू जैसे तो कोई चमका ही नहीं सकता मेरे मन्दिर को। ऐसा लगता है कि राधारानी बोल ही पड़ेगी कि मैया, मेरा ऐसा सिंगार तो तू ही करती है।" भाभी के प्रायः सारे डायलॉग शब्द-दर-शब्द हर बार वही होते थे। इसलिए भूषण चाचा निश्चिन्त रहता था कि धीमी गति से काम करने पर भी अन्त में शाबाशी ही मिलेगी।

उस दिन राधा को सजाते हुए भूषण चाचा को बार-बार मालविका का ख़याल आता रहा था। दुल्हन के वेश में मालविका भी ऐसे ही सजेगी। विवाह के तीन महीने बचे हैं। भाभी से बात करनी होगी। भाभी ब्याह का जिम्मा ले ले, तो बस सब ठीक हो जाये। भाभी ने न जाने कितनी ग़रीब लड़कियों के ब्याह में मदद की है। मालविका का तो करेगी ही। सबसे छोटे भाई की दो लड़कियों का पूरा-पूरा ब्याह भाभी ने किया था। उसकी बड़ी लड़की का कन्यादान तक किया था। मालविका की शादी में पूरा ख़र्च भाभी को उठाना होगा। समय देखकर भूषण यह बात भाभी से कहेगा। दो बार यह बात करने के लिए भूषण ने मुँह खोला, पर जाने क्यों गले से आवाज़ ही नहीं निकली। ठीक है, अगले महीने बात कर लेगा। अभी काफ़ी समय है।

अँधेरे कमरे से अचानक रीमा के चीत्कार की आवाज़ सुन भूषण चाचा बुरी तरह घबरा गया था। अब रीमा ज़्यादा दिन की नहीं है। छह महीने पहले ही मर-मर कर बची है। पीलिया एकदम ख़राब हो गया था। डॉक्टरों ने जवाब-सा दे दिया था। भाभी ने तो भूषण को लाश पर चढ़ाने के लिए लाल साड़ी, शॉल आदि भी दे दिये थे। बड़ी बहू शीला को जब बात समझ में आयी थी, कि उसकी सास चाचाजी को यह सब सामान क्यों दे रही है, वह बिल्कुल हक्की-बक्की रह गयी थी। "किसी के मरने के पहले आप ऐसे कैसे तैयारी कर सकती हैं? क्या पता, चाची ठीक ही हो जाये!"-उसने कहा था। सचमुच रीमा ठीक हो गयी थी। पर ऐसे यह अँधेरे में क्यों चिल्ला रही है? बाक़ी लोग कहाँ हैं? कुछ बुरे की आशंका से भूषण का गला एकदम

सूख गया था। "की होलो"–कहकर वह कमरे में घुसा। "मालविका इस पृथ्वी पर नहीं रही"–सुनकर वह काठ हो गया था। ऐसा कैसे हो सकता है? ऐसा नहीं हो सकता। वह सबके बिना इस दुनिया में जी सकता है, मालविका के बिना नहीं। जाने के दिन तो हमारे थे, मालविका कैसे जा सकती है? वह अँधेरे में बुत की तरह चुप खड़ा रहा कि रीमा आगे बोले।

"मालविका क्लब से लौटकर बिस्तर पर औंधे लेट गयी थी। जैसे कि उसने अपने को गिरा दिया हो। मैंने सोचा, क्या किसी से लड़कर आयी है। शाम के वक़्त तो वह कभी लेटती नहीं। इधर क्लब रोज़ जाने लगी थी। सिलाई-कढ़ाई की क्लास देती थी न"–रीमा हिचकियों और सुबकियों के बीच बोल रही थी। भूषण उसका मुँह देखता रहा। उसका दिमाग़ एकदम सुन्न था। उसे तो मालूम भी नहीं था कि मालविका क्लब में क्लास देती है। पार्टी के द्वारा चालित ये क्लब किसी 'मैरिज ब्यूरो' की तरह काम करते हैं। मोहल्ले की आधी शादियाँ माँ-बाप के लाख विरोध के बावजूद ऐसे ही तय हो जाती हैं। तो क्या मालविका ने भी किसी को पसन्द कर रखा था? पर उसने तो कभी कुछ कहा नहीं। उसे अपनी जान देने की क्या ज़रूरत थी? क्या वह नहीं जानती थी कि कुलभूषण के लिए उसकी इच्छा पूरी करने से ज़्यादा कुछ ज़रूरी नहीं?

"तो क्या मालविका ने ज़हर खाया?"–भूषण ने इतने धीमे-से कहा जैसे कि उसने कुछ कहा ही नहीं हो। ''अरे नहीं रे बाबा, ज़हर क्यों खायेगी मेरी बेटी! उसके लिए हमने क्या कभी कोई कमी रखी है? अरे, मैंने क्यों दूसरे के बच्चे को पालने के लिए हाँ किया?''–रीमा ज़ोर-ज़ोर से विलाप करने लगी। भूषण को ग़ुस्सा आने लगा था। मालविका मर गयी और उसे कोई इतना तक बता नहीं रहा कि वह कैसे मरी? ऊपर से रीमा का यह रोना कि उसे मैंने क्यों पाला? प्रशान्त कहाँ है? 'प्रशान्त प्रशान्त'–भूषण के गले से फटी हुई आवाज़ निकली। "प्रशान्त वहीं है। अस्पताल में। मुझे लगा कि मालविका ऐसे कैसे लेटी है। मैंने उसे उठाया तो वह हिली नहीं। एकदम ठंडी-सी पड़ी थी। मैं डर गयी। मेरे चिल्लाने से ऊपर-नीचे से लोग आ गये। सबने मिलकर उसे अस्पताल पहुँचाया। प्रशान्त आ गया था वहीं। दो बोतल सलाईन का पानी चढ़ाया डॉक्टर ने। तीसरी बोतल तक वो ख़त्म हो गयी। हे दुर्गा भवानी! मैं लोगों को क्या जवाब दूँगी?"

"हुआ क्या था उसे?" ज़िन्दगी में पहली और अन्तिम बार भूषण इतने ज़ोर से चिल्लाया कि उसकी आवाज़ से ऊपर के ताक पर रखा कोई सामान

अँधेरे में झन्न से नीचे गिर गया। रीमा का रोना एकदम रुक गया। "हार्ट अटैक हुआ होगा। यही कहा डॉक्टर ने। पर यह भी कहा, बॉडी ले जाने नहीं देंगे। पहले पोस्टमार्टम होगा"–रीमा ने धीमे स्वर में कहा। हार्ट अटैक कैसे हो सकता है? उसे तो कोई बीमारी ही नहीं थी। हार्ट की बीमारी तो बूढ़े लोगों को होती है। ऊपर से पोस्टमार्टम की बात। इसका मतलब ही है कि डॉक्टर जानता है कि कुछ और गड़बड़ है। भूषण ने झटके से उठकर बत्ती जलाई, फिर वह दौड़कर ग़ुसलख़ाने में गया। फ़िनाइल की शीशी उतनी की उतनी भरी हुई थी। उसके बाद उसने रीमा की दवाओं का डिब्बा खोला। उसकी नींद की दवा के पत्ते उतने के उतने थे। भूषण का मन हो रहा था कि अपना सिर दीवारों से मारकर फोड़ ले। किसी तरह वह ख़ुद को ख़त्म कर ले।

"पोस्टमार्टम के बाद 'बॉडी' कहाँ मिलेगी?"–भूषण ने प्रशान्त से पूछा था। प्रशान्त बदहवास–सा उसे देखता जा रहा था। ईस्ट पाकिस्तान से इंडिया आते–जाते भूषण ने कई बार मरी हुई लाशें देखी थीं। एक बार तो जहाँ से वे लोग नौका पर चढ़ रहे थे, वहीं सीढ़ियों के पास एक लड़की मरी पड़ी थी। किसी ने उस पर कोई फटा हुआ साड़ी का टुकड़ा डाल दिया था। सब लोग उससे आँखें चुराते नौका पर चढ़ रहे थे। अब तो वह आँख नहीं चुरा सकता। मालविका, मुझे माफ़ करना। मैं तुम्हारे लिए कुछ नहीं कर पाया। भूषण कब प्रशान्त के गले लगकर ज़ोर–ज़ोर से रोने लगा था, उसे पता नहीं चला। प्रशान्त कुछ देर तक पत्थर की तरह जड़ खड़ा रहा। फिर वह भी सुबकने लगा। "'बॉडी' हमें नहीं देंगे। उसके माँ–बाप को बुलाना होगा"–प्रशान्त ने कहा। "अरे हम ही तो मालविका के सब कुछ हैं। उसके माँ–बाप तो कभी के मर चुके"–भूषण ने आश्चर्य से कहा। पर कहते–कहते उसे समझ में आ गया कि मालविका के माँ–बाप के बांग्लादेश की इकहत्तर की लड़ाई के समय मारे जाने की बात को बताये बिना वह उसे फूँक नहीं सकता।

पार्टी के लोग नहीं आते तो शायद मालविका की लाश अगले दिन भी नहीं मिल पाती। "कितना पैसा खिलाया डॉक्टर को?"–डोम के कहते ही प्रशान्त के दोस्त मंटू ने उसकी कॉलर पकड़ ली थी। "तुम्हें भी वहीं जाना हो, तो बताओ।" मंटू ने किसी मिनिस्टर का नाम लिया था। मोहल्ले के प्रायः सारे लोग इकट्ठे देखकर डोम घबरा गया था। प्लास्टिक में लिपटी लाश जिसे मोटे–मोटे धागों से सिला गया था, देखकर भूषण एकदम से फटकर रोने लगा था। "तुम हटो" कहकर किसी ने मालविका पर एक काला कम्बल डाल दिया था। मोमिनपुर के 'मोर्ग' की गन्ध आज तक भूषण नहीं भूला।

मालविका की चिता को आग उसी ने दी थी। उसे लग रहा था कि लोग उसे ऐसे देख रहे थे जैसे उसी ने मालविका की हत्या की हो। मुखाग्नि देकर भूषण ने अपनी जेब से मालविका की घड़ी निकाली थी। अस्पताल में उसके पड़ोसी ने उसे सँभलाई थी। एक बार वह चिता पर ही चढ़ानेवाला था कि उसने देखा कि डोम उसकी ओर ललचाई निगाहों से देख रहा था। उसने वह घड़ी उसे दे दी थी।

आज तक एक बात भूषण को समझ में नहीं आयी। श्मशान घाट पर जब पण्डित ने क्रिया-कर्म करवाते हुए उससे उसका नाम पूछा था तो भूषण के मुँह से गोपाल चन्द्र दास की जगह निकला था—कुलभूषण जैन। दुख और सन्ताप की उस घड़ी में भी उसे अहसास हो गया था कि आस-पास खड़े मोहल्ले के लोग चौंक गये हैं। बगल में खड़े निमाई बाबू ने पण्डित को कहा था—"इसका नाम है गोपाल चन्द्र दास"—और भूषण को हलके से धक्का दिया था। तभी भूषण को यह ख़याल आया था कि जब वह ख़ुद मरेगा, तो भी उसका क्रियाकर्म गोपाल चन्द्र दास के नाम से ही किया जायेगा। ये लोग उसके सुख-दुख के साथी हैं। ये ही उसकी भी अन्तिम यात्रा में शामिल होंगे। क्या विनायक और विष्णु या उसके दूसरे भाइयों के बच्चे उसे कन्धा देंगे? क्या प्रशान्त उन्हें सूचना देगा कि बाबा को श्मशान पहुँचाने चलो?

मालविका के इस तरह अचानक मरने की ख़बर जब भूषण ने बड़ी भाभी को फ़ोन पर दी, तो भाभी फफक-फफक कर रोने लगी थी। भाभी कभी मालविका से नहीं मिली थी, पर भूषण के बिना कहे वह मालविका की शादी की तैयारी कर रही थी। "क्या हुआ माँ? भूषण चाचा ठीक है ना?"—कहकर विनायक ने फ़ोन ले लिया था। मालविका की मृत्यु की ख़बर सुनकर वह स्तब्ध रह गया था। फिर उसने कहा था—"चाचा तुम्हें पता करना चाहिए था। कोई 'लव' का चक्कर रहा होगा। क्या कहते हो? हार्ट अटैक हो गया? चाचा, तुम भी न! अच्छा छोड़ो। तुम चाची और प्रशान्त को सँभालो। ओह, कितनी अच्छी लड़की थी। उससे मिले थे, इसीलिए विश्वास नहीं हो रहा। कल रामू के हाथ रुपये भेज देंगे चाचा। शायद तुम्हें ज़रूरत होगी।"

भूषण फ़ोन रखकर दो-चार मिनट सन्न-सा खड़ा रहा था। क्या सचमुच उसे मालविका के बारे में कुछ पता नहीं था? क्या सचमुच डॉक्टर को रुपया खिलाकर पोस्टमार्टम की ग़लत रिपोर्ट निकाली गयी? क्या मालविका

ने आत्महत्या की है? भूषण का हाथ भूलने के बटन की तरफ़ बढ़ गया था। उसे भूलना होगा। सब कुछ भूलना होगा। उसे किसी सच का पता नहीं करना है।

कुलभूषण जैन! तुम्हारा यों भी कोई कुल नहीं था और आगे तो इस नाम से तुम्हारा श्राद्ध करनेवाला भी कोई नहीं होगा। अच्छा होगा कि तुम आत्मकथा लिख ही जाओ। ख़ुद न लिख सको, तो अपनी कथा किसी को बता ही जाओ। कम-से-क़म तुम्हारा नाम कहीं तो लिया जायेगा।

प्रशान्त शादी नहीं कर रहा। मालविका के जाने के बाद कितनी बार उसे लड़की देखने के लिए कहा, पर वह तैयार नहीं हुआ। उसकी माँ को अकेले खाना बनाने में कितनी दिक्क़त होती है। कोई मारवाड़ी तो उसे अपनी लड़की देगा नहीं। शादी तो बंगाली लड़की से ही करनी होगी। एक बार विनायक ने अपने ऑफ़िस में काम करनेवाली एक बंगाली लड़की को प्रशान्त के लिए देखने चाचा को कहा था। विनायक ने प्रशान्त को दफ़्तरों के कार्ड, डिब्बे, स्टेशनरी वग़ैरह प्रिंट करने के काम में लगा दिया है। प्रशान्त अच्छा कमा रहा है। पर वह विनायक के दफ़्तर की लड़की से मिलने को राज़ी नहीं हुआ था। चाचा को विनायक को कहना पड़ा था–"अभी प्रशान्त शादी के लिए तैयार नहीं है।" विनायक ने तुरन्त पूछा था–"क्यों, अभी कितनी उम्र है उसकी?" चाचा ने अन्दाज़ से कहा–"चौबीस-पच्चीस होगी।'' विनायक हँस पड़ा था। "चाचा, तुम अपना दिमाग़ चेक कराओ। प्रशान्त मुझसे पाँच साल छोटा है। अभी इसी साल सैंतीस का हो गया हूँ मैं। तुम्हारे घर जब हम छह साल पहले आये थे, तब वह कॉलेज पास करके तुम्हारे कोर्ट-केस में लगा हुआ था। अच्छी तरह याद है मुझे। वह उस समय ही छब्बीस-सत्ताईस का रहा होगा।"

भूषण चाचा के मन में आज सब कुछ बीत जाने के बाद जाने कहाँ से एक ख़याल आया है। यह इस 'आत्मकथा' के पोस्टर के कारण है क्या? आज तक उसने ऐसा कभी क्यों नहीं सोचा? या सोचा और उसे अपने को भूल जाने दिया? क्या प्रशान्त और मालविका के बीच कोई ऐसा सम्बन्ध बन गया था, जो बनना नहीं चाहिए था? क्या इसीलिए मालविका ने किसी और से शादी करने के बजाय मरना ठीक समझा? उसे याद आया कि मालविका और प्रशान्त हर बात पर कैसे एक-दूसरे को देख आँखों-ही-आँखों में हँसते थे। उसने प्रशान्त को इधर के सालों में एक बार मुस्कराते तक नहीं देखा है। भूषण को यह पता चला था कि जिस दिन मालविका क्लब से लौटकर मर गयी थी, उस दिन क्लब में प्रशान्त भी मौजूद था। क्या कर रहा था प्रशान्त

वहाँ? वह तो प्रिंटिंग के कारख़ाने से देर से लौटता है। उसे क्लबबाज़ी के लिए न फुरसत है और न ही उसका मन बंगालियों के प्रिय शगल अड्डाबाज़ी में लगता है। तो क्या उस दिन पार्टी की मीटिंग क्लब में हुई थी? क्या पार्टी ने यह फ़ैसला दिया था कि मालविका को शादी करके इस अवैध सम्बन्ध को ख़त्म करना होगा? पर आज इतने साल बाद भूषण क्यों यह सब अटकलें लगाकर अपने को सता रहा है? उसके पास कोई रास्ता नहीं है सच तक पहुँचने का। और जानकर होगा भी क्या?

अचानक चाचा को विनायक की एक बात याद आयी। मालविका के मरने के बाद जब वह विनायक से पहली बार मिला था, विनायक ने उसे कहा था—"चाचा, अब तुम्हें किसी तरह समझाकर या धमकाकर प्रशान्त की शादी कर देनी है। जो हो गया, उसे कोई बदल नहीं सकता। मैंने पिताजी से बात कर ली है। तुम्हें उस भाड़े के घर में रहकर मकान मालिक से कोर्ट-कचहरी करने की कोई ज़रूरत नहीं है। तुम्हारा तो आधा जीवन यही करते निकल गया, अब प्रशान्त को तो बख़्शो। उस घर में रहकर वह मालविका को भूल नहीं पायेगा। पिताजी तुम्हें एयरपोर्ट के पास दो कमरे का फ़्लैट ख़रीद कर दे रहे हैं।" भूषण को अपने कानों पर यक़ीन नहीं आया था। बड़े भैया उसे फ़्लैट ख़रीदकर देंगे? विनायक की बात सुनकर वह ऐसा गद्‌गद हुआ था कि उस घर में रहते हुए प्रशान्त के मालविका को न भूलनेवाली बात भूल ही गया था।

सचमुच बड़े भैया ने उसे एयरपोर्ट के पास एक फ़्लैट ख़रीद दिया था। यह बात अलग है कि वे लोग आज तक उस फ़्लैट में रहने नहीं गये। एक तो रीमा अपना पड़ोस छोड़कर नयी जगह जाने को तैयार नहीं थी, दूसरे अगर वह अपने कमरे छोड़ देता, तो उसकी इतने सालों की कोर्ट-कचहरी की मशक़्क़त बेकार साबित हो जाती। वह तब से आजकल 'रेंट कंट्रोल' में साठ रुपये जमा करवा रहा है और आराम से वहीं रह रहा है। बड़े भैया ने जब अपना मकान बनवाया, तो भूषण ने होशियारी से पत्थर, टाइल्स वग़ैरह ज़्यादा ख़रीदवा दिये थे। धीरे-धीरे वह सब उसने अपने घर में लगवा लिया। विनायक अब कौन-सा कभी उसके घर में आनेवाला था! और आता भी तो क्या? कोई एक जैसी टाइल्स बाज़ार से क्या नहीं ख़रीद सकता? प्रशान्त अच्छा-ख़ासा कमाता है, यह बात सब जानते हैं। प्रशान्त का बिज़नेस विनायक ने ही जमवाया था। उसके तमाम मित्रों के घर और दफ़्तर में हरेक स्टेशनरी, कार्ड प्रशान्त ही बनाता है। आटे में हलके नमक जितना अगर भूषण ने अपने

लिए रख लिया, तो इसमें बेईमानी क्या है? आख़िर बड़े भैया का नया घर बनाने में उसने रात-दिन की जी-तोड़ मेहनत भी तो की थी।

आदमी के नसीब में यों भी अगर कुछ लिखा हो, तो उसे मिलता ही है। भूषण चाचा को न सिर्फ़ बड़े भैया से फ़्लैट मिला, बल्कि बगल के मकान के निमाई बाबू ने भी अपना मकान भूषण के नाम ही लिख दिया। निमाई बाबू के बेटा नहीं है। तीनों लड़कियों की शादी अच्छे-अच्छे घरों में हुई है। निमाई बाबू ने सिर्फ़ दो कमरे अपने लिए रखकर बाक़ी ऊपर-नीचे और बगल के दो कमरे भाड़े में लगा रखे थे। तीस साल बाद अब भाड़े के कुल दो सौ रुपयों का उनकी लड़कियों के लिए कोई मोल नहीं था। उनके पास न अपने अकेले और बीमार बाप को सँभालने के लिए समय था और न ही उन्हें उस टूटे-फूटे छोटे से मकान की कोई ज़रूरत थी। धीरे-धीरे निमाई बाबू का सारा कामकाज भूषण ने सँभाल लिया था। एक बार उन पर कोई वारंट निकल गया था, तो भूषण ने ही किसी तरह उसे ख़ारिज करवाया था। उनका दवा-पानी सब भूषण के ज़िम्मे आ गया था। एक रात निमाई बाबू ने पैर दबवाते हुए उससे कहा-"गोपाल! तुम इतने सालों से केस लड़ते रहे। तुम्हारा मकान मालिक आख़िर तक तुमसे घर ख़ाली नहीं करवा सका। वह अन्त में औने-पौने दाम में मकान बेचकर निकल गया। तुम्हारा वकील निश्चय ही ज़ोरदार आदमी है। ऐसा करो, तुम मेरी ओर से मेरे ऊपर-नीचे और बगल के तीनों किरायेदारों पर ख़ाली करवाने के लिए केस कर दो। मैं यह मकान ही तुम्हारे नाम लिख दूँगा। तुम मेरे धर्मपुत्र हो। मेरी इतनी सेवा करते हो। ऐसे भी मेरी लड़कियाँ मेरे मरने के बाद भाड़े के दो सौ रुपये उठाने यहाँ आनेवाली नहीं हैं।"

भूषण की आँखों में आँसू आ गये थे। जिसे अपने माँ-बाप से एक धागा नहीं मिला था, उसे यह आदमी धर्मपुत्र कहकर पूरा मकान देना चाहता है। भूषण ने कहा-"बाबा! मकान तो मैं तभी लूँगा जब आपके क्रिया-कर्म का अधिकार भी मुझे लिख देंगे।" निमाई बाबू भी रो पड़े थे। उन्होंने बाक़ायदा तीनों लड़कियों को पत्र लिखकर अपनी वसीयत बता दी थी। गोपाल चन्द्र दास मेरे अन्तिम संस्कार का हक़दार होगा और मेरा मकान भी उसी का होगा। तीनों ने दोनों बातों पर कोई आपत्ति नहीं जताई थी। तब से भूषण चाचा के तीन केस निमाई बाबू के किरायेदारों पर चल रहे थे। कोर्ट में लोग चाचा को देखकर अक्सर आपस में कहते-"कितने जज रिटायर होकर चले जायें, कितने वकील ऊपर चले जायें, भूषण चाचा से कोर्ट नहीं छूटेगा।"

प्रशान्त न जाने क्यों 'कोर्ट' शब्द से ही चिढ़ता। अरे, हमें कोर्ट से ही मिला है जो कुछ हमारे पास है। भैया को अगर विनायक ने यह डर नहीं दिखाया होता कि चाचा का सामान कभी भी कोर्ट के ऑर्डर से सड़क पर फेंका जा सकता है, भैया क्या उसे फ़्लैट दिलाता? क्या फ़्लैट का भाड़ा उसे मिलता? क्या निमाई बाबू यदि ख़ुद कोर्ट-कचहरी कर पाते, तो उसे अपना मकान देते? प्रशान्त को क्या मालूम कि देश और काम छिन जाना क्या होता है? बिना एक तिनके के सहारे जीना क्या होता है?

प्रशान्त के बारे में कुछ ऐसा ज़रूर था, जो भूषण की पकड़ में आता था, पर फिर ग़ायब हो जाता था। कई बार उसे लगता था कि मालविका का नाम आते ही रीमा और प्रशान्त दोनों अकबका से जाते हैं। अगर लड़की किसी न जानी हुई बीमारी से मर गयी, तो उसमें उसका क्या दोष है? क्या उसका अब नाम ही न लिया जाये? भूषण चाचा को कुष्टिया के गंगा घाट से स्टीमर पर चढ़ते हुए देखी उस लड़की की लाश याद आ गयी। क्या मालविका की उपस्थिति को वे लोग उसी तरह भूल जाना चाहते हैं? क्या उसे इतनी आसानी से भुलाया जा सकता है? भूषण को याद आया कि एक बार जब उसने कहा था कि मालविका की बनाई ढाकाई कचौड़ी याद आती है, तो प्रशान्त का हाथ खाते-खाते रुक गया था। तुरन्त वह बात बदलकर अपने बिज़नेस की बातें करने लगा था। आमतौर पर वह अपने पिता से रुपये-पैसे या अपनी कमाई की कोई बात नहीं करता। जब से भूषण ने उनके ज्वाइंट एकाउंट से एक लाख रुपये माया नस्कर को गाँव में अपना घर बनाने के लिए दे दिये थे, तब से प्रशान्त ने उससे कभी बिज़नेस या प्रॉफ़िट का ज़िक्र तक नहीं किया था।

प्रशान्त इस तरह बड़े भैया के पास उसकी शिकायत करेंने जायेगा, यह भूषण कभी सोच भी नहीं सकता था। बड़े भैया का घर बनवाते समय उसे एक बार फिर से 'लव' हो गया था। ऐसा भी हो सकता है, उसने कभी सोचा नहीं था। माया नस्कर कोई रूप-सुन्दरी नहीं थी। पर उसका काला रंग अन्दर से जैसे रोशनी की झलक मारता था। वह ठेकेदार के संग वहाँ आयी थी और दिन-भर मिस्त्रियों के द्वारा की गयी गन्दगी को साफ़ करना उसका काम था। वह अपना काम मन से करती थी। उसे देखने की ज़रूरत नहीं थी कि वह कामचोरी कर रही है या नहीं। पर भूषण को न जाने क्या हो गया था कि वह दिन भर घूम-घूमकर उसे देखता रहता। उसके लिए कभी कोई मिठाई ले आता और उसके हाथ में चुपके से थमा देता। भूषण को सारे मिस्त्री चाचा कहते

थे, पर माया नस्कर उसे 'भूस्सोन बाबू' कहती। उसकी पूर्व बंगाल की बोली भूषण के दिल में उतर गयी थी। इधर के 'घोटी' बंगाली उधर के बंगालियों को 'बांगाल' कहकर उन्हें नीची दृष्टि से देखते हैं और उनकी बोली का मज़ाक़ उड़ाते हैं। इन्हें क्या मालूम गंगा-पद्मा, मेघना-जमुना, मधुमती-गोराई में नदी-नहर से नौका से ही कहाँ-से-कहाँ पहुँच जानेवाले देश की सुन्दरता! वहाँ लोग मकान बनाने के पहले सड़क की जगह नहर खोजते हैं कि नौका से ही हाट-बाज़ार से लेकर सारे काम हो जायें। और नदियों की तरंग जैसी ही है उसकी बोली की मिठास!

धीरे-धीरे माया नस्कर उसे अपने घर की सब बातें बताने लगी थी। गाँव में उसका शराबी पति कई-कई दिनों तक घर नहीं आता। सब कुछ पूर्व पाकिस्तान में छूटने का ग़म उसे खा गया है। वे लोग भारत-पाकिस्तान की लड़ाई के समय रात-रात भर पैदल चलकर किसी तरह जान बचाकर बॉर्डर पार कर नैहाटी में बस गये थे। रेल लाइन के किनारे उन्होंने अपनी झुग्गी बना ली थी। उसके पति के ख़ानदानी घर में आठ कमरे थे। वह इस झुग्गी को घर नहीं समझता। घर आता है तो उससे मारपीट कर उसकी कमाई ले जाता है। उसकी आठ साल की लड़की खाना बनाती है और अपने छह साल के भाई को भी रखती है। बाक़ी साल तो जैसे-तैसे बीत जाता है, पर बारिश में पूरी झुग्गी टपकती है। सारी रात वे लोग जागते हैं। सिर पर प्लास्टिक ओढ़कर रात बैठकर काटते हैं। सुनते-सुनते एक दिन भूषण से रहा नहीं गया था। उस दिन तेज़ बारिश के कारण कम मिस्त्री आये थे। वे दोनों एक कमरे में अकेले थे। कल ही लकड़ी मिस्त्री ने दरवाज़े लगाये थे और चिटकनी भी लगा दी थी। भूषण ने उस दिन माया नस्कर का हाथ पकड़ उसे गले लगा लिया था। बाद में भूषण ने प्रशान्त के एकाउंट से चेक काटकर एक लाख रुपये उठा लिए थे और माया को दे दिये थे।

"कुलभूषण!"—भैया कमरा बन्द कर उस पर गरजे थे। "अब अपना बेटा ही बचा था, जिसके घर तुम चोरी करते? तुम्हारी मति मारी गयी। किसको दिये थे एक लाख रुपये। बोलो, किसको दिये?" भूषण ने कोने में खिड़की के परदे से सटकर खड़े विनायक की ओर देखा था। विनायक क्या आज भी उसे बचायेगा? विनायक ने आँखें फेर लीं। उसके बदन से जैसे नफ़रत का झोंका भूषण की तरफ़ आया। भूषण की गर्दन नीचे की ओर लटक गयी। "बोलो कुलभूषण, अब फिर तुमने कुल का क्या मान बढ़ाया है, बोलो? चुप रहने से काम नहीं चलेगा।"—भैया के मुँह से थूक के छींटे उड़ रहे थे। भूषण चुप रहा। "बोलो भूषण, चुप रहने से काम नहीं चलेगा।"

"भैया, तुम्हें कुष्टिया में हमारे घर चौका-बरतन करनेवाली शुभदा नस्कर याद है?''—भूषण ने भाई की तरफ़ देखकर मरी हुई आवाज़ में पूछा। "भूषण, तुम्हें शायद लग रहा है कि फिर तुम पहले की तरह कोई कहानी सुनाकर मुझे फुसला लोगे। शुभदा नस्कर अब तक मर-खप गयी होगी। तुम अगर यह कहना चाहते हो कि तुमने उसे रुपये दिये, तो मुझे लगता है तुम्हें मानसिक इलाज़ की ज़रूरत है।" भूषण का मन हुआ कि एक बार ज़ोर से हँस ले। उसे पता है कि बड़ा भैया सातों सुख होते हुए भी डिप्रेशन का मरीज़ है। उसे रोज़ दवा लेनी पड़ती है। वरना उसका ऐसा हाल हो जाता है कि वह कई-कई दिन बिस्तर से उठता तक नहीं। "भैया, तुम्हें बहुत-सी बातों का पता नहीं है। तुम तो कलकत्ता आकर बस गये थे। अब पिताजी रहे नहीं कि तुम्हें कुछ बता सकें। जब मैं चौंसठ के दंगों के समय तुम्हारे दोस्त दीपक भरतिया के साथ अन्तिम बार कुष्टिया से आया था, तब हमारे साथ वहाँ के मन्दिर की चाँदी की पार्श्वनाथ की मूर्ति थी, जो हमने यहाँ के दिगम्बर जैन मन्दिर में दी थी। याद है न?"—कहकर भूषण रुका। बड़े भैया ने आश्चर्य से गरदन हिलाई। पिताजी से सुना तो था कि कैसे वहाँ से जैनी लोग सफ़ेद कपड़े में लपेटकर मूर्ति को मरे हुए बच्चे की तरह गोद में लेकर लाये थे। किसी ने रोका नहीं था क्योंकि सबने सोचा था कि वे लोग अपने मरे हुए बच्चे की लाश को लेकर सीमा पार जा रहे हैं।

"भैया, उस रात हम लोग बहुत डरे हुए थे। कुष्टिया की सीमा पर मशालें ले-लेकर बहुत से लोग इकट्ठे थे। उनकी 'अल्लाहो अकबर' चिल्लाने की आवाज़ें लगातार आ रही थीं, जैसे वे लोग हम पर हमला करने आ रहे हों। पिताजी और मन्दिर के पुजारी ने मुझे मूर्ति लपेटकर सौंप दी थी और मैं रात भर शुभदा नस्कर की कोठरी में बैठा 'नमो अरिहंताणम्' का जप कर रहा था। उसी दिन दोपहर में मेरे बचपन के दोस्त मोहम्मद इस्लाम ने मुझे हमारे घर के बाहर आवाज़ देकर बुलाया था और कहा था कि अगर हम देश छोड़कर जायें, तो हमारा मकान उनके नाम कर दें। उसने एक बार भी यह नहीं कहा कि हमें भागने की कोई ज़रूरत नहीं है। वे लोग हमारी रक्षा करेंगे। मैं समझ गया था कि दंगे का डर दिखाकर असल में मेरा दोस्त हमारा दो चौक का मकान हड़पना चाह रहा था। शुभदा नस्कर ने ही उस रात हमारे जैन मन्दिर की मूर्ति को चाँदी के मोल बिकने से बचाया था।"

बड़े भैया चुपचाप सुन रहे थे, जैसे कोई प्रवचन सुन रहे हों। भूषण ने विनायक की ओर देखा। विनायक के चेहरे के भाव वह पढ़ नहीं पाया।

पर वहाँ पहले की तरह हिकारत का भाव नहीं था। "बाबू, आपने तो कभी यह मूर्ति वाली बात हमें बतायी नहीं?" उसने अपने पिता से कहा। बड़े भैया ने कुछ नहीं कहा। ''तो चाचा, तुमने वह एक लाख रुपये उसी बूढ़ी औरत को दिये हैं जिसने तुम्हारी मदद की थी?" "नहीं विनायक। वह बूढ़ी औरत क्या अब तक ज़िन्दा है? हाँ, मैंने उसे कलकत्ता में दमदम, बेलियाघाटा, टालीगंज, अशोकनगर, जादवपुर की रिफ़्यूजी कॉलोनी में और रेल की पटरियों के किनारे झुग्गी बनाकर रहते शरणार्थियों की बस्तियों में जाकर कई बार कहाँ-कहाँ नहीं खोजा। पर मुझे उसका कोई पता नहीं चला। वह हमारे साथ ही भारत आयी थी। उसके साथ उसकी आठ-नौ साल की लड़की भी थी। जाने उन लोगों का क्या हुआ। पर तुम्हें यह जानकर विश्वास नहीं होगा विनायक कि मुझे उसकी लड़की माया नस्कर मिल गयी। तुम लोगों के नये मकान में वह सफ़ाई का काम करने रंग मिस्त्रियों के साथ आती है"—भूषण बोलकर बड़े भाई की प्रतिक्रिया देखने रुक गया।

"चाचा, तुम्हें तो इस पर किसी फ़िल्म की स्क्रिप्ट लिखनी चाहिए थी। बेकार ही तुमने अपने बड़े भाई के घर में अपनी ज़िन्दगी ख़राब की"—विनायक ने उत्तेजित स्वर में कहा। चाचा समझ गया। आज भी विनायक ही उसकी इज़्ज़त बचायेगा। "तुम्हें पता ही है विनायक, मैं हर आदमी से उसके सुख-दुख की बात कर लेता हूँ। जब मुझे माया से पता चला कि उसकी झोंपड़ी पर छत तक नहीं है, तो मुझसे रहा नहीं गया। मैंने भी बहुत बुरे दिन काटे हैं, पर कम-से-कम मेरे सिर पर हमेशा छत तो थी। मैंने प्रशान्त के बैंक एकाउंट से एक लाख रुपये उसे दे दिये। मुझे पता था प्रशान्त को पता चलेगा, तो बहुत बवाल होगा। मैं सोचता रहा कि उसे कैसे समझा पाऊँगा कि मैंने वही किया जो मुझे करना चाहिए था।"

विनायक ने अपने पिता की ओर देखा—"बाबू, अगर चाचा आपसे एक लाख रुपये माया नस्कर को देने के लिए माँगते, तो क्या आप दे देते? सच बताइए, दे देते?" बड़े भैया चुप रहे। ''नहीं देते। मैं जानता हूँ, आप बिल्कुल नहीं देते। पर चाचा का दिल कितना बड़ा है कि पास में फूटी कौड़ी नहीं, पर किसी शुभदा नस्कर का अपने परिवार पर किया गया एहसान उतारने के लिए अपनी फ़ज़ीहत करवा ली।"

विनायक जब जोश में कोई बात कहता है, तो बस कहता जाता है। बड़े भैया उसे बहुत मानते हैं। छोटा बेटा है। आँख का तारा है। "ऐसा करो चाचा, मुझे प्रशान्त का बैंक एकाउंट नम्बर दो। मैं अपनी तरफ़ से एक लाख रुपये

उसे लौटा दूँगा। चाचा, तुम सचमुच कुलभूषण हो"–विनायक की प्रशंसा से भूषण के मन में एक क्षण के लिए ग्लानि हुई। चाचा का हाथ तुरन्त भूलने के बटन की ओर बढ़ गया। क्या पता ऐसी कोई कहानी सचमुच कहीं घटित हुई हो। पार्श्वनाथ की मूर्ति तो वे लोग लाये थे। क्या पता शुभदा नस्कर सचमुच ही उनके साथ आयी हो? क्या पता माया नस्कर उसकी ही बेटी हो? चाचा ने निश्चय किया कि माया नस्कर को कल से भैया के मकान पर आने के लिए मना कर देगा। उससे यह भी पूछेगा कि उसकी माँ का नाम शुभदा नस्कर था क्या?

भूषण चाचा ने देखा कि एक आदमी उसे पोस्टर देखते पास आकर खड़ा हो गया है। "क्यों चाचा, ड्रामा का टिकिट चाहिए क्या? दो सौ रुपये लगेंगे।"–उसने पूछा। चाचा को आश्चर्य हुआ कि क्या वह जगत चाचा बन गया है! राह चलता आदमी भी उसे चाचा कह रहा है। "अरे नहीं भाई ऐसे ही देख रहा था", कहकर चाचा बड़े भाई के घर की ओर चल पड़ा। नाटक कम्पनी के दफ़्तर से भाई का घर ज़्यादा दूर नहीं है। 'आत्मकथा' नाम का यह नाटक जहाँ खेला जायेगा, वह 'कला मन्दिर' भी यहाँ से पैदल पाँच मिनट का ही रास्ता है। आज तक कभी उसके अन्दर नहीं गया। सैकड़ों बार उसके सामने से गुज़रा है। आये दिन शाम को गाड़ियों से लोग उतरते रहते हैं और प्रोग्राम ख़त्म होने पर बड़ी-बड़ी गाड़ियों में बैठकर चले जाते हैं। विनायक भी कई बार वहाँ जाता है। ठीक है, वह भी एक टिकट ख़रीद लेगा इस नाटक की। देखेगा कि कुलभूषण नाम का यह कलाकार क्या आत्मकथा कहता है। आत्मकथा तो हर किसी की है और हर किसी के अन्दर है। कोई कहता है और कोई नहीं कहता।

चाचा अचानक चलते-चलते रुक गया। क्या बात है जो बार-बार उसके अन्दर सिर उठाती है और बार-बार वह भूल जाता है कि क्या बात थी। ...लेकिन विनायक ने क्यों कहा था कि घर बदलने से ही 'प्रशान्त' मालविका को भूल पायेगा? उसने यह क्यों नहीं कहा कि तुम और रीमा चाची मालविका को वहाँ रहते कभी भूल नहीं पाओगे? उसने यह भी कहा था कि प्रशान्त तभी शादी के लिए राज़ी होगा। या ऐसा ही कुछ उसने कहा था। एक बात और है। प्रशान्त ने उससे कभी यह नहीं कहा कि बाबा, तुम इस उम्र में 'लव' में पड़ गये, यह क्या तुम्हें शोभा देता है? क्यों नहीं कहा? वह इतना तो कह ही सकता था कि तुमने मेरी माँ के साथ धोखा किया। इस उम्र में माँ को धोखा देना क्या सही था? प्रशान्त ने सिर्फ़ रुपये बैंक एकाउंट से निकाले जाने की

शिकायत की। इसके अलावा उसने कुछ नहीं कहा। यह तक नहीं पूछा कि यह माया नस्कर कौन है? क्या तुम उसे पहले से जानते हो? एक बार भी यह नहीं कहा कि तुम्हारा चरित्र ख़राब है, इसीलिए मेरी माँ को मैंने बचपन से दुखी ही देखा है। पहले भी तुम यही सब करते रहे होगे। नहीं, प्रशान्त ने यह सब कुछ नहीं कहा। एक बात भी नहीं बोला।

चाचा सड़क पर वहीं खड़ा हो गया। उसको फिर कोई बात याद आ रही थी जो भूली हुई थी। श्यामा धोबी ने उसके साथ बहुत बुरा किया। वह जब-तब भूलने का बटन दबा देता है। बातें गुम हो जाती हैं और वह ख़ुश-ख़ुश रहता है। उसने कभी नहीं माना कि कोई दुख वाक़ई दुख है। एक बार विनायक की पत्नी ने उसे बाहर फल की दुकान से सन्तरे लाने के लिए कहा था। उस दिन उसके सिर में बहुत दर्द था। अचानक ठण्ड लगकर कँपकँपी होने लगी और वह चादर लेकर सिर तक ढँककर सोफ़े पर सो गया। तभी विनायक की पत्नी कमरे से बाहर निकली और चाचा को सोता देख उस पर से चादर झटके से खींचकर उतार दी। फिर चिल्लाकर कहा–"सबका सब तरह का काम करते हैं, पर मैं कुछ बोल दूँ, तो आपकी तबीयत ख़राब हो जाती है। आज के बाद आपको कोई बात बोलूँ, तो मेरा नाम बदल देना।" कहकर वह कमरे में चली गयी। चाचा दर्द और अपमान से सिकुड़कर पड़ा रहा। उसी तरह काँपता रहा। जैसे ही कँपकँपी दूर हुई, उसने भूलने का बटन दबा दिया। विनायक की पत्नी को ग़ुस्से का दौरा पड़ता है। दिल की बुरी नहीं है। अभी कुछ देर में आकर बोलेगी–'चाचाजी सॉरी। मुझे ग़ुस्सा आ गया था।'

भूषण चाचा सड़क के किनारे पड़े एक बड़े पत्थर पर बैठ गया। कोई बात थी, जो उसके अन्दर गुम हो गयी थी, पर अभी भी रक्त के साथ उसके अन्दर चक्कर काट रही थी। वह अभी-अभी ऊपर आयी थी और अभी-अभी फिर चली गयी थी। तभी अचानक उसे खोयी हुई बात याद आ गयी। प्रशान्त ने कहा था–'अब मुझे पता चला कि तुम ऐसे हो, इसीलिए मैं ऐसा हूँ।' चाचा का हाथ तुरन्त भूलने के बटन की ओर बढ़ गया। मालविका को गुज़रे हुए इतने साल बीत चुके हैं। किसने कब क्या कहा, भूलना ही ठीक है।

श्यामा ही ज़िन्दगी में उसका एकमात्र साँचा मीत था। उससे बिछुड़े तीस-पैंतीस साल से ज़्यादा हो गये। यह पार्टीशन वाली सदी ही बीत चली है।

कौन जाने श्यामा के साथ कब क्या हुआ था—बॉर्डर के उस पार। किसी बात का पता लगाने की कोई सूरत भी नज़र नहीं आती।

लोअर सर्कुलर रोड पर हल्के नीले रंग की शर्ट पहने एक दाढ़ीवाला पढ़ा-लिखा-सा आदमी जो उसके बगल में खड़ा 'आत्मकथा' नाटक के पोस्टर को देख रहा था, उसी शाम कुलभूषण को बालीगंज से अपने घर तेलीपाड़ा जाते हुए बस में मिल गया था। उन दोनों ने एक-दूसरे को पहचान लिया था। कुलभूषण का नाम सुनकर वह पत्रकार हँस पड़ा था—"अच्छा! तो आपका नाम और उस नाटक के ऐक्टर का नाम एक ही है!" कुलभूषण भी हँसा था—"नाम में क्या रखा है, जीवन में कोई मेल थोड़े ही होगा।" बात-बात में पता चला कि वह एक पत्रकार है और पिछले पचास साल में पूर्वी पाकिस्तान से आये हिन्दू शरणार्थियों पर किताब लिख रहा है। पत्रकार को जब पता चला कि वह उस पार कुष्टिया से है, तो वह उछल पड़ा था। उसने अपने घर बुलाकर भूषण का तीन बार लम्बा इंटरव्यू लिया था। तब भूषण ने उसे अपना पूरा नाम लिखवाया था। चलो, कहीं तो उसका यह जन्म का नाम हमेशा रहेगा। वह अन्तिम बातचीत के बाद पत्रकार को जाते-जाते पाँचवीं बार कहकर गया था—"कुलभूषण जैन नाम दर्ज कीजिएगा।" दरवाज़ा बन्द करने के पहले उसने जैसे मुँह खोला कि कहे कि चलता हूँ, कि पत्रकार कह उठा था, 'कुलभूषण जैन का नाम दर्ज कर लिया है।' फिर वे दोनों अपनी-अपनी हँसी हँस पड़े थे।

श्यामा धोबी तुम कहाँ हो?

श्यामा ने गोराई नदी के किनारे मिट्टी के टीले से ऊपर सिर उठाकर नदी के पार देखा। उसकी बन्दूक़ की नली पहले से ही नदी के विशाल फैलाव के किनारे जलकुम्भी के मोरपंखी फूलों को देख रही थी।

उसके पास कुलभूषण को याद करने की आज कोई ख़ास वजह नहीं थी। पर जाने क्यों वह श्यामा को याद आया। पूर्वी पाकिस्तान से गये उसे सात साल हो चुके थे। क्या कुलभूषण यहाँ होता तो वह भी इकहत्तर की इस मुक्तिवाहिनी में शामिल होता? क्या वह उसके बगल में हाथ में बन्दूक़ थामे बैठा होता?

श्यामा ने फिर एक नयी हैरत के साथ अपनी बन्दूक़ की तरफ़ देखा। क्या कभी सोचा था कि कपड़े पीटने की मोगरी की जगह उसके हाथ में बन्दूक़ होगी? वह भी आदमजात को मारने के लिए?

श्यामा हमेशा से गुलेल से निशाना लगाने में उस्ताद था। पर उसने कभी एक चिड़िया तक नहीं मारी। उसकी बस्ती के दूसरे लड़के जाड़े में दूर देश से आनेवाली हंसचील का मांस खाने के लालच में उनके शिकार की तरक़ीबें लगाते रहते। श्यामा ने उन्हें कह रखा था–'मेरी हाथ की लकीरों में लिखा है, अगर किसी चिड़िया को मारूँगा तो अगले दिन ख़ून की उल्टी करता मर जाऊँगा।' एक झूठ से चिड़िया की जान बचती हो और दोस्तों की नाराज़गी भी, तो क्या हर्ज़ है?

दरअसल सच सिर्फ़ श्यामा जानता था या कि उसका दोस्त कुलभूषण जैन। धोबी की जात और मांस-मछली-अंडा तक न खाये, यह भला क्या बात! श्यामा की माँ जब-तब कुलभूषण को कोसती, ख़ासकर जिस दिन वह मछली-भात बनाती। "अरे वे लोग तो जैनी हैं। मुँह पर पट्टी बाँधकर चलते हैं, तू उनकी क्या बराबरी करेगा? वे लोग तो बादाम-दूध खाकर काम चला लेंगे। तू ऐसा ही पिद्दी रह जायेगा। एक तो तवे के जैसा रंग, ऊपर से चेचक

के गड्ढों से भरा चेहरा और तिसके ऊपर उड़न कौवे का जैसा शरीर। कौन लड़की देगा तुझे?" –माँ एक बार बोलने लगती, तो उसे चुप कराना नामुमकिन था। माँ का ग़ुस्सा पूरी बस्ती में उतना ही मशहूर था, जितनी उसकी कपड़े इस्तरी करने की सफ़ाई।

ऐसे मौक़ों के लिए घर में लगायी हुई पान की बेल से ताज़े पत्ते तोड़कर श्यामा भिगोकर रखता। चूना–सुपारी लगाकर माँ के मुँह में हँसते–हँसते डाल देता। माँ का ग़ुस्सा ग़ायब हो जाता। श्यामा का बाप गोबिन्दो धोबी धीरे-से कहता–"अरे पगली! यह तो जोगी बाबा का प्रसाद है। पेट में आया भी मुश्किल से, हज़ार मन्नतों के बाद और चेचक से जी गया उनकी ही बदौलत। मुझे खिला दे, इसके हिस्से की मछली। इसके हाथ की लकीर में कोई तो लड़की लिखी होगी ऊपरवाले ने। तू चिन्ता मत किया कर।" श्यामा के बाप को याद आ जाता कि कुलभूषण को भी उसकी दादी-ताई ऐसे ही उसके पक्के रंग के लिए उलट–सुलट बोलती रहती थीं। उसने कई बार उन लोगों को ऐसी बातें करते सुना था।

श्यामा ने जिस बाबा के दर्शन के बाद मांस–मछली खाना छोड़ दिया था, उस बाबा का नाम लेना अब की दुनिया में कोई अक्लमन्दी की बात नहीं थी। ग्यारह साल की उम्र में सैंतालीस के साल में जब उसने अपने आस–पास की दुनिया को उजड़ते देखा था, लोगों को रातोंरात अपना घर–बार छोड़कर नौका, रेल, पैदल किसी भी तरह कलकत्ता या हिन्दुस्तान के किसी और शहर की तरफ़ रुख़ करते देखा था, तो वह यह बात समझ गया था। ईस्ट बंगाल अब पाकिस्तान का हिस्सा बन गया था। श्यामा का बाप दिन–रात गाँधी बाबा को कोसता। उसके न जाने कितने आसामी एक–एक करके अपना घर औने–पौने दामों में बेच कर या बन्द करके चले गये थे। जब पहननेवाले ही नहीं रहे, तो उनके कपड़े कहाँ से धुलते? कहावत है, धोबी बसकर क्या करे जो होय दिगम्बर गाँव!

"यह गाँधी बाबा कोई काम का नहीं है। इसने देश के तीन टुकड़े कर डाले। हिन्दू और मुसलमान टुकड़े। ऐसा करना ही था तो हमारे कुष्टिया को भी हिन्दू देश में रख लेता। सारे बड़े–बड़े ज़मींदार, पैसे वाले व्यापारी, मास्टर, डॉक्टर, वकील तो चलते बने–हम कहाँ जायें? किसी को जानते नहीं कलकत्ता में। किसके कपड़े धोयेंगे वहाँ? हमारा घर–द्वार, हमारी नदी, हमारा धोबीघाट छोड़कर कहाँ जायें? गाँधी बाबा ने सोचा हमारे लिए? सोचा कि हमारा पेट कैसे भरेगा?"

श्यामा चुपचाप सुनता रहता। पिछले साल ख़बर थी कि नोआखली में मुसलमानों ने हिन्दुओं को काट-काट कर कुएँ भर दिये हैं। इसके बावजूद पाकिस्तान बनने के नौ महीने पहले गाँधी बाबा हिन्दू होते हुए भी बिना डरे नोआखली चले गये थे। कुष्टिया स्टेशन पर उनकी रेल रुकी थी और उन्होंने जनता को रेल के दरवाज़े के बाहर ही दर्शन दिये थे। कुलभूषण के बड़े भाई के स्कूल से मास्टर के साथ कई बच्चे बैज लगाकर स्टेशन पर गाँधी बाबा और दूसरे यात्रियों को पानी पिलाने गये थे।

श्यामा भी दर्ज़ी से एक बैज लेकर उनके पीछे-पीछे हो लिया था। वह सबको धकियाता एकदम गाँधी बाबा से चार हाथ दूर तक पहुँच गया था। लोग उसे पीछे से खींच रहे थे। गाँधी बाबा ने उसकी तरफ़ देख हँसकर उसे अपने पास बुलाया था और उसके सिर पर हाथ रखकर कुछ कहा था। भीड़ के शोर में वह सुन नहीं पाया था। बस उसके पूरे शरीर में जैसे शान्ति की एक अद्‌भुत-सी लहर गुज़र गयी थी। बाद में घर लौटते समय उसने कुलभूषण के बड़े भाई को अपने दोस्त को कहते सुना था—"गाँधी बाबा हमारे महावीर स्वामी का अवतार हैं। उन्होंने किसी जीव को कभी मारा नहीं, इसलिए उन्हें किसी जीव से डर नहीं। गाँधी बाबा नोआखली जायेंगे तो वहाँ के सारे मुसलमान, आदमी तो क्या, गाय-बकरे को भी काटना छोड़ देंगे। उनका हाथ ही नहीं उठेगा।" शायद गाँधी बाबा ने उसे ऐसा ही कुछ कहा होगा, श्यामा सोचता रहा, किसी जीव की हत्या मत करो। सचमुच उस दिन से उसकी जीभ का स्वाद बिल्कुल बदल गया था।

रेल एक घंटे स्टेशन पर खड़ी रही थी। गाँधी बाबा के दर्शन के लिए उमड़ी भीड़ से स्टेशन पर पाँव रखने की जगह नहीं थी। पुलिस की टोपियाँ, सफ़ेद टोपियाँ और काली टोपियाँ गाँधी बाबा को घेरे थीं। लोग रेल के डिब्बे के ऊपर चढ़कर गाँधी बाबा को सुन रहे थे। गाँधी बाबा तख़्त पर रखी एक लकड़ी की कुर्सी पर ऊँचे बैठे बहुत देर बोलते रहे थे। उनके सिर पर छाता खोले एक आदमी खड़ा था। नवम्बर का पहला सप्ताह था। धूप भी बुरी नहीं लग रही थी। हवा में जैसे एक सुकून-सा बह रहा था जो उस आवाज़ के ज़रिये लोगों के कान से होता हुआ दिल तक उतर रहा था। गाँधी बाबा कह रहे थे, तुम मुसलमान हो तो मुस्लिम लीग की तरफ़ मत देखो। तुम हिन्दू हो तो हिन्दू नेताओं की ओर मत देखो कि वे लोग तुम्हारी तकलीफ़ मिटा सकते हैं। वे लोग तुम्हारी रोज़ की ज़रूरतों के बारे में क्या जानते हैं? सिर्फ़ तुम

जानते हो कि तुम्हारे पड़ोसी को किस चीज़ से तकलीफ़ है। तुम ही उसकी छोटी-छोटी बातों को समझ सकते हो।

श्यामा ने देखा था कि वहाँ आये हिन्दू-मुसलमान सभी अपना सिर हिला रहे थे। सबके दिल गाँधी बाबा की बात की सच्चाई को समझ रहे थे। कुष्टिया का लालन शाह फ़क़ीर तो न हिन्दू था न मुसलमान। सभी उसके मज़ार पर मत्था टेकते थे। अब जैसा डर पहले किसी के दिल में था ही नहीं। हिन्दू अपने तरीक़े से रहता, मुसलमान अपने तरीक़े से। किसी ने सोचा ही नहीं था कि दूसरे को इस देश से निकालकर हम अकेले रहेंगे।

श्यामा को पता था कि उसके पिता भी उस भीड़ में मौजूद थे। पर शायद उनके दिल में फाँस गहरी गड़ी थी जिसे गाँधी बाबा भी नहीं निकाल सके थे। कुष्टिया के कल्याणी सिनेमा हॉल के मालिक तुलस्यान बाबू सिर्फ़ गोबिन्दो धोबी के धुले कपड़े पहनते थे। ढाका की मलमल का कुर्ता और बढ़िया ढाकाई धोती। वे कलकत्ता जाते तो दस जोड़ी कपड़े धुलवाकर ले जाते। उनके जैसा झकाझक सफ़ेद धोती-कुर्ता पहननेवाला कुष्टिया क्या, ढाका में भी मिलना मुश्किल था। गोबिन्दो के हाथ में जादू था, यह सब जानते थे। चार साल पुराना कपड़ा भी ऐसा लगता जैसे कल का ख़रीदा हुआ हो। गोबिन्दो को कभी सिनेमा हॉल में टिकट नहीं लेना पड़ता था। ऊपर से तुलस्यान बाबू जब-तब उसे कलकत्ता से लायी मिठाई का डिब्बा पकड़ा देते। तुलस्यान बाबू के कारण गोबिन्दो रजक की पूरे शहर में साख थी।

ख़ुद भी उसके कपड़े किसी ज़मींदार के कपड़ों से कम उजले नहीं होते थे। पर वह तुलस्यान बाबू के घर हमेशा पुराने घिसे हुए कपड़े पहनकर जाता। "राजा राजा होता है और प्रजा प्रजा।" वह कुर्ता बदलते हुए श्यामा को समझाता-"हम लोग तो ठहरे राजा राम के धोबी के वंशज! हमारे कुल की रीति है कि हम राजा के सामने राजा के दिये राजा जैसे कपड़े नहीं पहनते। तुम्हें पता है ना, अपने धोबी की बात सुनकर राजा राम ने सीता माता को छोड़ दिया था। सोचो कि ऐसी लायक प्रजा हो, तो ही ऐसा राजा होता है।"

गोबिन्दो को बहुत गहरी ठेस लगी थी, जब उसे पता चला कि नोआखली के दंगे की ख़बर के साथ-साथ तुलस्यान बाबू ने बिना किसी को बताये अपने सिनेमा हॉल की अदला-बदली कलकत्ता के कमल टॉकीज़ के मुसलमान मालिक से कर ली थी। अपना घर-बार, आटा चक्की, खेत-खलिहान सबका सौदा कर रातोंरात वे भागकर हमेशा के लिए कलकत्ता चले गये थे। इस बार गोबिन्दो की धुलाई किये दस जोड़ी कपड़े भी नहीं ले गये थे।

शायद उन्हें अब वैसे कपड़ों की ज़रूरत नहीं थी। श्यामा ने गोबिन्दो को माँ को कहते सुना–"अरे, तुलस्यान बाबू के अन्दर ऐसा क्या डर घुस गया था? क्या गोबिन्दो उनका कोई नुक़सान होने देता? जाना ही था, तो इतना बड़ा रईस क्या अपने धोबी और उसके परिवार को कलकत्ता नहीं ले जा सकता था?"

गोबिन्दो को वाक़ई बहुत धक्का लगा था कि तुलस्यान बाबू ने अपनी प्रजा को इस तरह धोखा दिया। उसने क़सम खा ली कि ज़िन्दगी भर वह कोई बाइस्कोप नहीं देखेगा। वरना उसने पहली बोलनेवाली बांग्ला फ़िल्में 'जमाई षष्ठी' और 'देना-पावना' देखी थीं। तमाम हिन्दी फ़िल्में 'अछूत कन्या', 'अमर ज्योति' उसने बिना टिकट ख़रीदे देखी थीं। चकाचक धोती-कुर्ता पहने अँधेरा होने पर सिनेमाघर में पर्दे के सामने कुर्सियों के बीच की जगह में वह बैठ जाता। 'देवदास' फ़िल्म तो उसने दस बार देखी थी। हर फ़िल्म को देखने के बाद अपनी बिरादरी में उस फ़िल्म की पूरी कहानी वह थोड़े-बहुत अभिनय के साथ सुनाता फिरता। लोग अचम्भे से उसे देखते और उसकी तक़दीर पर रश्क करते।

गोबिन्दो रजक इसी धाक के कारण कुष्टिया के शिवशक्ति मन्दिर के पास चैत के महीने में लगनेवाले मेले में नीला रंग और राख मलकर शिव का भेष धरता। हिन्दू-मुसलमान सब मेले में आते। शिव के साथ रहते–नारद, पार्वती, गणेश और नन्दी। भैंस के सींग से बनी तुरही बजाकर शिव के आगे-आगे नारद धूपपात्र में एक मुट्ठी धूनी डालकर घोषणा करता–"गगन मण्डल से आये महादेव, धरती पर साकार।" फिर उनकी मण्डली लोगों के घर-आँगन में घुस जाती। जिन घरों में गोबिन्दो धोने के कपड़े लेने जाता था, आज वहाँ के आँगन में शिव के जटाजूट में उसे देखकर सब झुक-झुक कर प्रणाम करते। गोबिन्दो बम-बम का नाद करता, डमरू से डम-डम-डम बजाता और नटराज की मुद्रा में खड़ा हो जाता। नारद बोलता रहता–"शिव शिव बोलो। मेरी झोली में मुट्ठी-मुट्ठी चावल डालो, घी डालो और डालो मसूर की दाल। करो परिवार का उद्धार। मौक़ा न आयेगा बारम्बार।"

वे लोग तुलस्यान बाबू, सत्यदेव मास्टर, वकील गांगुली, सतीश बाबू डॉक्टर, सबके घर जाते और हर जगह से उन्हें अन्न-वस्त्र मिलता। गोबिन्दो रजक अपने को कई दिन तक महादेव से कम नहीं समझता। अगले साल के लिए नक़ली साँप, रुद्राक्ष, जटाजूट सब सँभालकर एक हाँडी में रख देता।

श्यामा ने अपने पिता को धीरे-धीरे हर चीज़ से अलग होते देखा। तुलस्यान बाबू और कल्याणी सिनेमा की कुर्सियों के बीच की ज़मीन क्या

गयी, गोबिन्दो रजक के लिए जैसे धरती ने सूरज के चारों तरफ़ घूमना ही बन्द कर दिया। शिव का स्वाँग भरना तो उसने छोड़ दिया, पर भाँग के गोले की पिनक लगाना शुरू कर दिया। अब उसका न दिन दिन होता था न रात रात। श्यामा की माँ दिन-रात चिल्लाती रहती। बात-बात पर उसको ग़ुस्सा उठता। पान के पत्ते का भी अब उस पर कोई असर नहीं होता था। श्यामा की ज़िन्दगी बिल्कुल बदल गयी। माँ न माँ जैसी रही, न बाप बाप जैसा रहा।

वह कुलभूषण के घर धोने के कपड़े लेने जाता तो वहीं घण्टों पड़ा रहता। कभी आँगन में झाड़ू लगा देता। कभी कोई सामान कहीं से लाना या पहुँचाना कर देता। कुलभूषण का घर भी ख़ाली-सा हो गया था। कुष्टिया से रातोंरात चालीस आदमी रेल में बैठकर बिना कुछ लिये-दिये कलकत्ता चले गये थे। कुलभूषण के चाचा का पूरा परिवार और ख़ुद उसके बड़े भाई लोग सब कलकत्ता चले गये। सिर्फ़ कुलभूषण और उसके माँ-बाप कुष्टिया में छूट गये थे। श्यामा जानता था कि कुलभूषण के माँ-बाप को उसका कुलभूषण से बात करना पसन्द नहीं था। किन्तु अब कुलभूषण की माँ उसे देखकर ख़ुश होती। उसे एक अदद इन्सान की तरह देखती, न कि धोबी जात के एक निचले दर्जे के प्राणी की तरह। यहाँ तक कि उससे गोबिन्दो रजक यानी उसके बाप के बारे में पूछती रहती।

श्यामा ने बचपन से अपने पिता को एक पूरी धोबी जाति में एक अलग चमकने वाले तारे की तरह देखा था। धोबी बिरादरी में मर्द तो क्या, औरतों और बच्चों को भी शराब से परहेज नहीं था। धोबी बिरादरी में गोबिन्दो अकेला आदमी होगा, जिसने कभी शराब को हाथ नहीं लगाया। सारे धोबी बेझिझक अमीरों के धुलने के लिए आये कपड़े पहनते, पर गोबिन्दो कभी ऐसा न करता। कितने भी बड़े ज़मींदार की बीवी क्यों न हो, उसने कभी औरतों के कपड़े नहीं धोये। "आमि सीतार धोपा नेई –मैं सीता माँ का धोबी नहीं हूँ। आमि रामेर धोपा। मेरी भट्ठी में आग लग जायेगी"–कहकर अपना दाहिना कान पकड़ लेता। किसी को बिना नाराज़ किये अपने मन की करता। हमेशा मीठा बोलता। अपनी बीवी पर उसने दूसरे लोगों की तरह कभी हाथ नहीं उठाया था, भले ही वह लाख जली-कटी बोले।

अब श्यामा के मन में पिता को लेकर एक खटास अन्दर से उठती। ऐसा भी क्या किसी के शहर छोड़ जाने का मातम मनाना! मन होता कि पिता से पूछे, 'बाबा, क्या सिनेमावाले बाबू तुम्हारे लिए अपने बीवी-बच्चे से बढ़कर थे?' पर वह तुरन्त भूलने का बटन दबा देता। पिता पिता होता है और गोबिन्दो

रजक ने तो अपनी इकलौती सन्तान को कभी एक थप्पड़ तक नहीं लगाया था। हमेशा उसे जोगी बाबा का प्रसाद कहकर उससे ऐसा व्यवहार करता जैसे कि उसका बेटा ख़ुद ही कोई आसमान से उतरा जीव हो।

एकाध बार श्यामा के मन में यह बात आयी थी कि न तो उसके माँ-बाप उसकी तरह काले हैं न उनके नाकनक़्श उसके जैसे हैं। उनके घर में जाने क्यों कोई शीशा या उसका टुकड़ा तक नहीं था जिसमें वह अपना चेहरा देख पाता। उसने अपना चेहरा बाल कटवाते समय नाई के शीशे में ही चुपके से देखा था। बड़े होते-होते दस साल की उम्र में उसे यह अहसास होने लगा था कि उसके जीवन से जुड़ा कोई रहस्य है जिसे सब जानते हैं। सिवाय उसके। पर वह हर बार ऐसी बात मन में उठने पर भूलने का बटन दबा देता।

श्यामा को यह बटन भी उसी कनफटे जोगी बाबा ने दिया था जिनकी कृपा से वह इस दुनिया में आया था। जब से गोबिन्दो रजक दुनिया से कट कर भाँग में डूब गया था तब से श्यामा हर समय उदास रहने लगा था। तभी धोबी तालाब पर जोगी बाबा आये थे। उन्होंने उसे अपना मन्त्र देकर अपना शिष्य बना लिया था। बाबा कुछेक महीने कुष्टिया में लालन फ़क़ीर की दरगाह पर रहे थे। बस उसके बाद उसने उन्हें कभी नहीं देखा। शायद वे श्यामा को वह चीज़ देने ही आये थे, जिससे वह ज़िन्दगी को मौज में जी सकता था। हर हाल में और हर कुछ बुरा होने के बावजूद।

श्यामा को जाने क्यों हमेशा ऐसा लगता कि उसकी ज़िन्दगी का मक़सद सिर्फ़ कपड़े धोना नहीं है। यदि ऐसा होता तो उसकी ज़िन्दगी में जोगी बाबा और गाँधी बाबा जैसे लोग आते ही क्यों? लालन शाह की मज़ार पर लोगों को एकतारा बजाते और पैरों से घुंघरू की थाप देकर गाते हुए देख उसे लगता कि वह भी एक रमता जोगी बन जाये। शायद बन भी जाता, अगर जोगी बाबा ने उसके कान में मन्त्र फूँकते यह नहीं कह दिया होता कि उसे उनके रास्ते पर नहीं जाना है। सच यह भी था कि उसे जितना बाउल फ़क़ीर अपनी ओर खींचते थे, उतना ही संसार की माया भी।

वह अठारह साल का हुआ लेकिन न तो गोबिंदो धोबी को उसे ब्याहने की फ़िक्र हुई, न उसकी माँ को। उसे कई बार इस बात पर अचरज होता। बाप तो पिछले सात साल से भाँग की पिनक में पड़ा रहता है, पर माँ को भी जाने कैसा साँप सूँघ गया था। अन्त में एक दिन उसने फ़ैसला किया कि वह ख़ुद माँ से कहेगा कि वह ब्याह करना चाहता है। तभी उसे उस राज़ का पता चला था जिसका शक उसे बरसों से था। माँ ने कहा-"तुझे लड़की कौन देगा?

जोगी बाबा तुझे मेरी झोली में डाल गये थे। तेरा ख़तना हो चुका था। तू न मुसलमान रहा न हिन्दू। यह बात सब जानते हैं यहाँ पर। धोबी बिरादरी अपने से अलग किसी जाति को क्या, अलग गोत्र में भी बेटी नहीं देती।" श्यामा ने उस दिन भूलने का बटन नहीं दबाया था। माँ को रोते-झींकते छोड़ वह सीधे लालन शाह के मज़ार पर गया था। दो रात वहाँ बिना कुछ खाये-पिये पड़ा रहा था। उसके बाद वह घर लौट आया था और हँसते हुए अपना काम ऐसे करने लगा था जैसे कोई बात कभी हुई ही नहीं हो।

जब तक कुलभूषण का घर उसके लिए खुला था, श्यामा को जीवन में कोई अकेलापन नहीं महसूस हुआ। कुलभूषण कलकत्ता जाता रहता और अपने भाइयों के क़िस्से श्यामा को सुनाता रहता। 'सबसे बड़े भैया काशी को देखोगे तो पहचान नहीं पाओगे। एकदम दुलीचन्द सेठ बन गया है। दिन में दो बार सिल्क के कुर्ते बदलता है। रोज़ शाम को उसके ससुराल की मोटरगाड़ी आती है। उसमें बैठकर वह इत्र लगाकर बेला फूल की ख़ुशबूदार माला कलाई पर लपेटकर विक्टोरिया मैदान जाता है। उसके ससुराल से उसके लिए नकुरचन्द नन्दी की दुकान से मिठाई प्रायः रोज़ आती है। ऐसे चलता है जैसे ज़मीन से दो क़दम ऊपर चलता हो।' श्यामा को सब पता है कि रास्ते में कुलभूषण मिल जाता है, तो बड़ा भाई उसकी तरफ़ ताकता तक नहीं। जब वह कुष्टिया से माँ के डाले हुए अचार-पापड़ और पिताजी के कमाये हुए पैसे और विलायती घड़ी लेकर जाता है, तो एक दिन उसकी ख़ूब ख़ातिर होती है। दूसरे दिन से ही उन लोगों को वह आफ़त लगने लगता है।

श्यामा का मन होता कि कुलभूषण को कहे कि तुम कलकत्ता जाते ही क्यों हो? क्यों तुम्हारे पिताजी तुम लोगों के यहाँ कमाये हुए पैसे से कलकत्ता में कपड़े की दुकानें ख़रीद रहे हैं? ईस्ट बंगाल अब ईस्ट पाकिस्तान बन गया तो क्या? तुम इस धरती को पराया क्यों समझने लगे हो? तुम्हारे भाई तुम्हें फ़टीचर समझते हैं। रंग-रूप-कपड़े कहीं से तुम उन्हें भाई जैसे नहीं लगते। तुम यहीं रहो। यहीं के बनकर रहो। पर वह कुलभूषण को कभी कुछ कह नहीं पाता था। जानता था कि मुसलमानों पर हिन्दुओं को भरोसा नहीं है।

कितने ही लालन शाह फ़क़ीर हो जायें जो अपने को हिन्दू या मुसलमान नहीं मानते और जिनकी दरगाह पर हिन्दू और मुसलमान दोनों मत्था टेकते आये हैं। मन के अन्दर न जाने सैकड़ों साल पुराना क्या गहरा शक़ है जो कभी ख़त्म नहीं होता। मौक़े-बेमौक़े कोई वारदात हो जाती है और आनेवाले सौ-दो सौ सालों के लिए उस शक को मज़बूत कर जाती है। अगर कुलभूषण

को पता चल जाये कि श्यामा जन्म से मुसलमान है तो न जाने वह उससे मेलजोल रखे या नहीं। यों ही धोबी जैसी नीची जाति का दोस्त होना वह अपने माँ–बाप तक से छुपाता है। धोबी के हाथ से धोये कपड़े सब लोग पहनते हैं, पर उसके हाथ से पानी नहीं पीते। यही गनीमत है कि कुछ करने जा रहे हों और धोबी दिख जाये, तो उसे शुभ मानते हैं।

जाने क्यों ऊपरवाले ने ऐसी दुनिया बनने दी? अगर सारी दुनिया में सबका एक ही रंग होता, सब एक ही बोली बोलते और सबका एक ही धर्म और एक ही जाति होती, तो कितना बखेड़ा ख़त्म हो जाता। श्यामा को पता है कि उसका बाप गोबिन्दो रजक क्यों भाँग की पिनक में रहना चाहता है। दुनिया में आँखें खुलने के बाद जब आदमी को समझ आती है और उसे पता चलता है कि वो दूसरों से कमतर आदमी है, तो उसका मन चोट खा जाता है। गोबिन्दो रजक जैसे लोग कुछ ऐसा करना चाहते हैं, जो उन्हें कमतर आदमियों की भीड़ में कुछ ज़्यादा आदमी बना दे।

गोबिन्दो श्यामा को बचपन से बताता आया था–"अरे, हम लोग तो अंग्रेज़ी फ़ौज के धोबी थे। जहाँ फ़ौज की छावनी या कैम्प होता, वहीं वे लोग धोबी जाति को बसा लेते थे। पहले हम 'कंपू' धोबी बाक़ी 'शहरुओ' धोबियों के घर न रोटी खाते थे, न बेटी देते थे। मेरा बाप तो ख़ाली फ़ौज के अफ़सरों के कपड़े धोता या फिर अपने जजमानों के। जैसोर कैंटोन्मेंट में एक अंग्रेज़ अफ़सर ने उसे एक बार धोखे से गाय का मांस खिला दिया। बस वह नाराज़ होकर कुष्टिया में आ बसा। क़सम खा ली कि फ़ौजियों के कपड़े नहीं धोयेगा। जजमान भी सारे छूट गये। वरना हम हर किसी के कपड़े थोड़े ही धोते।"

श्यामा आश्चर्य से सोचता कि क्या पण्डितों की तरह उनके भी जजमान होते थे? उसे पता था कि कुलभूषण के जोशी और जोशन उनके साथ ही राजस्थान से कुष्टिया आ बसे थे। वे लोग अपने घर में कभी खाना नहीं बनाते थे। रोज़ दोनों वक़्त कुलभूषण के घर पर ही जीमते। कुलभूषण उन्हें ताऊ और जोशन ताई कहता। कहता कि वे हमारे पुराने कुलपुरोहित हैं। हम पचास पीढ़ियों से उनके जजमान हैं।

श्यामा पूछता–"बाबा, धोबी के जजमान यानी जिनके वे पीढ़ियों से कपड़े धोते आये होंगे?" गोबिन्दो कहता, "और नहीं तो क्या? किसी जजमान के घर शादी होती, मेरी माँ के लिए पूरे कपड़े और सुहाग–पिटारी लेकर दुल्हन के घरवाले आते। शादी के दिन मेरी माँ सजधज कर उनके घर जाती। दुल्हन के पीछे बैठ अपनी माँग का सिन्दूर दुल्हन की माँग में भरती। उसे अमर

सुहाग का आशीर्वाद देती। कई घरों में अब भी एक धोबिन को सिन्दूरदान के समय बुलाया जाता है, पर वैसा सम्मान कहाँ! बस उसे कुछ कपड़ा-मिठाई देकर टरका देते हैं।"

उसके पिता में उसी खोये सम्मान की भूख रही होगी। गोबिन्दो रजक ने ढाका जाकर किसी नामी धोबी उस्ताद के पास रहकर कपड़े धोने की कला सीखी थी। उसे पता था कि किस कपड़े को नदी के पानी से धोना है, किसे तालाब के पानी से। केले के तने को जलाकर कैसे सफ़ेद पोटाश बनाना है। किस पानी में कितनी फिटकरी या चूना डालना है, किसमें कौन सी जड़ी-बूटियाँ, गोमूत्र या साबुनी फूल का रस मिलाना है, कितना अरारूट या नील किस कपड़े को चमका देगा। इस हुनर ने उसे अपनी बिरादरी में ऊपर उठा दिया था। ऊपर से तुलस्यान बाबू ने उसे सिनेमा देखने का चस्का लगा दिया। जितनी देर वह सिनेमा देखता, उतनी देर तक वह एक अलग दुनिया का बाशिन्दा हो जाता था। देवदास देखते हुए वह ख़ुद देवदास हो जाता। शिव का जटाजूट लगाकर वह ख़ुद कैलाशपति हो जाता। जब उसे एक मामूली धोबी बनकर इस दुनिया में रहना पड़ा, तो उसने इस दुनिया को छोड़कर नशे की अपनी अलग दुनिया बना ली।

कुलभूषण अपनी माँ को लेकर ईस्ट पाकिस्तान हमेशा के लिए छोड़ जायेगा, ऐसी आशंका श्यामा को कभी नहीं थी। ख़ुद कुलभूषण कहता था, 'अगर तुमने मुझे भूलने का बटन न बताया होता, तो अब तक मैंने कलकत्ता में गले में फाँसी लगा ली होती।' वहाँ न किसी को यह ख़याल है कि वह भूखा है, न किसी को इस बात की फ़िक्र है कि उसके कपड़े क्यों ठीक से धुलाई नहीं होते। भाई की दुकान में जाता है तो वे लोग उसे मुटिया-मज़दूर की तरह कपड़ों के बड़े-बड़े गट्ठर उठाने को कहते हैं। घर में कोई चीज़ कुछ देर न मिले तो तुरन्त उस पर शक करने लगते हैं कि उसने चुरा ली होगी। वह जितने भी दिन कलकत्ता रहता है, पग-पग पर अपमान सहता है।

कुलभूषण के घर पर जब मुस्लिम लीग के गुण्डों की बिना नाम की चिट्ठी आयी, तो उसके पिता बहुत घबरा गये। उन्होंने उसे कहा—"हम लोगों ने पाकिस्तान बनने पर बाक़ी लोगों के चले जाने के बावजूद यहाँ सत्रह साल तो किसी तरह निकाल लिए। आज़ादी के तीन साल बाद बरिसाल का दंगा हुआ तो हज़ारों लोग हिन्दुस्तान चले गये। पर हम यहीं रहे। अब लगता है कि यहाँ रहने का कोई मतलब नहीं है। दो हज़ार मील दूर कश्मीर में हज़रत मोहम्मद का बाल चोरी हो गया है। दंगा यहाँ हो रहा है। तुम माँ को लेकर

अब चले जाओ। कलकत्ता में ढाकापट्टी में हमारे कमरे हैं। तुम्हारे भाई वहीं हैं। यहाँ जान-माल का ख़तरा उठाकर हम क्यों रहें?"

श्यामा ने कुलभूषण से सारी बातें सुनकर अपना सिर झुका लिया था। उसे मालूम था कि जिनके पास बड़े कारोबार हैं, ख़तरा उन्हें ही है। हिन्दू होना तो एक बहाना है। असल में तो ज़मीन-जायदाद-मकान हड़पना ही मक़सद है। ईस्ट बंगाल में ज़्यादातर ज़मींदार और बड़े व्यापारी हिन्दू थे। पार्टीशन के समय और उसके तीन साल बाद बरिसाल के दंगों के बाद यहाँ कितने मुसलमान रातोंरात मकान मालिक हो गये, सब जानते हैं। अब पार्टीशन के सत्रह साल बाद मुसलमानों की नयी पीढ़ी को लग रहा है कि बाक़ी बचे लोग भी चले जायें और हमें बिना कुछ किये उनकी ज़मीन-जायदाद मिल जाये। सबको पता है कि दंगों का डर होने से हज़ारों हिन्दू सब कुछ छोड़छाड़ कर भाग निकलेंगे।

कुलभूषण ने जाते समय श्यामा को हरे पत्थर से जड़ी एक सोने की अँगूठी दी। दोनों जानते थे कि वे शायद अब कभी नहीं मिलेंगे। श्यामा ने मना करते हुए कहा, "तुम ही रख लो। तुम्हारे ज़्यादा काम आयेगी।" पर कुलभूषण नहीं माना था। उसने कहा-"तुमने जो मुझे दिया है, वही मेरे सबसे ज़्यादा काम का है। जो होना हो सो हो, बस मैं बटन दबाऊँगा और ख़ुश रहूँगा। जैसे तुम यहाँ ख़ुश रहोगे, वैसे ही मैं वहाँ रहूँगा। कभी शादी करो तो अपनी बीवी को मेरी तरफ़ से यह उपहार दे देना।" श्यामा रो पड़ा था, "तब तो मुझे इसे पहननेवाली को खोजना होगा।"

"पिताजी अकेले हैं। हो सके तो हमारे मकान और दुकान का कोई ख़रीदार खोज देना। वरना पिताजी यहाँ से निकलनेवाले नहीं हैं।" श्यामा जानता था कि कुलभूषण के पिता न ज़मीन-जायदाद बेच पायेंगे और न ही अपना रुपया लेकर यहाँ से निकल पायेंगे। उसे यह भी मालूम था कि उनके बचपन के दोस्त मोहम्मद इस्लाम की निगाह कुलभूषण के घर पर थी। क्या जाने वह बेनाम चिट्ठी उसी ने लिखी हो। ढाका जल रहा है, खुलना और जैसोर में मार-काट मची है। कब कुष्टिया तक आग पहुँच जाये, कौन जानता है।

श्यामा का चचेरा भाई खोकोन खुलना से भागकर आया है। खोकोन बांग्ला धोबी बिरादरी का मन्त्री है। वह हर बार बात इसी तकियाकलाम से शुरू करता है-"अरे तुम्हें तो कुछ पता नहीं है। मैं सब ख़बर रखता हूँ।" वह कहता है-"चार साल पहले खुलना के एक मन्त्री अब्दुस सत्तार ने रूपचन्द विश्वास की साठ बीघा ज़मीन हड़पकर उस पर तिमंज़िला मकान बनवा लिया था। बाद में वह रूपचन्द से कोर्ट केस हार गया। हज़रतबल के काण्ड से

उसे इसका बदला लेने का मौक़ा मिल गया है। वह हज़रतबल को हिन्दुओं का षड्यन्त्र बताते हुए भड़काऊ भाषण देकर हज़ारों बिहारी मुसलमानों को इकट्ठा कर दंगे करवा रहा है। सब जगह हिन्दुओं की सम्पत्ति लूट रहे हैं। खुलना में कर्फ़्यू लगा है।"

श्यामा का मन होता है कि कहे कि मैंने सुना है, तुम्हारे वहाँ से भाग आने के पीछे राज़ यह है कि तुम उस लूटने में शामिल थे। पर वह चुपचाप सुनता है–"अरे तुम्हें कुछ पता नहीं है। मैं सब ख़बर रखता हूँ। ढाका में हज़ारों लोग भारतीय दूतावास के सामने खड़े हैं, हिन्दुस्तान जाने के लिए। हिन्दू लोग जैसे भी हो, जान बचाकर यहाँ से निकलना चाहते हैं। कलकत्ता स्टेशन पर यहाँ से भागे हज़ारों लोग पड़े हुए हैं। सुनते हैं यहाँ के दंगों का बदला लेने वहाँ कलकत्ता में हिन्दू लोग मुसलमानों को मार रहे हैं। जाने कब तक यह मारकाट चलेगी। वैसे हम धोबी लोगों को कोई डर नहीं है। मुसलमान हमें कुछ नुकसान नहीं पहुँचानेवाले। हमें वे अपना आदमी समझते हैं।"

श्यामा ग़ौर से खोकोन का चेहरा देखता है। क्या खोकोन उसे मन से अपना भाई समझता है? कहीं उसकी बातों के पीछे कुछ और इशारा तो नहीं? कहीं वह नाटक तो नहीं कर रहा कि उसे श्यामा के जन्म का रहस्य मालूम नहीं है? आजकल श्यामा अक्सर अकेले पड़ा अपने-आप से ही बातें करता है। दुनिया में कोई ऐसा दूसरा नज़र नहीं आता जिससे वह अपने मन की बात कर सके। जाने कौन उसे मुसलमान समझता है और कौन नहीं? उसके मन में हमेशा यह डर बना रहता है। वह रहता है हिन्दुओं के बीच लेकिन शायद वे लोग उसके बारे में जानते हुए उसे ग़ैर समझते हैं।

अक्सर उसे लगता है कि लोग उसके आने पर बात बदल देते हैं या चुप हो जाते हैं। "अरे ये मुसलमान तो बहाना खोज रहे थे कि कैसे हिन्दुओं को यहाँ से मार भगायें। कश्मीर में हज़रतबल से मोहम्मद साहब की दाढ़ी का बाल ऐसे कैसे चोरी हो सकता है? चोरी हुआ है तो चोर को पकड़ो। हिन्दुओं को हज़ारों मील दूर यहाँ बंगाल में मारने से क्या वहाँ वह बाल मिल जायेगा?" श्यामा के कान में ये सारी बातें पड़ जाती हैं क्योंकि बस्ती में दीवारें कच्ची हैं। पर जैसे ही लोग उसे देख लेते हैं तुरन्त मुँह सिल लेते हैं।

कुष्टिया तक हज़रतबल के दंगों की ख़बरें तेज़ी से पहुँच रही हैं। इनमें कितनी बढ़ा-चढ़ा कर कही गयी हैं, कौन जाने? लूटपाट-हत्या की ख़बरों के साथ-साथ बहू-बेटियों की इज़्ज़त लूटी जानेवाली बातें दबी ज़ुबान में की जा रही हैं। जिन घरों में जवान लड़कियाँ या बहुएँ हैं, वे ख़ासतौर पर डर रहे हैं।

कुष्टिया में एक घटना घट गयी है जिसका हिन्दू-मुसलमान से लेना-देना नहीं है। पर उससे दिलों का डर बढ़ गया है। किराने के बड़े कारोबारी गिरधारी बाबू सराफ़ को पीपे में रुपया भरकर घर ले जाते हुए किसी ने पीछे से छुरा मार दिया। उन्होंने पीपा नहीं छोड़ा और किसी तरह अपने घर के दरवाज़े तक पहुँचकर मर गये। डकैती रुपयों के लिए हुई होगी। पर कोई कहता है कि उन्होंने किसी मुसलमान को मरवाया था, उसका बदला लिया गया है। इसके बाद हिन्दू व्यापारियों के घर तेज़ी से ख़ाली होने लगे हैं।

श्यामा ने धोबीघाट से दूर नदी किनारे एक खोह सी ढूँढ़ ली है जहाँ वह जाकर लेट जाता है। ऊपर आम के घने पेड़ की छाँव है जिससे आकाश तक नज़र नहीं आता। वह बोलता रहता है–"हाँ, मैं न हिन्दू हूँ न मुसलमान। मैं किसी का नहीं हूँ और न कोई मेरा है। मुझे हज़रत मोहम्मद के बाल से उतना ही मतलब है जितना माँ काली की मूर्ति से। कोई वास्ता नहीं है मेरा किसी से। मैं जानता हूँ कि वास्ता तुम्हें भी नहीं है–तुम जो अपने आपको अल्लाह का बड़ा ख़ादिम बताते हो। ढाका में ढाकेश्वरी के मन्दिर में तोड़फोड़ करने से क्या पैगम्बर मुहम्मद तुम पर ख़ुश हो जायेगा? मुझसे पूछो तो कभी ख़ुश नहीं होगा। पर श्यामा, तुमसे पूछता ही कौन है?"

श्यामा का मन होता कि वह चिल्ला-चिल्लाकर अपने मोहल्लेवालों को बताये–"मैं तुम लोगों की तरह रोज़ अपने घर के आले में त्रिनाथ का दीया जलाता हूँ।" पर वह अपने को रोक लेता। कोई फ़ायदा नहीं है। उसे पता है कि उसकी माँ के ग़ुस्से के डर से बस्ती में कोई उसे मुँह पर कुछ कहनेवाला नहीं है। लेकिन क्या आदमी बिना हिन्दू या मुसलमान बने इस दुनिया में नहीं रह सकता–श्यामा नदी किनारे अपनी खोह में लेटकर आम के पेड़ से पूछता। कभी लालन शाह को कहता–तुम कुष्टियावालों को ही नहीं बदल पाये, किसी और को क्या बदलोगे? वह लालन शाह से निराश होकर दो-चार सप्ताह उधर का रुख़ नहीं करता। फिर कहीं से उसके अन्दर आवाज़ आती "मैंने देखा है रूपसागर में, मन का मानुष, वह कच्चा सोना है" और वह अपने ख़यालों पर शर्मिन्दा होकर तुरन्त मज़ार पर माथा टेकने चल पड़ता। वह गुनगुनाता रहता, *मानुष को भजकर ही होगा, तू सोने का मानुष।* लालन शाह किसी को बदल पाया हो चाहे नहीं, श्यामा का दिल कहता, इस धरती पर सच उसी ने पाया है। मनुष्य का भजन करके ही आदमी सच्चा मनुष्य हो सकेगा।

कुलभूषण के जाने के बाद श्यामा बचे-खुचे पुराने हिन्दू घरों में धोने के कपड़े लेने जाता। उन्हें धोकर वापस पहुँचा आता। रास्ते में उन घरों को देखता

जो साँय-साँय करने लगे थे। कहीं आँगन में तुलसी के चौरे पर मुरझायी हुई तुलसी थी जिसमें कोई पानी देनेवाला नहीं था। कहीं आँधी में टीन का छप्पर उड़कर गिर गया था। कहीं किसी ने कोई पेड़ काट कर चुरा लिया था और वहाँ एक ठूँठ खड़ा छोड़ दिया था। सिर्फ़ तुलस्यान बाबू के बिके हुए घर में रौनक थी। नये मालिक का जवान होता लड़का एक दोनाली बन्दूक़ से ठाँय-ठाँय की आवाज़ के साथ चिड़ियों का शिकार करता दिखता। पेड़ों से बिक्री के लिए तोड़े गये नारियल और सुपारी का ढेर दिखता। श्यामा मुँह फेर लेता। पिता के दिल की हूक एक घड़ी के लिए उसके दिल की हूक बन जाती। संसार का शायद यही नियम है। किसी जगह का कभी कोई मालिक होता है, कभी कोई और। बस आदमी का दिल खोयी हुई दुनिया के लिए रोता रहता है। शायद एक दिन वह कुलभूषण के घर के सामने से गुज़रेगा, तो देखेगा कि वहाँ कोई और परिवार क़ब्ज़ा करके रह रहा है।

श्यामा घर लौटता तो देखता कि उनकी बस्ती में वैसी-की-वैसी चहल-पहल है, जैसी पहले थी। पैसेवालों की गृहस्थियाँ उजाड़ पड़ी थीं या धीरे-धीरे उजड़ रही थीं। उन इलाकों में कुत्ते भौंकते रहते थे। कभी रात को सियारों का बोलना सुनायी पड़ता। हर घर में कुलभूषण के पिता की तरह एकाध पुरुष बचा हुआ था। पर जोगी, नाई, धोबी, कुम्हार-शूद्र जाति के लोगों को कोई ख़ास फ़र्क़ नहीं पड़ा था। सबकी दिनचर्या वैसी की वैसी चल रही थी। सारे दिन खटकर शाम को ढोल बजाकर कीर्तन कर वे लोग अपनी थकान उतारते। श्यामा ने देखा कि उसका बाप गोबिन्दो धोबी भी इन दिनों कीर्तनियों के संग बैठा झूमता रहता–*निताई गौरांगो, निताई गौरांगो, निताई गौरांगो, गौर हरि !!* श्यामा बचपन से त्रिनाथ का भक्त था। उसने कुलभूषण को कलकत्ता जाने के पहले त्रिनाथ कीर्तन में आने का न्यौता दिया था। "त्रिनाथ हम ग़रीबों का देवता है। ब्राह्मणों ने एक तो हमें शूद्र का दर्जा दिया। ऊपर से हमें शादी-ब्याह, जन्म, मौत और पच्चीसों त्योहारों के ख़र्चों में उलझा दिया। चाहे ख़ुशी हो या ग़मी, हम क़र्ज़ में डूब जाते। हमें बचाने के लिए हमारे त्रिनाथ ने अवतार लिया। एक पैसे की सुपारी, एक पैसे का सरसों तेल और एक पैसे का गाँजा–बस तीन पैसे से त्रिनाथ की पूजा हो जाती है।"

पता नहीं कि उस दिन त्रिनाथ को किसने किसलिए पुकारा था और त्रिनाथ ने किसकी पुकार सुनी, पर उस दिन का कीर्तन उन सबकी ज़िन्दगी में न भूलनेवाला एक दिन बनकर रह गया। वे लोग त्रिनाथ मेले के पण्डाल में घुसे थे और एक पैसे का तेल दोनों ने बीच में जलते हुए बड़े दीये में डाल दिया

था। श्यामा ने कुलभूषण को दिखाया था कि रूई के बँटे हुए तीन तार–यानी ब्रह्मा विष्णु महेश–मिलकर एक बाती बनकर त्रिनाथ की अर्चना में जल रहे थे। उन्होंने गाँजा और सुपारी, दीये के पास में रखे हुए थाल में दूसरे लोगों की तरह डाल दिये थे। पूजा की शुरुआत में कुलभूषण भी उन लोगों के साथ स्वर में स्वर मिलाकर बोला था– "त्रिनाथ! आनन्द हरि!! हरि बोल!!" उसके बाद सब लोग जलते हुए दीये के चारों ओर बैठकर सुपारी चबाते, गाँजे का कश लेते त्रिनाथ की पाँचाली यानी भजन में कही गयी कथा सुनने लगे थे।

आज रात त्रिनाथ पूजा की हरि-सेवा ख़ुद गोबिन्दो धोबी ने रखवाई थी। उसका बाप भला क्या मन्नत माँग रहा है–श्यामा ने सोचा था। आम तौर पर कोई मन्नत माँगने या पूरी होने पर लोग पूजा रखवाते थे। एक घड़ी के लिए श्यामा का दिल यह सोचकर रुक गया था कि कहीं उसके पिता ने तुलस्यान बाबू के लौट आने की असम्भव मन्नत न माँगी हो! क्या मालूम कि भाँग के नशे में उसने देख लिया हो कि त्रिनाथ उसकी यह मनोकामना पूरी कर देंगे। श्यामा ने माँ से इस पूजा के रहस्य का पता करने की कोशिश की थी, पर वह बड़बड़ाकर मन–ही–मन कुछ बोलकर चुप हो गयी थी। यों पिता की मन्नत का रहस्य श्यामा के लिए जल्दी ही खुल गया था। उस दिन श्यामा ने ज़रूर त्रिनाथ से यह मन्नत माँगी थी कि कुलभूषण अपनी माँ को लेकर सही–सलामत कलकत्ता पहुँच जाये और वहाँ एक ठीकठाक ज़िन्दगी जिये।

श्यामा ने देखा था कि कीर्तन की शुरुआत से ही कुलभूषण की आँखें सुरीले स्वर में गानेवाली जवान विधवा अमला पर टिक गयी थीं। काले पाड़ की सफ़ेद साड़ी पहने, बिना सिन्दूर-टिक्की लगाये अमला के विधवा होने में किसी को कोई सन्देह नहीं हो सकता था। जीवन के दुख और अभाव ने उस जवान विधवा में जाने कैसी सुन्दरता पैदा कर दी थी जो छिपाये नहीं छिपती थी। अमला अपने शरीर को पूरी तरह से बंगाली तरीक़े की साड़ी से ढककर रखती, पर उसका यौवन एक ऐसे रहस्य की तरह था जो सबको मालूम था। वह ताँती समाज की थी जो लोग कपड़े बुनने में माहिर होते हैं। घर के अन्दर वह अपने को छिपाकर रहती और उसके बुने हुए कपड़े बेचकर उसका पिता दोनों का पेट पालता। पर उसकी सुरीली आवाज़ के कारण कीर्तन के समय लोग उसके पिता से मनुहार करके उसे साथ ले आते।

अमला कीर्तन में इस तरह अपना मुँह ढँके रहती जैसे उसका स्वर बिना किसी शरीर के निकल रहा हो। पर आज न जाने कैसे उसका घूँघट सरक गया था। कुलभूषण का हावभाव देखकर श्यामा उसके मन को जान रहा था।

कुलभूषण ऐसे मन्त्रमुग्ध-सा बैठा था जैसे उसके सामने साक्षात् कोई देवी प्रकट हो गयी हो। गाँजे की चिलम किसी ने कुलभूषण को थमा दी तो वह हकबका गया था। तभी उसकी आँखें अमला की आँखों से मिल गयी थीं और उसने चिलम का एक छोटा-सा कश खींच लिया था। फिर वह बुरी तरह घबरा गया था कि कहीं उसे नशा न हो जाये। श्यामा ने हँसकर अपनी गरदन हिलाकर उसे आश्वासन दिया था कि कुछ नहीं होगा। कुलभूषण ने अपनी आँखें अमला की ओर फेरीं, पर तब तक अमला अपना मुँह ढँककर एक अशरीरी अनाम अज्ञातयौवना बन गयी थी।

कलकत्ता के लिए रवाना होने तक कुलभूषण जैसे एक नशे में खोया रहा। शायद इसे ही लगन लगना कहते हैं–श्यामा ने सोचा। कुलभूषण रोज उसे लालन फ़क़ीर की मज़ार पर चलने को कहता और वहाँ घण्टों बैठा बाउल फ़क़ीरों के प्रेम निवेदन के गीतों में खोया रहता–*मैं रखूँगा तुम्हें नयनों में। मेरे चाँद ग़ैर जाने नहीं दूँगा। अब नयन में नयन रखूँगा। मेरे चाँद ग़ैर जाने नहीं दूँगा।* श्यामा ने कुलभूषण से जाते वक़्त कहा–"काश मैं एक बार और तुम्हें अमला का कीर्तन सुनवा सकता। तुम्हारा मन ठीक है न?" कुलभूषण ने अपना सिर झुका लिया था। "मुझे ग़लत मत समझना। यह सिर्फ़ रूप की प्यास नहीं है। यह पता नहीं क्या है जो आदमी को अपनी आत्मा तक से अलग कर देती है। बस तसल्ली है कि हम उसी सूरज चाँद को देखेंगे जिसे वह देखती है। मुझे पता है कि मुझे फिर वह कभी नहीं दिख सकती। मैंने त्रिनाथ देवता से यही कहा कि मुझे जो अनुभव हुआ वह सबको हो। ऐसी प्यास सबको लगे। तुम्हें भी लगे मेरे दोस्त!" श्यामा को ये शब्द सुनते हुए मालूम नहीं था कि उस दिन त्रिनाथ से उसके लिए यही कामना गोबिन्दो धोबी ने भी की थी।

कुलभूषण चला गया। उसके छोड़े हुए ख़ालीपन का असर यह हुआ कि श्यामा अचानक अपने आसपास की दुनिया के बहुत सारे बदलावों को एक नयी नज़र से देखने लगा। तुलस्यान बाबू को उसके पिता के जीवन से गये अठारह साल हो चुके थे। इधर वह देख रहा था कि अचानक गोबिन्दो धोबी भाँग के नशे से बाहर आने लगा है। शायद कीर्तनिया मण्डली ने उसके जीवन को एक नयी दिशा दिखा दी थी। वह अक्सर कुलभूषण के अकेले पड़ गये पिता के घर चला जाता और आँगन में उनकी कुर्सी के सामने उकड़ूँ बैठा-बैठा उनसे बातें करता रहता। एक दिन उसने अपने पिता को उन्हें कहते सुना–"बड़े बाबू! एक बात पूछूँ? आपके छोटे भाई का सारा परिवार पाकिस्तान

बनने के पहले ही कलकत्ता चला गया। तुलस्यान बाबू तो नोआखली का दंगा होते ही चले गये थे। आप ही यहाँ क्यों रह गये?" श्यामा साँस रोककर खड़ा रहा। वह भी जानना चाहता था कि कुलभूषण के पिता ने पाकिस्तान में रहना क्यों चुना? जिन लोगों के पास हिन्दुस्तान में कोई ठिकाना नहीं था, वे भी सब छोड़छाड़ कर चले गये थे या अब चले जा रहे थे। इनके यहाँ रहने की क्या वजह थी जबकि इनके बेटे कलकत्ता में ठाठ से रह रहे थे।

कुलभूषण के पिता गोबिन्दो धोबी के सवाल पर बहुत देर तक चुप रहे। फिर बोले–"गोबिन्दो! तुम्हें जो कहूँगा वह बात तुम तक ही रहनी चाहिए।" गोबिन्दो ने तुरन्त कहा–"जी मालिक। त्रिनाथ की क़सम। मेरे पेट से कोई बात कभी नहीं फूटेगी।" कुलभूषण के पिता ने कहा–"देखो गोबिन्दो, मेरे दादा हरमुखरायजी और मेरे पिता भजनलालजी राजस्थान के बिसाऊ से यहाँ एक लोटा-डोरी लेकर आये थे। उन्होंने बहुत मेहनत से तिल-तिल कर अपना कारोबार खड़ा किया। कितनी बार गोराई नदी की बाढ़ ने उन्हें रास्ते का भिखारी बना दिया। कितनी बार डकैतों ने शरीर के कपड़े तक नहीं छोड़े। इसके बावजूद पाकिस्तान बनने तक हमारे यहाँ दो-ढाई सौ मज़दूर काम करते थे। बड़ी-बड़ी नौकाओं से किराने का सामान उतरता। गोदामों में माल रखने की जगह नहीं रहती थी। अब वैसा समय नहीं रहा तो क्या? वही समय घूमकर फिर लौटेगा। हमारे बिना मियाँ लोगों का काम चलनेवाला नहीं है। जो लोग कलकत्ता में भाड़े के कमरों में गोदाम के माल की तरह भरे हुए हैं, वे चाहें जैसे रहें। मैं अपनी पुरखों की ज़मीन-जायदाद-सम्पत्ति छोड़कर जानेवाला नहीं हूँ। चाहे कोई मेरी खाल उतार ले। और देखो, जो डर के भाग गया उसको कोई भाग नहीं मिलेगा। समझ रहे हो न, अब मैं अकेला मालिक हूँ–दो चौक और चार दरवाज़ों वाले इस मकान का।"

"बात तो ठीक है मालिक! क्यों जायेंगे आप अपना घर-आँगन छोड़कर? मुझे तो कलकत्ता के नाम से ही डर लगता है। सुना है कि यहाँ से गये लोग रेल की पटरियों के किनारे की ज़मीन पर झुग्गी-झोंपड़ी बनाकर रहते हैं। कीड़े-मकोड़े की तरह ज़िन्दगी जीते हैं। जाने कब रेल पटरी से उतरकर उनकी चटनी बना दे। मेरे भानजे खोकोन को जानते हैं न? वही बताता रहता है। देखिए ना, कुष्टिया की जागेश्वरी मिल के मालिक कार्तिक बाबू के यहाँ हज़ारों हिन्दू और मुसलमान मज़दूर काम करते हैं। उनके दादा कालीप्रसन्न बाबू ने पचास साल पहले यह मिल बनायी थी। उनका पुराना धोबी मर गया। आजकल श्यामा उनके घर धोने के कपड़े लेने जाता है। वे भला यह देश

छोड़कर क्यों जायेंगे? ईस्ट पाकिस्तान बना, तो उनके चाचा और भाई कलकत्ता चले गये। कार्तिक बाबू अकेले मालिक बन गये और आज तक बने हुए हैं। जो रहेगा वही पायेगा। ठीक ही बात है।"

"मैं जितनी बार कलकत्ता की ढाकापट्टी में जाकर रहता हूँ, मुझे लगता रहता है कि कब यहाँ से भागकर कुष्टिया लौट जाऊँ! वह मेरा देश नहीं हो सकता। कलकत्ता में गंगा बहती है पर वहाँ गोराई और पद्मा जैसा पानी कहाँ? वहाँ गंगा भी बँधी हुई जान पड़ती है—लोगों और घाटों की भीड़ से। कुलभूषण का भी एक घड़ी मन नहीं लगता वहाँ। मेरी तरह उसे भी यहीं का हवा-पानी रास आता है।"

"लेकिन मालिक, कुलभूषण और उसकी माँ को तो आपने भेज ही दिया हमेशा के लिए। आपने अपने सारे बच्चे ब्याह लिए। वही बाक़ी रह गया है। उसका जिम्मा बचा हुआ है आपके सिर। वैसे ही जैसे मेरे सिर श्यामा को ब्याहने का जिम्मा बचा हुआ है। अट्ठाईस साल का होने आया। इस उम्र में तो उसे कई बच्चों का बाप बन जाना था। मैंने मन्नत माँगी है त्रिनाथ से। कोई भी लड़की मिल जाये तो मैं मरने के पहले अपना काम कर जाऊँ। श्यामा का जीवन सूखा न रह जाये। नहीं तो जोगी बाबा को ऊपर जाकर क्या मुँह दिखाऊँगा?" गोबिन्दो का गला रुँध गया था। श्यामा सन्न खड़ा था। उसने बरसों से पिता से कोई उम्मीद करना छोड़ दिया था। आदमी कितना अनजान रहता है अपने सबसे क़रीबी लोगों से। अपनों के दिल की बातों की उसे कोई भनक तक नहीं होती और बिना जाने उनसे चिढ़ और ग़ुस्सा पालता रहता है।

"ज़िम्मेदारी तो मेरी बाक़ी है गोबिन्दो। मैं जानता हूँ। पर जो भी नाई-बामन कुलभूषण को देखकर गया, वापस कोई रिश्ता लेकर नहीं आया। ऊपर से मेरे बड़े बेटे कहते हैं कि उसे ब्याह कर आप बड़ा पाप मोल लेंगे। वह एक नम्बर का चोर और आवारा है। तुम्हें तो पता है गोबिन्दो, ऊपरवाले ने मुझे एक ही लड़की दी है। उसका ब्याह बड़े घर में किया। जमाई की सूरत पर नहीं गया पर वह सीरत में भी ठीक नहीं निकला। दिन-रात विलायती शराब के नशे में टुन्न रहता है। लड़की को देखता हूँ तो कलेजे में छुरी-सी लग जाती है। गरज़ यह कि हम लोगों को अपने से नीचा जानकर वे हमारा अपमान करने में भी नहीं हिचकते। उसकी माँ का बनाया हलवा-कचौड़ी लौटा देते हैं कि हमारे यहाँ यह सब कोई नहीं खाता। बड़े अंग्रेज़ की औलाद बने फिरते हैं। इसलिए कुलभूषण के मामले में डरता हूँ। फिर कोई ग़लती न हो जाये। देखो गोबिन्दो, मेरी लड़की के बारे में किसी को कुछ बता मत देना। तुम्हें कसम है।

लोग जले मर रहे हैं कि इतने बड़े घर में मैंने अपनी बेटी कैसे ब्याह ली!"–कुलभूषण के पिता के स्वर में अफ़सोस की जगह गर्व ने ले ली थी।

श्यामा ने आगे नहीं सुना। वह गोराई के किनारे अपनी खोह की तरफ़ बढ़ गया। दो महीने से खोह और आम के पेड़ से ढँका आसमान उसकी अपनी दरगाह हो गये थे। उसके दिमाग़ में एक सप्ताह से हज़ारों ऐसे ख़याल उठ रहे थे जो बार-बार उसके दिल की धड़कनें बढ़ा देते थे। आज अपने पिता की अपने प्रति चिन्ता जानकर वह और परेशान हो उठा था। तो त्रिनाथ की पूजा इसलिए रखवाई थी उसके बाप ने कि वह अपने जीवन में सूखा न रह जाये! पिछले सालों में श्यामा ने ऐसा रुख़ बना लिया था कि वह गोबिन्दो धोबी की छोटी-से-छोटी बात का भी जवाब नहीं देता था। धीरे-धीरे गोबिन्दो ने उससे बात करना बन्द ही कर दिया था। कुछ कहना होता तो उसकी माँ के मार्फ़त ही उसे कुछ कहलवाता।

श्यामा के दिमाग़ में पुरानी तस्वीरें दौड़ गयीं जब गोबिन्दो ने पहली बार उसे धोबीघाट पर ले जाकर कपड़ा धोने के चिकने पत्थर की पूजा करवाकर उसे तिलक लगाया था, जब वह पहली बार उसे कुलभूषण के घर कपड़े लेने ले गया था। कैसे गोबिन्दो धोबी ने कालिपद गुरुजी के कपड़े मुफ़्त में धोकर उसे पाठशाला में भर्ती करके पढ़ना सिखाया था। कैसी वह धोबी होते हुए भी कभी गाली-गलौज़ नहीं करता था और ना शराब पीकर मारपीट करता था। कैसे वह अपनी पूरी बिरादरी से अलग एक ऊँचे कुल के व्यक्ति की तरह भद्र दिखता और बोलता था। कैसे वह अपनी बीवी का ग़ुस्सा सहकर भी उससे प्यार और आदर से बात करता था। कैसे उसने भूल से भी कभी श्यामा को काला-कलूटा या ऐसा कुछ अपमानजनक शब्द नहीं कहा था और न कभी उसे एक थप्पड़ तक लगाया था। श्यामा के बेतरह आँसू बह निकले और आकाश, ज़मीन और रास्ता धुँधला गये।

"बाबा, तुम्हें कैसे याद रहेगा कि किस घर से तुमने कौन-से कपड़े लिए? देते समय उलट-पलट हो गये तो?"–श्यामा ने पहली बार घरों से कपड़े लेकर लौटते हुए गोबिन्दो से पूछा था। गोबिन्दो देर तक हँसता रहा था। फिर बोला–"हम नहीं भूलते। सीता माता के वरदान से हमारी याद करने की शक्ति जो ऐसी है। हज़ारों कपड़ों के लेन-देन में भी हमसे भूल नहीं होती।"

"पर सीता माता तो धोबी से नाराज़ रही होंगी ना? हमें वरदान क्यों दिया?"–श्यामा ने आश्चर्य से पूछा था।

"वह तो बाद की बात है। उसके पहले की कथा यह है कि बनवास से

लौटने के बाद राम ने अपने पिता राजा दशरथ को गयाधाम जाकर पिण्डदान देने का मन बनाया। ऐन समय पर पण्डित ने कहा, पान के पत्ते नहीं आये। उसके बिना दान नहीं होगा। तो राम और लक्ष्मण पान के पत्ते लाने दूर चले गये। सीता ने देखा कि मुहूर्त का पल आते ही फल्गु नदी से राजा दशरथ के दो हाथ उठकर पिण्डदान माँगने लगे। तब सीता ने नदी की रेत का पिण्ड बनाकर दान कर दिया। लौटने पर जब सारी बात बतायी, तो राम को विश्वास नहीं हुआ। सीता ने प्रमाण देने के लिए फल्गु नदी से प्रार्थना की, तो उसने कह दिया, उसने ऐसा कुछ नहीं देखा। तब सीता ने फल्गु को शाप दिया कि तुम ग़ायब होकर धरती के अन्दर बहती रहोगी। वहाँ एक धोबी नदी पर कपड़े धो रहा था। उसने सब देखा था। उसने राम को सीता के पिण्डदान का प्रमाण दे दिया तो सीता माता ने उसे वरदान दिया कि तुम लोगों की स्मरण-शक्ति ऐसी होगी कि तुम कभी कुछ नहीं भूलोगे।" श्यामा के आँसू बह निकले। वह तो कपड़ों का मालिकाना क्या, अपने पिता को ही भूल गया था। वह कुछ सोचकर खोकोन के घर की तरफ़ बढ़ गया।

श्यामा का चचेरा भाई खोकोन हज़रतबल के दंगों के बाद से कुष्टिया में बस गया था। जाने क्यों वह खुलना लौटना नहीं चाहता था। अफ़वाहें कहती थीं कि उसने मुसलमानों के साथ मिलकर किसी हिन्दू का घर लूटा है। उसने धोबी बस्ती में एक आधा पक्का मकान बना लिया था और अपनी बीवी और छोटे बच्चे को भी बुला लिया था। वह अक्सर धोबी समाज के लोगों को इकट्ठा कर उनसे राजनीति की बातें करता–"हमें मुसलमानों से कोई ख़तरा नहीं है। वे सिर्फ़ ऊँची जाति के पैसेवाले हिन्दुओं को यहाँ से भगाना चाहते हैं। वे हमें कभी भगाना नहीं चाहेंगे। हमें पहले की तरह उनसे मेलजोल से रहना चाहिए। हिन्दू-मुसलमान का फ़र्क़ ग़रीबों के लिए नहीं है। हिन्दू ग़रीब और मुसलमान ग़रीब का एक ही धर्म है और वह है पेट पालना।" खोकोन अकेले में श्यामा से कहता–"अरे तुम्हें कुछ पता नहीं है। मैं सब ख़बर रखता हूँ। जाने क्या हवा चल पड़ी है कि हमारे जैसे ग़रीब लोगों के बीच भी पहले जैसा मेलजोल नहीं रहा। आजकल सब एक-दूसरे को शक से देखने लगे हैं।"

श्यामा को पता है कि खोकोन की बात सच होते हुए भी पूरी तरह सच नहीं है। पहले भी जो लोग अपनी जाति से निकलकर मुसलमान बन गये थे, उन्हें उन्हीं के ख़ून के रिश्तेवाले हिन्दू नफ़रत से देखते आये हैं। हालाँकि मुसलमान बन गये कुछ लोग छिपकर शीतला माता या मनसा या माँ काली

की पूजा करते हैं और मुसीबत आने पर हिन्दू भी पीर-पैगम्बर की मिन्नत करते हैं, पर आपस में रोटी-बेटी का सम्बन्ध हो, यह कभी नहीं सुना। खोकोन कहता है–"अरे तुम्हें कुछ पता नहीं है। मैं सब ख़बर रखता हूँ। जब पाकिस्तान बना, तभी मुस्लिम लीग ने 'पाकिस्तान शिड्यूल कास्ट फ़ेडरेशन' को लिखकर दिया था कि उन लोगों को कभी परेशान नहीं किया जायेगा। नीची जाति के हिन्दुओं को मुसलमानों ने हमेशा अपना साथी माना है।"

श्यामा उसकी बातें सुनता, पर उसने कभी अपना मत नहीं बताया। उसे मालूम था कि धोबी, नाई, कुम्हार, चमार जाति के हिन्दू भी पाकिस्तान छोड़कर जा रहे हैं या जाना चाहते हैं। इसका कारण यह भी था कि ऊँची जाति के हिन्दुओं के भरोसे उनकी रोज़ी-रोटी चलती थी। उनके चले जाने के बाद उनके लिए पेट भरना आसान नहीं रह गया था। पहले की तरह कीर्तन, जात्रा, मेले, रासलीला, नौटंकी भी नहीं होते थे। आदमी को सिर्फ़ पेट भरने की ही ज़रूरत नहीं होती। उसे बोलने-बतलाने-ख़ुश रहने के लिए एक माहौल भी चाहिए। उसने देखा था कि इन दिनों पहले की तरह त्रिनाथ के कीर्तन में एक भी मुसलमान नहीं आता। न ही वे लोग अब वन-बीबी या शीतला-मनसा की पूजा में पहले की तरह भाग लेते हैं। हिन्दू भी पीर-पैगम्बरों की दरगाह पर अब उतनी चादरें नहीं चढ़ाते।

सप्ताह भर पहले खोकोन ने जो बात उसे बतायी थी, उसे सुनकर श्यामा के पैरों तले ज़मीन खिसक गयी थी। "अरे तुम तो कुछ नहीं जानते। मैं सब ख़बर रखता हूँ। वह जवान विधवा है ना अमला, जो ताँती समाज की है? वह पास की बस्ती के मुसलमान जुलाहा परिवार के लड़के अली के साथ भाग गयी। सारे हिन्दू ताँती भड़के हुए हैं कि उस लड़के ने ज़बरदस्ती उसे भगाया है। वे कह रहे हैं कि वह ख़ुद अपनी मर्ज़ी से ऐसा कर ही नहीं सकती। सुनते हैं कि वह बड़ी भगत थी त्रिनाथ की। क्या सचमुच उसके बिना कीर्तन ही नहीं होता था?" श्यामा के मुँह से कुछ नहीं निकला। वह खोकोन को एकटक ताकता रहा। "उधर मुसलमान कह रहे हैं कि उस राँड़ ने हमारे लड़के को फँसा लिया। उनके यहाँ क़लमा पढ़ाये बिना विधवा से सम्बन्ध बनाना हराम है। अमला का बूढ़ा बाप हाथ में हँसिया लिए कहता घूम रहा है कि उस लड़के की बोटी-बोटी काट डालूँगा, चाहे फाँसी पर ही क्यों न चढ़ना पड़े। एक औरत को लेकर अब दंगा होगा यहाँ!"

श्यामा को काटो तो ख़ून नहीं। अमला को विधवा हुए छह-सात साल बीत चुके थे। क्या सचमुच अमला अपनी मर्ज़ी से अली के साथ चली गयी थी?

क्यों नहीं जा सकती? कैसी बदरंग ज़िन्दगी थी उसकी! भरी जवानी में घर में बन्द रहती थी चौबीसों घंटे। हिन्दू ताँती और मुसलमान जुलाहों में धर्म अलग हुआ तो क्या? उनके ख़ून के पुराने रिश्ते थे। सभी एक जैसे रहते थे। एक जैसा काम करते। कई त्योहार दोनों मनाते। एक ही पीर को पूजते। अली जैसा कोई भला-सा जुलाहा लड़का उसका अपहरण करेगा, ऐसा नहीं लगता। श्यामा ने अली के साथ बचपन में नदी किनारे गुल्ली-डंडा खेला है। जहाँ तक याद पड़ता है, उसका घर अमला के घर से कुछ ही दूरी पर है। बीच में थोड़े खेत भर हैं। वे दोनों एक-दूसरे को बचपन से जानते हों, तो कोई बड़ी बात नहीं। हो सकता है कि दोनों एक-दूसरे से प्रेम करते रहे हों। अब इस घटना से ताँती और जुलाहों में आपस में मारकाट मच जायेगी, इससे बुरा क्या हो सकता है? इधर रात में श्यामा को बुरे-बुरे सपने आते हैं। कभी वह देखता कि ताँती और जुलाहों के फूँस के घर धू-धूकर जल रहे हैं और कभी देखता कि अमला का बूढ़ा बाप हाथ में हँसिया लिए अमला और अली के पीछे दौड़ रहा है। कश्मीर में हज़रतबल में मुहम्मद साहेब का खोया बाल मिल गया था और दंगे ख़त्म हो चुके थे, पर कुष्टिया में एक नये दंगे की तैयारी हो रही थी।

खोकोन के घर पहुँचकर श्यामा ने उससे इधर-उधर की कुछ बातें कीं। धोबी का काम करके गुज़ारा करना शहर में आये एक नये आदमी के लिए काफ़ी मुश्किल था। जागेश्वरी मिल में मज़दूरी का काम मिल सकता था। निन्यानबे बीघा पर फैली मिल में हज़ारों मज़दूर काम करते थे। श्यामा ने इस बारे में मैनेजर के धुले हुए कपड़े लौटाते समय बात भी कर ली थी। खोकोन को दिलासा देकर फिर श्यामा असली मुद्दे पर आया। "अच्छा खोकोन, तुम्हें तो सब कुछ मालूम रहता है। वे लोग गये कहाँ?"-श्यामा ने पूछा। "कौन लोग?"-खोकोन ने अपनी बड़ाई पर ख़ुश होते हुए पूछा। "वही अली और अमला"-श्यामा का दिल धड़क रहा था। "छोड़ो भाई हमें जानकर करना क्या है?"-खोकोन के अन्दाज़ से श्यामा समझ गया कि उसे मालूम है कि वे लोग कहाँ हैं। उसने नाराज़ होने का मुँह बनाया। "मेरी नौकरी पक्की करवाओ। बता दूँगा। लेकिन भाई, अपने तक ही रखना। वरना बेचारे जान से जायेंगे"; खोकोन ने फुसफुसाकर कहा, "जागेश्वरी मिल के अन्दर ही हैं। किसी मज़दूर के क्वॉर्टर में अमला बुर्का पहनकर रहती है। अली अपने एक दोस्त के पास कुछ दिन वहीं छिपकर रहा। अब कोई काम ढूँढ़ने खुलना गया है।"

श्यामा को अचानक याद आया कि कल जागेश्वरी मिल के मैनेजर के

घर में धुले हुए कपड़े देकर लौटते समय उसने एक बुर्क़ा पहनी हुई औरत को देखा था। पर उसके तो पेट में कम-से-कम पाँच महीने का गर्भ होगा। क्या वही अमला थी? कैसे पता किया जाये? खोकोन को पता नहीं कितना मालूम है! श्यामा ने कहा–"बड़ी भली थी वह अमला! त्रिनाथ के कीर्तन में ऐसे-ऐसे भजन गाती कि लोग सुनते ही रह जाते थे। बेचारी बचपन में ही विधवा हो गयी थी। बाप एकदम बूढ़ा और बीमार था। भाई भी नहीं था। शायद यही सोचकर...।"

"श्यामा तुम्हें तो कुछ नहीं मालूम। मैं सब ख़बर रखता हूँ। उसका और अली का कई बरसों से चक्कर चल रहा था। अली ने इसीलिए शादी भी नहीं की। अब जब पेट में बच्चा आ गया तो भाँडा फूटना ही था। दोनों भाग कर अली के दोस्त सिकन्दर के क्वार्टर में छिप गये। थोड़े दिन में मामला ठंडा पड़ जायेगा तब अली उसे अपने घर ले जाकर क़लमा पढ़वा लेगा। बच्चा उसी का है। माँ-बाप क्यों नहीं रखेंगे?"–खोकोन बोला।

श्यामा अपनी खोह में लौटकर देर तक पड़ा-पड़ा सोचता रहा। अमला और अली का बच्चा हिन्दू होगा या मुसलमान? ख़ुद वह क्या है? पूरी दुनिया में आदमी और औरत का प्रेम अलग-अलग धर्म, जाति और रंग के बावजूद पनपता रहा है। कितने बच्चे ऐसे होते हैं जिनका साफ़ रंग देखकर बड़े बुज़ुर्ग कह उठते हैं कि फ़िरंगी का ख़ून है क्या? कभी इस बंगाल देश में पुर्तगाली और अंग्रेज़ अपनी नस्ल छोड़ गये थे। क्या अली और अमला एक ऐसा घरौंदा बना सकेंगे जिसमें उनका बच्चा चैन से रह सकेगा? बिना अपनी ओर उठी अँगुलियों के? श्यामा का दिल उस अभी तक न पैदा हुए बच्चे के लिए दुखता रहा।

अगले दिन सुबह उठकर श्यामा जल्दी-जल्दी डग भरता हुआ चल पड़ा। जागेश्वरी मिल में ढाई सौ क्वार्टर हैं जिनमें कई दो कमरों के हैं और कई एक कमरे के। अली का दोस्त ज़्यादा तनख़्वाह वाला नहीं होगा। वह एक कमरे के क्वार्टरों की बस्ती की ओर मुड़ गया। वहाँ से जो रास्ता मैनेजर के मकान तक जाता था, उस ओर चल पड़ा। क्या पता अमला बुर्क़ा पहने कब निकले? क्वार्टर में औरतें बहुत कम रहती हैं। प्रायः वे अपने गाँव में बच्चों के साथ रहती हैं। पर इधर के दिनों में काफ़ी औरतें और बच्चे भी दिखाई देते हैं। श्यामा कई दिन तक जागेश्वरी मिल के चक्कर लगाता रहा। पर उसे न अमला दिखी, न बुर्क़ा पहनी हुई कोई औरत। जाने क्या संयोग है! हो सकता है अली उसे यहाँ से निकालकर ले गया हो। श्यामा का मन उदास

हो गया। फिर उसने अपने को कोसा। वह क्यों उदास हो रहा है? उसे क्या लेना-देना है अली और उसकी पत्नी और उनके बच्चे से? हो सकता है कि वे लोग उसे देखकर घबरा जायें। हो सकता है उससे बात तक न करना चाहें।

एक दिन वह मैनेजर के कपड़े पहुँचाकर लौट रहा था कि उसे एक क्वार्टर से किसी औरत का बुरी तरह रोने का स्वर सुनायी पड़ा। जाने क्यों उसे लगा कि यह अमला की आवाज़ है। वह उस क्वार्टर के दरवाज़े से सटकर खड़ा हो गया और कान लगाकर सुनने लगा। कोई औरत दूसरी औरत को चुप करने के लिए कह रही थी। पर पहली औरत अपनी आवाज़ दबाने की कोशिश करते हुए ज़ार-ज़ार रो रही थी। श्यामा से रहा नहीं गया। उसने दरवाज़ा खटखटाया। अन्दर से आवाज़ तुरन्त बन्द हो गयी। उसने फिर खटखट की। तब एक औरत ने लम्बा-सा घूँघट डाले बाहर झाँका और हलका-सा दरवाज़ा खोलकर बांग्ला में पूछा-"कौन है? क्या काम है?" श्यामा एक पल के लिए हकबकाया हुआ खड़ा रहा। फिर उसने कहा-"अमला से बात करनी है।" दरवाज़ा तुरन्त खुल गया और उसके अन्दर जाते ही बन्द हो गया।

श्यामा ने बन्द खिड़की के कोनों से आती हुई हलकी रोशनी में देखा कि अमला चटक हरे रंग की साड़ी पहने ज़मीन पर बैठी है। उसके बाल बिखरे हुए थे और उसकी आँखें सूज कर लाल हो गयी थीं। "मैं...श्यामा... पहचानती हो न मुझे?"-श्यामा ने हकलाकर कहा। अमला ने हाँ करते हुए सिर हिलाया। फिर उसके गले से रोने की आवाज़ निकली जैसे बकरी का गला काटते समय निकलती है-"अली को मार डाला उन लोगों ने! अब मेरा क्या होगा? मेरे बच्चे का क्या होगा?" श्यामा एकदम सुन्न हो गया। अली को मार डाला? अली को मार डाला? किसने? पर उसके मुँह से कोई शब्द नहीं निकला। वह कुछ न कहकर चुप रहा। वह कितनी देर वहाँ बुत बना खड़ा रहा, उसे मालूम नहीं पड़ा। दूसरी औरत ने उसे पानी का गिलास थमाया तो उसे होश आया। "जो हो गया, सो हो गया। अब आगे क्या करना है?"-उसने भारी आवाज़ में कहा।

"तुम इसे अपने साथ घर ले जा सकते हो?"-उस औरत ने पूछा। श्यामा उसका मुँह देखता ऐसे खड़ा रहा जैसे वह कोई ऐसी भाषा बोल रही हो जिसका एक अक्षर भी वह नहीं समझता। "इसके पास जाने के लिए कोई जगह नहीं है। यह कैसे ज़िन्दा रहेगी?"-उस औरत ने फिर श्यामा से पूछा। श्यामा के दिमाग़ में अपना घर, अपनी माँ और अपने बाप के चेहरे घूम गये। उसी घड़ी उसे समझ में आ गया कि जोगी बाबा उसे क्यों

उसकी माँ की झोली में डाल गये होंगे। शायद उसकी असली माँ ने उसे पैदा करके छोड़ दिया होगा या वह मर गयी होगी। शायद वह भी हिन्दू रही हो। "चलो अमला, मेरे घर चलो। मैं शादी करूँगा तुमसे। तुम्हारे बच्चे का बाप बनूँगा। बोलो मंजूर है?"–श्यामा ने कहा। अमला का चेहरा सफ़ेद पड़ गया। वह उसे ऐसे देख रही थी जैसे सामने कोई भूत खड़ा हो। उसने ना करते हुए गर्दन हिलायी। ओह, शायद मेरी सूरत से यह घबरा रही हो। उसने धरती की ओर देखते हुए कहा–"तुम बस मेरे घर रहोगी। मेरा तुमसे सम्बन्ध बस दुनिया को बताने के लिए होगा।"

"पागल लड़की, हाँ बोल। हाँ बोल। तेरी जान के अन्दर एक और जान है। उसे मारने का तुझे कोई हक़ नहीं है। हाँ बोल अमला। हाँ बोल। तेरे लिए अल्लाताला ने रास्ता दिखाया है। हाँ बोल।"–दूसरी औरत अमला के सामने ज़मीन पर बैठ गयी थी और उसे हिला-हिलाकर बोलती जा रही थी।

श्यामा ने घर पहुँचकर आवाज़ दी–"माँ !!" वह जानता था कि उसका बाबा गोबिन्दो घर पर नहीं है। उसके गले से काँपते हुई टूटी-फूटी सी आवाज़ निकली। माँ तुरन्त दरवाज़े पर प्रकट हुई

"क्या हुआ श्यामा? क्या हुआ? तू ऐसे क्यों बोल रहा है? तेरा बाबा ठीक है न?" वह घबराकर चिल्लाने लगी थी।

श्यामा ने कहा–"हाँ, हाँ। सब ठीक है माँ।" कहकर उसने काँपते हुए माँ का चेहरा अपने दोनों हाथों से थाम लिया। "क्या हुआ तुझे श्यामा?"–माँ ने उसका हाथ बिना हटाये पूछा। "माँ, मुझे वचन दो कि तुम एकदम धीरे बोलोगी। चिल्लाओगी नहीं। ग़ुस्सा नहीं करोगी"– श्यामा ने प्रार्थना के स्वर में कहा। "ठीक है"– माँ ने परेशान होकर उसके हाथ हटाते हुए कहा। "माँ, जैसे तुमने एक दिन मुझे अपना बेटा बनाया था, वैसे ही आज एक बच्चे को मेरा बेटा बनाना मंजूर करोगी?"–श्यामा ने फुसफुसाकर कहा। उसे लगा कि माँ उसकी बात सुन नहीं पायी है क्योंकि माँ के चेहरे पर कोई भाव नहीं आया। "माँ, जैसे तुमने एक दिन मुझे अपना बेटा बनाया था, वैसे ही मुझे एक बच्चे को मेरा बेटा मानने दोगी"–श्यामा ने फिर कहा। इस बार उसकी आवाज़ एकदम साफ़ थी। माँ हक्की-बक्की उसे देखती रही, पर उसकी आँखें धीरे-धीरे पानी से भर गयीं।

श्यामा का दिल तसल्ली से भर उठा। वह बाहर निकला और अमला का हाथ पकड़कर माँ के सामने ले आया। अमला ने चटक हरे रंग की साड़ी पहन रखी थी। उसकी माँग में ताज़े सिन्दूर की गाढ़ी रेखा चमक रही थी।

उसे देखते ही श्यामा की माँ का चेहरा बिगड़ गया। "यह...यह"–कहकर वह एक गन्दी गाली देने को हुई श्यामा ने हाथ जोड़कर कहा–"माँ तुमने वचन दिया था। कुछ मत कहो। तुम इसे नहीं रख सकोगी, तो कोई बात नहीं। मैं आँगन के उस तरफ़ टिन का घर बनाकर ऊपर फूस डाल लूँगा।" श्यामा की माँ सकते में आ गयी। वह धरती पर बैठ गयी और अपना सिर अपने घुटनों में डाल दिया।

अमला अब तक चुपचाप पत्थर की मूरत की तरह खड़ी थी। वह धीरे-धीरे सुबकने लगी। श्यामा ने घबराकर कहा–"रोओ मत, रोओ मत अमला। मेरी माँ का दिल बहुत बड़ा है। सब ठीक हो जायेगा।" तभी गोबिन्दो की आवाज़ सुनायी पड़ी। श्यामा एक झटके से बाहर निकल आया–"बाबा, बाबा। त्रिनाथ ने तुम्हारी सुन ली है। मेरा जीवन सूखा नहीं रहेगा।" श्यामा की बात सुनकर गोबिन्दो अचरज में आ गया। "तुम्हें कैसे मालूम, मैंने क्या मन्नत माँगी थी?"–उसने पूछा। श्यामा हँसने लगा। उसकी हँसी सुनकर अन्दर से उसकी माँ ने उसे सिर उठाकर देखा। उसकी हँसी इतनी बेवक़्त थी कि अमला का सुबकना रुक गया। श्यामा हँसता चला गया। "त्रिनाथ मुझे सपने में आकर कह गये थे बाबा।...मैंने शादी कर ली है बाबा–" श्यामा ने हँसी रोक कर कहा। "क्या!! किससे?"–गोबिन्दो ने अचरज से कहा। "वह अन्दर है। माँ के पास।"–श्यामा की बात सुनकर गोबिन्दो ने अन्दर की तरफ़ पैर बढ़ाया और गर्भवती अमला को देख पत्थर बन गया।

अचानक समय की रील जैसे बीस साल पीछे घूम गयी। कल्याणी सिनेमा में बैठकर जो फ़िल्में उसने देखी थीं, उनकी कई कहानियाँ गड्डमड्ड होकर उसके दिमाग़ में घूमने लगीं। विधवा अमला का सूना जीवन, उसका साँवला-सलोना रूप, उसकी असहायता और भाग्य की मार! सारी कहानियाँ कितनी जानी-पहचानी थीं। फ़िल्में देखते हुए कई बार वह ऐसी किसी लड़की या औरत का उद्धार करते हुए ख़ुद को देखता था। गोबिन्दो के अन्दर से रुलाई का ज्वार उमड़ा। उसने किसी तरह उसे निगला। फिर भी उसकी आँखें टपकने-टपकने को हो आयीं। श्यामा उसे ग़ौर से देख रहा था। उसकी आँखों की याचना पिता के आँसू देखकर निराशा में बदल गयी। उसने आँखें नीचे झुका लीं। नहीं, किसी और से कुछ आशा करना बेकार है। उसे अपने ऊपर ग़ुस्सा आया कि कैसे उसने सोच लिया कि उसके माँ-बाप एक गर्भवती औरत से उसकी शादी को रज़ामन्दी दे देंगे। वह भी जिसके पीछे इतना काण्ड हुआ है। तभी उसने देखा कि गोबिन्दो धोबी चलकर अमला के पास जाकर खड़ा

हो गया है। उसने चौंककर देखा कि गोबिन्दो का हाथ अमला के सिर पर था और वह अस्फुट स्वर में उसे शायद आशीर्वाद दे रहा था।

श्यामा ने माँ की तरफ़ देखा। वह वैसे ही ज़मीन पर बैठी फटी-फटी आँखों से सब देख रही थी। श्यामा ने आगे बढ़कर पिता के पाँव छुए और आँसू भरी कृतज्ञ आँखों से उसे देखा। फिर वह माँ के पास गया और उसे हाथ पकड़कर उठाने लगा। वह बिना प्रतिवाद के उठ गयी। श्यामा के इशारे पर अमला ने आकर माँ के पाँव छुए। माँ ने बिना कुछ कहे उसके सिर पर हाथ रख दिया, पर मुँह से कुछ भी नहीं कहा। तब तक किसी को यह एहसास नहीं था कि श्यामा की माँ की बोली चली गयी है।

कुलभूषण : कि अब ये देस हुआ बेगाना

"ग़ज़ब बात है!"–कहकर कुलभूषण मुस्कराया। सड़क के किनारे पत्थर पर बैठे हुए उसे मुस्कराते हुए किसी ने नहीं देखा। देखता भी तो शायद पागल समझकर आगे बढ़ जाता। यों इस टूटी-फूटी दुनिया में सड़क पर बैठकर रोते या हँसते या अपने-आप से बात करते हुए चलते लोगों की कोई कमी नहीं है। शायद जो लोग उसकी तरह घरों के अन्दर ऐसा नहीं कर पाते, वे बाहर निकलकर आज़ाद हो जाते हैं। उसके मुस्कराने का कारण यह था कि अभी-अभी कुलभूषण को एक नयी बात का पता चला था। वह भी ऐसे, जैसे कि अपना चश्मा पॉकेट में रखा हो और कोई उसे घर के कोने-कोने में खोजता फिरे।

उसके बेटे प्रशान्त और उसकी पाली हुई बेटी मालविका के आपस में क्या सम्बन्ध थे? क्या वे सम्बन्ध समाज के माने हुए दायरों के बाहर चले गये थे? क्या मालविका ने इसीलिए जीने के बजाय मरना चुना? कुलभूषण ने अपने दिमाग़ को तकलीफ़ की इस भूलभुलैया में भटकने से बचाने के लिए भूलने का बटन दबा दिया था। पर जाने उसे क्या हुआ कि वह बार-बार भूलने का बटन दबाता चला गया था। तभी उसने देखा कि उसका दिमाग़ पीछे-और पीछे जाता गया। जैसे पृथ्वी ने उल्टे चक्कर लगा लिए हों और समय उस जगह चला गया हो जब उसके जीवन में न मालविका थी और न प्रशान्त। कुलभूषण ने अपने दिल में गहरा सुकून महसूस किया जैसे कि कई दशकों का बोझ उसकी आत्मा से उतर गया हो। काश कि भूलने के बटन की इस क़ाबिलियत का पता लगाने में उसे क़रीब-क़रीब पचास साल न लगे होते।

वह किस साल के किस महीने में माँ को लेकर हमेशा के लिए कुष्टिया छोड़कर यहाँ चला आया था? आज तक न जाने क्यों उसने यह सब याद नहीं किया था। उसे याद आया कि जिस दिन वह लौटनेवाला था, उसके पहले दिन वह गोराई के तट पर घण्टों अकेला बैठा रहा था। अचानक उसे लगा था कि उसकी क़मीज़ की कॉलर गीली है। तब उसे पता चला कि वह रो रहा था।

आज तक जब भी उसे रुलाई आयी थी, उसने भूलने का बटन दबा दिया था। पर उस दिन उसे पता ही नहीं चला था। शायद नदी का वह किनारा अब तक उसके आँसुओं से नमकीन होगा। उसे याद आया कि कैसे उसने अपने आँसुओं को दूसरों की निगाहों से देखा था। श्यामा साथ होता तो सोचता कि वह अपने हृदय में अमला के लिए जागे उस अद्‌भुत प्रेम के लिए रो रहा है जिसका कोई किनारा कभी मिलनेवाला नहीं है। यदि माँ और पिताजी देखते तो शायद सोचते कि वह अपने काम-काज, घर-द्वार छूटने और भाइयों-भाभियों के साथ के जीवन के बारे में सोच कर रो रहा है। पर कुलभूषण जैन ही जानता था कि वह सिर्फ़ और सिर्फ़ ईस्ट बंगाल की अपनी गंगा-'गोराई' नदी के लिए रो रहा है। गोराई के बिना उसका जीवन वैसे ही सूना होगा जैसे कलकत्ते के ढाकापट्‌टी की तंग गलियाँ बिना पेड़ों की हरियाली के निपट सूनी हैं।

जब कुछ छूटनेवाला होता है, तभी पता चलता है कि उसके बिना जीना क्या होगा। गोराई नदी के पास से गुज़रती रेल लाइन के दोनों तरफ़ दुर्गा-पूजा के ठीक पहले उगनेवाले सफ़ेद कास घास के लहराते झुरमुट उसने फिर कभी नहीं देखे। क्या दुनिया में उससे सुन्दर कोई दृश्य हो सकता है? बचपन से सुबह-शाम दोनों वक़्त गोराई में छलाँग लगाकर दूर तैरते हुए नहाना और लाइन लगाकर चौक के मकान के सामूहिक गुसलख़ाने में नहाना क्या कभी एक हो सकता है? गोराई नदी ही उसके सारे सुख-दुख की साथी थी। जब कभी ग़ायब होने पर उसकी खोज होती, वह वहीं बैठा मिलता। पिताजी कई बार कहते-'पिछले जनम में तुम गोराई में हिलसा मछली रहे होगे।' पिताजी जैसे बनियों के लिए नदी उनके व्यापार का माल आने-जाने का रास्ता भर रही होगी। पर कुलभूषण के लिए गोराई उसकी आत्मा में बहती थी। उसकी आँखें नदी के पानी को, उसमें बहती छोटी-बड़ी नावों को और माँझियों को, नदी के किनारे में छोटे-से द्वीप पर उगे पेड़ों और जाड़े में उन पर भर जानेवाली प्रवासी हंसचीलों को देखते-देखते कभी नहीं थकती थीं। बारिश में उफन रही गोराई हो या जाड़े में नीले आकाश को झलकाती शान्त गोराई हो, उसे गोराई हर बार पहले से ज़्यादा अद्‌भुत लगती।

"तो आप कहना चाहते हैं कि ईस्ट बंगाल को छोड़ने में सबसे ज़्यादा तकलीफ़ गोराई नदी के छूटने से हुई? लेकिन कलकत्ता में भी तो गंगा बहती है"-पत्रकार ने कुलभूषण को कहा। कुलभूषण मुस्कराया। यही

बात तो किसी को समझाना मुश्किल है। गंगा कलकत्ता में भी बहती है, पर यह बात लोगों को तभी याद आती है, जब कभी हावड़ा ब्रिज से गंगा पार कर उधर जाना होता है। लोग इस शहर में नदी से बेख़बर जीवन जीते हैं। "अच्छा तो, आज़ादी के सत्रह साल बाद आपने ईस्ट पाकिस्तान को पूरी तरह छोड़ दिया? फिर कभी नहीं गये वहाँ?"—पत्रकार ने कहा। वह समझ गया था कि यह शख़्स किसी प्रश्न का लम्बा जवाब देता है और कभी चुप रहकर जैसे अन्दर ही अन्दर कुछ बड़बड़ाता है। "हाँ, कश्मीर में हज़रतबल में मोहम्मद साहब का बाल चोरी हुआ था न? बस उसी कारण मुझे घरबार छोड़ना पड़ा। नहीं, कभी वापस नहीं गया। पासपोर्ट कहाँ था मेरे पास? मेरे लौटने के एक साल बाद ही तो इंडिया-पाकिस्तान की लड़ाई हो गयी। फिर तो चौंसठ तक दोनों बंगाल के बीच जो ट्रेनें चल रही थीं, वे भी बन्द हो गयीं।"

हज़रतबल के दंगे चौंसठ की जनवरी में हुए थे। पार्टीशन के सत्रह साल बीत चुके थे। पर न नोआखली के दंगों को कोई भूला था और न उसके तीन साल बाद हुए बरिसाल के दंगों को। खुलना के दंगों की ख़बर आने से सब अन्दर-ही-अन्दर घबरा रहे थे। पर पिताजी कोई भी बात चलने पर कहते, "अरे, मियाँ लोगों का काम हमारे बिना चलनेवाला नहीं है। सब मामला दो-चार दिन में ठण्डा पड़ जायेगा।" माँ कुछ कहने के लिए मुँह खोलती, उसके पहले ही पिताजी गाली-गलौज पर उतर आते—"तुम्हारे बाप-भाइयों की तरह डरपोक नहीं हूँ मैं! इतनी बड़ी बीस कमरों की हवेली, मन्दिर, आम के बगीचे, घोड़ा-गाड़ी, गायें सब छोड़कर ऐसे भागे जैसे सबसे पहले कोई उन्हीं को मारने आ रहा हो। मैंने कितना समझाया, बाबूजी, किसी की हिम्मत नहीं है आप लोगों को हाथ लगाने की। आपका जैसा रुतबा तो अंग्रेज़ साहबों का भी नहीं है। आप हाथ उठा देते हैं तो रेल तक रुक जाती है। सब जानते हैं कि आपके बिना जूट का कारोबार ही ठप्प हो जायेगा। खेतों में पाट उगना बन्द हो जायेगा। पर....।" माँ-बहन की गन्दी-गन्दी गालियाँ देकर पिताजी चुप हो जाते क्योंकि तब तक माँ की हिचकियाँ सुनने लगती थीं। कुलभूषण सोचता कि माँ क्यों नहीं कहती कि 'आपने भी तो अपने भाई के परिवार और अपने लड़कों को मेरे बाप के साथ पार्टीशन के पहले ही कलकत्ता रवाना किया था!' पर माँ जाने क्यों कभी पलटकर कोई बात नहीं कहती थी।

पिताजी के मुँह में न जाने कितनी गालियाँ बसी थीं। कुलभूषण को हमेशा अचरज होता कि न चाचा को उसने कभी इस तरह गाली देते सुना और न किसी और को। सुना है कि भजनलाल़ दादाजी अपने ज़माने में इसी तरह गालियाँ बकते थे। पर वे तो चाचा के संग पार्टीशन के वक़्त ही कलकत्ता चले गये थे। यह भी अचरज की बात थी कि पिताजी ने कभी अपने बच्चों को गालियाँ नहीं दीं। वे सिर्फ़ माँ के लिए और काम करनेवाले लोगों के लिए ही निकलती थीं। कुलभूषण कई बार सोचता कि नानाजी जब इतने रुतबेवाले थे और उनकी बेटी रूपरंग में भी कम नहीं थी, तब उन्होंने अपनी बेटी के लिए ऐसा कुरूप वर क्यों चुना? यह तो उसे बहुत बाद में पता चला कि शंकरलाल ज्योतिषी ने नानाजी को कहा था कि उन्हें अपनी बेटी किसी दूजवर को ब्याहनी चाहिए क्योंकि उसके ग्रह बहुत कड़े हैं। पिताजी की पहली पत्नी पहले बच्चे को जन्म देते समय मर गयी थी। उन्हें वे लोग पितरानी के रूप में पूजते आये थे। नानाजी शंकरलाल ज्योतिषी को पूछे बिना कोई काम नहीं करते थे। पिताजी उसे भी चुनचुनकर गाली देते थे। उनके मुताबिक़ उसी घाघ बामन की बात सुनकर नानाजी अपना जूट के कारोबार का राजपाट छोड़ रातोंरात कुष्टिया से पूरे परिवार सहित कलकत्ता चले गये थे।

माँ अकेले में उसे बहुत बार नानाजी की बातें बताती। "तुम्हें पता है ना, कुष्टिया का नाम कुष्टि यानी जूट पर ही पड़ा है? पहले महायुद्ध के समय पूरी दुनिया में हमसे बड़ा जूट का गोदाम किसी के पास नहीं था। कलकत्ता के जूट के व्यापारियों के मुनीम ज़्यादा-से-ज़्यादा बोली लगाकर जूट ख़रीदने तुम्हारे नाना के आगे हाथ-पाँव जोड़ते रहते। पैसा आया तो ऐसे कि रखने की जगह नहीं थी।" कुलभूषण अचम्भे से सुनता। "तभी नानाजी के इशारे से रेल रुक जाती थी ना?" माँ अपने मोती से दाँत दिखाकर हँस पड़ती। "अरे, वह तो एक कहानी है। असली पैसा तो कलकत्ता के व्यापारियों और मिलवालों ने कमाया। किसान और तुम्हारे नाना तो थोड़े पैसों को ही बहुत समझते थे। देहाती आदमी की तरह दो घोड़ों की बग्घी में ही ख़ुश रहे। बोगरा में ब्याही मेरी बहन के ससुरालवालों की तरह एक जर्मन ओपल मोटरगाड़ी तक नहीं ख़रीदी, भले ही वह नवाब मोहम्मद अली बोगरा की पुरानी गाड़ी ही थी। अगर उस समय तुम्हारे नाना कलकत्ता चले जाते और सीधे मिलों को जूट बेचते तो बिड़ला बन गये होते।"

माँ सब जानती है। पर कभी दिखाती नहीं। उसे भी कहती है–*जो सुख चाहे जीवड़ा, तो बुद्धू बन के रह।* माँ के पास एक बहुत पुरानी दुनिया के

नक़्शों की किताब है। उसमें नानाजी ने दाग लगाये थे कि कहाँ-कहाँ जूट के बोरे दुनिया भर में सिपाहियों ने अपनी खन्दकों में लगाये थे। दक्षिण अमेरिका में कहाँ-कहाँ कपास की खेती इन्हीं बोरों में भरी गयी थी। पर नानाजी ने अपने किताबी ज्ञान को अपने मोह के कारण कभी भुनाया नहीं। न उनसे बीसों कमरों से गोराई का जलप्रवाह दिखनेवाला कुष्टिया का घर छूटा और न अपने तीनों बेटों से एक को भी उन्होंने कलकत्ता में बसने दिया।

"तुम्हारे नाना के पास दूसरे महायुद्ध में फिर एक मौक़ा आया था कि वे बिड़ला बन जाते। बीच के साल तो मन्दी के रहे थे। पर तब भी उनसे कुष्टिया नहीं छूटा। ज़्यादा पुरानी बात थोड़े ही थी। तब उन्हें क्या पता था कि आठ साल बाद उन्हें सब कुछ छोड़कर रातोंरात भागना पड़ेगा।"-माँ लम्बी साँस छोड़कर चुप हो जाती।

"लेकिन माँ, वे इतना क्यों डर गये थे? पिताजी और तुम तो यहीं रह रहे थे?"

"डर गये थे बेटा। मेरे बड़े भाई को मार ही दिया होता गुण्डों ने। गोदाम में आग लगा दी थी। तुम्हारे पिताजी यह बात मानने को तैयार नहीं। वे कहते हैं आग अपने-आप लगी थी। जो हो, किशन भैया गोराई में कूदकर उस पार तक चले गये थे। अच्छे तैराक थे, इसलिए बच गये। तीन दिन बाद ख़बर मिली थी कि वे ज़िन्दा हैं। जलकर या डूबकर मरे नहीं। इन तीन दिनों ने मेरे बाप को बदलकर रख दिया था। गोराई से, हवेली से, बागानों से, अपनी गायों-घोड़ों से उनका मोह जैसे कभी था ही नहीं। बस अपने बेटों को वे किसी तरह खोना नहीं चाहते थे। अब कोई उन्हें समझा नहीं सकता था। शंकरलाल ज्योतिषी ने भी कह दिया था कि उनकी कुण्डली में अपना घरबार छोड़ना लिखा है। उसी में उनका मंगल है।"

•

कुलभूषण को याद है कि हज़रतबल के दंगों के समय कुष्टिया में कड़क ठण्ड पड़ रही थी। तीन जनवरी को ईस्ट पाकिस्तान में जगह-जगह कश्मीर के हज़रतबल में रखे हुए मुहम्मद साहब का बाल खो जाने के शोक में 'कश्मीर दिवस' मनाया जा रहा था। कुलभूषण कोर्ट-पाड़ा में रहनेवाले अनिल मुखर्जी की मोदी की दुकान से पिछले माल के बकाया रुपये लेने के लिए रिक्शा में बैठकर जा रहा था। अचानक सड़क पर लाठी लिए हुए कुछ लुंगीवालों ने रिक्शे को घेर लिया था। उसमें से एक लम्बे-चौड़े

आदमी ने रिक्शेवाले को एक थप्पड़ लगाया था–"पैसा कमाने चले हो? रिक्शा तोड़ देंगे तब?"

कुलभूषण लपककर रिक्शे से उतर गया था। "अस्सलाम वालेकुम दादा"–उसने कहा था–"की होलो–क्या हुआ?"

"तुम्हें पता नहीं? आज कश्मीर दिवस है। आज पाँव में जूता पहनना, सिर पर टोपी पहनना, रिक्शा में चढ़ना मना है?" तुरन्त कुलभूषण ने अपना सूजा हुआ दाहिना पाँव मस्तान के आगे कर दिया था–"देखिए दादा। मैं रिक्शा में नहीं बैठता। पर गिर जाने से पाँव में बहुत दर्द है।" मस्तान ने कुछ पिघलकर कहा था–"ठीक आछे। जाओ।"

दुकान पर जाकर उसने अनिल मुखर्जी को सारा माज़रा बताया, तो अनिल बाबू सफ़ेद पड़ गये थे। उनके भाई ढाका के पास नारायणगंज में एक कॉटन मिल में मैनेजर थे। उन्होंने परेशान होकर कहा–"मेरा परिवार भाई की बेटी की सगाई के लिए कल ही दो सप्ताह के लिए ढाका गया है। डॉक्टर क़ासिम के घर से उन लोगों को फ़ोन करूँगा कि तुरन्त वापस लौट आये। न जाने कब कहाँ दंगा हो जाये।" डॉक्टर क़ासिम कुष्टिया के कोर्ट-पाड़ा के नामी डॉक्टर थे। उनके घर माँ को दिखाने कई बार कुलभूषण जा चुका था। जब कभी माँ ज़िन्दगी की तमाम परेशानियों से हार मानने लगती, उसे तेज़ धड़कन की शिकायत हो जाती। हर वक़्त उसे अपने दिल के धड़कने की आवाज़ सुनायी पड़ती। न ठीक से खा पाती, न ठीक से सो पाती। तब डॉक्टर क़ासिम कहते–"माँ, यहाँ रहती हो, तो कलकत्ता चले गये बच्चों की चिन्ता करती हो। वहाँ रहोगी, तो यहाँ छूट गये पति की चिन्ता करोगी। इससे अच्छा है कि सोचो, जहाँ तुम्हारा शरीर है, वहीं तुम्हारा सब कुछ है।" माँ को उनकी बातों और दवाओं से बहुत आराम मिलता था। कुलभूषण सोचता कि उसके लिए तो जहाँ माँ है, वहीं उसकी दुनिया है।

कुष्टिया की ही नहीं, पूरे बंगाल की शान 'जागेश्वरी मिल' के मालिक कार्तिक बाबू और अनिल मुखर्जी दूर के रिश्तेदार थे। कार्तिक बाबू की डॉक्टर क़ासिम से गहरी दोस्ती के कारण अनिल बाबू का अपने पड़ोसी डॉक्टर क़ासिम के घर से ख़ूब अपनापा था। डॉक्टर साहब के घर के रसोई-भण्डार का पूरा सामान अनिल मुखर्जी की दुकान से जाता। इसके अलावा अनिल बाबू की पत्नी डॉक्टर क़ासिम की पत्नी के साथ सूफ़िया कमाल की 'पूर्व पाकिस्तान महिला कमिटी' की कुष्टिया शाखा में सहयोगी थीं। उन लोगों का आपस में रोज़ का मिलना-जुलना था। प्राय: हर शाम डॉक्टर क़ासिम के घर उनका 'अड्डा' जमता।

अनिल मुखर्जी जैसा बात करने का शौक़ीन पूरे कुष्टिया क्या, पूरे ईस्ट पाकिस्तान में मिलना मुश्किल था। लक़वा मारने के कारण उनका बायाँ हाथ और बायाँ पाँव पूरा काम नहीं करते थे। वे लचका देकर लँगड़ाकर चलते। पर उनकी बातें दुनिया के तमाम देशों से लेकर चाँद-तारों तक घूम आतीं। "जानते हो कुलभूषण, धरती लट्टू की तरह सत्ताईस हज़ार किलोमीटर प्रति घण्टा की गति से घूम रही है। हमारी धरती हमें न पकड़कर रखती तो हम उड़कर जाने कहाँ चले जाते।" कोई भी आदमी उनके पास आ जाये, वह अनिल मुखर्जी के पास से एक घण्टे के पहले उठ नहीं सकता था। कुलभूषण उनके पास हर पन्द्रहवें दिन मोदीख़ाने का हिसाब लेने आता था। इसके पीछे रुपया उगाहने से ज़्यादा बातें उगाहने का मक़सद रहता था। कुलभूषण को देखते ही अनिल बाबू ख़ुश हो जाते। दुनिया में उसे देखकर इस तरह ख़ुश होनेवालों में श्यामा के अलावा बस वे ही थे।

अनिल मुखर्जी के पास बातों और कहानियों का अक्षय भण्डार था। कभी ऐसा नहीं हुआ कि एक कहानी से दूसरी कहानी तक जाने के बीच वे एक मिनट भी चुप रहे हों। कुलभूषण को शेक्सपियर के 'मर्चेंट ऑफ़ वेनिस' की कहानी सुनाने के बाद से वे उसे स्नेह से 'दुष्ट महाजन' कहते। "सुनते हो दुष्ट महाजन! आज डॉक्टर क़ासिम ने क्या कहा! बोले कि मेरे पास जितने मारवाड़ी रोगी आते हैं, उनको एक ही रोग होता है। असली घाटा लगने का रोग नहीं। जितना लाभ सोचा था, उतना नफ़ा नहीं होने के घाटे का सदमा। होहोहोहो।" अनिल मुखर्जी की हँसी पाँच मकान दूर डॉक्टर क़ासिम के घर तक पहुँच जाती होगी। फिर वे कहते—"तुम्हें बुरा तो नहीं लगता ना कुलभूषण? तुम्हारे समाज का मज़ाक़ बनाता हूँ, पर लक़वा मारने के बाद से तुम्हारा ही काम करने के लायक बचा हूँ। सस्ता ख़रीदो, महँगा बेचो। यही सीखा है ना तुमने दुष्ट महाजन?"—कहकर फिर हँस पड़ते।

अनिल मुखर्जी अपने जीवन की तमाम कहानियाँ, तमाम टूटे-बिखरे सपनों और परेशानियों को हास्य-रस में लपेटकर कुलभूषण को सुना चुके थे। उसे मालूम था कि बाँयें पाँव को घसीटकर चलते इस आदमी का सपना था कि वह पाकिस्तान की क्रिकेट टीम का खिलाड़ी बने। अपने सपने को पूरा करने में जब अनिल मुखर्जी हार गये; तभी उन्हें हाई ब्लडप्रेशर होकर लक़वा मार गया था। "खेल के अन्दर भी एक खेल चलता है कुलभूषण! जानते हो कि नहीं? देख लो, कार्तिक बाबू का लड़का लाल बाबू पाकिस्तान की क्रिकेट टीम में बारहवाँ खिलाड़ी ही बन पाया है। यानी वह मुझसे

आगे निकला, पर फिर अटक गया। ऐसे ही सपना देखते-देखते उम्र निकल जायेगी उसकी। फिर ऐसे ही तुम्हारे जैसे किसी दुष्ट महाजन को अपने क़िस्से सुनाता रहेगा।"

"लेकिन अनिल बाबू, वह बारहवाँ खिलाड़ी ही क्यों रह जायेगा?"

"अरे घोंघाबसन्त! वही तो समझा रहा हूँ। वही खेल के अन्दर का खेल है। वह मुसलमान जो नहीं है!"

कुलभूषण चुप हो गया। बचपन से चारों तरफ़ मुसलमानों के बीच रहते आये हैं। स्कूल और खेल के मैदान में दोस्त, दुकान पर कुली-मज़दूर, नावों में माँझी, जुलाहे, बढ़ई, लोहार, दर्ज़ी यानी कि घर के बाहर हर जगह मुसलमान हैं। पाकिस्तान मुसलमानों के लिए बना था। पर जो लोग सैकड़ों वर्षों से यहीं रह रहे थे, वे तो यहीं रहेंगे। कुलभूषण जैन जैसे मारवाड़ी भले ही साठ-सत्तर साल पहले आये हों, पर यहाँ के बंगाली हिन्दू तो यहीं के हैं। अनिल मुखर्जी का परिवार जाने कितनी पीढ़ियों से यहीं बसा है। 'सात पुरुषेर भिटे-माटी' कहते हैं जिसे बांग्ला में, यानी सात पीढ़ियों की लगाई हुई नींव है। तब उन्हें पाकिस्तान के क्रिकेट टीम में सही जगह क्यों नहीं मिल सकती? वह चुपचाप अनिल मुखर्जी का मुँह देखता रहा।

"खेल के अन्दर के खेल में भी एक खेल है, दुष्ट महाजन! जानना चाहते हो?"

कुलभूषण के चेहरे पर कौतूहल देखकर अनिल मुखर्जी ख़ुश होते हैं। कुलभूषण को याद आता है कि पिताजी ने जल्दी लौट आने को कहा था। यह भी कहा था कि "उस बातूनी बंगाली से ज़्यादा गप्पें लगाने की कोई ज़रूरत नहीं है। कोई बंगाली कितनी भी मीठी बातें करे, पर वह अन्दर से मारवाड़ी का दुश्मन होता है। उसके मन में एक ही बात इनके किसी बड़े बंगाली नेता ने बैठा दी है कि मारवाड़ी लोग सिर्फ़ एक लोटा और रस्सी लेकर रेगिस्तान से आये और यहाँ हमारी ज़मीन पर मालिक बन कर बैठ गये हैं।" कुलभूषण पिताजी की बातें और उनका ख़्याल दिमाग से निकालकर फिर अनिल मुखर्जी की ओर देखने लगा।

"खेल के अन्दर के खेल के अन्दर जो खेल है, वह यह है कि आज तक कोई बंगाली मुसलमान खिलाड़ी भी पाकिस्तान की टीम में टेस्ट मैच नहीं खेला है"-अनिल मुखर्जी ने कहा।

"क्या बोल रहे हैं? यानी कि उधर के पाकिस्तान के लोग बंगालियों को ही अपनी टीम में शामिल करने लायक नहीं समझते?"

“पश्चिम पाकिस्तानी बंगालियों को चावल खानेवाले, काले, नाटे, पिलपिले लोग समझते हैं। उन्हें ‘बिंगो’ कहकर मज़ाक़ बनाते हैं। यहाँ के इस्लाम को भी घटिया क़िस्म का इस्लाम समझते हैं। बांग्ला भाषा को घटिया भाषा समझते हैं। तुमने सूफ़िया कमाल का नाम सुना है?” कुलभूषण ने नहीं करते हुए सिर हिलाया। “डॉक्टर क़ासिम की पत्नी और मेरी पत्नी उनकी बनायी महिला कमेटी में साथ काम करती हैं। डॉक्टर क़ासिम की पत्नी ने सूफ़िया कमाल के साथ पार्टीशन के साढ़े चार साल बाद इक्कीस फ़रवरी को बांग्ला भाषा हटाकर हम पर उर्दू लादने के विरोध में भी भाग लिया था। उस दिन पुलिस की गोली से ढाका विश्वविद्यालय के चार छात्र शहीद हुए थे।”

कुलभूषण अनिल मुखर्जी को ऐसे देख रहा था जैसे वह कुछ समझ नहीं रहा हो। अनिल मुखर्जी ने हँसकर कहा–“अरे बुड़बक! जिस देश में रहते हो, वहाँ की राजनीति को समझकर चलना चाहिए।” कुलभूषण ने झेंपकर कहा–“वही सोच रहा था। पाकिस्तान वाले बांग्ला भाषा को हटाकर उर्दू लाना चाहते थे। स्कूलों में सुबह की प्रार्थना बांग्ला की जगह अचानक उर्दू में होने लगी थी। कुछ समझ में नहीं आता था कि जो बोला जा रहा है, उसका मतलब क्या है? ‘सरज़मीन शाद बाद। मरकज ए यक़ीन शाद बाद।’ अनिल मुखर्जी हो-हो कर हँस पड़े–“और बांग्ला लिखने के लिए अरबी लिपि तुम्हें सिखायी कि नहीं?” कुलभूषण ने नहीं करते हुए सिर हिलाया। “चलो बच गये फिर तो! पश्चिम पाकिस्तान के हुक्मरानों को लगता था कि बंगाली मुसलमान बांग्ला भाषा और रवीन्द्रनाथ के गीतों के कारण सच्चे मुसलमान नहीं हो पा रहे। वे हिन्दुआनी हैं, मतलब उनकी संस्कृति में बहुत हिन्दूपन है। बंगाली औरतें नाचती और गाती हैं। यह इस्लाम में क़ुफ्र है। रवीन्द्रनाथ की जन्मशती पर उनका जन्मोत्सव मनाने पर भी पाबन्दी लगाने की कोशिश की गयी। तब भी सूफ़िया कमाल ने इसका ज़बरदस्त विरोध किया।”

कुलभूषण सोच में पड़ गया। रवीन्द्रनाथ तो यहीं के हैं। कुष्टिया के बिल्कुल पास शिलाईदह में उनकी ज़मींदारी है। वहीं बैठकर उन्होंने अपनी बहुत-सी रचनाएँ लिखी हैं। इतने बड़े नोबल पुरस्कार मिले हुए कवि की हस्ती को भी क्या पाकिस्तान के हुक्मरान यहाँ से मिटा देना चाहते हैं? “कभी शिलाईदह गये हो?”–अनिल मुखर्जी ने पूछा।

“हाँ, जब स्कूल में पढ़ता था तभी ले जाया गया था। स्कूल में रवीन्द्र संगीत भी पहले बहुत गाया जाता था।”–कुलभूषण ने कहा।

“और कुष्टिया में लालन शाह फ़क़ीर के दरबार में गये हो?”–अनिल मुखर्जी के स्वर में पहले से ही विश्वास था कि वह नहीं गया होगा।

"आपसे ज़्यादा बार गया हूँ। मेरे दोस्त श्यामा के साथ प्रायः हर सप्ताह जाता हूँ"—कुलभूषण ने गर्व से कहा। अनिल मुखर्जी हँस पड़े। "बच गये तुम दुष्ट महाजन। श्यामा की दोस्ती ने तुम्हें बचा लिया। पाकिस्तान में दो हज़ार मील दूर बैठे फ़ौजियों को क्या मालूम कि रवीन्द्रनाथ ने लालन शाह फ़क़ीर से बहुत कुछ सीखकर लिखा है। बन्दूक़ की भाषा जाननेवाले यह सब क्या जानेंगे?"

कुलभूषण पिताजी के बारे में सोचने लगा। क्या पिताजी को रवीन्द्रनाथ के बारे में कुछ पता होगा? किसी बाउल फ़क़ीर के इकतारे की आवाज़ कान में पड़ते ही चिल्ला उठते हैं—'भागो! भागो यहाँ से। ये मुल्ले भिखारी यहाँ मारवाड़ी पट्टी में जाने क्यों आ जाते हैं?' वाक़ई मारवाड़ी होने का मतलब यह है कि बस नून-तेल-लकड़ी का दाम पता हो? उसे ख़ुद भी नहीं पता था कि पंजाब के मुसलमान यहाँ के मुसलमानों को घटिया या निचले दर्जे का मुसलमान मानते हैं। न ही यह पता था कि उन्हें बांग्ला भाषा और रवीन्द्रनाथ से परहेज है। पिताजी हर समय कहते रहते हैं—"हमें बस अपने व्यापार से मतलब है। हमारा माल मुल्ला ख़रीदे कि हिन्दू, बंगाली ख़रीदे कि बिहारी—हमें अपने पैसे मिलने से मतलब है।"

"अच्छा एक बात पूछनी थी अनिल बाबू! किसी से कहेंगे तो नहीं?" —कुलभूषण यह कहकर चुप हो गया। अनिल मुखर्जी ने उसे स्नेह से देखकर कहा—"पूछो ना कुलभूषण। तुम मुझ पर पूरा भरोसा कर सकते हो। जाने क्यों तुम मुझे कभी मारवाड़ी नहीं लगे। यानी ऐसा आदमी जो नफ़ा-नुक़सान के अलावा कुछ और सोचता ही नहीं। न कुछ और जानने की इच्छा रखता है।"

कुलभूषण ने कहा—"अनिल बाबू, मैं इधर-उधर से कई बातें सुनता रहता हूँ। आप तो जानते हैं कि मेरे कई मुसलमान दोस्त हैं। श्यामा धोबी मेरा पक्का दोस्त है। डॉक्टर क़ासिम के बारे में लोग कह रहे हैं कि उनके घर कम्युनिस्टों का अड्डा लगता है। कॉमरेड रोशन अली, ब्रजेन बिस्वास, कॉमरेड अमल सेन वग़ैरह सब उनके घर आते-जाते हैं। क्या यह सच है?"

अनिल बाबू की बोलती एक मिनट के लिए बन्द हो गयी। फिर वे बोले—"अरे भाई कुलभूषण! तुमको मैंने ग़लत ही घोंघाबसन्त समझ लिया था। तुम तो बड़े शातिर निकले। अच्छा बताओ कम्युनिस्ट किसे कहते हैं? यह जानते हो क्या?"

"जो सुना है वही जानता हूँ। मेरे पिताजी के अनुसार कम्युनिस्ट बहुत ख़तरनाक होते हैं। वे अमीरों के दुश्मन तो होते ही हैं, हमारे जैसे छोटे-मोटे

कारोबारियों के भी दुश्मन होते हैं। वे समाज के कोई नियम नहीं मानते। किसानों और मज़दूरों को भड़काते रहते हैं। जब मौक़ा लगे, तोडफ़ोड़-हड़ताल करवाते रहते हैं।"

"तुमने कॉमरेड अमल सेन का नाम लिया था। कुलभूषण, तुम्हें शायद नहीं मालूम कि वे जैसोर के पास किसी ज़मींदार के बेटे हैं। तुम्हें क्या लगता है कि वे क्यों अपने ही पिता जैसे लोगों के दुश्मन बन गये?"

कुलभूषण चकरा गया। क्या जवाब दे? ज़मींदार का बेटा भला कम्युनिस्ट क्यों बनेगा?

"तुम्हारी दोस्ती है ना श्यामा धोबी से? कभी उसके घर जाकर देखा है, वे लोग कैसे रहते हैं? क्या खाते हैं?"

अनिल मुखर्जी उसे एकटक देख रहे थे। कुलभूषण के पास बोलने को कुछ नहीं था। उसने कहा-"नहीं, मैं उसके घर कभी नहीं गया। हम लालन शाह की मज़ार पर या गोराई के तट पर या खेल के मैदान में ही मिलते हैं। उसने मुझे कभी अपने घर नहीं बुलाया। मैं उसे अपने सब सुख-दुख बताता हूँ, पर वह मुझे कभी कुछ नहीं बताता।"

अनिल मुखर्जी मुँह टेढ़ा कर मुस्कराए- "इसलिए कि जिस दिन वह तुम्हें अपने दुख बताने लगेगा, उस दिन से तुम उससे मिलना नहीं चाहोगे। सर्वहारा अपनी ग़रीबी को भी छुपाकर रखता है, कि इज़्ज़त से जी सके। तुम्हें जब भी ज़रूरत पड़ेगी, वह तुम्हारी मदद करेगा। पर उसे जब तुम्हारी ज़रूरत होगी, वह तुम्हें बता तक नहीं पायेगा। उसकी हिम्मत ही नहीं होगी।"

कुलभूषण को लगा कि अनिल बाबू ग़लत नहीं बोल रहे हैं। श्यामा ने ही तो उसे भूलने का बटन दिया है। कितनी बार उस बटन ने उसे आत्महत्या करने से बचाया है। उसने श्यामा को क्या दिया है? बहुत याद करने पर भी कुलभूषण को कुछ याद नहीं आया। उसकी आँखें भर आयीं। शायद श्यामा भी उस पर तरस खाता होगा। कुलभूषण को अपने परिवार से कभी प्रेम और इज़्ज़त नहीं मिली जबकि श्यामा में उसके माँ-बाप के प्राण बसते हैं। कुलभूषण के बड़े भाई उससे ऐसा ही व्यवहार करते हैं जैसे किसी कुली-मज़दूर से करते हैं। माँ भी उससे बस ऊपरी प्यार दिखाती है। असल में तो वह अपने बड़े बेटों को ही मानती है। उसने एक बार अनिल मुखर्जी की तरफ़ देखा और सिर झुकाकर कहने लगा-"आपसे सच कहता हूँ अनिल बाबू, मैं भी सर्वहारा ही हूँ। जो दिखता हूँ वह नहीं हूँ। यह तो सिर्फ़ नाटक में मिली हुई भूमिका है। जब भी अपने भाइयों के पास कलकत्ता जाता हूँ तो अपनी असलियत का

पता चल जाता है। अपने माँ–बाप की बातें छिपकर सुनता हूँ तब भी सोचने लगता हूँ मैं जैसा हूँ, वैसा क्यों हूँ। जिस शख़्स के लिए अपने परिवार में भी जगह नहीं होती, उससे ज़्यादा सर्वहारा कोई नहीं होता।"

कुलभूषण ने नज़रें उठायीं तो देखा कि अनिल मुखर्जी हँसते हुए उसकी तरफ़ देख रहे थे। "किस सोच में पड़े हो कुलभूषण? अपने–आप से क्या बातें कर रहे हो?" कुलभूषण ने राहत की साँस ली। अनिल मुखर्जी ने कुछ नहीं सुना, जो उसने कहा। अच्छा है कि वे उसे दुष्ट महाजन का दुष्ट बेटा ही समझते रहें। उसने कहा–"सोच रहा हूँ डॉक्टर क़ासिम अगर कम्युनिस्टों से सम्बन्ध रखते हैं तो कम्युनिस्ट अच्छे लोग ही होते होंगे। ग़रीबों से हमदर्दी रखनेवाले बुरे कैसे हो सकते हैं? मैं अपने गोदाम में माल लादनेवाले मजदूरों के साथ बीड़ी पी लेता हूँ इसलिए मेरे पिताजी मुझसे बेहद नाराज़ रहते हैं। श्यामा से मेरी दोस्ती का पता चल जाये तो मेरी जान ही ले लें।"

"इसीलिए कहता हूँ न कुलभूषण! तुम मुझे ऐसे आदमी कभी नहीं लगे जो सिर्फ़ नफ़े–नुक़सान की ही बात सोच पाता है। कॉमरेड अमल सेन पार्टीशन के बाद नौ साल जेल में रहे। फिर दो साल बाहर आये कि सैनिक हुकूमत ने उन्हें फिर जेल में डाल दिया। जाने किसने यह बात फैलायी है कि डॉक्टर क़ासिम कम्युनिस्टों की मदद करते हैं। कॉमरेड रोशन अली जागेश्वरी मिल के यूनियन लीडर हैं और तुम्हें पता ही है कि डॉक्टर क़ासिम जागेश्वरी मिल के मालिक कार्तिक बाबू के पक्के दोस्त हैं। तो सोचो कि डॉक्टर क़ासिम की दोस्ती मिल मालिक और यूनियन लीडर दोनों से कैसे है?"

कुलभूषण चुप रहा तो अनिल मुखर्जी ने पूछा–"तुम्हें यह बात किसने कही कि डॉक्टर क़ासिम के घर कम्युनिस्टों का अड्डा लगता है? मुझे डर है कि फ़ील्ड मार्शल अयूब ख़ान के आदमी डॉक्टर क़ासिम को जेल में डालने का बहाना खोज रहे हैं।"

"मुझे तो पिताजी ने कहा। उन्होंने किससे सुना, मुझे नहीं पता। आप चाहें तो पिताजी से पता लगा सकता हूँ।"

"नहीं, रहने दो–" अनिल मुखर्जी ने कहा–"पहले तुम्हें दुष्ट महाजन मज़ाक़ में कहता था। अब असल में कहूँगा"–कहकर वे ज़ोर–ज़ोर से हँसने लगे। कुलभूषण भी मुस्कराने लगा। वह ख़ुश था कि कम्युनिस्ट वाला सवाल अनिल बाबू से पूछ लिया। अब शायद वे उसे बुड़बक नहीं समझेंगे।

"हम ऐसे समय में जी रहे हैं कुलभूषण, जब मन में आयी कोई बात कहने के पहले सौ बार सोचना पड़ता है कि यह ठीक रहेगा या नहीं।

जब किसी से दोस्ती करने या गप्प लगाने के समय किसी-न-किसी की हिदायत याद आती रहती है कि इसमें तुम्हारा नुक़सान हो सकता है–" अनिल मुखर्जी हँसते हुए–जैसे उसका मन पढ़ते हुए–कह रहे थे। "लेकिन डॉक्टर क़ासिम जैसे कुछ लोग होते हैं जो बिना डरे वही करते हैं जो उन्हें सही लगता है। वे सच के साथ खड़े होते हैं। समझे दुष्ट महाजन?"

कुलभूषण ने कहा–"सचमुच। आज बहुत कुछ समझ गया। आज जितना पहले कभी नहीं समझा था।"

पत्रकार ने कहा–"आपको मालूम है कि डॉक्टर क़ासिम ने मुक्तिवाहिनी की बहुत मदद की थी? बांग्लादेश की लड़ाई में उनकी बड़ी भूमिका थी? ख़ासकर कुष्टिया को आज़ाद करके पहली बार वहाँ बांग्लादेश का झण्डा फहराने में?" कुलभूषण ने आश्चर्य से कहा–"नहीं तो! क्या सचमुच ऐसा हुआ था? मैं तो कभी वापस गया नहीं। पिताजी भी रिफ़्यूजी बनकर तभी इकहत्तर में पैदल वापस आये थे। उनसे भी ऐसा कुछ नहीं सुना।" कुलभूषण सोच में पड़ गया। पत्रकार बोल रहा है, तो सही बोलता होगा। "मुझे इतना पता है कि मेरा दोस्त श्यामा बांग्लादेश की लड़ाई में लड़ते हुए मारा गया था। पिताजी के साथ जो लोग आये, उनसे मुझे पता चला।" पत्रकार उसका मुँह देखता रहा कि वह कुछ और बताये। जब वह चुप रहकर सोचता ही रहा तो पत्रकार ने कहा–"तीन जनवरी, उन्नीस सौ चौंसठ को ईस्ट पाकिस्तान में कश्मीर दिवस मनाया गया था। फिर क्या हुआ?"

सारी बातें जो हम बोलते हैं, जिन्हें हम सुनते हैं, समय के प्रवाह में जाने कहाँ खो जाती हैं। जितनी याद रहती हैं वे समूची यादें नहीं होतीं। यही नहीं, हमारे बाद के जीवन का अनुभव भी उनमें जुड़ता जाता है। कुलभूषण को उस समय मालूम नहीं था कि रिक्शे से उतारकर उसकी चप्पल खुलवाने की बात कितनी दूर तक जायेगी। न यह मालूम था कि उसमें जो बातें जुड़ेंगी, वे अनिल मुखर्जी को ही निगल जायेंगी। अनिल बाबू ने अपने परिवार को लौट आने के लिए फ़ोन किया था। पर उनकी पत्नी ने लौटने से इनकार कर दिया था–"क्या बात करते हो! दंगे से हमें क्या डर है? यहाँ नारायणगंज में तुम्हारे

बड़े भाई से लोग काँपते हैं। मिल में इतने मज़दूर काम करते हैं। कल ही तो हम लोग आये हैं। अभी तो ढाका में ख़रीदारी करनी है। घर की पहली लड़की की सगाई है।" अनिल मुखर्जी ने हार मान ली थी। वाक़ई नारायणगंज में चारों तरफ़ जूट और कॉटन मिलें हैं। पश्चिमी पाकिस्तान के आदमजी की जूट मिल तो दुनिया में सबसे बड़ी जूट मिल है जिसमें इंग्लैंड की रानी एलिज़ाबेथ तक आ चुकी है। बड़े भाई की इतनी साख है कि आदमजी के घर की पार्टी में भी निमन्त्रण मिलता है, जिसमें बहुत कम बंगाली ही बुलाये जाते हैं। भाई की बेटी की सगाई के उत्सव के बीच सिर्फ़ अपने परिवार को दंगे के डर से लौट आने के लिए कहना अभद्रता है। क़ायदे से सगाई में उन्हें भी जाना चाहिए था। पर दो महीने बाद शादी में जायेंगे, यह सोचकर बहाना लगा दिया था। चौदह जनवरी को मकर संक्रान्ति है। उसके अगले दिन सगाई है। सोलह जनवरी से रमज़ान शुरू हो रहा है। तब तक सब शान्त हो ही जायेगा। रमज़ान में दंगे होने की कोई सम्भावना नहीं है। बेकार ही फ़ोन कर दिया। जाने क्यों वे कुलभूषण की बात सुन डर गये थे।

पन्द्रह जनवरी को सगाई नहीं हुई थी। उसके दो दिन पहले ही ढाका में दंगा शुरू हो गया था। डॉक्टर क़ासिम के घर से अनिल मुखर्जी को सुबह-सुबह पाँच बजे अँधेरे में एक रिक्शावाला बुलाने आया तो अनिल मुखर्जी घबराये थे। उनके अन्दर कुलभूषण की बात से जैसी धुकधुकी हुई थी, वापस वही शुरू हो गयी। वे तुरन्त रिक्शे में जा बैठे थे। डॉक्टर क़ासिम के चेम्बर की बत्ती जल रही थी। उसकी खिड़की सड़क पर ही खुलती थी। रिक्शे से उतरते-उतरते ही अनिल मुखर्जी को डॉक्टर क़ासिम की आवाज़ सुनायी पड़ रही थी-"क्या कहते हो! ढाका की दीवारों पर जगह-जगह लिखा है-हिन्दू मारो। हिन्दू मारवाड़ी मारो। किसने लिखा है? बिहारी मुसलमानों का ही काम होगा। ये मुस्लिम लीग गुण्डों की पार्टी बन गयी है। तुम मुझे एकदम ठीक बता रहे हो ना? मैं फिर फ़ोन करूँगा।"

अनिल मुखर्जी ने डॉक्टर क़ासिम के चेम्बर का दरवाज़ा खोला, तो उनका दाहिना हाथ बुरी तरह काँप रहा था। डॉक्टर क़ासिम उनका चेहरा देखते ही समझ गये। वे अपने टेबल से दूसरी तरफ़ आये और कुर्सी खींच कर उन्होंने अनिल मुखर्जी को बैठाया। कन्धे पर हाथ रखकर बोले-"अनिल, ढाका से अच्छी ख़बर नहीं है। दंगा हो रहा है। ये लोग बंगालियों का यहाँ से सफ़ाया करना चाहते हैं। मैं तुमसे कुछ छिपाना नहीं चाहता। अभी इनके लिए मुसलमान बंगाली भी उतना ही दुश्मन है, जितना हिन्दू बंगाली। मेरे दोस्त डॉक्टर रहमान को तो जानते

ही हो? वे भी बहुत घबराये हुए हैं। उनके घर से कुछ दूर रामकृष्ण मिशन पर दंगाइयों ने तबाही मचा डाली है। अस्पताल, लाइब्रेरी, हॉस्टल सब जला डाला है।" अनिल मुखर्जी यह बात सुनकर सन्न रह गये। जब भी भाई के पास नारायणगंज जाते, तो ढाका में बूढ़ीगंगा के किनारे बने रामकृष्ण मिशन में ज़रूर जाते। रामकृष्ण परमहंस की तस्वीरें उनके घर और दुकान सब जगह लगी थीं। नारायणगंज में भी रामकृष्ण मिशन था, पर ढाका वाले मन्दिर की बात ही कुछ और थी। वहाँ जाकर अनिल मुखर्जी ऐसी तन्मयता का अनुभव करते कि ज़िन्दगी के पिछले सारे सन्ताप जैसे धुल जाते। कलकत्ता के विख्यात बेलूर मठ में भी ऐसा अनुभव उन्हें नहीं हुआ था।

डॉक्टर क़ासिम ने नारायणगंज के अस्पताल में अपने डॉक्टर मित्रों को फ़ोन लगाने की बहुत चेष्टा की, पर ऑपरेटर ने हर बार कहा कि फ़ोन नहीं मिल रहा है। अनिल मुखर्जी घर लौटे और जाकर बिस्तर पर पड़ गये। जाने उनकी पत्नी, बड़ा बेटा और साढ़े सोलह साल की बेटी रौशनी किस हाल में होंगे। पन्द्रह साल के छोटे बेटे को उन्होंने कुछ नहीं कहा। तेरह जनवरी को भाई ने कारख़ाने के दफ़्तर से फ़ोन किया था। उसके बाद कोई बात नहीं हुई तब तक तो सब ठीक ही था। उन्हें याद आया कि अगस्त 1947 में रौशनी जब पैदा हुई, उस दिन भी दंगों के ख़ौफ़ से दिल दहले हुए थे। डॉक्टर क़ासिम का सहारा न होता, तो जाने वे लोग क्या करते। कुष्टिया से इंडिया जाने की भगदड़ मची थी और वहाँ से यहाँ आनेवालों की भी। यहाँ कोई बड़ी घटना नहीं हुई थी, पर बाक़ी जगहों पर बहुत ख़ून-ख़राबा हुआ था। उनके एक चचेरे भाई ने बोगरा में रिक्शों पर स्टेशन जाने के लिए सामान लाद लिया था, तब पता चला कि स्टेशन पर ही सबको छुरा मारकर सामान लूट लिया जायेगा। वे किसी तरह नौका से करतोया नदी से होते हुए बड़ी रेल लाइन पकड़कर कलकत्ता पहुँचे थे। इसी तरह मैमनसिंह के भैरव स्टेशन से अगरतला की ट्रेन पर अनिल मुखर्जी के ममेरे भाई की बोगी के संग-संग सौ से ऊपर ख़ूँख़ार दंगाई छुरे, डंडे, बल्ले लेकर दौड़ते रहे थे। किसी तरह उन लोगों ने बोगी के दरवाज़े-खिड़कियाँ बन्द रखकर अपनी जान बचाई थी। तब अनिल मुखर्जी को लगा था कि डॉक्टर क़ासिम की ट्रेन न पकड़ने की सलाह ने ही उनके परिवार की जान बचाई थी। किन्तु जाने अब नारायणगंज में वे लोग किन हालात से गुज़र रहे होंगे!

सोलह जनवरी से डॉक्टर क़ासिम के घर सारे दिन बैठे रहने के अलावा अनिल मुखर्जी के पास कोई चारा नहीं था। डॉक्टर क़ासिम के सूत्रों से ही

नारायणगंज की कोई ख़बर मिल सकती थी। डॉक्टर क़ासिम देख रहे थे कि एक मिनट भी चुप न बैठनेवाला शख़्स जैसे गूँगा हो गया हो। दोनों के बीच फैला सन्नाटा असह्य हो जाता तो डॉक्टर क़ासिम इधर-उधर की कुछ बातें बोलने लगते– "जिस दिन सुहरावर्दी को जेल में डाला था, उसी दिन मुझे यह समझ में आ गया था कि पाकिस्तान में अब कोई बंगाली प्रधानमन्त्री नहीं बन सकेगा। सोचो, सुहरावर्दी जैसा सीनियर लीडर जो संयुक्त बंगाल का ही नहीं, पाकिस्तान का प्रधानमन्त्री रह चुका था, उसे पहले जेल में डाला। फिर ज़बरदस्ती हवाई जहाज़ में बैठा कर बेरूत भेज दिया। वहाँ वह बेचारा होटल में हार्ट अटैक होकर मर गया। मुझे तो पूरा शक है कि उसकी हत्या की गयी होगी। पाकिस्तान में मारते तो बंगाल में प्रचण्ड विरोध झेलना पड़ता।" अनिल मुखर्जी समझ रहे थे कि डॉक्टर क़ासिम उनका ध्यान उन मुद्दों पर ले जाना चाहते हैं जिन पर वे महीनों-बरसों से चर्चा करते आये हैं। ठीक यही उनकी दोस्ती की दहलीज़ है। इसमें व्यक्तिगत हमेशा बाहर रहा है। अपने निजी सुख-दुख इस दहलीज़ को पार करते ही बेमानी होते रहे हैं। पर आज अनिल मुखर्जी दहलीज़ के इस पार खड़े हुए जैसे पत्थर हो गये हैं। वे चुपचाप डॉक्टर क़ासिम को देखते रहे। "अच्छा, तुम बोलो अनिल। लियाक़त ख़ान की हत्या के बाद पाकिस्तान का दूसरा प्रधानमन्त्री एक बंगाली को क्यों बनाया गया था?"

अनिल मुखर्जी को पता है कि उन्हें बोलना होगा। वे दहलीज़ के इस पार से ही जवाब देते हैं–"ढाका का नवाब ख्वाज़ा नजीमुद्दीन सिर्फ़ नाम का ही बंगाली था। न उसके कश्मीरी पुरखों को अच्छी तरह से बांग्ला बोलना तक आता था और न उसे। उसी ने तो ढाका में कहा था कि जिन्ना सही बोल रहा है कि पूर्व और पश्चिम पाकिस्तान एक ही देश है और उसकी भाषा सिर्फ़ उर्दू होनी चाहिए–पूरब हो या पश्चिम। उसी की हुकूमत में ही इक्कीस जनवरी को ढाका यूनिवर्सिटी में उर्दू थोपे जाने का विरोध करते छात्रों पर पुलिस ने गोली चलायी।"

डॉक्टर क़ासिम के चेहरे पर राहत के भाव साफ़ हैं। वे चाह रहे हैं कि अनिल मुखर्जी को वर्तमान से निकालकर इतिहास की चीरफाड़ में लगा दें। पुराने दिनों की तरह वे बहसों में ऐसे उलझ जायें कि उन्हें खाने-पीने तक की सुध न रहे। उन्होंने कहा–"तुम पूरी तरह सही नहीं हो अनिल! तीन सौ साल पहले ये ख्वाज़ा भले कश्मीर से व्यापार करने ढाका आये हों, पर उन्होंने यहाँ अस्पताल, स्कूल, यूनिवर्सिटी तक बनाने में योगदान दिया था। नवाब ख्वाज़ा

नजीमुद्दीन को इसलिए प्रधानमन्त्री बनाया गया था कि ईस्ट बंगाल को यह न लगे कि यहाँ के लोगों की कोई औक़ात नहीं है। इसलिए उसे हटाया भी तो फिर एक बंगाली मोहम्मद अली बोगरा को प्रधानमन्त्री बना दिया। तुम्हें शायद पता नहीं कि प्रधानमन्त्री ख़्वाज़ा नजीमुद्दीन जब अपने भाई ख़्वाज़ा शहाबुद्दीन से कोई राजनीतिक सलाह लेने फ़ोन करता था तो बांग्ला में बात करता था, ताकि सारे उच्च पदों पर बैठे पश्चिमी पाकिस्तानी उसका फ़ोन गुप्त रूप से सुन रहे हों तो कुछ समझ न पायें।"

डॉक्टर क़ासिम सफल हो गये हैं। अनिल मुखर्जी दहलीज़ के इस पार एक क़दम रखते हैं। आश्चर्य से कहते हैं–"सचमुच यह तो मुझे पता नहीं था। मैं तो यही सोचता था कि नजीमुद्दीन, बोगरा सब विलायत से पढ़े हुए नवाब-ज़मींदार क़िस्म के लोग थे, जो सपने भी अंग्रेज़ी या उर्दू में देखते होंगे, बांग्ला में नहीं।" डॉक्टर क़ासिम हँस पड़े–"वाह क्या बात कही है। सपने भी अंग्रेज़ी या उर्दू में देखते होंगे।" फिर गम्भीर होकर बोले–"अनिल, असल में तो हमारे तीनों बंगाली प्रधानमन्त्री प्यादों से ज़्यादा कुछ नहीं थे। डेमोक्रेसी को ख़त्म कर सैनिक शासन लाने की जो बड़ी चाल थी, उसमें इनका इस्तेमाल सुविधा के अनुसार किया जा रहा था। इस नाटक का अन्त छह साल पहले फ़ील्ड मार्शल अयूब ख़ान ने कर दिया। प्रधानमन्त्री नजीमुद्दीन जानते थे कि ये लोग बंगालियों को शक की नज़र से देखते हैं, तभी वे बांग्ला में बात करते थे न अपने भाई के साथ! दरअसल बंगाल के जूट का पैसा पश्चिमी पाकिस्तान की जेब भरता आया है। हम ग़रीब रहकर उनका ख़र्च चलाते रहे हैं। उन लोगों को लगता था कि बंगाली प्रधानमन्त्री रहेगा तो बंगाली बहले रहेंगे और वे उन्हें मनमुताबिक़ हाँक सकेंगे।"

फ़ोन की घण्टी बजने से डॉक्टर क़ासिम का अनिल मुखर्जी को फुसलाने का खेल ख़त्म हो गया। अनिल मुखर्जी की धुकधुकी फिर शुरू हो गयी। डॉक्टर क़ासिम ने हूँ-हूँ करके सुना और "ठीक है। नारायणगंज की ख़बर बताना"–कहकर फ़ोन रख दिया। अनिल मुखर्जी उनकी तरफ़ ऐसे देख रहे थे जैसे बकरा कटने के पहले देखता है। डॉक्टर क़ासिम ने कहा–"अनिल, तुम्हें ख़राब समाचार देने के अलावा कोई रास्ता नहीं है। तुम्हें मज़बूत होना होगा। समझ रहे हो ना?" अनिल मुखर्जी ने हाँ करते सिर हिलाया। "ढाका के रायेर बाज़ार में जो कुम्हारों की बस्ती है, उस पर मोहम्मदपुर के बिहारी मुसलमानों ने हमला बोलकर पूरी बस्ती को जलाकर राख कर दिया है। बहुत-सी औरतों

का बलात्कार हुआ है। जवान लड़कियों का अपहरण हुआ है। अनिल, मुझे यह डर सता रहा है कि खुलना में जो मारकाट हुई थी, उसमें खुलना शिपयार्ड, इस्पहानी कम्पनी वग़ैरह के बिहारी मज़दूरों का सबसे बड़ा हाथ था। ये सारे बिहारी पार्टीशन के समय हिन्दुस्तान से आये लोग हैं। नारायणगंज की जूट मिलों, कॉटन मिलों, शिपयार्ड में भी ये लोग भरे पड़े हैं। ये बंगाल की संस्कृति से अछूते ही रह गये हैं। ख़ूनख़राबा करने में इन्हें देर नहीं लगती"–अनिल मुखर्जी का हाथ अपने धकधक करते सीने पर चला गया। डॉक्टर क़ासिम ने 'कोरामाइन' की बूँदें पानी के आधे गिलास में डालकर उनकी ओर बढ़ाया। अनिल मुखर्जी ने डूबी हुई आवाज़ में कहा–"क़ासिम दादा। मैं जब भी नारायणगंज भाई के पास जाकर रहता था, उसकी बांग्ला सुनकर बहुत हँसता था। बिहारी मज़दूरों से बात करते-करते उसकी बोली ही बदल गयी थी। वे टूटी-फूटी हिन्दी और बांग्ला मिलाकर अजब भाषा में बोलते। मैं मज़ाक़ में कहता कि दादा, थोड़े दिन में तुम बांग्ला बोलना ही भूल जाओगे।"

डॉक्टर क़ासिम ने नज़रें फेरकर कहा–"अनिल, मेरी सलाह है कि तुम मेरे घर कुछ दिन रहो। तुम्हारा ब्लडप्रेशर भी रोज़ देखता रहूँगा। बार-बार रिक्शे में चढ़ने-उतरने में भी तुम्हें बेमतलब तकलीफ़ होती है। दाल-भात यहीं खाना। घर का खाना ज़्यादा याद आये तो छोटे बेटे को कहना, यहीं तुम्हारा टिफ़िन दे जाया करेगा।"

कुलभूषण को श्यामा से पता चल गया था कि अनिल मुखर्जी डॉक्टर क़ासिम के घर पर रह रहे हैं। उसकी वहाँ जाने की हिम्मत नहीं हुई थी। क्या पता अनिल बाबू सोच लें कि दुष्ट महाजन अपने बकाया पैसों का तकादा करने आया है। इधर पिताजी कह भी रहे थे–"उस बंगाली मुखर्जी का उधार बढ़ गया है। उधर कब जाओगे?" तभी एक दिन श्यामा घबराया हुआ सा दुकान पर आया था। उसे देखते ही कुलभूषण मुनीम को दुकान देखने के लिए कहकर निकल गया था। श्यामा को पता था कि पिताजी दोपहर के बाद घर में खाना खाकर आराम करते हैं। पुराने मारवाड़ी मुनीम का मुँह श्यामा को देखते ही टेढ़ा हो जाता था। कुलभूषण उसकी तरफ़ देखता हुआ श्यामा के संग गोराई के किनारे जा बैठा था। "अनिल मुखर्जी चले गये!" श्यामा के मुँह से यह बात सुनकर कुलभूषण स्तब्ध हो गया था–"क्या मतलब?

मर गये अनिल बाबू? पर कैसे?" श्यामा ने ग़ुस्से से कहा–"यह मैंने कब कहा? अरे, अनिल मुखर्जी हिन्दुस्तान चले गये हमेशा के लिए! ख़ाली अपने छोटे बेटे को घर की रखवाली के लिए छोड़ गये हैं। घर बेचकर वह भी चला जायेगा। बिना किसी से कुछ कहे रातोंरात कुष्टिया छोड़ गये अनिल बाबू!"

कुलभूषण के दिमाग़ में न चाहते हुए भी पिताजी का चेहरा और बकाया रक़म घूम गये। अनिल बाबू सच कहते थे, उसके पिता एक दुष्ट महाजन नहीं तो और क्या हैं? और यही उसकी विरासत है! अनिल दादा के बिना अब कौन उसे देखकर इस तरह खुश होगा? कौन उससे घण्टों गप्प लगायेगा?

"तुम्हें कैसे मालूम? तुम तो उनके घर कपड़े लेने जाते नहीं? उनका परिवार नारायणगंज से आ गया क्या?"–कुलभूषण ने अविश्वास से कहा। क्या पता यह कोई अफ़वाह हो, जो श्यामा कहीं से सुन आया हो। इन दिनों अफ़वाहों के पंख लग गये हैं। "तुम्हें तो पता है कि मैं डॉक्टर क़ासिम के घर कपड़े लेने जाता हूँ। अनिल मुखर्जी चार-पाँच दिनों से उनके घर पर ही रह रहे थे। उनकी तबीयत काफ़ी ख़राब थी। उनका परिवार परसों ही नारायणगंज से लौटा। कल रात अँधेरे में ही उन्होंने कलकत्ता की ट्रेन पकड़ ली। मैं डॉक्टर क़ासिम के घर पहुँचा तो अनिल मुखर्जी का छोटा बेटा उनके सामने खड़ा-खड़ा रो रहा था। डॉक्टर क़ासिम आपे से बाहर होकर उसे डाँट रहे थे। असल में डॉक्टर क़ासिम को भी अनिल बाबू ने नहीं बताया कि वे हमेशा के लिए जा रहे हैं। जबकि कल शाम को अनिल बाबू उनसे मिलने आये थे। तब भी कुछ नहीं कहा।" श्यामा की बात सुनकर कुलभूषण को यक़ीन हो गया कि श्यामा वही बता रहा है जो उसने अपनी आँखों से देखा और कानों से सुना है। उसका मन एकदम हताश हो गया।

"लेकिन अनिल बाबू ने ऐसा क्यों किया? डॉक्टर क़ासिम को बिना बताये ऐसे क्यों चले गये? कम-से-कम उन्हें तो बताना ही चाहिए था"–कुलभूषण ने मरी हुई आवाज़ में कहा। "मुझे लगता है कि अगर अनिल बाबू बताते, तो डॉक्टर क़ासिम उन्हें कभी जाने नहीं देते। डॉक्टर क़ासिम उनके बेटे को डाँटते हुए कह रहे थे–'ऐसे सब छोड़कर यहाँ से भाग जायेंगे, तो यहाँ तो उन लोगों को खुला मैदान मिल जायेगा। दंगाई यही तो चाहते हैं। अनिल क्या सोचकर तुमको यहाँ छोड़ गया है कि तुम्हें मकान का दाम मिल जायेगा? पाकिस्तान की सरकार ने बारह जनवरी से क़ानून जारी कर दिया है कि कोई हिन्दू अपना घर-बार सम्पत्ति बेच नहीं सकता। अनिल को शायद इस

बात की ख़बर नहीं है। वहाँ हिन्दुस्तान में उसका कौन है? होगा भी तो क्या उसे हमेशा के लिए साथ रख लेगा? मैंने कहा था सब ठीक हो जायेगा। मेरे साथ ऐसा धोखा वह कैसे कर सकता है?' बार-बार डॉक्टर क़ासिम 'धोखा देकर चला गया मुझे'-ऐसा कह रहे थे! लड़का फूट-फूट कर रोये जा रहा था। उन लोगों का दुख देखकर मेरा कलेजा फटा जा रहा था"-श्यामा की आवाज़ भर्रा गयी।

पत्रकार ने कहा-"डॉक्टर क़ासिम ने कभी सोचा नहीं होगा कि अनिल मुखर्जी इस तरह उन्हें बिना बताये चले जायेंगे? आपको क्या लगता है कि उन्होंने ऐसा क्यों किया होगा?" कुलभूषण ने जैसे इस सवाल को टरकाने के लिए कहा-"आज गरमी है काफ़ी। एक गिलास ठण्डा पानी मिलेगा?" पानी पीकर वह बोलने लगा-"मेरे मन में धोखा देनेवाली बात घूमती रही। मुझे भी ऐसा लग रहा था जैसे मेरे साथ धोखा हुआ है। क्या सचमुच अनिल मुखर्जी सबको धोखा देकर चले गये थे? या ख़ुद उन्हें बहुत बड़ा धोखा मिला था? मैंने तभी सोच लिया था कि जैसे भी हो, इस बात का पता लगाकर ही रहूँगा। पर यह क़िस्सा आपको फिर कभी सुनाऊँगा। आज मुझे घर जल्दी पहुँचना है।"

अनिल मुखर्जी के साथ क्या धोखा हुआ था, यह जानने में कुलभूषण को बहुत समय लगा था। उसने माँ से ही कभी सुना था कि आदमी किसी बात को जानने की बहुत इच्छा रखे, तो एक-न-एक दिन उसको अपने सवाल का जवाब मिल जाता है। कुलभूषण अनिल बाबू को एक दिन भी भूल नहीं पाया। इसका कारण वह अपने आप से कई बार पूछता था। शायद वही एक ऐसे शख़्स थे जिन्होंने उसे अपने बराबर एक आदमी की तरह देखा था। उसका मारवाड़ी बनिया होना, कुरूप होना, पढ़ा-लिखा न होना इसमें आड़े नहीं आता था। इसलिए वे उसे स्नेह से 'दुष्ट महाजन' कह पाते थे। उसे आस-पास की दुनिया की तमाम बातों की जानकारी देना वे अपना कर्तव्य समझकर चलते थे, जबकि बहुत आसानी से भी उसे दूसरे बंगालियों की तरह 'मेड़ो' यानी मारवाड़ी मूर्ख कहकर उससे किनारा कर सकते थे।

कुलभूषण को अनिल मुखर्जी के जाने के छह महीने बाद ख़ुद भी कुष्टिया छोड़ देना पड़ा था। पिताजी अन्ततः अपने ससुर की तरह ही डर गये थे। एक धमकी भरी चिट्ठी ने उनकी समूची हेकड़ी तोड़ दी। उन्होंने निर्णय लिया कि वे अकेले रहेंगे। माँ को उन्होंने साफ़ कह दिया–"कलकत्ता में भाड़े के मकान में एक ही कमरे में गाय-बकरियों की तरह मैं नहीं रहूँगा। तुम लोग जाओ। मैं आता-जाता रहूँगा। मैं कलकत्ता में ऐसा ही घर गंगा किनारे बनाऊँगा, तभी वहाँ रहूँगा। जो भी सोच रहा है कि मुझे डराकर मेरे घर पर क़ब्ज़ा कर लेगा, उसे दो दिन में बात समझ में आ जायेगी कि यह आदमी किस मिट्टी का बना है। परिवार साथ रहता है तो आदमी कमज़ोर हो जाता है। अकेले आदमी को क्या डर?"–माँ के आँसुओं का हर बार की तरह उन पर कोई असर नहीं हुआ था। "जान है तो जहान है"–कहने पर वे माँ की नक़ल उतारकर मज़ाक़ बनाते। "अरे मारवाड़ी आदमी की जान उसके जहान में ही है और उसका जहान उसकी तिजोरी है। तिजोरी भरी रहती तो हमारे पुरखे शेखावाटी के सुनहले टीले छोड़कर यहाँ बंगाल में मलेरिया से मरने के लिए नहीं आये होते।"

कुलभूषण माँ को चार लोहे की पेटियों और चार बिस्तरबन्द के साथ लेकर जब ट्रेन में सवार हुआ, तभी उसे पता चला कि पूरी-की-पूरी ढाका मेल उनके जैसे हमेशा के लिए बोरिया-बिस्तर बाँधकर जानेवाले लोगों से भरी हुई है। ढाका मेल में घुसने में इतनी मुश्किल हुई कि कुलभूषण को लगा कि कोई-न-कोई सामान वहीं छूट जायेगा। पिताजी छह मुटिया-मज़दूरों को साथ लेकर उन्हें चढ़ाने न आये होते तो डिब्बे में घुसना नामुमकिन था। रेल के पाँच घण्टों के सफर में उसने दंगों की जैसी कहानियाँ सुनीं, उसे लगता रहा, हो-न-हो अनिल मुखर्जी के परिवार के साथ नारायणगंज में कुछ-न-कुछ हादसा हुआ है। इसीलिए वे बिना किसी को कुछ बताये कहीं चले गये। रेल चूँकि ढाका से चली थी, पास ही के स्टेशन नारायणगंज का नाम भी बार-बार लोगों की ज़ुबान पर आ रहा था।

कुलभूषण जब सियालदह स्टेशन पर उतरा, तो वहाँ की भीड़ देखकर भौचक्का रह गया। ऐसा लग रहा था कि ईस्ट पाकिस्तान पूरा-का-पूरा उठकर यहीं आ गया हो। पूरे प्लेटफ़ॉर्म पर लोग ज़मीन पर चादर बिछाये सो रहे थे। चारों तरफ़ गन्दगी और शोरगुल मचा हुआ था। उसने स्टेशन पर कुली से भीड़ के बारे में पूछा तो उसने चिड़चिड़ाकर कहा–"अरे रोज़ ही तो इतने आदमी चले आ रहे हैं। बिना ठिकाने के यहीं आकर पड़े हैं। अब सरकार कोई ठिकाना देगी तो जायेंगे यहाँ से। चलना-फिरना भी हराम हो गया है यहाँ।"

कुलभूषण के दिमाग़ में अनिल मुखर्जी घूम रहे थे। जाने क्यों उसे लग रहा था जैसे वे उसे यहीं स्टेशन पर मिल जायेंगे। "तुमने किसी लँगड़े आदमी को देखा यहाँ पर? छह महीना पहले आया था"–कुलभूषण के सवाल से कुली ने चकित होकर कहा–"पागल हो गये हो क्या, बाबू? कैसी बात करते हो? कह रहा हूँ लाखों आदमी आ गये हैं। किसी एक लँगड़े की किसको ख़बर है!" कुलभूषण ने देखा कि माँ कुली से इतनी बातें करने से चिढ़ रही थी–"जल्दी-जल्दी चलो ना! मँझला आया कि नहीं लेने? देखो कोई सामान इधर-उधर नहीं हो जाये। और कोई नहीं मिला तो कुली से ही पंचायती लगा रहे हो।"

कुलभूषण ने देखा कि एक जगह रिलीफ़ एंड रिहैबिलिटेशन डिपार्टमेंट (आर.आर.) का बैनर लगा था। उसने सोचा कि कल वापस आकर पता लगायेगा कि अनिल मुखर्जी को कैसे खोजा जा सकता है। श्यामा से ही उसे पता चला था कि अनिल मुखर्जी ने डॉक्टर क़ासिम से छह महीनों में कोई सम्पर्क नहीं किया था और न ही उनके छोटे बेटे को कोई ख़बर थी कि उसका परिवार कहाँ है। उसके पास अनिल मुखर्जी के किसी चचेरे भाई का कलकत्ता का फ़ोन नम्बर था। पर वह नम्बर कभी मिलता नहीं था। डॉक्टर क़ासिम उसे कई बार कोलकाता जाकर अपने परिवार का पता लगाने के लिए कह चुके थे। पर उसे अनिल मुखर्जी सख़्त हिदायत देकर गये थे कि वह मकान ख़ाली छोड़ कर कुष्टिया से कहीं न जाये। उसकी पढ़ाई और खानाख़र्च डॉक्टर क़ासिम ही चला रहे थे। अब यह इन्तज़ार करने के अलावा कोई रास्ता नहीं था कि कभी-न-कभी अनिल मुखर्जी कहीं से डॉक्टर क़ासिम को फ़ोन करेंगे।

अगले दिन आर.आर. डिपार्टमेंट में कुलभूषण को पता चला कि जनवरी से मार्च तक दो लाख से ज़्यादा लोग ईस्ट पाकिस्तान से हिन्दुस्तान आ चुके हैं। मार्च के बाद भी रोज़ाना तीन-चार हज़ार लोग आ रहे थे। जून के अन्त तक पाँच लाख लोग सीमा पार कर आये थे। इनमें तीन लाख सिर्फ़ बंगाल में आये। "मतलब आप सोच रहे हैं कि तीन लाख लोगों में एक लँगड़ा आदमी, जिसका नाम अनिल मुखर्जी है, आपको मिल जायेगा? घास के ढेर में सूई खोजने चले हैं? अरे भाई आपको और कोई काम है या नहीं?"–टेबल के पीछे बैठे आदमी ने चिड़चिड़ाकर कहा था। कुलभूषण यह सोचकर वहाँ से हट गया था कि दो दिन बाद फिर आयेगा। शायद कुछ पता चले।

दो दिन बाद कुलभूषण मिठाई की दुकान से एक 'सन्देश' का डिब्बा लेकर वापस आर.आर. डिपार्टमेंट पहुँच गया था। खाने का वक़्त था। सारे लोग टिफ़िन खोलकर बैठे थे। वह डिब्बा सामने हाथ में करके अन्दर चला गया। "दादा आप लोग इतनी मेहनत कर रहे हैं। अपनी ज़मीन से उजाड़े गये लोगों का दुख-दर्द आप लोग समझते हैं। ऊपर वाला आपका भला करेगा"-कुलभूषण की बात से ननीगोपाल साहा पिघल गया। "बैठो, बैठो"-उसने कुलभूषण को सामने बैठा लिया। "जानते हो, मैं इस डिपार्टमेंट में सत्रह साल से हूँ। मतलब समझे? पार्टीशन के बाद से ही इसी काम में लगा हूँ। उसी समय कलकत्ता में हरेक सौ आदमी में सत्ताईस ईस्ट बंगाली रिफ़्यूजी थे। कितने रिफ़्यूजी कैम्प खोले गये। पर बंगाल में और कितने आदमी समाते? तब सरकार ने मध्य प्रदेश, उड़ीसा, आन्ध्र प्रदेश में जगह खोजी जहाँ इन लोगों को बसाया जा सके। इन्हें दण्डकारण्य भेजा, पर ये लोग वहाँ से भागना चाहते हैं। अलग मिट्टी, अलग हवा, पानी कम-क्या एक झमेला है? तुम जिसको पूछ रहे हो उसका कोई रिश्तेदार कलकत्ता में था? वहाँ पता करो। नहीं तो आठ सौ किलोमीटर दूर रायपुर के माना कैम्प में जाकर देखो। क्या नाम बताया? अनिल मुखर्जी? कहाँ से आया था? कुष्टिया से? तब तो सबसे नज़दीक दर्शना के पास बॉर्डर पार कर इंडिया के गेदे स्टेशन पर उतरा होगा या सीधे सियालदह स्टेशन गया होगा। वहाँ से रिफ़्यूजी स्पेशल ट्रेनें छूटती हैं जो रायपुर जाती हैं। वहाँ से ट्रक में उन्हें कोरापुट, बस्तर, मलकानगिरि के कैम्पों को भेजा जाता है।

कुलभूषण का माथा कैम्प के ठिकानों का नाम सुनकर चकरा गया। श्यामा के मार्फ़त पता लेकर वह कलकत्ते में अनिल मुखर्जी के चचेरे भाई के ठिकाने पर हो आया था। उनके चचेरे भाई कई साल पहले वह जगह छोड़कर चले गये थे। किसी को उनके नये ठिकाने का पता नहीं था। सचमुच अनिल मुखर्जी को खोजना घास में सूई ढूँढ़ने जैसा था। सरकारी कैम्पों में वह कहाँ-कहाँ जायेगा और उन्हें कैसे खोजेगा? "दादा, कोई रजिस्टर तो होगा जिसमें अलग-अलग कैम्प में जानेवाले लोगों का नाम लिखा होगा? कुछ दिन यहाँ बैठकर खोज लूँगा कि अनिल मुखर्जी कलकत्ता में नहीं हैं, तो किस कैम्प में भेजे गये हैं?" कुलभूषण की बात से ननीगोपाल साहा हैरत में भर गया-"की बोलचो बाबा!! तुम तो असम्भव बात करते हो। कौन था वह तुम्हारा? आजकल तो बाप को खोजने के लिए बेटा नहीं घूमता और बेटे को खोजने बाप नहीं घूमता। मुझे माफ़ करो बाबा! तुम्हारी मिठाई खायी लेकिन तुम्हारी कोई मदद नहीं कर सकता।"

कुलभूषण दफ़्तर से बाहर निकला तो उसे रेल में साथ आया एक आदमी दिखाई पड़ा। उसे याद आया कि उसी के मुँह से उसने नारायणगंज का नाम सुना था। बोगी की उस भीड़ में उसके पास पहुँचने के लिए उसे अपने चार बिस्तरबन्द और आठ लोगों को लाँघना पड़ता। हर किसी ग़रीब से दिखते आदमी से बातचीत करने की उसकी आदत से माँ भी बहुत चिढ़ती थी। इसलिए वह उस आदमी से बात करने से कतरा गया था। कुलभूषण ने लपककर उसे रोका–"दादा पहचाना मुझे? मैं आपके साथ ही ढाका मेल से तीन दिन पहले सियालदह आया था। आप नारायणगंज से हैं न?" वह आदमी उसे घूरते हुए बोला–"हाँ तो? क्या नाम है तुम्हारा?" "मैं ...मैं..."–कुलभूषण ने सोचा कि अपना नाम बताना शायद ठीक नहीं रहे–"गोपाल चन्द्र दास। कुष्टिया से–" उसने तपाक से कहा–"मोदीख़ाने की दुकान है हमारी। पिताजी वहीं रह गये। बस माँ को लेकर आ गया। बड़े भाई रहते हैं यहीं पर पहले से। मुस्लिम लीग वालों ने चिट्ठी भेजी तो निकलना पड़ा।" कुलभूषण ने एक साँस में अपना परिचय दे डाला। उसके अनुमान के मुताबिक़ वह आदमी ढीला पड़ गया। "अच्छा"–उसने उदास होकर कहा–"मरने से भिखारी होकर जीना भला!"

स्टेशन के बाहर आकर चाय की दुकान के सामने बेंच पर दोनों बैठ गये। बंगाल में 'अड्डा' मारना दुनिया का सबसे ज़रूरी काम होता है। लोग अपने माँ–बाप के बचपन की कथाएँ तक तफ़सील से सुना देते हैं। यानी जितनी बातें उन्हें मालूम होती हैं, कोई भी बताने में नहीं रुकते। "नारायणगंज में क्या करते थे आप, दादा?"–कुलभूषण ने छोटे–से कुल्हड़ से चाय सुड़कते हुए पूछा।

"क्या बताऊँ? मुझे देखकर कौन कहेगा कि यह ढाकेश्वरी कॉटन मिल नम्बर दो का हेड सुपरवाइजर सुभाष दास है, जिसके नीचे पाँच सौ लोग काम करते थे! ये जो शरीर पर कपड़े हैं न, ऐसे गन्दे कपड़े सुभाष दास ने कभी नहीं पहने। पर बीती बातें तो बीत गयीं। यहाँ आर.आर. डिपार्टमेंट से मदद मिल जाये, तो रायपुर के पास माना कैम्प में चला जाऊँगा। वहाँ सरकार रिफ़्यूजियों को ज़मीन दे रही है। मकान बनाने के लिए लोन दे रही है और काम करने के लिए भी। मैंने तीन महीने की देर कर दी। पहले आ गया होता बाक़ी लोगों की तरह, तो अब तक कोई ठिकाना मिल गया होता। अब तो इतने लोग आ गये हैं। देखते नहीं कीड़े–मकोड़े की तरह भर गये हैं। मेरी बीवी के पास कुछ सोना है। जितने दिन यहाँ रहना है, उसी से काम चलाना होगा"–सुभाष दास फुसफुसाकर बोला।

"अभी कहाँ रह रहे हैं?"–कुलभूषण ने पूछा। "अरे पूछो मत। मेरी बीवी की कोई दूर के रिश्ते की बहन की रसोई में सोते हैं रात को। सुबह पाँच बजे उठना पड़ता है। उसका पति है कि बिना चाय के बिस्तर नहीं छोड़ता। ऊपर से ऐसे देखता है जैसे हम रसोई में घुस आये तिलचट्टे हों। कल मेरे मुँह पर कह रहा था–इन 'बांगाल' लोगों ने कलकत्ता शहर को बर्बाद कर दिया है। जहाँ देखो वहीं भरे हैं। पिछले सत्रह सालों में जबरन दख़ल कर सैकड़ों कॉलोनियाँ बना लीं। रेल लाइन के पास, आदि गंगा की नहर के दोनों तरफ़, फ़ुटपाथ पर जहाँ–तहाँ झुग्गियाँ बना ली हैं। बड़ी पाइपों तक को नहीं छोड़ा। उसी में घुस बैठे हैं। मैं तो कहता हूँ कि पूर्व बंगाल में अपना घर–बार छोड़ना ही नहीं चाहिए था। वहीं रहकर मुसलमानों से लड़ते। सरदार पटेल ने ठीक कहा था कि बंगालियों को केवल रोना आता है। अब यहाँ आकर कौन–सा रोना बन्द हो गया? यह ज़रूर हुआ कि पश्चिम बंगाल के लोकल 'घोटी' लोगों को भी रुला दिया–" सुभाष दास का चेहरा देखता हुआ कुलभूषण सोचता रहा कि 'बांगाल' और 'घोटी' बंगाली में भी भेद है। यहाँ के पुराने बंगाली ईस्ट बंगालियों को 'बांगाल' ऐसे कहते हैं जैसे गाली दे रहे हों। शायद नारायणगंज के इस बांगाल को अनिल मुखर्जी के भाई निशिकान्त मुखर्जी के बारे में मालूम हो।

"दादा, मेरी हालत आपसे ज़्यादा अच्छी नहीं है। मेरे बड़े भाई लोग कलकत्ता में पहले से ही आकर बस गये थे। अब मैं माँ को लेकर आया हूँ तो उनकी आँखों में काँटे की तरह चुभ रहा हूँ। रोज़ मुझे नालायक, आवारा, कामचोर जैसी उपाधियाँ मेरे मुँह पर ही दी जाती हैं। मेरा एक दोस्त अनिल मुखर्जी कुष्टिया छोड़कर किसी को बिना बताये यहाँ चला आया था। उसका पता लगाने आर.आर. डिपार्टमेंट आता हूँ। यहाँ भी सब दुत्कार देते हैं। घर जाता हूँ तो सब खाने–फाड़ने को तैयार रहते हैं कि सारे दिन कहाँ था"–कुलभूषण ने अपनी आपबीती सुनाने का फ़ैसला किया।

सुभाष दास कुछ देर चुप बैठा रहा। फिर बोला–"रिफ़्यूजी शब्द सुनते ही कलेजे में जैसे घूँसा लगता है। हम जैसे इन्सान ही नहीं रहे। उससे एक दर्जा नीचे रिफ़्यूजी बन गये। लोगों को क्या मालूम कि घरबार छूटने का दर्द क्या होता है। मन तो करता है कि नारायणगंज जाकर शीतलाक्ष्या नदी में जाकर डूब मरूँ। नारायणगंज की भूमि तो देवोत्तर भूमि थी। हमारे पुरखों ने प्लासी की लड़ाई के बाद ईस्ट इंडिया कम्पनी से लीज पर लेकर नारायण की सेवा में दान की थी। वह भूमि मुसलमानों की कैसे हो गयी? पहले तो पार्टीशन कर

पाकिस्तान बना दिया। अब ख़ाली करवा रहे हैं दंगा-फ़साद करके। सारी सूती मिलें हिन्दुओं की बनवाई हुई थीं–ढाकेश्वरी कॉटन मिल्स, चितरंजन कॉटन मिल, लक्ष्मीनारायण कॉटन मिल..." –सुभाष दास फिर चुप होकर बैठ गया।

"एक चाय और देना भाई"–कुलभूषण ने चायवाले को आवाज़ लगायी–"नारायणगंज में हुआ क्या दादा? आपको क्यों भागकर आना पड़ा?"–कुलभूषण ने पाँच मिनट तक उसकी चुप्पी बर्दाश्त करने के बाद पूछा। सुभाष दास ने कहा-"तुम्हें शायद उधर ढाका-नारायणगंज के बारे में ज़्यादा मालूम नहीं है। पार्टीशन के समय सारी जूट मिलें हिन्दुस्तान में रह गयी थीं। ढाका के पास नारायणगंज में पश्चिमी पाकिस्तान के आदमजी ने दुनिया की सबसे बड़ी जूट मिल खोली। उसमें ज़्यादातर बिहारी मज़दूर थे। तुम तो जानते हो कि पार्टीशन के बाद शुरू से ही बिहारी-बंगाली का झगड़ा अन्दर-ही-अन्दर चलता था। हज़रतबल के बाद..."–सुभाष दास फिर चुप होकर बैठ गया। "एक-एक चाय और देना भाई"–कुलभूषण ने चायवाले को फिर आवाज़ लगायी। "हज़रतबल के बाद तीन जनवरी को खुलना में दंगा शुरू हुआ तो हज़ारों हिन्दू भाग कर हिन्दुस्तान में जाने लगे। इसके जवाब में कलकत्ता में मुसलमानों को मारना-काटना शुरू हो गया। आदमजी जूट मिल के मैनेजर करीम ने यह अफ़वाह फैला दी कि उसके भाई की हिन्दू दंगाइयों ने कलकत्ते में हत्या कर दी है। तेरह जनवरी की रात को आदमजी जूट मिल के हज़ारों मज़दूरों ने इकट्ठे होकर हमारी ढाकेश्वरी कॉटन मिल नम्बर दो पर हमला कर दिया। मिल में और हिन्दू-मज़दूर बस्तियों में आग लगा दी। लूटपाट, हत्या, औरतों का अपहरण, बलात्कार–क्या नहीं हुआ। उस रात की चीख़ें, मांस जलने की गन्ध, जगह-जगह आग की लपटों को याद करता हूँ तो लगता है कि घोर कुम्भीपाक नरक भी इतना भयंकर नहीं होता होगा"–सुभाष दास का चेहरा काला पड़ गया था। उसने ठण्डी चाय पास के कूड़ेदान में फेंक दी।

कुलभूषण सन्न होकर सुन रहा था। उसका मन हुआ कि पूछे आप कैसे बचे, पर वह चुप रहा। थोड़ी देर में सुभाष दास फिर बोलने लगा–"कम-से-कम सात सौ लोगों का ख़ून हुआ होगा। सुबह सात बजे तीन-चार हज़ार आदमी, औरतें और बच्चे भागकर लक्ष्मीनारायण कॉटन मिल के दरवाज़े के पास पहुँचे और दरवाज़ा खोलने की गुहार लगाने लगे। तब मिल बन्द करके उन्हें दरवाज़ा खोलकर मिल के परिसर में आने दिया गया। नौ बजे तक दस हज़ार लोग मिल के अन्दर जमा हो गये थे। बीच-बीच में मुसलमान इकट्ठे होकर कहीं से घुसकर हमला बोलते। दशहत का हाल

मत पूछो। शाम चार बजे पुलिस का छोटा-सा दल आया। तब तक पचीस हज़ार लोग वहाँ भर गये थे। चार दिन तक एक लाख से ज़्यादा लोग बिना खाये-पिये वहाँ पड़े रहे। जब हम वहाँ मिलिटरी के द्वारा निकाले गये, तब तक डर था कि हैजा फैल जायेगा। नरक था वह। घोर नरक था। चारों तरफ़ पूरी दुनिया जैसे श्मशान बन गयी थी। आकाश में चील, कौवे और गिद्ध मँडरा रहे थे। पिशाच नारे लगा रहे थे। हँस रहे थे। हर तरफ़ जलने की गन्ध, ख़ून की गन्ध, जलते मांस की गन्ध पूरे नारायणगंज में फैली थी"–सुभाष दास रोने लगा था। उसका पूरा शरीर सुबकियों से हिल रहा था। कुलभूषण उसकी पीठ पर हाथ रखकर थपथपाता रहा। उसे समझ में नहीं आ रहा था कि वह क्या बोले।

"दादा, आप और आपका परिवार बच गया। यही शुक्र है। मेरे दोस्त अनिल मुखर्जी का परिवार उनके बड़े भाई की लड़की की सगाई में नारायणगंज गया हुआ था। पता नहीं उन लोगों पर क्या बीती होगी। उनके वापस लौटते ही अगली सुबह अनिल मुखर्जी बिना किसी को कुछ कहे कुष्टिया से चले गये–" कुलभूषण की बात सुन सुभाष दास का रोना रुक गया। उसने डरी हुई आँखों से कुलभूषण को देखते हुए कहा–"तुम निशिकान्त मुखर्जी की बेटी की सगाई की बात कर रहे हो?" कुलभूषण ने सिर हिलाकर हामी भरी। उसका दिल जैसे रुक गया। उसे लगा कि वह कोई बहुत भयंकर बात सुनने जा रहा है। "मुझे नहीं मालूम कि उन लोगों का क्या हुआ! मुझे सच में नहीं मालूम!" कहकर सुभाष दास खड़ा हुआ और तेज़ क़दमों से बढ़कर स्टेशन के अन्दर जाती भीड़ में मिल गया। कुलभूषण ने सोचा कि उसे दौड़कर पकड़े। पर उसके पैर जैसे उसका साथ ही नहीं दे रहे थे।

श्यामा धोबी रिक्शावाला

श्यामा ने साइकिल रिक्शा चलाते-चलाते पीछे मुड़कर कार्तिक बाबू की बात सुनने की कोशिश की। हवा के तेज़ झोंकों के बीच उसने जो सुना, उससे श्यामा के अन्दर से ज़ोर की हँसी उठी। पर चूँकि उसे पक्का मालूम नहीं था कि वाक़ई कार्तिक बाबू यही कह रहे थे, 'तुम जितने अच्छे धोबी थे, उतने ही अच्छे रिक्शेवाले हो' वह मुस्कराकर रह गया। सच पूछा जाये तो किसी को मालूम नहीं था कि ताँती और धोबी समाज में कौन ऊँची शूद्र जाति है और कौन नहीं। धोबी अपने को ताँतियों से ऊँची जाति का समझते थे क्योंकि वे बड़ी जातियों के घर में घुस सकते थे। इसके अलावा बहुत से ताँती मुसलमान जुलाहे बन गये थे जबकि धोबियों में ऐसा नहीं हुआ था। पर वह जानता था कि हिन्दू ताँती अपने को धोबी से ऊँची जाति का समझते हैं क्योंकि वे पवित्र कच्चे सूत पर काम करनेवाले कारीगर हैं।

श्यामा को इस बात से कोई फ़र्क़ नहीं पड़ता था कि धोबी का आसन ताँती से ऊँचा है या नीचा। पर उसे इस बात से बहुत फ़र्क़ पड़ता था कि अमला उसका धोबी से रिक्शावाला बन जाना बहुत पसन्द करती थी। आख़िर धोबी घर-घर घूमकर लोगों के मैले कपड़े बटोर कर धोता है। अमला ने कभी यह कहा नहीं, पर श्यामा उसके मन की हर बात बिना कहे समझ लेता था। अमला बहुत कम बोलती थी। जब से माँ की बोली चली गयी थी, घर में एक अजीब-सा सन्नाटा छाया रहता। अमला अपनी कोई पसन्द या इच्छा बताना तो दूर, कभी यह ज़ाहिर तक नहीं करती थी कि उसे कोई चीज़ या बात नापसन्द है। श्यामा जानता था कि वह उसके एहसान के बोझ तले दबी है। इस बात से उसका कलेजा बहुत दुखता था।

उसने आज तक कभी अमला को हाथ लगाने की कोशिश नहीं की थी। कई बार उसे लगता कि अमला उसके पास से गुज़रते हुए जानबूझकर उसे छूकर निकलती है। पर वह यह सोचकर झटके से पीछे हो जाता कि कहीं

अमला उसके एहसान के बोझ से छूटने के लिए तो ऐसा नहीं कर रही। उसे अमला का वह चेहरा याद आ जाता जब उसने अमला से पूछा था कि क्या वह उससे शादी करेगी। ठीक ही है। आख़िर कौन लड़की उसके जैसे रूप-रंग वाले आदमी से अपनी मर्ज़ी से शादी करना चाह सकती थी? वह अमला को यह बताना चाहता था कि उसके लिए अमला के संग एक छत के नीचे रहना ही ज़िन्दगी की सबसे बड़ी नियामत है। इतना ही नहीं, अमला ने मल्ली को पैदा कर उन सबके जीवन में जो बहार ला दी थी, उसके लिए वह कई जन्मों तक उसका एहसानमन्द रहनेवाला था।

मल्ली यानी अमला और अली। यह नाम अमला की बेटी का किसने रखा, यह एक रहस्य था। शायद नींद में या सपने में एक दिन श्यामा ने अमला को अपनी बिटिया को इस नाम से पुकारते सुना था। गोबिन्दो धोबी और उसकी पत्नी यही जानते थे कि यह नाम श्यामा ने रखा है। यों भी मल्ली के आने के बाद अब उन्हें किसी बात से कोई फ़र्क़ नहीं पड़ता था। मल्ली से ही उनकी सुबह शुरू होती थी और रात उसी पर ख़त्म होती। अमला की जचगी ख़ुद श्यामा की माँ ने करवाई थी। उसे पैदा करने में अमला की मरने-मरने की नौबत आ गयी थी। सब जानते थे कि सात कोस में श्यामा की माँ जैसी बच्चे पैदा करनेवाली दाई नहीं है। पर श्यामा की माँ की बोली जाने के बाद उसे यह कहने की वह हिम्मत नहीं कर पाया था कि उसे ही अमला का बच्चा जन्माना है। जब तीन दिन दर्द खाने के बाद भी बच्चा नहीं हुआ तो श्यामा की माँ बिना किसी के कहे उसके कमरे में घुस गयी थी। दस मिनट बाद ही रूई के फाहे सी मल्ली को लिए माँ श्यामा के पास आयी थी और उसे मल्ली को थमा दिया था। श्यामा ने घबराकर माँ का चेहरा देखा तो दंग रह गया। माँ के चेहरे पर ऐसी मुस्कराहट थी जैसे वहाँ कोई सूरज उग गया हो। तब माँ ने कहा—"बेटी हुई है तेरे।"

श्यामा को आज तक नहीं मालूम कि माँ ने बोली चले जाने का नाटक किया था या मल्ली को देखते ही माँ की बोली सचमुच वापस आ गयी थी। जो घर श्मशान की तरह सन्नाटे से घिरा रहता था, वहाँ हर समय अब मल्ली की किलकारी और माँ के अटरम-पटरम गीत गूँजते। माँ को शायद अपने ख़ुद के बचपन या श्यामा के बचपन के हाथी-घोड़े-गैया के न जाने कितने गाने याद आते जाते। श्यामा देखता कि अमला घर का काम करते हुए माँ को मल्ली की मालिश करते कुछ अबोल-तबोल गाने सुनाते देख मुस्कराकर रुक जाती। जैसे-जैसे मल्ली बड़ी हो रही थी, गोबिन्दो का मन उसके बिना एक

घड़ी नहीं लगता था। कहीं जाता, तो आधे रास्ते वापस लौट आता। अमला को कहता रहता–"अरे अमला, तुम्हारे जैसे इसको भी कीर्तन करना सिखाओ।" मल्ली जब श्यामा को बाहर जाते देख उसके पैर पकड़कर लटक जाती और अमला के बहुत कहने पर भी श्यामा के साथ जाने की ज़िद करती, तो श्यामा के माँ-बाप हँस-हँसकर दोहरे हो जाते। "यह तो माँ की बेटी नहीं है, बाप की बेटी है"–गोबिन्दो धोबी अमला से कहता।

उन सबके मन में यह बात कहीं बहुत नीचे गहरे अतल में चली गयी थी कि श्यामा मल्ली का असली पिता नहीं है। श्यामा कभी-कभी मल्ली से खेलते हुए उसे बहुत ग़ौर से देखता। उसमें कितना अली का अंश आया है और कितना अमला का। मल्ली की आँखें बिल्कुल अमला की तरह थीं। उनमें एक अजीब तरह की गहराई थी जैसे वह अभी से सब कुछ समझ रही हो। कई बार श्यामा के मन में अली का मासूमियत से भरा चेहरा उभर आता और उसे मल्ली अली जैसी दिखती। श्यामा यह सोचकर ख़ुश हो लेता कि अगर वाक़ई मल्ली उसकी बेटी होती तो सुन्दर नहीं होती। वह दिल से ऊपरवाले का एहसान मनाता कि उसने मल्ली के रूप में उसे और उसके माँ-बाप को एक अनोखा उपहार दिया है।

उस पूरे परिवार पर जैसे ऊपर से कोई नूर बरस रहा था। इसका अनुभव शायद उनकी बस्ती के दूसरे लोग भी करते थे। इसलिए कोई कभी अमला या मल्ली के लिए ऐसी-वैसी बातें नहीं करता था। कई बार श्यामा को इस बात पर अचरज होता। उसने बचपन से बस्ती के लोगों को शराब पीकर गाली-गलौज करते और एक-दूसरे के पुरखों तक की बखिया उधेड़ते देखा था। पर वह देखता कि कोई आदमी या औरत उन लोगों के लिए कुछ उल्टी-पुल्टी बात नहीं करता। बल्कि अमला जब हरि-कीर्तन करती तो सारे लोग उसके प्रति सम्मान का भाव लिए रहते। श्यामा कई बार सोचता कि कुलभूषण के पिता से उसका कलकत्ते का ठिकाना लेकर एक बार उससे मिल आये और अमला के बारे में सारी बातें बता दे। इसके बाद ही वह अमला को कुलभूषण की दी हुई अँगूठी देना चाहता था। वह अकेले में कुलभूषण से कई बार कहता–"अपनों से तो कुत्ते-बिल्ली भी प्रेम करते हैं कुलभूषण! असली प्रेम तो वही है जहाँ कोई अपना न होते हुए भी जान से प्यारा हो। ऐसा न हो तो इस दुनिया में जन्म लेना बेकार है।"

कुलभूषण के पिता से इधर वह मिलने जाने में कतराने लगा था। पिछली बार जब गया तो वे उसे देखकर ठठाकर हँसे–"अरे वाह श्यामा! तुम तो

अब ड्राइवर बन गये हो। तुम्हारे बाप से सुना कि तुमने धोबी का काम छोड़ दिया है। पहले तो मैंने सोचा कि कार्तिक बाबू की फोर्ड गाड़ी चलाने लगे हो। फिर पता चला कि अभी तो रिक्शा ही चला रहे हो। पर देखना, एक बात तुम्हारे भले के लिए कहे देता हूँ। कहीं तुम्हारी भी तुम्हारे बाप जैसी ही गत न हो जाये! तुलस्यान बाबू गोबिन्दो को बिना बताये कलकत्ता चले गये थे। तब से तुम्हारे बाप ने न कोई फ़िल्म देखी न भोलेबाबा का स्वाँग धरा। पैसेवालों की खिदमत करो, पर यह न समझ लेना कि वे तुम्हें भाई बना लेंगे। कहीं ऐसा न हो रिक्शा भी न रहे और धोने के लिए कपड़े भी ना मिलें।" श्यामा खिसियानी हँसी हँसकर रह गया था। उसे पता था, कुलभूषण का बाप अकेले रहता-रहता पगलाया सा हो रहा है। अब तक सबको पता चल गया था कि नये सरकारी क़ानून के मुताबिक़ कोई हिन्दू न अपनी ज़मीन-जायदाद बेच सकता था और न वह पैसा हिन्दुस्तान ले जा सकता था। जो लोग हज़रतबल के दंगों के बाद अपनी जगह ख़ाली छोड़ कर चले गये थे, वे सारी ज़मीनें-दुकानें सरकार ने ज़ब्त कर ली थीं। भले ही क़ानून ऊपरी तौर पर कहता था कि लौट आने पर उन लोगों को उनकी सम्पत्ति लौटा दी जायेगी, पर सभी जानते थे कि ऐसा कभी नहीं होगा। बुड्ढा अपनी भड़ास मुझ पर निकाल रहा है, सोचकर श्यामा वहाँ से हट गया था।

कार्तिक बाबू का रिक्शा चलाते-चलाते उसे बहुत-सी बातों का पता चलने लगा था। उनके धोबी से उनका रिक्शावाला बनना भी एक विचित्र संयोग था। श्यामा हर सप्ताह उनके घर में कपड़े लेने जाता। कार्तिक बाबू की माँ ने यह नियम कर रखा था कि सप्ताह में जिस दिन धोबी आयेगा, उस दिन घर के सारे दाई-नौकर-रसोइए सबके कपड़े धुलने जायेंगे। श्यामा देखता कि कार्तिक बाबू की पत्नी यानी 'बोड़ो बोउदी' एक लम्बे से लाल बहीखाते में लिखकर सबके कपड़ों की दो गठरियाँ बनवाती। एक दिन वह कपड़े लेने पहुँचा तो उसने देखा कि कार्तिक बाबू जागेश्वरी मिल जाने के लिए तैयार होकर मकान के नीचे चहलक़दमी कर रहे हैं। ऊपर के बरामदे से उनकी पत्नी और माँ नीचे झाँककर उन्हें देख रही हैं। पता चला कि आज उनको मिल ले जानेवाला राजन रिक्शावाला ग़ायब था। उसकी खोज-ख़बर लायी गयी कि वह अचानक हिन्दुस्तान चला गया है। "कोर्टपाड़ा के अनिल मुखर्जी की तरह ग़ायब हो गया?"-कार्तिक बाबू कह रहे थे-"यह क्या हो रहा है भाई! कम-से-कम बताकर ही चला जाता।" तभी यह पता चला था राजन रिक्शेवाले ने अपने घर का सौदा किसी पुलिसवाले मुसलमान से कर लिया

था और रातोंरात किसी दलाल को घूस खिलाकर अपनी बीवी और जवान होती लड़कियों के साथ पैदल सीमा-पार चला गया था।

श्यामा कपड़े लेने के इन्तज़ार में सारी बातें सुनता हुआ खड़ा था कि कार्तिक बाबू ने उससे पूछा–"ओ गो श्यामा! साइकिल रिक्शा चला लोगे?" श्यामा ने उनकी तरफ़ देखा और बिना सोचे-समझे हाँ करते हुए सिर हिला दिया। उसे पता था कि कार्तिक बाबू दिल के मरीज़ हैं और काफ़ी दिन कलकत्ता के किसी अस्पताल में भरती रह कर लौटे हैं। वे जब भी अपने घर से जागेश्वरी मिल जाते या बाज़ार की तरफ़ निकलते, अपने ख़ुद के सजे-धजे रिक्शे पर ही जाते थे। पहले ही दिन कार्तिक बाबू ने उससे कहा था–"अरे तुम तो राजन रिक्शावाले से भी बढ़िया रिक्शा चलाते हो। वह तो कभी हँसता नहीं था। तुम हमेशा मुस्कराते हुए दिखते हो।" घर जाकर श्यामा ने माँ-बाबा को सारा क़िस्सा सुनाया तो उसने देखा था कि अमला का चेहरा खिल उठा है। तभी उसने निश्चय कर लिया था कि वह कार्तिक बाबू का रिक्शावाला ही बनकर रहेगा, उनका धोबी नहीं।

श्यामा जागेश्वरी मिल के दफ़्तर पहुँचकर रिक्शा लगाकर कार्तिक बाबू के कमरे के पीछे बने चबूतरे पर बैठा रहता। कार्तिक बाबू जैसे ही उसे आवाज़ लगाते–"आता हूँ बाबू!" कहकर वह रिक्शा लेकर हाज़िर हो जाता। कार्तिक बाबू की सारी बातचीत उसे सुनायी पड़ती रहती। कार्तिक बाबू पश्चिम बंगाल के आसनसोल में बस गये अपने ढाकावाले छोटे जमाई से तमाम पिछली बातें करते। तभी श्यामा को पता चला था कि पार्टीशन के तीन साल बाद बरिसाल के दंगों के समय हिन्दुस्तान से आये सैकड़ों बिहारी मुसलमानों को कार्तिक बाबू ने मजिस्ट्रेट के अनुरोध पर मिल के मैदान में ठहराया था। बाद में इन सबको जागेश्वरी मिल में नौकरी दे दी गयी। कार्तिक बाबू जमाई को बता रहे थे–"कुष्टिया की हवा बदली पाकिस्तान बनने के दस साल बाद! अयूब ख़ान का मार्शल लॉ क्या आया, बलूच रेज़ीमेंट के ट्रक मिल के चारों तरफ़ चक्कर लगाते रहते। उनमें बैठे मिलिटरी के जवान अपनी बन्दूक़ों को हमारे मकानों की तरफ़ ऐसे ताने रहते, जैसे कभी भी गोली दाग देंगे। एक दिन फ़रमान आया कि मज़दूरों के सारे क्वार्टरों में तुरन्त रंगरोगन किया जाये। अब तुम्हीं बताओ, यह क्या आसान काम है! इतने एकड़ ज़मीन पर मिल फैली है। मिल लाइन के ताँती पाड़ा, कुली पाड़ा, नेपाली पाड़ा–हर पाड़ा में कुछ मकानों में रंग पुतवाया। इन लोगों से दुश्मनी मोल लेना भी तो ठीक नहीं है।"

श्यामा को कार्तिक बाबू की बातें सुनते हुए याद आया कि उन दिनों मिलिटरी ने एक नया आदेश जारी किया था कि सड़क पर घूमते सारे आवारा कुत्तों को गोली मार दी जाये। पूरे कुष्टिया में इन कुत्तों को बचाने के लिए अफ़रातफ़री मच गयी थी। ख़ुद उसने सड़क पर घूमनेवाले एक कुत्ते को बचाया था जो हर दिन उसे देखते ही दुम हिलाते उसके पीछे हो लेता था। श्यामा ने उसका नाम कालू रख रखा था। वह रोज़ उसे कुछ खाने को देता था। जब पता चला कि मिलिटरी कुत्तों को गोली मार रही है, तो उसने माँ के ग़ुस्सा करने के बावजूद कालू के गले में पट्टी बाँध दी थी और उसे कुछ दिन छिपाकर घर के पिछवाड़े में रखा था।

कार्तिक बाबू का जमाई उन्हें हिन्दुस्तान चले आने के लिए ज़ोर लगा रहा था। वे बार-बार उसे कह रहे थे-"अरे बेटा, तुम मेरी चिन्ता मत करो। मेरे साथ जागेश्वरी मिल के हज़ारों मज़दूरों की रोज़ी-रोटी बँधी है। ये लोग मुझे कभी हाथ लगानेवाले नहीं हैं। हाँ, तुम ठीक कह रहे हो कि उनसठ की जनवरी के महीने में मेरे भाई और उसकी बेटी को मिलिटरी ने बॉर्डर पर दर्शना में रेल से उतार लिया था। पर वह तो इसलिए क्योंकि उसकी बेटी का पासपोर्ट ख़ारिज हो गया था। मुझे याद है कि तुम्हारी सास को अकेले रेल में जाना पड़ा था और वे कितना घबरायी थीं। रेल में अकेले होने से ज़्यादा वे उधर प्लेटफ़ॉर्म पर बैठी जवान लड़की और उसके पिता को उन बन्दूक़ चमकाते सिपाहियों के बीच अकेला छोड़ने में ज़्यादा घबरायी थीं। परन्तु जानते हो, स्टेशन मास्टर अब्दुल हुसैन आकर उनके पास खड़ा रहा जब तक कुष्टिया वापस ले जानेवाली रेल नहीं आयी। उसके कारण उन लोगों में हिम्मत बनी रही। देखो, सभी तो बुरे नहीं होते।"

कार्तिक बाबू अपने जमाई को तरह-तरह से दिलासा देते रहे थे। वे उसे बता रहे थे कि उन्हें पाकिस्तान कॉटन मिल एसोसिएशन के डेलिगेशन में नेता बनाकर दो महीने बाद जून में सरकार जापान भेज रही है। "मुझे किसी बात का रत्ती भर भी डर नहीं है। जागेश्वरी मिल मेरे दादा कालीप्रसन्न चक्रवर्ती की पचास साल पहले बनायी हुई मिल है। यहाँ के सारे मुसलमान कालीबाबू को देवता की तरह मानते हैं। तुम जानते ही हो, डिप्टी मजिस्ट्रेट हो या पुलिस के बड़े अधिकारी बराबर मुझसे मिलने आते रहते हैं। वे मेरा कोई नुक़सान कभी नहीं होने देंगे।"

श्यामा का दिमाग़ ये सारी बातें सुनकर चक्करघिन्नी हो रहा था। उसे अब समझ में आ रहा था कि तुलस्यान बाबू के चले जाने के निर्णय से

उसके बाप पर क्या बीती होगी। उसे कुलभूषण के पिता की बातें भी याद आयीं। बूढ़े की काली ज़ुबान है। क्या पता सचमुच यही सच हो जाये। न कार्तिक बाबू का रिक्शा रहे, न उसके पास धोने के कपड़ों के गट्ठर हों।

श्यामा के आसपास की दुनिया जैसे दरक रही है। कुष्टिया में कभी कोई दंगा नहीं हुआ, पर बाहर की ख़बरें सुन-सुन सारे लोग यहाँ से चले जाना चाहते हैं। लालन शाह फ़क़ीर की दरगाह पर वह सुनता है कि लोगों को इस तरह अपने पुरखों की भीत-माटी छोड़कर नहीं जाना चाहिए। हिन्दू-मुसलमान हमेशा से साथ रहते आये हैं। बंगाली हिन्दू और बंगाली मुसलमान एक भाषा बोलते हैं, एक जैसा सबका खानपान है। इतना ही नहीं, हिन्दू पीर की मज़ार पर चादर चढ़ाते हैं। मस्जिदों के बाहर अपने बीमार बच्चों को फूँक लगवाने खड़े होते हैं। मुसलमान लोग माँ काली की मन्नत माँगते हैं। इच्छा पूरी होने पर पूजा करवाते हैं।

श्यामा सोचता रहा—सचमुच कार्तिक बाबू को क्या डर है? उनकी सारे लोग इज़्ज़त करते हैं—हिन्दू हो या मुसलमान। कार्तिक बाबू के पास कोई संस्था वाले मदद के लिए आते हैं तो वे हिन्दू या मुसलमान नहीं देखते। स्कूल-अस्पताल-क्लब-पुस्तकालय हो या कुष्टिया की दरगाह हो या श्मशान—हर जगह उन्होंने पैसा दिया है। उनकी उदारता कभी आदमी-आदमी में फ़र्क़ नहीं करती। श्यामा अपने को धन्य समझता है कि ऐसे आदमी की ख़िदमत करने का, उसके पास रहने का उसे मौक़ा मिला है। कार्तिक बाबू का छोटा जमाई बेमतलब डर रहा है। कार्तिक बाबू कलकत्ता जाते ही रहते हैं। जागेश्वरी मिल की दो शाखाएँ कलकत्ता के बेलघरिया और श्यामनगर में हैं। कई बार कार्तिक बाबू सुबह की रेल से कलकत्ता जाकर मीटिंग में भाग लेकर शाम की रेल से वापस आ जाते हैं। कार्तिक बाबू अपने जमाई को कह रहे थे—"ईस्ट पाकिस्तान और हिन्दुस्तान के बीच रेलें पहले की तरह ही चल रही हैं। बस पासपोर्ट का और वीज़ा का झमेला ज़रूर बढ़ गया है। हज़रतबल काण्ड को लगभग डेढ़ साल हो गये। कुष्टिया में तो कभी कोई झमेला नहीं हुआ। फिर भी जाने क्या हवा बह रही है! राजन रिक्शावाला तो क्या और कोर्टपाड़ा के अनिल मुखर्जी तो क्या, सब यहाँ से हिन्दुस्तान चले जाना चाहते हैं। कलकत्ता जाता हूँ तो सुनता हूँ, लाखों लोग फिर से पिछले साल रिफ़्यूजी बनकर आ गये हैं। उनके लिए बंगाल में कोई जगह नहीं है। उन्हें सीधे दण्डकारण्य भेजा जा रहा है। जहाँ न पानी है, न बंगाल की सोना उगलने वाली मिट्टी! क्या पागलपन है!"

श्यामा सारी बातें सुनता रहा। क्या कुलभूषण का अपनी माँ को लेकर हमेशा के लिए हिन्दुस्तान चले जाना पागलपन ही था? काश कि हिन्दुस्तान और पाकिस्तान की सरकारें मिलकर कोई फ़ैसला कर लें कि सब अपनी-अपनी जगह पर लौट जायेंगे। ऐसा कोई क़ानून बन जाये कि सबके मन का डर ख़त्म हो जाये। पर लगता नहीं कि ऐसा होगा। कार्तिक बाबू के जमाई बाबू की पश्चिम बंगाल में बड़े-बड़े अफ़सरों से दोस्ती है। श्यामा को उनकी बातों से पता चला है कि अप्रैल के महीने में गुजरात के कच्छ में हिन्दुस्तान और पाकिस्तान की सेना के बीच कोई लड़ाई हुई है। तभी से जमाई बाबू घबराये हुए हैं। पर कार्तिक बाबू गुजरात की गोलाबारी की बात सुनकर भी टस-से-मस नहीं होते-"अरे यह सब तो पार्टीशन के बाद से हर साल ही होता आया है। इसमें नयी बात क्या है? बॉर्डर तो होती ही इसलिए है कि लड़ाई-झगड़ा चलता रहे।" कार्तिक बाबू की बात सुनकर श्यामा के दिल में चैन आ जाता है।

कार्तिक बाबू का रिक्शावाला बनने से श्यामा के जीवन में जो बहार आयी है, इसकी उसने कभी सपने में भी कल्पना नहीं की थी। कार्तिक बाबू की माँ ने एक दिन उसे ऊपर बुलाकर कहा-"ओ गो श्यामा! सुनती हूँ कि तुमने एक हीरे को छिपाकर रख रखा है।" श्यामा ने भौचक्के होकर कहा-"नहीं ठाकुरमाँ! मैं ग़रीब आदमी हूँ। हीरे का क्या करूँगा?" ठाकुरमाँ को हँसते देख वह तुरन्त समझ गया कि वे अमला की बात करनेवाली हैं। वह भी मुस्कराने लगा। "श्यामा तुम बड़े चतुर हो। ठीक से पढ़ाई-लिखाई की होती, तो कुछ बन सकते थे। बिना मेरे बताये ही समझ गये कि मैं किसकी बात करनेवाली हूँ?" ठाकुरमाँ ने कहा। "जी ठाकुरमाँ। अमला को श्रीहरि ने उनका कीर्तन करने के लिए ही अच्छा गला दिया है। आपके चरणों के पास बैठकर सुना पायेगी, तो हम धन्य हो जायेंगे।"

ठाकुरमाँ फिर मुस्करायीं। इस उम्र में भी उनका रूप दमकता हुआ था। उन्होंने कहा-"श्यामा, तुम्हें ऊपरवाले ने कुछ सोचकर यह रूप दिया है। तुम समझते हो ना?" श्यामा ने सहमति में सिर्फ़ गर्दन हिलायी। "तुम्हें वही परख सकेगा जो तुम्हारे रूप के पीछे तुम्हारी आत्मा तक पहुँच सकेगा। हर आदमी पारखी नहीं होता। तुम्हें पता है न, मेरे ससुर कालीप्रसन्न चक्रवर्ती एक मामूली सरकारी क्लर्क थे। अंग्रेज़ अफ़सर हंटर साहब ने परख लिया कि इस आदमी में बहुत ऊपर जाने की क्षमता है। उन्हें सिविल परीक्षा दिलवाई परीक्षा पास करके वे फरीदपुर में डिप्टी मजिस्ट्रेट बन गये। नौकरी से रिटायर

होकर जागेश्वरी मिल खोली, तब उनकी उम्र सत्तर बरस से कुछ ही कम थी। कोई परखने वाला चाहिए। रूप, उम्र, जाति से कोई फ़र्क़ नहीं पड़ता।"

श्यामा का दिल भर आया। नहीं, ठाकुरमाँ को पता नहीं है कि अमला ने उससे किस मजबूरी में शादी की। अमला उसके रूप से परे जाकर उसकी आत्मा को देख-परख ले, तो भी क्या? उससे कुछ भी नहीं बदलेगा। श्यामा का हाथ भूलने के बटन की ओर बढ़ गया। उसके अन्दर से उठती रुलाई रुक गयी और ख़ुशी की लहरें उसके अन्दर ऊपर-ऊपर उठती गयीं। क्यों कुछ बदले उसके और अमला के बीच में? वह तो उसे देवी की तरह पूजता है और यह क्या कम है कि उसके घर और मन दोनों को अमला ने एक मन्दिर बना दिया है।

श्यामा उसी शाम अमला को ठाकुरमाँ की रोज़ शाम को होनेवाली कथा-पाँचाली में ले आया था। ठाकुरमाँ ख़ुद पढ़कर हरि-कथा सुनातीं। सुननेवाले ज़्यादातर ठाकुरमाँ के ही भाड़ेवाले होते। कार्तिक बाबू के पिता यह व्यवस्था कर गये थे कि घर के बागान के किनारों पर बने कमरों का भाड़ा ठाकुरमाँ को ही मिलता था। नेपाली बहू, सिलहटी बहू, सब दाई-झी लोग जुट जातीं। इन सबके पति मिल में काम करते थे। वैशाख के महीने में एक महीने भागवत कथा चलती। धीरे-धीरे ऐसा होता गया कि अमला के भजन किये बिना ठाकुरमाँ का कोई अनुष्ठान पूरा ही नहीं होता। श्यामा को अमला के साथ आना-जाना और उसके भजन गाने का इन्तज़ार करना पुलक से भरे रखता। इन दिनों साथ आते-जाते अक्सर अमला उससे बातें करती। विषय ठाकुरमाँ ही होतीं। उन दोनों के बीच ठाकुरमाँ जैसे एक कड़ी बन गयी थीं।

"तुम्हें पता है, ठाकुरमाँ ख़ुद भी कविता लिखती हैं! उनकी लिखावट भी ऐसी है जैसे मोती गूँथ दिये हों"-अमला की आवाज़ सुनने में श्यामा ऐसा मगन होता कि कई बार उसे दो मिनट बाद समझ में आता है कि वह क्या कह रही है। "अच्छा-" उसने कहा- "एक बात बताऊँ अमला? ठाकुरमाँ कार्तिक बाबू के पिता से बीस साल छोटी थीं। उन्हीं की बड़ी बहन से कार्तिक बाबू के पिता की पहली शादी हुई थी। बड़ी बहन जब मरीं, तब ठाकुरमाँ को उनके देवर गोद में लेकर घूम रहे थे कि बड़े भैया की साली है।" अमला ज़ोर से खिलखिलाकर हँस पड़ी। फिर गम्भीर होकर बोली-"ओह! किसी के साथ ऐसा क्यों हो? बड़ी बहन से बच्चे भी थे क्या?" श्यामा उसकी हँसी के आरोह-अवरोह में खोया चुप रहा। फिर बोला-"नहीं कार्तिक बाबू और उनके चारों भाई और दो बहनें ठाकुरमाँ के पेट से ही जन्मे हैं। एक बेटे नर्मदाप्रसाद

की मृत्यु हो गयी थी। उन्हीं के नाम पर यह मकान है–नर्मदा-स्मृति।" अमला फिर 'ओह' कहकर चुप हो गयी। फिर उसने कहा–"अच्छा, तुम्हें उनके बारे में इतना कैसे मालूम है?" श्यामा हँसा। फिर उसने कहा–"तुम्हें बताने के लिए बाबा से पूछा।"

कुछ देर दोनों चुप होकर चलते रहे। शायद दोनों एक ही बात सोच रहे थे। अपनी बड़ी बहन के पति से ठाकुरमाँ का ब्याह हुआ जो उनसे बीस साल बड़े थे। दोनों के बीच पति-पत्नी के सम्बन्ध कैसे बने होंगे? ठाकुरमाँ ने कैसे उन्हें पति रूप से वरण किया होगा? कैसे उनके पति ने बच्ची के रूप में देखी अपनी पत्नी से सम्बन्ध बनाये होंगे? तभी अमला बोली–"मुझे ठाकुरमाँ के बारे में यह सब तो पता नहीं था। पर ठाकुरमाँ ने एक दिन मुझे बताया था कि उनके पति उनका कभी नाम नहीं लेते थे। हमेशा उन्हें आदर से 'ऊनी कोथाय'–वे कहाँ हैं?–कहकर उन्हें हर वक़्त खोजते रहते थे।" श्यामा ने चकित होकर कहा–"अच्छा! शायद उनके मन में प्यार-आदर के साथ कोई अपराध-बोध भी रहा हो। पश्चाताप रहा हो!" अमला चलते-चलते रुक गयी। उसने क्षोभ से भरी आवाज़ में कहा–"क्या बोलते हो! प्यार-आदर ही रहा होगा। जब एक-दूसरे को स्वीकार कर लिया तो कैसा पश्चाताप?" श्यामा के मन में आया कि अमला का हाथ पकड़ ले। उससे पूछे कि क्या वह उसे पूरे मन से स्वीकार कर सकती है? तभी उसने देखा कि अष्टमी के चाँद की फीकी रोशनी में उसके हाथ निपट काले हैं जबकि अमला के हाथ रात में भी चमक रहे हैं। उसने तुरन्त भूलने का बटन दबाकर अपने मन में आयी बात को भुला दिया।

धीरे-धीरे अमला कार्तिक बाबू के परिवार में ऐसे घुलमिल गयी जैसे उसी घर की एक सदस्य हो। कई बार दोपहर में वह मल्ली को भी साथ ले आती। मल्ली बागान में ग्वाले जीतन के बच्चों से खेलती रहती और अमला दोपहर के भोजन के बाद ठाकुरमाँ को प्रबोध कुमार सान्याल की किताब 'देवतात्मा हिमालय' से पढ़कर सुनाती। ठाकुरमाँ उसे रवीन्द्र संगीत सिखातीं। कार्तिक बाबू का पूरा परिवार संगीत का रसिया ही नहीं, गाने-बजानेवालों का भी दीवाना था। ख़ुद कार्तिक बाबू बहुत बढ़िया गाते थे। अपनी बेटियों को संगीत की तालीम उन्होंने ख़ुद दी थी। कलकत्ता से बड़े-बड़े कलाकार जागेश्वरी मिल क्लब के जुलाई के वार्षिक समारोह पर और दिसम्बर में कालीप्रसन्न चक्रवर्ती के श्राद्ध की तिथि पर होनेवाले समारोह में आते। "आज मैं हेमन्त मुखर्जी को रिक्शे में बैठाकर लालन शाह के मज़ार पर ले गया"–श्यामा से

सुनकर अमला का चेहरा खिल जाता। श्यामा को पता था कि ठाकुरमाँ की संगत में अमला हेमन्त मुखर्जी, सचिन देव बर्मन, उत्पला सेन आदि जाने कितने कलाकारों को रेडियो या ग्रामोफ़ोन पर सुन चुकी है। ये सारे कलाकार कार्तिक बाबू के घर पर ही रहते। श्यामा को इस बात पर बड़ा गर्व होता कि अमला बिना संगीत की तालीम पाये भी एक कलाकार से कम नहीं थी।

"तुम्हें पता है ठाकुरमाँ हिन्दी-उर्दू भी बोल लेती हैं?"—अमला ने एक दिन रास्ते में उसे बताया। "अच्छा! तुमने कब सुना?"—श्यामा ने अचरज से पूछा। "अभी जो नये मजिस्ट्रेट आये हैं ना उधर पाकिस्तान से, नूरुद्दीन अहमद साहेब, वे अपनी बीवी को साथ लेकर कार्तिक बाबू के परिवार से मिलने घर पर आये थे। ठाकुरमाँ के कहने पर मैं काँच की तश्तरी में मिठाई-नमकीन लेकर गयी, तो सुना ठाकुरमाँ हिन्दी में जाने क्या-क्या बात कर रही थीं। मुझे ज़्यादा कुछ समझ में नहीं आया। बस कार्तिक बाबू के पिता की फ़ोटू दिखाकर उन्होंने कहा—हमारा मरद का फ़ोटू है।" अमला के हिन्दी बोलने के लहजे पर श्यामा ठठाकर हँस पड़ा। "ठाकुरमाँ कितनी गुनी हैं"—अमला कहती रही—"कोई मदरासी आये चाहे गुजराती, वे सबसे बातें कर लेती हैं। लेकिन आजकल उन्हें बड़ी चिन्ता रहती है। दोपहर को खाते समय वे कार्तिक बाबू के पास रोज़ की तरह बैठी थीं और कह रही थीं—समय बहुत ख़राब है। तुम सब पर भरोसा कर लेते हो। यह बात ठीक नहीं है।"

"मैं जानता हूँ कार्तिक बाबू जैसा दयालु और बड़े दिल का आदमी धरती पर जल्दी से नहीं मिलेगा। जेहल ख़ान भाई को तुम नहीं जानतीं। वे दफ़्तर में कार्तिक बाबू के सबसे भरोसे के आदमी हैं। कल मुझे कहने लग गये कि कार्तिक बाबू के कारण ही कुष्टिया की हवा कुछ और है। क्लब, लाइब्रेरी, खेलकूद, गाना-बजाना-नाटक किस चीज़ का उन्हें शौक़ नहीं है। उनके सारे भाई पार्टीशन के समय कलकत्ता चले गये। कार्तिक बाबू ने यहीं रहकर कुष्टिया की मिट्टी को सींचा है। तुम्हें शायद पता नहीं होगा कि कार्तिक बाबू ने लालन शाह के दरगाह पर भी बहुत ख़र्च किया है। कुष्टिया शहर से दरगाह तक की पक्की सड़क उन्होंने ही बनवायी है। दरगाह पर बिजली की लाइन भी जागेश्वरी मिल से ली हुई है—" श्यामा बोलता गया।

उसे महसूस हो रहा था कि अमला को उसकी बातें बहुत अच्छी लग रही हैं। आजकल रात के अँधेरे में घर जाते हुए दोनों काफ़ी बातें करते हैं। अमला कभी मल्ली की एक-एक बात उसे बताती है तो कभी श्यामा के माँ-बाप की नक़ल उतारकर उनके बारे में बताती है कि वे मल्ली से क्या-क्या कहते हैं।

"अच्छा, एक बात पूछूँ?"–अमला ने अचानक रुककर कहा। श्यामा ने चकित होकर रुककर गर्दन हिलायी। "ठाकुरमाँ की छोटी बेटी इस बार दुर्गा पूजा में नाटक में भाग लेने नहीं आ पायेगी। ठाकुरमाँ मुझे पूछ रही थीं कि क्या मैं उसकी जगह नाटक में हिस्सा ले सकती हूँ?" श्यामा कुछ देर चुप रहा। वे दोनों फिर चलने लगे थे। जाने कहाँ से श्यामा के मन में कुलभूषण के पिता की बात उभर आयी–'बड़े लोगों की ख़िदमत करो। पर यह न समझ लेना कि वे तुम्हें अपना भाई बना लेंगे।' उसने अँधेरे में भी महसूस किया कि अमला की चाल बेजान सी हो गयी थी। जैसे कि वह मुरझा गयी हो। श्यामा के मन में आया–अमला उसे पति का हक़ देते उसे पूछ रही है कि वह नाटक में हिस्सा ले सकती है क्या? पर यह हक़ तो उसने अमला पर कभी न माना है न जताया है। वह तो सिर्फ़ यह चाहता है कि उसकी आत्मा पर किसी दुख की छाया ना पड़े। उसने कहा–"अच्छा तुम नाटक में क्या बनोगी? सीता या लक्ष्मीबाई?" अमला की चाल में गति आ गयी। उसने खिलखिलाकर कहा–"यह तो अभी पता नहीं है। पिछले साल पन्ना धाय माँ वाला नाटक हुआ था। इस साल शायद रवीन्द्रनाथ का 'तापती' नाटक होगा। ठाकुरमाँ ने कहा कि पैंतीस साल पहले रवीन्द्रनाथ और उनकी भतीजी ने इस नाटक में खुद अभिनय किया था। पर घर के नाटक में तो सब औरतें ही आदमियों का अभिनय करती हैं।"

श्यामा सुनता रहा। सचमुच कार्तिक बाबू के परिवार के साथ रहकर उन लोगों का जीवन कितना अलग हो गया है। उनके अन्दर जैसे एक अलग तरह की आभा आ गयी है। अमला को उसके रूप-गुण के कारण परिवार में एक सदस्य की तरह सम्मान मिलता है। उसकी जाति, उसका पिछला इतिहास और उसका एक रिक्शेवाले की बीवी होना इसमें आड़े नहीं आता। ऐसे उदारता कोई मामूली बात नहीं है। कार्तिक बाबू का इकलौता लड़का लाल बाबू भी कितना सज्जन है। वह सारे समय खेलकूद में ही लगा रहता है। सुनते हैं कि पाकिस्तान की क्रिकेट टीम में शामिल रह चुका है। अब कुष्टिया की अपनी क्रिकेट टीम बनाकर वह अपने से दस साल छोटी पीढ़ी को आगे बढ़ा रहा है। जागेश्वरी मिल में फुटबॉल, कबड्डी, कुश्ती–कौन-सी खेलकूद प्रतियोगिता नहीं होती! श्यामा को कई बार आश्चर्य होता है कि कार्तिक बाबू अपने इकलौते बेटे को मिल के कामकाज से ज़्यादा खेलकूद में दिलचस्पी रखने के लिए कभी कुछ नहीं कहते। जागेश्वरी विद्यापीठ में

पढ़नेवाले तीन-चार छात्र, जो क्रिकेट में अच्छे हैं, उन्हें लाल बाबू ने अपने घर के बागान में एक तरफ़ बने कमरों में रहने की जगह दे रखी है। उनके घर में ही जाकर सब खाना खाते हैं। शनिवार-रविवार को उनके घर के बरामदे में बैठकर पाकिस्तान रेडियो पर समाचार सुनते हैं।

लाल बाबू को उसने मिल के मामलों में बोलते हुए कल पहली बार सुना। जागेश्वरी मिल में बहुत पहले से ही एक गुजराती की साझेदारी है। श्यामा ने जेहलभाई से सुना है कि मोहनभाई शाह और चन्दूभाई शाह के मरने के बाद मोहनभाई के बेटे चिमनभाई अब मिल के लिए रूई की ख़रीदारी करते हैं। बम्बई, मालवा, अहमदाबाद से रूई की पहचान कर उसे ख़रीदने का काम उन्हीं के ज़िम्मे है। कार्तिक बाबू इस मामले में किसी और पर भरोसा नहीं करते। कल कार्तिक बाबू को रिक्शे पर मिल ले जाते हुए श्यामा को अनुभव हुआ था कि आज कार्तिक बाबू का मिज़ाज बहुत ख़राब है। रोज़ की तरह उन्होंने श्यामा का हालचाल नहीं पूछा था-"कैनो श्यामा, शौब भालो आछे तो?" थोड़ी देर में चिमनभाई भी कलकत्ता की रेल से कुष्टिया स्टेशन उतरकर सीधे मिल आ गये थे। साथ-साथ लाल बाबू भी पहुँच गये थे।

श्यामा ने कार्तिक बाबू को इतनी ऊँची आवाज़ में बात करते पहली बार सुना। "क्या बोलते हैं चिमनभाई! हमारा-आपका क्या साल-दो साल का रिश्ता है कि आप अपना हिस्सा लेकर हिन्दुस्तान चले जाना चाहते हैं? आपकी बहन की शादी में मेरे बाबा हम सबको लेकर गुजरात के महेसाणा तक गये थे। आपको अचानक किस बात का इतना डर लग रहा है? पार्टीशन को साढ़े सत्रह साल हो चुके हैं। ठीक है कि पिछले साल चौंसठ के दंगों में खुलना-ढाका में बहुत ख़ूनख़राबा हुआ। लाखों लोग हमेशा के लिए हिन्दुस्तान चले गये। पर कुष्टिया में तो एक चींटी भी नहीं मारी गयी। आप जागेश्वरी मिल का हिस्सा छोड़ना चाहते हैं? तैंतीस एकड़ ज़मीन पर मिल है। दो हज़ार मज़दूर काम करते हैं। यानी कम-से-कम आठ हज़ार लोगों का चूल्हा हमसे जलता है।"

श्यामा को आश्चर्य हुआ कि जवाब में चिमनभाई की कोई आवाज़ सुनायी नहीं दी। कुछ देर तक सन्नाटा छाया रहा। तभी लाल बाबू की आवाज़ आयी-"बाबा, अगर चिमनभाई ने ठान ही लिया है कि वे हमसे अलग होना चाहते हैं, तो आप उन्हें कैसे रोक सकते हैं?" इसके बाद सब चुप हो गये। मिल से घर लौटते समय भी कार्तिक बाबू एक शब्द भी नहीं बोले। चिमनभाई मिल से ही वापस कलकत्ता की ट्रेन पकड़ने स्टेशन चले गये।

इस घटना के कुछ दिन बाद ही कार्तिक बाबू पाकिस्तान कॉटन टेक्सटाइल मिलों के गुट के लीडर बन जापान चले गये थे।

कार्तिक बाबू के जाने के बाद श्यामा ने एक अजीब ख़ालीपन का अनुभव किया। रोज़ अगरू से स्नान किये कार्तिक बाबू जब रिक्शे में बैठते, तो श्यामा को हलकी-सी सुगन्ध से ऐसा लगता, जैसे कोई देवता उसके पास आ बैठा हो। वह रोज़ की तरह नर्मदा-स्मृति में पहुँचा तो उसने देखा कि कार्तिक बाबू की रोज़ हजामत करनेवाला पाँचू नाई भी बाहर बैठा है। जाने क्यों श्यामा को ऐसा लगा कि पाँचू भी वैसा ही अनुभव कर रहा है जैसा वह ख़ुद। तभी पाँचू नाई ने कहा–"कार्तिक बाबू तीन सप्ताह बाद लौटेंगे। उनके जाने के बाद मेरा यहाँ आने का मन ही नहीं करता। पर आज ठाकुरमाँ ने कहलवाया था कि लाल बाबू की बहू के बाल काटने होंगे और उनके हाथ-पाँव के नाख़ून काटने होंगे।" श्यामा को बड़ा आश्चर्य हुआ। आज तक सुना नहीं कि किसी बहू के बाल काटे जायें और वह भी उसकी दादी-सास की आज्ञा से! बंगाली औरतें सिर्फ़ विधवा होने पर बाल कटवाती हैं। नीचे के बाल बहुत ख़राब हो जायें तो भले ही कोई अच्छा दिन देखकर ख़ुद ही नीचे से छाँट लें। पाँचू नाई श्यामा का चेहरा देखकर उसके दिल की बात समझ गया। उसने कहा–"अरे भाई, घुटने से नीचे बाल नहीं जाने देना चाहिए। अपशगुन होता है। ठाकुरमाँ की एक बहन इसी कारण भगवान को प्यारी हो गयी थी। इसलिए उन्होंने पतोहू के बाल घुटने से ऊपर करवाने के लिए मुझे बुलाया है।" श्यामा हँस पड़ा–"तभी! मैं तो सचमुच डर गया था।"

पाँचू नाई किसी गहरे सोच में डूबा हुआ सा रहा। फिर बोला–"डर तो मुझे भी बहुत लगता है। कई बार रात को बुरा सपना देखता हूँ। दिल धकधक करने लगता है। उठकर बैठ जाता हूँ। कार्तिक बाबू के ऊपर कोई बड़ी आफ़त न आ जाये।" श्यामा का कलेजा मुँह को आ गया–"तुम ऐसे क्यों बोल रहे हो! क्या कहीं कुछ सुना है? या कार्तिक बाबू की हजामत करते समय कोई अपशकुन का चिह्न देखा है?" श्यामा की बात सुनकर पाँचू नाई ने हामी भरते हुए सिर हिलाया। श्यामा कुछ देर इन्तज़ार करता रहा कि वह आगे कुछ बोलेगा, पर पाँचू ने कुछ नहीं कहा। श्यामा ने यह सोचकर अपने दिल को तसल्ली दी कि कोई ज़रूरी नहीं है कि नाई-बामन की सारी बातें सही निकलें।

पाँचू नाई समझ गया कि श्यामा को उसका चुप रह जाना बुरा लगा है। उसने कहा–"कार्तिक बाबू कलकत्ता में अपना घर ख़रीद रहे हैं। उनकी बड़ी

लड़की की वहाँ कोठी है। वह कलकत्ता में बालीगंज नाम की एक सड़क पर रहती है। आजकल कार्तिक बाबू कलकत्ता में बहूबाज़ार में अपने भाई के घर नहीं जाते। शायद भाई से कुछ खटपट हुई है।" श्यामा चुपचाप सुनता रहा। ठीक ही कहा गया है कि नाई–बामनों के हज़ार कान होते हैं। पाँचू बोलता रहा–"पिछले साल अस्पताल से कार्तिक बाबू बहूबाज़ार में भाई के पास न जाकर दूसरी जगह भाड़े के घर पर रहे थे। तब बड़े जमाई ने कहा कि आप यहाँ अपना घर ख़रीद लें। ऐसे देवता जैसे आदमी का भी उसका भाई अपमान करे तो समझो कि घोर कलियुग आ गया।" श्यामा सिर हिलाता रहा। उसे पाँचू नाई की बात पर ज़रा भी शक नहीं था। रिक्शावाला घर के बाहर रहता है। धोबी और नाई तो घर के अन्दर आते–जाते हैं। उनकी ख़बर ग़लत नहीं होती। उसका मन ख़राब हो गया। कहीं कार्तिक बाबू तुलस्यान बाबू की तरह हमेशा के लिए कलकत्ते में अपने घर में बस गये तो? श्यामा ने तुरन्त भूलने का बटन दबा दिया। ऐसी बात सोचना भी ठीक नहीं है। कहते हैं कि चौबीस घण्टे में एक बार सोचा या कहा हुआ सच हो जाता है।

श्यामा वहाँ से निकलकर जेहल ख़ान भाई से मिलने चल पड़ा। उसे मालूम है कि कार्तिक बाबू मिल में किसी पर सबसे ज़्यादा भरोसा करते हैं तो वे जेहल भाई हैं। जेहल भाई से कार्तिक बाबू की कोई बात छिपी नहीं है। वे जैसे कार्तिक बाबू के दाहिने हाथ हैं। जेहल भाई श्यामा को बहुत मानते हैं। कभी देखकर अनदेखा नहीं करते। हमेशा उससे बात करते हैं। कार्तिक बाबू की ऑफ़िस के कमरे के बाहर ही जेहल भाई की कुर्सी–टेबल लगी है। प्रायः तो वे कार्तिक बाबू के सामने ही बैठे रहते हैं। जब कभी अपनी कुर्सी पर बैठते हैं तो कार्तिक बाबू के टेबल पर रखी घंटी बजाते ही लपककर उनके कमरे में दाख़िल हो जाते हैं। श्यामा ने देखा कि जेहल भाई अपनी कुर्सी पर चुपचाप खोये हुए से बैठे हैं, जैसे जाने उन्हें कितनी चिन्ता हो। श्यामा कुछ देर खड़ा रहा, पर जेहल भाई ने हमेशा की तरह उससे दुआ–सलाम नहीं किया। श्यामा कुछ उदास होकर बाहर चबूतरे पर बैठ गया। थोड़ी ही देर में जेहल भाई ने उसे कार्तिक बाबू के दफ़्तर की खिड़की से आवाज़ देकर अन्दर आने को कहा।

श्यामा कार्तिक बाबू के कमरे में घुसा तो जेहल भाई ने दरवाज़ा बन्द कर दिया और धीरे-से फुसफुसाकर बोले–"श्यामा मुझे यक़ीन है कि तुम कार्तिक बाबू को कभी कोई नुक़सान नहीं पहुँचा सकते। इसलिए दिल की बात तुम्हें बता रहा हूँ। मुझे नये मैनेजर असलम ख़ान पर बहुत शक है। पिछले

साल कार्तिक बाबू कलकत्ता में इलाज करवाने के फेर में आठ महीने मिल का काम नहीं देख पाये। असलम ख़ान अन्दर ही अन्दर कुछ पका रहा है। उसे लगता है कि जागेश्वरी मिल वह अकेला चला सकता है। वह आजकल बड़े-बड़े अफ़सरों, पुलिसवालों और मिलिटरीवालों को अपने घर खाने पर बुलाता है। इतना ही नहीं, वह थाने और कैंटोनमेंट के भी चक्कर लगाता है। उसके इरादे मुझे अच्छे नहीं लगते।" श्यामा को समझ में नहीं आया कि वह क्या कहे। उसे भी असलम ख़ान अच्छा आदमी नहीं लगता। पर उसकी क्या औक़ात है कि वह कार्तिक बाबू की कोई मदद कर सके।

"सबसे बड़ी मुश्किल की बात यह है श्यामा, कि कार्तिक बाबू असलम ख़ान पर पूरा भरोसा करते हैं। उससे कुछ नहीं छिपाते। असलम ख़ान को यह बताने की कोई ज़रूरत नहीं थी कि चिमनभाई मिल से अपना मालिकाना छोड़ रहे हैं। मैंने देखा था कि यह बात सुनते ही असलम ख़ान का चेहरा ख़ुशी से चमक उठा था। तुम्हें ये बातें बताने के पीछे एक कारण है। तुम जब कार्तिक बाबू के घर पर जाओ, तो उनकी माँ से किसी बहाने मिलना। उन्हें कहना कि असलम ख़ान अच्छा आदमी नहीं है। कार्तिक बाबू को उससे सावधान रहने को कहें। पर मेरा नाम कहीं आना नहीं चाहिए। असलम ख़ान सोचता है कि मैं मुसलमान होने के नाते उसका ही साथ दूँगा। उसका ऐसा ही सोचते रहना सबके लिए ठीक है।"

श्यामा का दिल घबरा रहा था। जाने अन्दर ही अन्दर क्या चल रहा है? ज़रूर कोई बड़ी आफ़त आनेवाली है। कार्तिक बाबू ख़ुद इतने भले हैं कि किसी पर शक नहीं करते। इतना बड़ा आदमी अपने कर्मचारियों के संग क्लब में ताश और कैरम खेलता है। उनसे मौक़े-बेमौक़े झगड़ भी लेता है, जैसे सब उसके बराबर के आदमी हों। किसी भी कर्मचारी की लड़की के विवाह के न्योते में जाता है और कुछ महँगा उपहार देकर आता है। श्यामा को मालूम है कि कार्तिक बाबू असलम ख़ान को अपने घर का आदमी समझते हैं। उन्हें पता है कि उसकी बीवी को इंडिया की साड़ी और मिठाई पसन्द है। हर बार उसके लिए कुछ-न-कुछ लेकर आते हैं और श्यामा को मैनेजर के घर पहुँचा देने को कहते हैं। कई बार हँसकर कहते हैं–"बोउदी को कहना कि इंडिया की साड़ी है या कि इंडिया की मिठाई है! कलकत्ता की साड़ी मत कहना। असलम ख़ान हमेशा इंडिया-इंडिया कहता है, कभी कलकत्ता नहीं कहता।" कार्तिक बाबू ने एक बार यह भी ज़िक्र किया था कि असलम ख़ान

की बीवी कलकत्ते की लड़की है। वहाँ के लेडी बरबन कॉलेज में पढ़ी है। उसका दिल कुष्टिया जैसे छोटे शहर में नहीं लगता।

श्यामा ने देखा है कि दुर्गा पूजा के नाटक के समय असलम ख़ान की बीवी सबसे सामनेवाली सीट पर बैठती है। 'सिराजुद्दौला' नाटक में असलम ख़ान को भी मीरज़ाफ़र का रोल मिला था। यह वही मीरज़ाफ़र है जिसके कारण सिराजुद्दौला अंग्रेज़ों से हार गया था। क्या सचमुच के जीवन में भी असलम ख़ान वही भूमिका करनेवाला है? नाटक के बाद कार्तिक बाबू असलम ख़ान की बीवी से पूछ रहे थे–"बोउदी को नाटक कैसा लगा? कलकत्ता जैसा तो हम लोग नहीं कर पायेंगे।" असलम ख़ान की बीवी ने चट से कहा था–"नाटक तो ठीक हुआ दादा। पर लुत्फ़ा और आलिया, सबका रोल यहाँ औरतों की जगह आदमी करते हैं, इसलिए वह बात नहीं बनती।" कार्तिक बाबू हँस पड़े थे–"बोउदी कुष्टिया की तुलना कलकत्ता से मत कीजिए। देखिए, आपकी बात सुनकर हमारे अनिल मुखर्जी का चेहरा कैसे उतर गया है। लुत्फ़ा के रोल में मुझे तो उनका बेटा कभी पुरुष नहीं लगा।" कार्तिक बाबू की बात से सब हँसने लगे थे। श्यामा को लगा कि असलम ख़ान की बीवी में बहुत घमण्ड है। वह हमेशा कुष्टियावालों को नीची निगाह से देखती है।

कार्तिक बाबू में ज़रा भी अहंकार नहीं है। इसलिए उन्हें किसी की बात का बुरा नहीं लगता। अमला कल ही कह रही थी–"कार्तिक बाबू के पास ठाकुरमाँ रोज़ खाते वक़्त थोड़ी देर बैठती हैं और रोज़ ही उन्हें कोई-न-कोई काम बता देती हैं। किसी दूर की विधवा रिश्तेदार के घर नयी रूई की मोटी रज़ाई बनवाकर भेजनी है। किसी कर्मचारी के घर लड़की की शादी में गद्दा, तकिया, रज़ाई हमारी तरफ़ से होना चाहिए, वग़ैरह वग़ैरह। 'बड़े कर्ता' कभी माँ को यह नहीं कहते कि 'माँ तुम रोज़-रोज़ कितनी फ़रमाइशें करती हो। क्या इसलिए मेरे पास बैठती हो?' हर बार यही कहते हैं–'ठीक आछे माँ। शौब कोरे देबो।' मुझे नहीं लगता कि कार्तिक बाबू के दूसरे भाई माँ की हर आज्ञा को इस तरह सिर-माथे पर लेते होंगे।"

श्यामा जानता है कि कार्तिक बाबू 'छोटे कर्ता' यानी लाल बाबू की भी हर इच्छा इसी तरह पूरी करते हैं। पर वह तो ख़ैर इकलौता बेटा है। दुनिया में हर आदमी चाहे कितना ही फ़ौलाद का बना क्यों न हो, औलाद के आगे हमेशा झुक जाता है। ख़ासकर बंगाली माँ-बाप तो अपने बच्चों की हर इच्छा पूरी करना अपने जीवन का मक़सद समझते हैं, चाहे इसके लिए ख़ुद उन्हें कितना भी कष्ट क्यों न उठाना पड़े। लाल बाबू हैं भी दूसरों से कितने अलग। कलकत्ता से कोई जर्मन भाषा सीख कर आये हैं और अभी क्लब में कुष्टिया

के जवान लोगों को यह भाषा सिखा रहे हैं। उनके पास बढ़िया कैमरा है। हर रविवार को फ़ोटो खींचने कहीं निकल जाते हैं। रिक्शे पर कार्तिक बाबू के साथ श्यामा की भी एक फ़ोटो उन्होंने खींची है।

दरअसल श्यामा कार्तिक बाबू को इसुरदी जानेवाली रेल में बैठाने गया था। जागेश्वरी मिल की फ़ुटबॉल टीम का हौसला बढ़ाने कार्तिक बाबू ख़ुद टीम के साथ इसुरदी गये थे। तभी लाल बाबू ने रिक्शे पर बैठे हुए और रेल के सामने स्टेशन पर खड़े हुए उनकी फ़ोटो खींची थी। श्यामा को अमला से मालूम चला है कि लाल बाबू ने घर में एक अँधेरा कमरा बनवा रखा है जिसे वे स्टूडियो कहते हैं। वहाँ वे खींची गयी फ़ोटो की ख़ुद धुलाई और छपाई करते हैं। अमला ने श्यामा को कहा—"तुमने लाल बाबू से अपनी तस्वीर माँग ली होती, तो तुम्हारे पास भी वह फ़ोटू रहता।" श्यामा हँस पड़ा था। उसके मन में आया कि अमला को कहे—"फ़ोटो खिंचवाकर रखने लायक शक्ल तो ऊपरवाले ने नहीं दी।" पर वह हँसकर ही रह गया था। देखेगा, कभी मौक़ा लगेगा तो लाल बाबू से वह फ़ोटो माँग लेगा।

श्यामा के पास अपनी फ़ोटो माँगने का मौक़ा कभी नहीं आया। इस बात का उसे बहुत अफ़सोस है कि समय रहते उसने वह फ़ोटो नहीं माँगी। वह चाहता है कि वह उसी फ़ोटो वाले कार्तिक बाबू को फिर से देखे। जब वह याद करने की कोशिश करता है कि कार्तिक बाबू कैसे लगते थे, तो उसे अब उनकी जगह किसी और का चेहरा याद आ जाता है। उस चेहरे को हटाकर वापस पुराने कार्तिक बाबू को अपने दिमाग़ की अन्धी गलियों में खोजता रह जाता है। उसे कार्तिक बाबू की लाश का चेहरा याद है। उसे पुलिस की नज़रबन्दी में उनके घर नर्मदा-स्मृति में नीचे के एक छोटे कमरे में पलँग पर लेटे कार्तिक बाबू का चेहरा भी याद है। पर किसी भी तरह उसे उन कार्तिक बाबू का चेहरा याद नहीं आता जिन्हें वह रोज़ अगरू की सुगन्ध से महकते रिक्शे पर बैठाकर उनके घर से पाँच मिनट दूरी पर जागेश्वरी मिल के मुख्य दरवाज़े से अन्दर ले जाता था। कार्तिक बाबू ने ही उसे बताया था कि सुन्दर लाल ईंटों से बनी मिल की ईंटें उनके दादा काली प्रसन्न चक्रवर्ती ने वहीं के नामी कुम्हार कुम्भा माँझी से बनवाई थीं। शायद कार्तिक बाबू उससे इसलिए इतनी बातें करते थे ताकि उसे न लगे कि वे उसे धोबी जाति का एक रिक्शावाला ही समझते हैं। सचमुच लालन

शाह फ़क़ीर को उन्होंने अपने दिल में बसा रखा था कि मनुष्य को भज कर ही तू मनुष्य हो सकेगा।

कार्तिक बाबू के जापान से लौटते ही ठाकुरमाँ की मृत्यु हो गयी थी। अचानक दिल के रुक जाने से हुई मौत से पूरा कुष्टिया जैसे सन्न रह गया था। अमला के तो रात-दिन आँसू सूखते ही नहीं थे। हर मौत पर आदमी के मन में अफ़सोस रह जाते हैं। उसे लगता है कि अगर उसे मालूम होता, तो वह जानेवाले का कोई मनचाहा काम समय रहते ही पूरा कर लेता। पर यह तो बाद में ही सबको समझ में आया था कि ठाकुरमाँ का इस तरह चला जाना एक वरदान था। कम-से-कम बाद की घटनाएँ उन्हें नहीं देखनी पड़ी थीं। वे सातों-सुखी मरी थीं यानी कि अपने बेटे, पोते, पतोहू, पोतियों सबका भरापूरा सुखी-समृद्ध परिवार ही देखकर वे गयी थीं। उसमें किसी तरह के दुख का लेश नहीं था। क्या जाने वे ज़िन्दा रहतीं, तो अपने परिवार को एक दिन में आकाश से पाताल जाते देख उन पर क्या बीतती।

उस दिन श्यामा कार्तिक बाबू को कुष्टिया के रेल स्टेशन पर बारिश के घुमड़ते बादलों के बीच लेकर गया था। मॉनसून अपने पूरे उफान पर था। पन्द्रह दिन पहले पाकिस्तान की आज़ादी के दिन यानी कि चौदह अगस्त को भी पूरे दिन बारिश होती रही थी। तो भी कार्तिक बाबू अपनी गाड़ी में सपरिवार पाकिस्तान का झण्डा फहराने म्यूनिसिपैलिटी के दफ़्तर गये थे। फोर्ड गाड़ी में ड्राइवर के साथ असलम ख़ान आगे की सीट पर बैठा था। जेहल भाई के कहने के बावजूद श्यामा न ठाकुरमाँ को उनके मरने के पहले बता पाया था कि कार्तिक बाबू को उससे सावधान रहने की ज़रूरत है और न ही वह कार्तिक बाबू को ही कुछ कह पाया था। कार्तिक बाबू को अपने जमाई से बात करते हुए उसने पिछले दिन सुना था कि कश्मीर में पाकिस्तान और हिन्दुस्तान के बीच लड़ाई छिड़ गयी है। कार्तिक बाबू का जमाई उन्हें बार-बार फ़ौरन कलकत्ता लौट आने के लिए कह रहा था। पर कार्तिक बाबू उसे कह रहे थे—"मैं यों भी ढाका होते हुए अगले महीने यानी सितम्बर की तीन तारीख़ को कलकत्ता पहुँच रहा हूँ। ढाका जाना ज़रूरी है। इस कार्यक्रम में फेरबदल करने का कोई मतलब नहीं है।"

ढाका जाने के लिए कार्तिक बाबू ट्रेन पर चढ़ गये थे। श्यामा ने उनका लोहे का छोटा बक्सा और बैडिंग फ़र्स्ट क्लास के डिब्बे में रख दिया था। वह सामान रखकर ट्रेन से उतर ही रहा था कि उसे पुलिस के चार-पाँच सिपाही रेल के पास दिखे। उसमें से एक ने उससे कर्कश आवाज़ में

पूछा–"कार्तिक बाबू अन्दर हैं?" श्यामा ने अपना सिर हिलाया। वे उसे धक्का देते हुए अन्दर घुस गये। श्यामा हक्का-बक्का खड़ा देखता रहा। जागेश्वरी मिल के कई लोग कार्तिक बाबू को पहुँचाने स्टेशन आये थे। पर असलम ख़ान नहीं दिख रहा था। सभी लोग कुछ भी आवाज़ किये बिना पुतलों की तरह देखते खड़े थे। तभी श्यामा को रेल के डिब्बे से आवाज़ सुनायी पड़ी–"कार्तिक बाबू, आपको मिलिटरी के आदेश से हम गिरफ़्तार कर रहे हैं। आप पाकिस्तान सरकार के दुश्मन हैं।" जवाब में कार्तिक बाबू ने हलके-से हँसकर कहा–"जनाब आपको कोई ग़लतफ़हमी हुई है। मैं इस देश का सेवक हूँ, दुश्मन नहीं। आप अपने एस.पी. साहब कमरुद्दीन अहमद से पूछिए। लगता है आप लोग कुष्टिया में नये-नये आये हैं।" श्यामा ने इसके आगे कुछ नहीं सुना। सब लोग अन्दर में ज़ोर-ज़ोर से कुछ बोल रहे थे। तभी उसने देखा कि कार्तिक बाबू को हथकड़ी पहनाकर पाँच पुलिसवाले लगभग खींचते हुए रेल के दरवाज़े पर ले आये। श्यामा को अपनी आँखों पर यक़ीन नहीं हो रहा था। वह कोई बुरा सपना देख रहा है। अभी सपना टूट जायेगा और सब कुछ पहले की तरह हो जायेगा।

कार्तिक बाबू प्लेटफ़ॉर्म पर उतरकर खड़े हो गये थे। एक पल के लिए श्यामा से उनकी आँखें मिलीं। श्यामा दौड़ता हुआ रिक्शे की तरफ़ भागा और तेज़-तेज़ पैडल मारते हुए 'नर्मदा-स्मृति' तक पहुँच गया। उसने लाल बाबू को दरवाज़े से ही ज़ोर से लगभग चीख़ते हुए आवाज़ लगायी। उसकी घबराहट भरी चिल्लाहट से लाल बाबू दौड़ते हुए आये–"क्या हुआ? क्या हुआ?" वह हाँफते हुए फटी आवाज़ में बोला–"पुलिस...मिलिटरी...कार्तिक बाबू को पकड़ लिया।" उसने टूटे-फूटे शब्दों में अपनी बात कही। अब तक घर के सारे नौकर-चाकर और आसपास ठाकुरमाँ के भाड़े के कमरों में रहनेवाले सारे आदमी-औरतें इकट्ठे हो गये थे। लाल बाबू ने श्यामा को कन्धे से झिंझोड़कर पूछा–"क्या बक रहे हो? बाबा को पुलिस ने पकड़ लिया? पर क्यों?" जवाब में श्यामा के अन्दर से उसके दिल को फाड़ती हुई रोने की आवाज़ निकली। उसे छोड़कर लाल बाबू अपनी गाड़ी की तरफ़ बढ़ गये। श्यामा उनकी गाड़ी को स्टेशन की तरफ़ जाते देखता रहा। फिर उसे जेहल भाई का ध्यान आया। वह अपने आँसू पोंछ कर मिल की तरफ़ रिक्शा लेकर भागा। मिल के बाहर सैकड़ों आदमियों की भीड़ जमा हो गयी थी। पर एक आदमी की भी आवाज़ नहीं सुन रही थी। जैसे सब गूँगे हो गये हों। मिल का दरवाज़ा बन्द था। वहाँ भी पुलिस की गाड़ी खड़ी थी।

श्यामा वापस रिक्शा लेकर स्टेशन की तरफ़ चल पड़ा। वहाँ पहुँचकर उसे पता चला कि कार्तिक बाबू बेहोश हो गये हैं और उन्हें देखने के लिए पुलिस ने सरकारी डॉक्टर को बुलाया है। चारों तरफ़ लोग एकदम चुप्पी साधे खड़े थे। तभी सरकारी डॉक्टर अब्दुल कमाल की गाड़ी आती दिखी। श्यामा ने इस गाड़ी को नर्मदा-स्मृति में कई बार देखा था। डॉक्टर कमाल संगीत के बेहद शौक़ीन थे। कई बार देर रात तक कार्तिक बाबू के साथ ग्रामोफ़ोन पर बड़े-बड़े उस्तादों के रिकॉर्ड सुनते थे। थोड़ी देर में डॉक्टर कमाल की तेज़ आवाज़ सन्नाटे को चीरती हुई आयी—"नहीं मैं इस दिल के मरीज़ को किसी भी तरह जेल नहीं ले जाने दे सकता। जेल में यह एक दिन भी नहीं बचेगा। मिलिटरी का ऑर्डर हो या प्रेसीडेंट का! मैं अपना काम कर रहा हूँ। आप इन्हें जेल नहीं ले जा सकते।" तभी मिलिटरी का कई तमगे लगाया हुआ कोई अफ़सर गाड़ी से उतरा। शायद वह पश्चिमी पाकिस्तान से नया-नया आया था। अभी तक किसी ने उसे कुष्टिया में नहीं देखा था। उसने कहा—"आप ठीक कहते हैं डॉक्टर कमाल। आप अपना काम कीजिए। हम अपना काम करेंगे। श्रीमान कार्तिक चक्रवर्ती को हम उन्हीं के घर में क़ैद करके नज़रबन्द रखेंगे। उनके बदले उनके बेटे को गिरफ़्तार कर जेल ले जाया जायेगा। पाकिस्तान सरकार देश के दुश्मनों के साथ इससे ज़्यादा कोई रियायत नहीं कर सकती।"

लाल बाबू को जेल ले जाये जाने की ख़बर आग की तरह फैल गयी। जिसने भी सुना, उसे इस बात पर यक़ीन नहीं हुआ कि अयूब ख़ान की सरकार ऐसी नाइंसाफ़ी कर सकती है। लाल बाबू तो कुष्टिया के लाड़ले लाल हैं। खेलकूद, पढ़ना-लिखना ही उनका जीवन है। हिन्दुओं के साथ-साथ सारे मुसलमान भी मैनेजर असलम ख़ान को पानी पी-पीकर कोस रहे थे। जेहल भाई ने कहा—"कीड़े पड़ेंगे इस आदमी के शरीर में। जिस आदमी ने अपने सिर पर बैठाया, उसी के सिर में छेद कर डाला। मैं पहले से ही जानता था। यह अन्दर ही अन्दर कुछ पका रहा है।" श्यामा को एक बात किसी तरह समझ में नहीं आ रही थी। उसने कहा—"लेकिन जेहल भाई! कार्तिक बाबू या लाल बाबू देश के दुश्मन कैसे हो गये? कार्तिक बाबू के दादा ने पचास साल पहले जागेश्वरी मिल बनायी। इतने सारे घर-मकान, मिल-पाड़ा, बगीचे, मन्दिर, स्कूल, क्लब, पुस्तकालय बनवाये। वे देश के दुश्मन कैसे हो सकते हैं?" जेहल भाई कुछ देर चुप रहे। फिर उन्होंने कहा—"श्यामा, तुम्हें कैसे समझाऊँ? कार्तिक बाबू के सारे भाई पार्टीशन के समय से कोलकाता में रहते हैं। वे वहाँ की मिलें चलाते हैं। पर सारे भाई एक-दूसरे की मिलों में

साझीदार हैं। जागेश्वरी मिल के मालिकों में कार्तिक बाबू के कलकत्ता वाले भाइयों के भी नाम हैं। इसी आधार पर उन्हें भी इंडियन माना जा रहा है यानी देश का दुश्मन कहा जा रहा है।"

एक सप्ताह के अन्दर यह ख़बर फैल गयी थी कि हिन्दुस्तान और पाकिस्तान में पूरी तरह जंग छिड़ गयी है। श्यामा को अब समझ में आ रहा था कि कार्तिक बाबू का जमाई उन्हें बार-बार तुरन्त हिन्दुस्तान आने के लिए क्यों कह रहा था! हो सकता है कि उसकी बात मानकर यदि कार्तिक बाबू चले जाते, तो इस तरह नज़रबन्दी और जेल के चक्कर में नहीं पड़ते। सिर्फ़ एक सप्ताह के अन्दर में ही सारी दुनिया बदल गयी थी। श्यामा नर्मदा-स्मृति के बाहर जाकर देख आया था। चारों तरफ़ पुलिस और मिलिटरी का सख़्त पहरा है। अपने को रिक्शावाला बताकर अन्दर जाना नामुमकिन था। रिक्शा श्यामा के घर के बाहर खड़ा था। पुलिस कार्तिक बाबू के घर के अन्दर रिक्शा भी नहीं ले जाने देती। कई रात तक वह सोचता रहा कि कैसे कार्तिक बाबू के पास जाये। तभी एक रात अमला बोली थी—"कार्तिक बाबू के धोने के कपड़े लेने जाओ। शायद पुलिस तुम्हें अन्दर जाने दे।" श्यामा का दिल उछल पड़ा था। कैसे उसे इस बात का ख़याल नहीं आया! अगले दिन वह एक छोटी-सी कपड़ों की गठरी बनाकर नर्मदा स्मृति पहुँच गया था। "धुले हुए कपड़े लाया हूँ बाबू के—" उसके कहते ही पुलिसवाले ठठाकर हँस पड़े थे। जाने इसमें हँसने की क्या बात है—श्यामा सोचता रहा। "बूढ़ा कहीं जायेगा ही नहीं, तो धुले हुए कपड़ों का क्या करेगा?"—एक पुलिसवाले ने हँसी रोककर उसे डाँटते हुए कहा। "जो कहें मालिक। मुझ ग़रीब की तो यही रोज़ी-रोटी है"-श्यामा ने झुककर कहा। "अच्छा ठीक है। जाओ। ज़्यादा देर मत लगाना।" श्यामा घर के सामने के आँगन में खड़ा हुआ तो उसे भाँय-भाँय करते सन्नाटे ने घेर लिया। कहाँ हैं सब? रसोइया-दरबान-माली-नौकर-दाई सब कहाँ गये? कभी ऐसा नहीं हुआ कि वह यहाँ आया हो और उसे दो-चार नौकर घूमते न दिखे हों। "मोहन बहादुर"—श्यामा ने रसोइए को ज़ोर की आवाज़ लगायी। तभी उसने देखा कि आँगन में कोने वाले कमरे से कार्तिक बाबू की पत्नी बाहर आकर उसे आश्चर्य से देख रही हैं। "बोड़ो बोउदी"—बड़ी बहूमाँ के पास आकर उनके सामने ज़मीन में माथा टेक कर श्यामा रो पड़ा—"यह सब क्या हो गया बोउदी?"

"तुम्हें कैसे अन्दर आने दिया?" बड़ी बहूमाँ ने आँचल से अपने आँसू पोंछते हुए धीरे-से पूछा। "धोने के कपड़े लेने हैं, यह बोलकर घुस आया"—श्यामा

ने कहा–"बोउदी, रिक्शा तो मेरे घर पर ही खड़ा है। यहाँ लाने से परेशान करते।" बड़ी बहूमाँ ने सिर हिलाया और अन्दर आने का इशारा किया। श्यामा धीरे-धीरे क़दम रखता अन्दर घुसा तो कार्तिक बाबू को पलँग पर लेटे देखकर दंग रह गया। एक सप्ताह में कार्तिक बाबू इतना कैसे बदल सकते हैं? उनकी आँखें गड्ढे में घुस गयी थीं। पूरा चेहरा सफ़ेद-काली दाढ़ी से ढँक गया था। अगरु की सुगन्ध की जगह एक अजीब-सी बीमार गन्ध कमरे में भरी हुई थी। श्यामा कुछ कह नहीं पाया। उसकी आँखों से जैसे गोराई नदी की धारा बह निकली। बड़ी मुश्किल से उसने अपने आँसू रोककर उनके पाँव पकड़कर बोला–"बाबू मैं कुछ कर सकता हूँ, तो कहिए। जान भी देनी पड़े तो दूँगा।" कार्तिक बाबू धीरे-से बोले–"कल लाल बाबू की बहू और बच्चे को जेल में मिलने जाने देंगे। तुम रिक्शा लेकर दस बजे चले आना।"

अगले दिन वह दस बजे रिक्शा लेकर पहुँचा तो उसी पुलिसवाले ने रोका–"क्यों आये हो? तुम तो वही हो ना, जो कल कपड़े ले गया था?" श्यामा घबरा गया। फिर बोला–"नहीं मालिक। मेरा भाई धोबी है। कल वह आया था। मैं तो रिक्शा चलाता हूँ।" सारे पुलिसवाले एक साथ हँस पड़े। एक पुलिसवाले ने कहा–"ऊपरवाले ने ऐसी ग़ज़ब शक्लवाले दो एक साथ भेज दिये? कमाल है। यहाँ रिक्शा नहीं लगेगा। यहाँ से बाहर जाना मना है। चल भाग यहाँ से।" श्यामा ने झुककर कहा–"मालिक यह तो मेरी रोज़ी-रोटी है। अल्लाह मेहरबानी करे। मेरे भाई ने कहा कि छोटी बहूमाँ को जेल ले जाना होगा, लाल बाबू से मिलाने। इसलिए रिक्शा ले आया।" पुलिसवाला चुप होकर सोचता रहा। फिर बोला–"अच्छा। चल जा अन्दर।" श्यामा ने चैन की साँस ली। छोटी बहूमाँ और उनके ढाई-तीन साल के बच्चे को रिक्शे में बैठाकर सामने पर्दे से रिक्शा ढककर श्यामा निकला तो बच्चे की बात सुन आँसुओं के मारे रास्ता धुँधला रहा था। बच्चा बार-बार अपनी माँ से कह रहा था–"माँ तुम रो क्यों रही हो? हम लोग तो बाबा से मिलने जा रहे हैं। देखो, वहाँ पर बाबा से मत कहना कि मेरी नयी बॉल खो गयी है।" श्यामा ने देखा कि जेल के बाहर जेहल भाई खड़े थे। वे छोटी बहूमाँ को लेकर जेल के अन्दर चले गये। जेल तक आने-जाने का ये सिलसिला हर बार श्यामा को अन्दर तक तोड़ता जाता। इस बीच कार्तिक बाबू की तबीयत लगातार ख़राब होती गयी। उनके टूटे हुए मन ने उनके शरीर को बिल्कुल खोखला कर डाला था। दिनबदिन श्यामा उन्हें जैसे पलँग के अन्दर धँसता देखता रहा। कार्तिक बाबू से मिलने बहुत कम लोग आते। जो अपने ओहदे के बूते पर आ सकते थे, उन्हें अयूब ख़ान की सरकार

का डर था। कहीं उन्हें भी देश का दुश्मन न ठहरा दिया जाये! सरकारी डॉक्टर कमाल और एस.पी. कमरुद्दीन अहमद जाँच-पड़ताल के बहाने आते रहे। श्यामा को डॉक्टर अब्दुल कमाल ने कार्तिक बाबू की देखरेख के लिए रोज़ आने की अनुमति दिलवा दी थी। वह वहाँ तैनात सिपाहियों के कपड़े धोने के लिए ले जाता और मुफ़्त में धोकर ला देता। इसलिए वे अब उसे रोकते-टोकते नहीं थे।

डॉक्टर कमाल ने एक दिन श्यामा को कार्तिक बाबू के कमरे से बाहर आने का इशारा किया। वहाँ उन्होंने श्यामा को अपनी जेब से निकालकर कुछ रुपये देने चाहे। श्यामा दो क़दम पीछे हट गया—"नहीं डॉक्टर साहब। बड़े मालिक जब ठीक हो जायेंगे, उनसे ही पैसे लूँगा।" डॉक्टर कमाल ने धीरे-से कहा—"श्यामा, बड़े मालिक के पास रुपये नहीं आयेंगे। उनका बैंक का खाता सरकार के क़ब्ज़े में है। तुम्हें और रसोइए को मैं ही तनख़्वाह दूँगा। बस तुम दोनों कार्तिक बाबू की सेवा करते रहो।" श्यामा यह बात सुनकर सन्न रह गया। इतने बड़े आदमी के पास क्या कुछ नहीं बचा? सरकार ने सब कुछ ज़ब्त कर लिया?

अगले सप्ताह श्यामा ने डॉक्टर कमाल को बड़ी मालकिन को कहते सुना—"आपको मालूम है लॉयड बैंक के मैनेजर ने मुझे क्या बताया? जूट एक्सपोर्ट के सबसे बड़े फ़र्म तोलाराम बच्छावत का बैंक अकाउंट भी सरकार ने नये क़ानून के तहत रोक दिया है। उनका मैनेजर रोज़ दोपहर अपने चार कारिन्दों के साथ पाँच-सात लाख रुपये उठाने आता था। सोचिए कि वह क्या इस देश का दुश्मन था? ऐसे तो ये ख़ुद दुश्मन बन देश का नुक़सान कर रहे हैं। सारा कारोबार चौपट कर रहे हैं।"

एक दिन बड़ी मालकिन ने श्यामा के हाथ में सोने का सिक्का दिया और कहा—"श्यामा किसी से कहना मत। तुम्हारे घर में भी किसी को इस बात का पता नहीं चलना चाहिए। मारवाड़ी पट्टी में फूलचन्द सुनार के पास जाओ और इसे बेचकर रुपये ले आओ।" "बाबू की क़सम मालकिन! सुनार के अलावा किसी को पता नहीं चलेगा"—कहकर श्यामा ने सिक्का ले लिया। धीरे-धीरे वह देखता रहा कि बड़ी मालकिन के हाथ में सोने की चूड़ियाँ कम होती गयीं। फिर कान की बालियों का नम्बर आया। उसके बाद घर के बड़े-बड़े काँसे के बर्तन गये। बागान से कई पेड़ कट गये। यह बुरा सपना इतना लम्बा खींच रहा था कि इसका कोई अन्त ही नज़र नहीं आ रहा था। श्यामा कई बार सोचता कि जैसे ही बुरे दिन ख़त्म होंगे, वह भूलने का बटन दबा देगा। फिर उसे डर लगता कि उसके अन्दर का सन्ताप कहीं इतना गहरा

न हो जाये कि वह भूल ही जाये कि उसके पास सब कुछ भुला देने का कोई उपाय भी है।

तभी एक दिन उसकी मुलाक़ात कोर्ट-पाड़ा में डॉक्टर क़ासिम के घर पर कॉमरेड रोशन अली से हुई। इधर गोबिन्दो को कई दिनों से बुख़ार चढ़ रहा था। श्यामा के धोबी का काम छोड़ने के बाद गोबिन्दो धोबी उसकी जगह कई पुराने घरों में कपड़े लेने जाने लगा था। उसने कपड़े धोने के लिए खोकोन को अपने साथ काम पर लगा लिया था। जब से श्यामा ने अमला से शादी की थी, तब से खोकोन ने जाने क्यों उससे बात करना एकदम बन्द कर दिया था। शायद वह इस बात से भी नाराज़ था कि श्यामा ने जागेश्वरी मिल के मैनेजर से उसकी नौकरी की बात पक्की नहीं की थी। ऊपर से वह ख़ुद कार्तिक बाबू का रिक्शावाला बन गया था। श्यामा ने एक बार उसे समझाने की चेष्टा की थी कि मैनेजर ने उसके कहने के बावजूद खोकोन को नौकरी नहीं दी थी। पर वह उसकी कोई बात सुनने को तैयार ही नहीं था। वह अमला के लिए कोई गन्दी गाली देते हुए आगे बढ़ गया था। तब से श्यामा ने भी उससे किनारा कर लिया था।

गोबिन्दो धोबी का बुख़ार किसी तरह उतर नहीं रहा था तो श्यामा उसे समझा-बुझाकर डॉक्टर क़ासिम के घर ले गया था। वे लोग डॉक्टर क़ासिम का इन्तज़ार कर रहे थे। तभी रोशन अली ने उसे कमरे से बाहर बुलाया और कहा–"कार्तिक बाबू का क्या हाल है?" उसने कहा–"क्या हाल होगा दादा? बिस्तर में धँसते जा रहे हैं। लाल बाबू की चिन्ता में घुल रहे हैं।" "बैंक से पैसा भी तो नहीं उठा पा रहे। ख़र्च कैसे चल रहा है? तुम तो सुना कि सारे दिन वहीं रहते हो। तुम्हें तनख़्वाह दे रहे हैं क्या?" रोशन अली की बात से श्यामा को चिढ़ हुई–"मेरी क्या बात है दादा। मेरा काम तो चल ही जायेगा किसी तरह। इतना बड़ा आदमी इस तरह तकलीफ़ पाये, देखा नहीं जाता।" श्यामा को बुरा लग रहा था कि रोशन अली उसके मार्फ़त कार्तिक बाबू के घर की जाँच-पड़ताल करना चाह रहे हैं। वे बोलते रहे–"आदमी आदमी होता है श्यामा। बड़ा आदमी क्या होता है? इसका मतलब तुम छोटे आदमी हो? तुम्हारी तकलीफ़ तकलीफ़ नहीं है? पैसेवालों की तकलीफ़ ही असली तकलीफ़ है? इसी सोच के कारण तुम बिना तनख़्वाह बड़े आदमी की सेवा में लगे हो।" श्यामा को समझ में नहीं आया कि वह क्या कहे। फिर उसने कहा–"कार्तिक बाबू बड़े आदमी इसलिए हैं क्योंकि उन्होंने हर किसी की मदद की है। कुष्टिया में जो कुछ भी अच्छा है, वो उनका बनाया हुआ है।"

रोशन अली ज़ोर से हँस पड़े–"तुम्हें क्या लगता है ये सब बनवाने-करने का पैसा उनके पास कहाँ से आया? अगर मिल के मज़दूरों को उनकी वाज़िब तनख़्वाह मिलती तो मिलमालिक इतना अमीर कैसे होता कि इतना ख़र्च करे, इतना ख़र्च करे कि हर सर्वहारा मज़दूर उसे बड़ा आदमी मानकर उसकी तकलीफ़ को ही असली तकलीफ़ समझ ले?" श्यामा चुप रहा। फिर उसने कहा–"आपकी बातें सच हो सकती हैं। मैं तो कुछ ज़्यादा जानता-समझता नहीं हूँ। पर मेरी आत्मा मुसीबत में पड़े एक भले आदमी की तकलीफ़ को कम करना अपना सबसे बड़ा फ़र्ज़ समझती है।"

रोशन अली की बातें श्यामा के दिमाग़ में चक्कर लगाती रहीं। वह देख रहा है कि घर का ख़र्च चलाने के लिए माँ और अमला कई तरह के काम करने लगी हैं। माँ नारियल के पत्ते सुखाकर झाड़ू बनाने में लगी रहती है। अमला हाथकरघा चलाकर साड़ी वग़ैरह बुनने लगी है। गोबिन्दो धोबी वापस घर-घर घूमकर धोने के कपड़े लाने लगा है। श्यामा ने यह निश्चय किया कि वह कार्तिक बाबू से पूछकर उनका रिक्शा स्टेशन पर कुछ घण्टों के लिए लगाने लगेगा। उसे यक़ीन था कि कार्तिक बाबू या बड़ी मालकिन उसे मना नहीं करेंगी। वह कुछ भी बेचकर पैसा लाता है तो मालकिन उसके हाथ में कुछ रुपये बड़े संकोच के साथ पकड़ा देती हैं।

श्यामा को मौक़ा नहीं मिला था कि वह कार्तिक बाबू से उनके रिक्शे को भाड़े पर चलाने के लिए उनसे बात करे। कार्तिक बाबू की तबीयत अचानक बहुत ख़राब हो गयी थी। उन्हें साँस लेने में काफ़ी तकलीफ़ होने लगी। सरकारी डॉक्टर अब्दुल कमाल ने दरख़्वास्त की कि लाल बाबू को कुछ दिनों के लिए पैरोल पर छोड़ा जाये ताकि वे मृत्युशैया पर पड़े अपने पिता से मिल सकें। लाल बाबू के घर आने के एक सप्ताह बाद ही कार्तिक बाबू ने अन्तिम साँस ली। कुष्टिया में उस दिन लोगों ने ऐसा दृश्य देखा जो कभी भुलाया नहीं जानेवाला था। देखा गया कि तालाबों में मरी मछलियाँ किनारे पर लगी हुई थीं। जगह-जगह साँप मरे पड़े थे। अचानक रात में आधे घण्टे के लिए उठी काल-बैसाखी की आँधी में पेड़ गिर गये थे जैसे शोक में ज़मीन पर लेट गये हों। यहाँ तक कि गोराई का पानी काला-सा पड़ गया था। सारी रात बिल्लियाँ रोती रही थीं। ऐसा लगा जैसे समूची पृथ्वी किसी आनेवाले आघात से सन्न हो गयी हो। कार्तिक बाबू के जनाज़े में पूरा कुष्टिया उमड़ आया था। अयूब ख़ान की सरकार का ख़ौफ़ अब जैसे किसी को नहीं था। कार्तिक बाबू पर नज़रबन्दी रखनेवाले पुलिसवाले ग़ायब हो गये

थे। सिर्फ़ एक जीप दूर पर खड़ी थी जिसमें दो पुलिसवाले बिना हिले-डुले जनाज़े को देख रहे थे। कुष्टिया के मेयर रिज़वान ख़ान सिर मुँडाये हुए लाल बाबू को देखकर रो पड़े। कार्तिक बाबू की अर्थी को कन्धा देकर वे सबसे आगे चले। यदि कोई शख़्स अब भी नहीं आया था तो वह मिल का मैनेजर असलम ख़ान था, जिसकी बीवी की अलमारी कार्तिक बाबू की इंडिया से लायी साड़ियों से पटी हुई थी।

लाल बाबू पैरोल ख़त्म होने पर वापस जेल चले गये। उनका शरीर पहले से आधा हो गया था। देखकर लगता ही नहीं था कि यह आदमी कुछ दिन पहले तक अव्वल दर्ज़े का खिलाड़ी था। बड़ी मालकिन ने लाल बाबू की बहू को उसके मायके ढाका भेज दिया। उनके पास उनके भाई का लड़का और उसका परिवार रहने आ गया था। एक दिन बड़ी मालकिन ने खुद श्यामा से कहा–"श्यामा तुम बड़े बाबू का रिक्शा स्टेशन पर लगा लो। अमला कैसी है? अब यहाँ पुलिसवाले किसी को आने से नहीं रोकते हैं। जिसको घर में बन्द रखने बैठे थे, वह तो सारी क़ैद से आज़ाद हो गया। अमला से कहना कि शाम को पहले की तरह भजन-कीर्तन करे।" श्यामा को ऐसा लगा कि उसकी सूनी बंज़र आत्मा पर हरे पेड़ उग आये हों। वह हँसा और बोला–"बोउदी, आज ही कहूँगा। हम ऐसा हरिनाम करेंगे कि लाल बाबू जल्दी ही अपने घर हमेशा के लिए लौट आयेंगे।" बड़ी मालकिन की आँखों से आँसू टपकने लगे–"कौन-सा अपना घर बचा है श्यामा लौटने के लिए? यह घर तो सरकार के फ़रमान से रेक्वज़िशन कर ज़ब्त कर लिया गया है। हम सब पाकिस्तान सरकार के लिए दुश्मन हैं। हमें यहाँ से निकालकर बाहर नहीं फेंक रहे, यही बहुत है। मेयर रिज़वान ख़ान, मजिस्ट्रेट साहब, पुलिस एस.पी. अहमद सबने मिलकर रोक रखा है। जाने कितने दिन रोक पायेंगे!" यह नयी बात सुनकर श्यामा का कलेजा हिल गया। कौन सरकारी अफ़सर रहेगा इतने बड़े घर में? हो सकता है इसे सरकारी दफ़्तर ही बना देंगे। पर कैसे किसने यह काण्ड कर डाला? दो देशों की सरकारों में युद्ध हो रहा है तो क्या। ये लोग तो इसी देश के रहनेवाले हैं। क्या सारे हिन्दू इस सरकार के लिए दुश्मन बन गये हैं? या कि यह युद्ध एक बहाना है कुछ लोगों के लिए मुफ़्त में अमीर बनने का? श्यामा सोचता रहा पर उसे लगा कि वह ऐसी कोई बात बोलकर बड़ी बोउदी का दिल और दुखाएगा। जेहल भाई से पूछना ही ठीक होगा। सच पूछो तो पूछ कर भी क्या होगा? अब बस यही देखना बाक़ी है कि आगे क्या होता है।

लाल बाबू कुछ दिन बाद घर लौट आये। उन्हें सरकार ने अचानक छोड़ दिया था। ढाका से छोटी बहूमाँ बच्चे को लेकर वापस आ गयी। बिखरा हुआ परिवार एक तो हुआ, पर सबके मन को भविष्य का अँधेरा डराये हुए था। जेहल भाई ने श्यामा को कहा–"अब एक ही उपाय है कि ये सब लोग किसी तरह हिन्दुस्तान चले जायें। वहाँ इनकी मिलें चल रही हैं। उसमें कुछ हिस्सा तो कार्तिक बाबू का भी ज़रूर होगा।" श्यामा सन्न रह गया। इस तरह कार्तिक बाबू के परिवार का यहाँ नामोनिशान नहीं रहेगा, जहाँ के वे हाल तक शहंशाह थे! लेकिन हिन्दुस्तान में फिर भी कार्तिक बाबू के परिवार का भविष्य है, यह सोचकर उसके दिल में तसल्ली हुई

तभी लाल बाबू ने उसे एक दिन बुलवाया। उन्हें देखते ही श्यामा को वह मनहूस दिन याद आया, जब उसने रोते-कलपते लाल बाबू को स्टेशन पर कार्तिक बाबू की गिरफ़्तारी की ख़बर दी थी। लाल बाबू से नज़रें मिलीं, तो श्यामा ने देखा कि वे भी सफ़ेद पड़ते चेहरे से उसी दिन को फिर से देख रहे थे–"श्यामा, तुम्हें एक काम करना होगा। माँ को सीमा पार करके हिन्दुस्तान भेजना है। लेकिन इस तरह कि किसी को शक न हो कि वे इस देश को छोड़कर जा रही हैं।" लाल बाबू की बात से श्यामा अचकचा गया। तो क्या उसे रिक्शे में बैठाकर ही उनकी माँ को सीमा तक ले जाना होगा? पर हिन्दुस्तान की सीमा यहाँ से इतनी नज़दीक तो नहीं है। दर्शना बॉर्डर की दूरी कम-से-कम सत्तर किलोमीटर होगी। "बात ऐसी है श्यामा, तुम्हें सिर्फ़ कुष्टिया के बाहर माँ को पहुँचाना है। वहाँ मेरे काका और उनका बेटा गाड़ी लेकर तैयार रहेंगे। पर तुम ख़ाली रिक्शा लेकर तुरन्त वापस मत लौटना। कहीं रिक्शा छिपाकर खड़ा कर देना और माँ और काका के साथ चले जाना। माँ बॉर्डर दर्शना से पार नहीं करेंगी क्योंकि वहाँ पहचाने जाने का ख़तरा ज़्यादा है। जैसोर के पास बेनापोल से माँ सीमा पार करेंगी। गाड़ी से चार घण्टे वहाँ पहुँचने में लगेंगे। माँ एकदम ख़ाली हाथ होंगी। उनके साथ कुछ सामान नहीं होगा।" लाल बाबू की बातों से साफ़ ज़ाहिर था कि उन्होंने सारी व्यवस्था कर ली है।

"लेकिन लाल बाबू आप साथ क्यों नहीं जाते? माँ अकेली कैसे रहेंगी वहाँ?"–श्यामा की आवाज़ भर्रा गयी थी। "श्यामा, मेरे साथ जाने से तो हम सौ फ़ीसदी पकड़े जायेंगे। मैं अपने ससुराल ढाका चला जाऊँगा। वहाँ से कोई रास्ता निकालूँगा। तुम माँ की चिन्ता मत करो। मेरी मँझली बहन और जमाई बाबू माँ को लेने उस पार पहुँच गये हैं। माँ बिल्कुल ख़ाली हाथ जायेंगी

तो किसी को शक नहीं होगा कि वे कौन हैं। तुम लोग कल सुबह-सुबह निकलोगे तो शाम होते-होते वापस लौट आओगे। कोई दिक्क़त तो नहीं है ना तुम्हें कल सुबह निकलने में?" श्यामा को आश्चर्य हुआ कि सिर्फ़ एक दिन पहले लाल बाबू उसे यह बात बता रहे हैं। पर ज़ाहिर था कि वे बात फैल जाने का ख़तरा नहीं उठाना चाहते थे। उसने कहा-"नहीं लाल बाबू। बोड़ो बोउदी के किसी काम आ सकूँगा तो मेरा जीवन धन्य हो जायेगा। आप बेफ़िकर रहें। इस बात का मेरे घर की दीवारों को भी पता नहीं चलेगा।" लाल बाबू हलके से मुस्कराये-"मेरे कहने से पहले ही तुमने मेरे मन की बात कह दी। मुझे तुम पर पूरा भरोसा है श्यामा।"

सारी रात श्यामा करवटें बदलता रहा और अपने बगल में सोयी मल्ली और दीवार के सहारे दरी बिछाकर ज़मीन पर सोयी अमला को देखता रहा। इधर माँ को सन्देह हो चला है कि उसका और अमला के बीच पति-पत्नी का सम्बन्ध नहीं है। कुछ दिन पहले माँ ने उससे कहा-"बेटा मल्ली का कोई भाई-बहन हो जाये, तो कितना अच्छा हो।" श्यामा माँ का मुँह देखता रहा। उसके मुँह से कुछ नहीं निकला। शायद इसीलिए माँ को सन्देह हो गया था। हो सकता है कि माँ ने अमला से भी ठीक यही बात कही हो और अमला भी उसी की तरह चुप लगा गयी हो। इधर अमला और उसके बीच पहले की तरह बातें भी नहीं होती हैं। ठाकुरमाँ की मृत्यु और कार्तिक बाबू का घर में नज़रबन्द होना उन दोनों के रिश्ते पर पहाड़ बनकर टूट पड़ा है। अँधेरे रास्तों पर कभी पूर्णमासी के चाँद की चमकती हुई, तो कभी फ़ीकी होती जाती रोशनी में आसपास बातें करते चलना जैसे किसी सपने में घटा था। अब तो श्यामा को लगता है कि अँधेरा इतना घना हो गया है कि सारे रास्ते गुम हो गये हैं। उसके लिए अब न चाँद निकलता है न सूरज। उनके हिस्से की पृथ्वी जैसे सरककर किसी दूर ग्रह पर चली गयी है।

अगले दिन श्यामा मुँह अँधेरे ही उठकर रिक्शा चमकाने लगा था। उसकी आत्मा कह रही थी कि उसके रिक्शे पर बोड़ो बोउदी आज के ब्राद कभी नहीं बैठेंगी। अचानक उसे कार्तिक बाबू की सुगन्ध आयी। उसने चौंककर देखा तो कुछ दूरी पर अमला खड़ी थी। "कहीं किसी को ले जाना है?"-अमला ने पूछा। श्यामा एकदम अचकचा गया। सच बोल नहीं सकता और प्राणप्रिया को झूठ कैसे बोले? "हाँ"-उसने कहा और फिर रिक्शा पोंछने लगा। "किसे?"-अमला खड़ी रही। वह कुछ नहीं बोला तो दो मिनट बाद "अच्छा" कहकर चली गयी। वह उसे जाते देखता रहा। शाम को लौटकर आयेगा तो अमला को बता देगा। बस बोउदी बॉर्डर पार कर जायें।

कार्तिक बाबू की पत्नी को देखकर श्यामा एकदम चौंक गया। कार्तिक बाबू को गये एक साल बीत चुका था। बोउदी ने विधवा की सफ़ेद साड़ी की जगह नीली-हरी किनारी की सस्ती सूती साड़ी पहन रखी थी। माथे पर पल्ला आँखों को ढाँक रहा था। हाथों में एक भी चूड़ी नहीं थी। पूरा शरीर साड़ी से ढँका हुआ था। जागेश्वरी मिल की मालकिन की जगह वे अपने घर में काम करनेवाली एक साधारण दाई लग रही थीं। उसने रिक्शा 'नर्मदा-स्मृति' से दस मिनट के पैदल रास्ते की दूरी पर लगाया था। बोउदी धीरे-धीरे उसके पीछे चलती गयीं। श्यामा का दिल रो रहा था। वह उनके आगे-आगे चलता रहा। उसने रिक्शे तक पहुँचकर उन्हें प्रणाम किया और सीट पर बैठने का इशारा किया। सामने की तरफ़ पर्दा डालकर वह तेज़ गति से रिक्शा चलाने लगा। आसपास पेड़ भाग रहे थे। श्यामा को आज लग रहा था कि उसके साथ पृथ्वी भी तेज़ चक्कर लगाने लगी है। उसके कान साँय-साँय कर रहे थे। आधे घण्टे तक रिक्शा चलाने के बाद उसे काले रंग की एक गाड़ी खड़ी दिखी।

रिक्शा गाड़ी के पास रोककर उसने बोउदी को उतरने को कहा और रिक्शा पास के पेड़ों के पीछे छिपा दिया। लाल बाबू के काका और उनका बेटा बहूमाँ के साथ पीछे बैठे और श्यामा ड्राइवर के साथ आगे। चार घण्टे तक सब एकदम चुप रहे जैसे सबकी बोली चली गयी हो। शायद बोलने से ही दुख का ज्वालामुखी फूट पड़ता। बस हवा के फ़र्राटे की आवाज़ सूनेपन को भर रही थी। गाड़ी बेनापोल बॉर्डर से कुछ दूर रुकी। काका बाबू ने सबको गाड़ी में बैठे रहने का इशारा किया। बोउदी पेड़ों के बीच से चलती हुई उनके साथ चली गयीं। दोनों तरफ़ कोई सिपाही नज़र नहीं आ रहा था। काका बाबू ने लौटकर कहा—"बेटी-जमाई आ गये थे। सब इन्तज़ाम ठीक रहा। बोउदी आराम से चली गयी। अब बस हमें जल्दी वापस लौटना है।"

रात को सोते समय श्यामा के मुँह खोलने के पहले ही अमला ने कहा—"बोउदी ठीक से चली गयीं?" श्यामा ने आश्चर्य से पूछा—"तुम्हें कैसे मालूम?" "तुम्हारे चेहरे पर सब कुछ लिखा रहता है। मैं बस पढ़ लेती हूँ।" श्यामा आनन्द से भरकर हँसा। उसे लगा कि फिर से आकाश में चाँद खिल उठा है और वे दोनों एक साथ पास-पास चलते पृथ्वी की परिक्रमा कर रहे हैं। उसका मन हुआ कि पूछे कि उसने और क्या-क्या पढ़ा है उसके चेहरे पर? अमला ने शायद इस सवाल से बचने के लिए पीठ दीवार की तरफ़ कर ली थी।

लाल बाबू माँ के जाते ही तुरन्त ढाका चले गये। शायद इसलिए कि किसी को शक न हो कि उनकी माँ कुष्टिया में क्यों नहीं है। श्यामा को जेहल भाई से पता चला कि कुष्टिया के पुलिस सुपरिंटेंडेंट और डिप्टी मजिस्ट्रेट की मिलीभगत से ही बोउदी सीमा पार कर सकी हैं। "तो फिर लाल बाबू भी इसी तरह क्यों नहीं चले जाते?"–श्यामा के प्रश्न पर जेहल भाई ने सिर हिलाया–"यहाँ का नया मजिस्ट्रेट और पुलिस कमिश्नर प्रेसीडेंट अयूब ख़ान के ख़ास आदमी हैं। उन्हें पश्चिमी पाकिस्तान से यहाँ इसलिए लाया गया था कि जागेश्वरी मिल के मज़दूर कार्तिक बाबू की गिरफ़्तारी पर विद्रोह न कर दें। ये लोग सब जगह 'अंसार' सेना के लोगों को भर रहे हैं जो यहीं के पुराने बिहारी मुसलमान हैं। उन्हें थोड़ी बहुत मिलिटरी ट्रेनिंग देकर ख़बरिये का काम लिया जाता है। लाल बाबू का सब कुछ छीन कर भी ये लोग उन्हें पूर्वी पाकिस्तान में ही रखना चाहते हैं। उनकी गिरफ़्तारी का डर यहाँ के बंगाली मुसलमानों को क़ाबू में रखेगा। लाल बाबू की माँ यहाँ रहें न रहें, उन्हें फ़र्क़ नहीं पड़ता।"

लाल बाबू ने जाते समय श्यामा को पूछा था कि क्या वह उनके साथ ढाका जाना चाहता है? वहाँ रिक्शा चलाकर अच्छी आमदनी हो सकती है। शायद वे उसे उसकी सेवाओं के बदले कोई पुरस्कार देना चाहते थे। पर श्यामा न मल्ली और अमला को छोड़ने की कल्पना कर सकता था, न अपने माँ-बाप को छोड़ सकता था। उसने कहा–"लाल बाबू, आप ख़ान भाई को अपने साथ ले जायें। जेहल भाई का अब जागेश्वरी मिल में दम घुटता है। कार्तिक बाबू के जाने के बाद वे टूट गये हैं। कई बार मुझे कह चुके हैं, मैं यहाँ से चला जाऊँगा। ढाका के पास नारायणगंज में कपड़े की बड़ी-बड़ी मिलें हैं। मुझे वहाँ काम मिल जायेगा। जागेश्वरी मिल और कार्तिक बाबू को कौन नहीं जानता? इस कारण मुझे भी वहाँ की मिलों के मालिक जानते हैं।"

"जेहल भाई का एहसान मेरा परिवार कभी नहीं उतार सकता। यदि उन्हें नौकरी दिलवाने में मुझे उनके साथ किसी से मिलने जाना पड़े, तो मुझे बेहद खुशी होगी–" लाल बाबू ने कहा। बाद में जेहल भाई से ही श्यामा को लाल बाबू के हिन्दुस्तान पहुँचने की ख़बर मिली थी। लाल बाबू ने उन्हें लक्ष्मीनारायण मिल में नौकरी दिलवा दी थी। एक रविवार को वे लाल बाबू से मिलने गये, तो उनका बड़ा स्वागत हुआ। लाल बाबू की सास ने उन्हें देखते

ही चहकते हुए कहा–आइए मिठाई खाइए। लाल बाबू कहीं दिख नहीं रहे थे। जेहल भाई ने उनके लिए पूछा तो पता चला कि लाल बाबू अपनी मंज़िल पर पहुँच गये। उसके बाद उन्होंने पूरा क़िस्सा सुनाया–"लाल बाबू की एक साली पाकिस्तान एयरलाइंस में काम करती थी। उसने अपने एक मुसलमान सहकर्मी से शादी की थी। उसने कराची में एक ट्रैवल एजेंट से लाल बाबू की ढाका से काठमाण्डू जाने की टिकट करवायी। नेपाल में पाकिस्तान के राजदूत से निमन्त्रण मिलने के कारण नेपाल का वीज़ा भी मिल गया। तब लाल बाबू की साली उनके साथ पैदल चलकर उन्हें काठमाण्डू के विमान में बैठा गयी थी। किसी को कोई शक नहीं हुआ था। अयूब ख़ान की पुलिस उनके भारत की सीमा से बाहर जाने के लिए सतर्क थी, नेपाल की सीमा से नहीं। लाल बाबू नेपाल पहुँचकर वहाँ से गाड़ी से भारत की सीमा में घुस गये थे।"

पूरा क़िस्सा सुनाकर जेहल भाई ने श्यामा के दोनों हाथ पकड़ लिए–"जो हुआ, बहुत बुरा हुआ श्यामा। पर अब लाल बाबू आज़ाद हैं। मैं अपने अल्लाह से और तुम अपने श्रीहरि से मनाओ कि अब वे लोग चैन से जी सकें।"

दण्डक वन से मरघट तक

कुलभूषण को कुष्टिया से हिन्दुस्तान आये आठ महीने हो गये हैं। उसे समझ में नहीं आता कि वह रोज़ रात अपने लम्बे-लम्बे पैरों को कहाँ पसारे। कलकत्ता की ढाकापट्टी में चौक के मकान में दो तल्ले पर तीन छोटे-छोटे कमरे हैं जिनमें दो बड़े भाइयों के पास हैं और तीसरा सबसे छोटा माँ के हिस्से में है। मँझले भैया अलग रहते हैं। माँ सारी रात इतने तेज़ खर्राटे लेती है कि वह सो नहीं पाता। इस छोटे-से कमरे के साथ एक चार फ़ुट का बरामदा भी है जिसमें सोने पर खर्राटे कम सुनते हैं, पर कुलभूषण को पैर मोड़कर सोना पड़ता है।

मकान के इसी तल्ले पर दूसरी तरफ़ एक और मारवाड़ी परिवार रहता है। उनके पास एक छोटा कमरा ख़ाली है जिसे कुछ रुपये देकर बात करने से वे कुलभूषण को दे सकते हैं। पर दोनों बड़े भाई अपनी बीवियों को लेकर आराम से सो जाते हैं—बिना यह सोचे कि उसकी उम्र ब्याह की सीमा को पार कर रही है। माँ को कुछ कहते ही माँ की आँखों से गंगा-जमुना बहने लगती है। कुष्टिया में छूटे हुए अपने ग़ुस्सैल पति की गालियाँ खाये बिना उसका जीवन अधूरा है। किसी-किसी दिन यह अधूरापन सूरज उगने से पहले ही माँ को खाने लगता है और खर्राटों की जगह माँ के रोने की आवाज़ से कुलभूषण की नींद खुलती है। वह उठकर माँ की पीठ पर हाथ फेरता रहता है। उसे मालूम है कि यदि दोनों बड़े भाइयों में से एक आकर माँ की पीठ पर हाथ फेरे, तो माँ का दुख तुरन्त सौ गुना हलका हो जाये। पर ऐसा कभी होता नहीं। वही बेकार-निठल्ला है। इसलिए वही यह काम करता रहता है। जानते हुए भी कि इससे कुछ फ़ायदा होनेवाला नहीं है।

एक दिन कुलभूषण देर तक सोता रह गया था। रात भर नींद उचटी रही और सुबह ऐसी गहरी नींद आयी कि न माँ के खर्राटे सुनायी पड़े और न माँ का रोना। सपने में वह श्यामा के साथ लालन फ़क़ीर की दरगाह पर बैठा था और आँखें बन्द किये एकतारे की टुन-टुन और पाँवों में बँधे घुँघरुओं की

थाप के साथ एक फ़क़ीर का गाना सुन रहा था। तभी उसे फ़क़ीर के बगल में बैठी अमला दिखायी पड़ी। वह अपने शरीर को सफ़ेद साड़ी में लपेटे हुए थी, पर उसके खुले चेहरे पर माँग में भरा चटक लाल सिन्दूर चमक रहा था। वह अचानक फ़क़ीर के सुर में सुर मिलाकर गाने लगी। श्यामा आश्चर्य से उसके सिन्दूर को देख रहा था। तभी उसे छोटे भैया की दहाड़ सुनायी पड़ी–"सोने का नाटक मत कर कुलभूषण! उठ!! चल, अपनी भाभी की सोने की चेन निकालकर दे।"

कुलभूषण हकबकाकर उठ बैठा। उसने कहना चाहा–"कौन-सी चेन?" पर उसके मुँह से निकला–"कौन-सा सिन्दूर?" छोटे भैया ने उसकी पीठ पर एक लात जमा दी और गालियों की बौछार करने लगे। कुलभूषण को बेवक़्त ख़याल आया कि ये सारी गालियाँ पिताजी भी देते हैं। हो सकता है कि ये हमारी ख़ानदानी गालियाँ हों जो पिताजी ने दादाजी से सीखी हों। उसने खड़े होकर अपनी पीठ सहलाते हुए कहा–"भैया गाली मत दो।" सुनकर भैया का ग़ुस्सा और भड़क उठा–"नहीं गाली नहीं, तुम्हें तो फूलों की माला पहनायेंगे। साला-काला-कलूटा, हरामी-चोर-डाकू! कहता है, गाली मत दो। तेरी भाभी की चेन तूने गुसलख़ाने से सुबह-सुबह उठा ली और यहाँ आकर सोने की एक्टिंग कर रहा है।" भैया उसके ऊपर लात-घूँसों की बारिश करने लगे। कुलभूषण मुँह पर मार खाने से बचने के लिए भाई की तरफ़ पीठ करके बैठ गया।

उसने दीवार की तरफ़ मुँह किये हुए ही कहा–"माँ की क़सम भैया! मैंने भाभी की कण्ठी नहीं ली है। मैं आज सोया ही रह गया, रात को नींद नहीं आयी थी, सुबह आँख लग गयी।" माँ की क़सम खाते ही माँ प्रकट हुई–"अरे तुझे मैंने पैदा ही क्यों किया? पैदा होते ही मार क्यों नहीं डाला? मेरी झूठी क़सम खाता है? अच्छा है, मैं मर जाऊँ तो तुम सबसे पिंड छूटे।" कुलभूषण माँ का मुँह देखता रहा। दुनिया में माँ के प्रेम और त्याग की सारी कहानियाँ झूठी हैं। सचमुच वह अब तक ज़िन्दा ही क्यों है? किसी को उसकी ज़रूरत नहीं है। पैदा करनेवाली माँ तक को नहीं।

माँ के रोने-चिल्लाने के बीच भैया कुछ सुस्ता लिए थे। उन्होंने चिल्लाकर कहा–"तुम बीच में मत पड़ो माँ। आज मैं इसकी खाल खींच लूँगा, पर कण्ठी निकलवाकर ही रहूँगा। तुम्हारा सोना चुराते-चुराते इसकी सोना चोरी करने की आदत पड़ गयी है। बिना सोना चुराये यह नहीं रह सकता। तुम्हारी पन्ने-जड़ी सोने की अँगूठी ग़ायब हुई थी ना कुष्टिया से कलकत्ता आने के ठीक पहले? उसको बेचकर खा-पी गया होगा अब तक। इसलिए भाभी की

कण्ठी चुरा ली। बेचारी सुबह नहाकर निकली और पाँच ही मिनट में उसे याद आ गया। पर तब तक तो इस शातिर चोर को गन्ध आ ही गयी थी कि कोई गुसलख़ाने में कण्ठी भूल आया है।" कुलभूषण सन्न बैठा था। उसने श्यामा को अँगूठी चुराकर दी थी, तब सोच लिया था कि माँ को याद नहीं रहेगा कि अँगूठी कहाँ छूट गयी। पर माँ को याद था। उसने कुलभूषण से कुछ नहीं पूछा, लेकिन अपने बड़े बेटों को बताया है। कुलभूषण उठ खड़ा हुआ और बोला–"हाँ। माँ की पन्ने-जड़ी सोने की अँगूठी मैंने ली थी। पर तुम्हारी बीवी की कण्ठी मैंने नहीं ली है।" कहते हुए छोटे भैया को ज़ोर का धक्का देते हुए वह कमरे से बाहर निकला और पलक झपकते ही सीढ़ियाँ उतरकर कलकत्ता के ढाकापट्टी की गलियों में खो गया।

कुछ दूर जाकर उसे याद आया कि छोटे भैया का सिर अलमारी के काठ के हैंडल से टकराया था और वे दर्द से ज़ोर से चीख़े थे। उसके चेहरे पर बहुत दिनों बाद वैसा ही सुकून का भाव उभर आया, जैसा लालन शाह की दरगाह पर श्यामा के साथ बैठकर बाउल गाने सुनते आता था। उसने निश्चय किया कि अब वह उस घर में कभी नहीं लौटेगा। चलो अच्छा हुआ, माँ को पता तो चलेगा कि उसके बेकार बेटे के अलावा उसकी पीठ पर कोई हाथ नहीं फेरनेवाला है। अब रोती रहे, गाली देनेवाले पति और हर समय गाली खानेवाले बेटे के लिए। उसका हाथ भूलने के बटन की तरफ़ बढ़ गया। 'दी एंड' उसने फ़िल्मों के अन्त में आनेवाले अक्षरों को हवा में लिखा और अपनी करतूत पर मुस्कराता हुआ सियालदह स्टेशन की ओर बढ़ गया।

पत्रकार ने कहा–"आपने अपने दोस्त श्यामा को कोई निशानी देने के लिए माँ की पन्ना जड़ी सोने की अँगूठी चुरा ली। इसे आप कैसे सही ठहराएँगे? उदारता दिखाने के लिए चोरी करना तो ठीक नहीं है!" कुलभूषण ठहाका लगाकर हँस पड़ा। पत्रकारों का हाल जैसे उसे मालूम नहीं है। यों तो ये लोग शराब की एक बोतल में भी ख़रीदे जाते हैं। पर अमूमन हमेशा सत्ता और पैसेवालों के पिट्ठू होते हैं। इनसे चाहे जो लिखवा लो। रविवार के अड्डे में इन लोगों पर तेलीपाड़ा में अक्सर ऐसी बातें होती हैं। उसने हँसी रुकने पर कहा–"मेरी माँ की अँगूठी पर मेरा हक़ था कि नहीं? वह क्या उसे ऊपर ले जाती? उसके चार बेटों में से एक को मिलती न?" पत्रकार चुप हो गया। फिर बोला–"तो आप

ख़ुद रिफ़्यूजी बन दण्डकारण्य चले गये? क्या इसलिए कि आपको लगा कि अनिल मुखर्जी वहाँ मिल जायेंगे?" कुलभूषण ने कहा–"मेरे जाने का मक़सद उस घड़ी तो यही था कि मैं अपने आप से, अपने नाम-कुल-गोत्र, अपनी पहचान से छुट्टी पा लूँ। मैं भूल जाना चाहता था कि मैं कौन हूँ। अनिल मुखर्जी मुझे वहीं मिलेंगे, ऐसा मुझे आभास था। क्यों था, मुझे नहीं पता। उन्हें खोजते हुए कलकत्ता के गली-मुहल्लों, रिफ़्यूजी कॉलोनियों और कैम्पों का तो मैंने चप्पा-चप्पा छान लिया था। मेरे ऊपर एक धुन सवार थी कि उन्हें खोज निकालूँगा। शायद इसलिए भी कि मेरे पास कोई काम नहीं था जिसमें मेरा मन लगता।"

रिलीफ़ एंड रिहैबिलिटेशन डिपार्टमेंट (आर.आर.) में कुलभूषण सीधे ननीगोपाल साहा के पास गया–"दादा मुझे दण्डकारण्य भेज दीजिए। इस दुनिया में मेरा कोई घर नहीं है। जिनके घर में शरण के लिए गया था, उनके लिए मैं आज गंगा में डूबकर मर गया।" ननीगोपाल साहा ने उसे चश्मे के ऊपर से ग़ौर से देखा। उसे इस अजीब से दिखते काले लम्बोतरे आदमी से सहानुभूति हुई। उसने कहा–"तुम तो किसी लँगड़े आदमी को खोजते घूम रहे थे। अब क्या ख़ुद रिफ़्यूजी बनकर रायपुर के माना कैम्प जाओगे?" कुलभूषण की आँखों से टपटप आँसू गिरने लगे। उसने कहा–"हाँ, पहले अपने लिए इस धरती पर कोई ठिकाना खोजूँगा। फिर उन्हें भी खोजूँगा।" ननीगोपाल ने कहा–"तुम्हारी माँ को लेकर तुम आये थे। तुम्हारा बाप तो पाकिस्तान में ही है। वहाँ क्यों नहीं लौट जाते? तुम्हें क्या लगता है दण्डकारण्य में रहना आसान होगा?" कुलभूषण चुप रहा, तो उसने कहा–"पाँच साल पहले यहाँ के लगभग सारे, सौ से ऊपर रिफ़्यूजी कैम्प बंगाल की सरकार ने बन्द कर दिये। कहा कि दण्डकारण्य जाओ, वरना सरकारी सहायता बन्द कर दी जायेगी। कैम्प से भगाने के लिए ट्यूबवेल तक बन्द कर दिये। लोग भूखे-प्यासे मर रहे थे, पर जुलूस बनाकर नारे लगाते रहे कि हम बंगाल से बाहर नहीं जायेंगे। बंगाल में ही रहने की हमें जगह देनी पड़ेगी। बहुत से लोग दण्डकारण्य से वापस भाग आये। पानी के देश के लोग सूखी-पथरीली धरती पर कैसे रहते? ऊपर से बाघ-चीते जब तब किसी को उठाकर ले जाते। मेरी सलाह मानो तो यहीं कोई रास्ता खोजो।"

कुलभूषण चुप बैठा रहा। ननीगोपाल वापस अपने काम में लग गया। उसने यह नहीं कहा–'बाबा उठो यहाँ से। मुझे अपना काम करने दो।'

पाँच मिनट बाद उसने फ़ाइल से सिर उठाकर कुलभूषण की ओर देखा। कुलभूषण ने कहा–"दादा, एक बार तो मैं कालेपानी भी चला जाऊँगा। पर न तो बाप के पास पाकिस्तान जाऊँगा, न माँ के पास भाई के घर जाऊँगा। मेरे पास दो ही रास्ते हैं। या तो गले में पत्थर डालकर गंगा में डूब मरूँ या रायपुर के माना कैम्प चला जाऊँ।" ननीगोपाल समझाते हुए बोला–"मैंने सरकारी कैम्प की ज़िन्दगी देखी है। सुबह से सड़े हुए चावल-दाल के 'डोल' के लिए धूप में लाइन में खड़े लोग उसी चावल को खाकर उलटी-दस्त करते मर जाते। ट्यूबवेल के पानी के लिए एक-दूसरे का ख़ून करने को तैयार हो जाते। औरतों को इतनी छोटी साड़ी मिलती कि शरीर ढँकना मुश्किल। कोई-न-कोई बूढ़ा या बच्चा रोज़ मरता। जिस तम्बू से किसी औरत के रोने-कलपने की आवाज़ उठती, लोग समझ जाते कि कोई बच्चा मर गया है। बूढ़ों के लिए तो रोने के आँसू भी नहीं बचे थे। मरे हुओं को जलाने के लिए लकड़ी नहीं थी। लाश को मिट्टी में गाड़ कर तम्बू में आकर खाना पकाने की लकड़ी निकाल लेते। फिर भी वे दण्डकारण्य जाना नहीं चाहते थे। तुम्हें और क्या बताऊँ?" कुलभूषण फिर भी चुप रहा।

ननीगोपाल ने लम्बी साँस छोड़ते हुए दराज में से एक फॉर्म निकाला और कहा–

तुम्हारा नाम?

पिता का नाम?

पाकिस्तान में पता? ज़िला-थाना-गाँव।

काम धन्धा?

परिवार में कितने लोग हैं? सबका नाम। उमर?

पढ़ाई-लिखाई?...

"नाम–गोपाल चन्द्र दास। पिता का नाम–कृपामय दास। ज़िला–कुष्टिया। थाना–कुष्टिया। काम-धन्धा–किराने की दुकान। परिवार–कोई नहीं।" परिवार की बात सुनकर ननीगोपाल साहा ने क़लम रोककर उसे देखा–"देखो भाई अकेले आदमी को रायपुर के माना कैम्प में ही डाले रखेंगे। कई सौ परिवार पिछले सात सालों से वहीं पड़े हैं। अभी तक उन्हें ही जगह-ज़मीन नहीं मिली है। मेरी सलाह मानो, तो जिसे खोज रहे थे, उसके परिवार के नाम पर ही अपना नाम लिखा लो।" कुलभूषण चुप्पी साधे रहा। लम्बी साँस छोड़कर ननीगोपाल ने जैसे अपने से कहा–"परिवार ही आदमी को पोसता है और परिवार ही आदमी के मरने का कारण बनता है।" कुलभूषण ने तब भी कुछ नहीं कहा।

ननीगोपाल ने फिर कहा–"पार्टीशन के दस साल बाद सौ करोड़ रुपये देकर सरकार ने दण्डकारण्य प्रोजेक्ट शुरू किया था। तब तक पूर्व बंगाल के चालीस लाख रिफ़्यूजियों का नाम रजिस्टर में लिखा जा चुका था। रजिस्टर के बाहर तो न जाने और कितने होंगे, जिन्होंने ज़बरदस्ती दख़ल कर कलकत्ते के आसपास बस्तियाँ बना ली थीं। इतने लोगों को यहाँ कहाँ रखते? कॉलेरा-पीलिया-टीबी, जाने कितनी महामारियों के फैलने का ख़तरा बंगाल के सिर पर मँडरा रहा था। कोरापुट-कालाहाँडी-बस्तर के जंगलों में उन्हें भेजने के अलावा रास्ता क्या था? इसके पहले सरकार ने तीन-चार हज़ार लोगों को अण्डमान भेजा था। उनमें से भी पाँच सौ वापस भाग आये थे। बिहार-उड़ीसा भेजे गये एक लाख लोगों में से क़रीब एक तिहाई वापस लौट आये थे।"

कुलभूषण चुपचाप सुनता रहा। हो सकता है कि वह भी वापस लौट आयेगा। पर एक बार तो वह किसी तरह इस कलकत्ता शहर से कहीं और चला जाना चाहता है। सरकार मकान और दुकान की इकट्ठी ज़मीन और काम करने के लिए 'लोन' दे रही है। यदि अनिल मुखर्जी रायपुर के आस-पास किसी जगह पर बस गये होंगे, तो उसे भरोसा है कि अनिल दा उसे सिर छिपाने के लिए एक बार जगह ज़रूर देंगे। ज़्यादा नहीं तो दो-चार महीने निकल जायें। तब देखेगा कि आगे क्या करना है। किराने की दुकान तो हर जगह चलती होगी। दुकान की जगह मिल गयी, तो कुछ-न-कुछ वह कर ही लेगा। हो सकता है कि एक दिन उसका किराने का व्यापार कुष्टिया की आढ़त से भी बड़ा हो जाये। फिर तो वह वहीं शादी कर लेगा और जब माँ से मिलने आयेगा तो उसके लिए सोने की अँगूठी क्या, सोने का लम्बा हार बनवाकर लायेगा। उसके चेहरे पर मुस्कराहट छा गयी।

कुलभूषण ने देखा कि ननीगोपाल उसे अजीब निगाहों से देख रहा था। शायद उसे मुस्कराते देख वह हैरान हो रहा था। "कितने बजे की ट्रेन पकड़नी है?"–उसने ननीगोपाल से पूछा। "तुम्हारा सामान कहाँ हैं? कपड़े-लत्ते?" ननीगोपाल की बात सुनकर कुलभूषण ने सिर हिलाया–"सामान वहीं जाकर ख़रीदूँगा। दो जोड़ी कपड़ों के लिए क्या भाई की दहलीज़ पर फिर लात खाने जाऊँगा?"

ट्रेन पकड़ने कुलभूषण को पाँच मील दूर बस पकड़कर जाना पड़ा। उसे कैश डिपार्टमेंट से ननीगोपाल ने चौदह रुपये चालीस पैसे और रायपुर का एक टिकट दिलवा दिया। तभी उसे पता चला कि भारत सरकार रिफ़्यूजी स्पेशल ट्रेन को सीधे पूर्व पाकिस्तान की बॉर्डर से चला रही है। इन ट्रेन को

कलकत्ता के हावड़ा-सियालदह स्टेशनों पर न आने देकर पाँच-सात मील दूर किसी स्टेशन पर खड़ा करती है, जिससे कि रिफ़्यूजी कलकत्ता के स्टेशन पर जगह खोज कर अपनी चादरें न फैला लें। रिफ़्यूजियों से भरी ट्रेनें दर्शना और बेनापोल बॉर्डर से सीधी रायपुर जाती हैं। ननीगोपाल ने कहा–"जब से हज़रतबल काण्ड हुआ है, सिर्फ़ उन्हीं शरणार्थियों को कलकत्ता आने दिया जाता है जिनके पास कलकत्ता का कोई ठिकाना है। जानते हो, रिफ़्यूजी ट्रेनें जहाँ-जहाँ बिहार-उड़ीसा-मध्य प्रदेश से होकर जाती हैं, वहाँ-वहाँ दंगे हो रहे हैं। मुसलमानों को मारा-काटा जा रहा है। जाने कब इस ख़ूनख़राबे का अन्त होगा। तुम बताओ, किसी मुसलमान ने तुम्हें वहाँ से मारकर भगा दिया तो क्या उसका बदला तुम यहाँ किसी दूसरे मुसलमान से लोगे? घर छूटने की जिस तकलीफ़ को तुमने झेला, क्या वही तुम दूसरे को देना चाहोगे?"

कुलभूषण चुप रहा। उसे तो अपनों ने ही रिफ़्यूजी बना दिया है। इधर यह आदमी बिना किसी परिचय के लिए अपने दफ़्तर से उठकर उसके साथ आधे घण्टे से घूम रहा है। उसने कहा–"ननीगोपाल दा। आपको अगर मैं कहता कि मैं हिन्दू नहीं हूँ, मुसलमान हूँ या कहता कि बंगाली नहीं हूँ, राजस्थान का हूँ, तो भी क्या आप मेरी ऐसे ही मदद करते?" ननीगोपाल ने कहा–"हाँ। पर इसलिए क्योंकि तुम्हारा चेहरा मेरे बड़े भाई से बहुत ज़्यादा मिलता है। वह पिछले साल गंगा में डूबकर मर गया था। वह रानाघाट के 'परमानेंट लायबिलिटी कूपर कैम्प' का इंचार्ज था। सबके मना करने के बावजूद उसने वहीं एक बंगाली रिफ़्यूजी लड़की से शादी की थी जिसका एक बूढ़े और बीमार बाप के अलावा कोई नहीं था। दोनों के बीच जाने क्या हुआ कि मेरे भाई ने आत्महत्या कर ली। तुम गंगा में न डूब मरो, इसलिए तुम्हें रायपुर भेज रहा हूँ। अच्छा, ठीक से रहना–" ननीगोपाल ने भर्राए गले से कहा और मुड़कर चला गया।

कुलभूषण की बस हावड़ा ब्रिज से गंगा नदी को पार कर एक छोटे स्टेशन पर पहुँची। वह लोगों से भरी हुई रेल पर चढ़ गया। उसने वहाँ जो नज़ारा देखा, वह छह महीने पहले ढाका मेल में देखे हुए से भी बुरा था। भीड़ में सबके चेहरे एक जैसे थे। थके-हारे, पसीने से चिपचिपाते हुए, धूल से भरे बिखरे बाल और मैले-कुचैले कपड़े पहने, कपड़ों की गठरियों में अपना असबाब बाँधे लोग ही लोग। बातें करने से उसे पता चला कि रानाघाट बॉर्डर से ट्रेन कलकत्ता के उत्तर में बाली ब्रिज से गंगा पार कर इस स्टेशन पर रुकती है। आर.आर. डिपार्टमेंट के लोग दण्डकारण्य जाने के लिए रजिस्टर

में नाम लिखवाने वाले लोगों को हावड़ा-सियालदह स्टेशनों से उठाकर यहाँ से रायपुर की रिफ़्यूजी-स्पेशल रेल में बैठा देते हैं।

बहुत सारे लोग रजिस्टर में नाम लिखवाने के बाद भी किसी क़स्बे या शहर में ग़ायब हो जाते हैं। अनदेखी धरती और अनिश्चित भविष्य का डर रेल में बैठने की हिम्मत नहीं देता। जो लोग रेल में चढ़ते हैं, वे वही होते हैं जिनके पास सरकार की बात मान कर दण्डकारण्य जाने के अलावा कोई रास्ता नहीं है। कुलभूषण ने देखा कि रेल में प्राय: नामशूद्र जाति के लोग थे– किसान, मज़दूर, नाई, कुम्हार, छोटे दुकानदार, हलवाई–जो सीधे पूर्व पाकिस्तान से आ रहे थे। सबके साथ परिवार थे-बूढ़ी औरतें-आदमी, छोटे-बड़े बच्चे। सब एकदम चुप थे। जैसे किसी में बोलने की ताक़त न बची हो। आर.आर. डिपार्टमेंट के लोग गुड़ और चिवड़ा के काग़ज़ के पैकेट सबको बाँट रहे थे। ये लोग छह महीने पहले ढाका मेल पर कुष्टिया से आनेवाले लोगों से ज़्यादा ग़रीब थे। शायद ये वे लोग थे जिन्होंने अन्त का तन्त आने पर ही घर छोड़ने का फ़ैसला लिया था।

रेल आगे बढ़ती गयी और कहानियों की पटरी पर चलती गयी। कोई अपनी कहानी सुनाते-सुनाते चीत्कार कर रोने लगता, किसी की देह सुबकियों से देर तक हिलती रहती। एक औरत 'ओ माँ' कहकर एक घण्टे तक विलाप करती रही और बीच-बीच में न जाने क्या बोलती रही। खड़गपुर, जमशेदपुर, राउरकेला, विलासपुर–हर बड़े जंक्शन पर रेल घण्टों रुकती रही। बहुत-सी हिन्दू पार्टियों और समाजसेवी संस्थाओं के लोग रेल पर चढ़ते रहे, बातें करते रहे, मुफ़्त में खाने-पीने का सामान और कपड़े-कम्बल देते रहे। रेल जब तक रायपुर पहुँची, पूरे रास्ते सुनी हुई कहानियों से निकलकर लूटपाट करते लोग, आग की लपटों से बचकर भागते लोग, पेट में छुरा मारने से ख़ून के फ़व्वारे छोड़ते लोग, बलात्कार की जाती औरतें, उठाकर ले गयी लड़कियाँ और औरतें, मारकर नदी में फेंके गये बच्चों ने कुलभूषण के दिल और दिमाग़ को सुन्न कर दिया था। इन सारे टूटे-फूटे, उजड़े हुए, दुखी लोगों के बीच वह किस तरह के जीवन की कल्पना कर सकता है? उसकी आत्मा पर जैसे काँटों के जंगल उग गये थे। शायद आदमी ही आदमी के साथ किसी धर्म या जाति की आड़ में ऐसा अत्याचार कर सकता है। ज़रूर अनिल मुखर्जी के परिवार के साथ नारायणगंज में कोई बड़ा हादसा हुआ है। तभी वे कुष्टिया छोड़कर रातोंरात चले गये।

कुलभूषण ने विलासपुर आते-आते ही सोचा कि वह रेल से उतरकर वापस कलकत्ता की ट्रेन पकड़कर लौट जाये। इन लोगों के दुख के आगे तो उसका दुख ऐसा है जैसे किसी ने फूल की छड़ी से मार दिया हो। भाई का कण्ठी चुराने के शक में उसे लात-घूँसों से मारना तो कुछ नहीं है। भाई का उस पर शक करना वाज़िब था क्योंकि वह मजबूरी में सचमुच चोरी करता रहा है। पर इन लोगों को बिना किसी अपराध के इस तरह देश से क्यों मार-मार कर निकाला गया? वह रेल से उतरने की सोच रहा था कि बगल में शुरू से अब तक चुप बैठे हुए एक बूढ़े ने उसका हाथ पकड़ा और कहा-"बेटा, मैं अपने-आप चल नहीं सकता। मेरा बेटा निताई इस रेल में मुझे बैठाकर पानी लाने जाने कहाँ चला गया। हो सकता है कि उसकी रेल छूट गयी हो और वह अगली ट्रेन से आये। तुम मुझे पकड़कर पेशाब करवा लाओगे?" कुलभूषण ने हाँ करते हुए उसे सहारा देकर खड़ा किया। कलकत्ता लौट जाने का इरादा उसने छोड़ दिया। अनिल दा का भी तो पता लगाना है। कलकत्ता दो-चार महीने बाद जायेगा। तब तक घरवालों को उसे खोजते रहने दो। माँ जब रोना-धोना मचायेगी, तो मजबूर होकर दोनों भाइयों को उसे खोजना ही पड़ेगा।

पत्रकार ने कहा-"दंगे से उजड़े हुए लोगों की कहानियों से आपका पहली बार साबिका पड़ा था? ग़नीमत है कि आपको ख़ुद ऐसे अनुभव से गुज़रना नहीं पड़ा। वह बूढ़ा आपका हाथ नहीं पकड़ता तो शायद आप बीच में उतरकर वापस कलकत्ता लौट आते?" कुलभूषण ने कहा-"पहली बार नहीं, दूसरी बार। आपको बताया था न ढाका मेल में मिले उस आदमी का क़िस्सा, जो अनिल मुखर्जी के बड़े भाई का नाम सुनते ही भाग गया था। उसने कहा था कि जो उसने ढाकेश्वरी कॉटन मिल में देखा था, वह बुरे से बुरे नरक से भी भयानक था।" पत्रकार ने कहा-"तो आप अपना नाम और पहचान बदलकर गोपाल चन्द्र दास बनकर रायपुर माना कैम्प चले गये?" कुलभूषण मुस्कराने लगा-"कभी आप ऐसा करके देखिए। आपको ऐसी मुक्ति का एहसास होगा जिसकी आप कल्पना नहीं कर सकते।" पत्रकार हँसा और बोला-"एक बड़े पत्रकार-लेखक हुए हैं, जॉर्ज ओरवेल। उन्होंने नाम बदलकर पेरिस में होटल में वेटर का काम किया था, ताकि उनकी ज़िन्दगी की तकलीफ़ों पर लिख सकें।"

कुलभूषण ने कहा– "तकलीफ़? बादलों और पानी के देश में रहनेवाला बंगाल का आदमी रायपुर माना कैम्प की जानलेवा गरमी में जैसे कड़ाही के तेल में तला जाता है। उसकी जीभ, गला, पेट से आत्मा तक आग बरसाते सूरज की धूप में सूखकर लकड़ी बन जाते हैं।"

रेल रायपुर स्टेशन पहुँची तो मई महीने के सूरज की गर्मी तेज़ होने लगी थी। आकाश में बादलों का नामोनिशान नहीं था। दूसरे महायुद्ध की कई पुरानी जर्जर बेडफोर्ड ट्रकें, जिनमें शायद अब गायें, भैंसें, बकरे लादे जाते थे, स्टेशन पर खड़ी थीं। कुलभूषण ने जोगेन बूढ़े को गोद में उठाकर ट्रक पर चढ़ा दिया। बूढ़ा अब अपने लड़के को निताई-निताई कहकर लगातार पुकार रहा था और रोये जा रहा था। कुलभूषण ने उसे चुप कराने या सान्त्वना देने की कोई कोशिश नहीं की। वह सुन्न दिमाग़ से बूढ़े की पोटली और अपना बैग, जिसे उसने राउरकेला स्टेशन पर ख़रीद लिया था, लेकर ट्रक पर चढ़ गया। ट्रक के पंजाबी ड्राइवर ने ऐसे झटके से ट्रक आगे बढ़ाया कि अपने-अपने बिस्तर और पोटलियों के ऊपर बैठे लोग चीख़ उठे। सबने ट्रक के किनारों को और एक-दूसरे को कसकर पकड़ लिया कि कहीं वे ट्रक से उछलकर नीचे न गिर जायें। लाल मिट्टी कँकरीली सड़क को रौंदता, लाल धूल उड़ाता ट्रक चला। बीच में कोई बड़ा पत्थर आता, तो ज़ोर के झटके से लोग 'माँ गो', 'बाप रे' चिल्ला उठते। धीरे-धीरे लाल धूल सबके बालों और कपड़ों को ढँकती गयी जैसे बेमौसम सबने होली खेल ली हो। सबके बाल, भौंहें और आँखों की पलकें तक लाल धूल से ढँक गयीं–ठीक वैसे ही जैसे रास्तों के दोनों तरफ़ खड़े पेड़ों के पत्तों के पोर-पोर लाल धूल से अँटे थे।

आधे घण्टे बाद माना कैम्प पहुँचकर ट्रक से सबको उतार दिया गया। कुलभूषण ने जोगेन बूढ़े को सहारा देकर उतारा। सामने 'डोल' देने का टीन का बना सरकारी ऑफ़िस था। उसके सामने सूखी लाल मिट्टी पर आग बरसाती धूप के नीचे मैले-कुचैले-फटे कपड़े पहने औरतों और आदमियों की एक लम्बी लाइन थी। तपते हुए शेड को पार कर यह लाइन कुछ दूर पर मिट्टी में गाड़े हुए तम्बुओं तक फैली हुई थी। कुछ अधनंगे बच्चे पीपल और बड़ के अधमरे से पेड़ों के आसपास शोर मचाते खेल रहे थे। टीन के दफ़्तर के काउंटर पर तराजू से तौलकर सप्ताह का दाल-चावल और गेहूँ दिया जा रहा था और राशन कार्ड में दाग दिया जा रहा था। काउंटर के बगल से

लोगों के नाम पुकार कर आवाज़ लगायी जा रही थी। अचानक कुलभूषण ने सुना–'रमाकान्त मण्डल। कैश आठ रुपया पचास पैसा।' कुलभूषण नाम सुनकर चौंक गया। रमाकान्त मण्डल फरीदपुर से सरसों का तेल उनकी दुकान में देनेवाले व्यापारी के यहाँ काम करता था। पाँच साल पहले सुना था कि वह हमेशा के लिए हिन्दुस्तान चला गया। उसकी जगह फरीदपुर से कोई दूसरा आदमी आने लगा था। कुलभूषण ने आगे बढ़कर काउंटर पर से रुपया लेते आदमी को पीछे से देखा। उसके बाल पाट की तरह सफ़ेद थे। नहीं, यह तो कोई और है। किन्तु रमाकान्त मण्डल पीछे मुड़ा, तो कुलभूषण ने देखा कि वह आदमी रमाकान्त ही था। पर पाँच साल पुराने रमाकान्त का सिकुड़ा हुआ, कड़क धूप और कड़क ठण्ड से रंग उड़ा हुआ अवतार। यहाँ तक कि जैसे उसकी लम्बाई भी कम हो गयी थी।

रमाकान्त ने जैसे ही उसे देखा, एकदम ठिठककर खड़ा हो गया। फिर उसने अपनी आँखों पर से धूप को रोकते हुए हथेली की ओट की, ताकि भरोसा कर सके कि जो देखा, सही देखा था। "भूषौन बाबू!!"–कहकर रमाकान्त हवा में लहराता-सा उसकी तरफ़ बढ़ा। "भूषौन बाबू मर गया। मेरा नाम गोपाल चन्द्र दास है।" कुलभूषण ने उसके कान के पास मुँह ले जाकर फुसफुसाकर कहा। रमाकान्त ने चौंककर उसकी आँखों में देखा और देखता रहा। फिर उसकी आँखों में हालात की समझ उग आयी। उसने इसके आगे कुछ नहीं पूछा। उसका हाथ पकड़कर टीन के दफ़्तर में ले गया। वहाँ रजिस्टर खोलकर बैठे आदमी से कुछ-कुछ कहता रहा। कुलभूषण को लगा कि वह कह रहा है कि गोपालदास उसका पुराना पड़ोसी है, इसलिए उसे भी उसके पास ही तम्बू दे दिया जाये। रजिस्टर वाला आदमी नये रिफ़्यूजियों को अलग इलाके के वार्ड में भेजने की बात कह रहा था। पर रमाकान्त मण्डल के बार-बार कहने पर उसकी बात मान गया। रमाकान्त मण्डल ने उसका राशनकार्ड संग-संग बनवा दिया। वे बाहर आ गये। तभी कुलभूषण को जोगेन बुड्ढे का ख़याल आया। उसने रमाकान्त को सारी बात बतायी। रमाकान्त ने सिर हिलाते हुए कहा–"गोपाल बाबू, आपको मैंने अपना पड़ोसी और दूर का सम्बन्धी बता दिया। मैं यहाँ पाँच साल से रह रहा हूँ। इसलिए थोड़ी-बहुत बातें मनवा सकता हूँ। पर आप एक अपाहिज बूढ़े को साथ लेकर नहीं जा सकते। इसे कैम्प के अफ़सरों पर छोड़ना होगा। वे ही कुछ व्यवस्था करेंगे।" कुलभूषण की आँखें भर आयीं। वह जोगेन बूढ़े को पाँच रुपये देकर उसके भाग्य पर छोड़ देगा। फिर रमाकान्त के साथ तम्बू गाड़ने का सामान लेने चला जाएगा।

कुलभूषण ने देखा कि वह जहाँ जोगेन को छोड़कर गया था, वहाँ भीड़ लगी हुई थी। "मोरे गेछे–मर गया। मर गया"–लोग कहते हुए वहाँ से हट रहे थे। भीड़ को धकियाते हुए बूढ़े जोगेन के चित पड़े हुए शरीर के पास जाकर कुलभूषण ने उसकी नाक के पास हथेली लगायी। साँसें बन्द थीं। किन्तु शरीर गर्म था। तभी कैम्प के दो कर्मचारी बाँस की बनी एक टिकटी लेकर आये और सबको हटने के लिए कहा। उन्होंने बूढ़े को तख़्ती पर लेटाया और कैम्प के दरवाज़े से बाहर ले गये। कुलभूषण उनके पीछे-पीछे चलता रहा। रमाकान्त ने कुछ देर बाद हाथ पकड़कर उसे रोका। उसने मुड़कर रमाकान्त की आँखों में देखा। वहाँ कोई भाव नहीं था जैसे किसी मिट्टी की प्रतिमा की आँखें हों। कुलभूषण ने अपना हाथ छुड़ा लिया, पर आगे नहीं बढ़ा। धुँधलाई आँखों से सूखी तपती हुई लाल मिट्टी को देखता हुआ रमाकान्त के साथ चल पड़ा। "अच्छा ही हुआ"–उसने कुछ देर बाद रमाकान्त से कहा–"ज़िन्दा रहता तो जाने और कितनी तकलीफ़ पाता। शायद उसके बेटे निताई ने जान-बूझकर ही अपने बाप को अकेला छोड़ दिया था।" रमाकान्त ने कहा–"सबको अपनी जान की पड़ी है। ऐसे में आदमी अपने बच्चों को बचाने के लिए भले ही दुनिया से लड़ ले। माँ-बाप को कैसे बचायेगा।"

"हर सप्ताह टूटे हुए सड़े गेहूँ, कंकड़ मिले घटिया चावल और साढ़े आठ रुपये की भीख पर पाँच साल से जी रहा हूँ"–रमाकान्त ने चलते-चलते कहा–"इन लोगों ने भिखारी बना छोड़ा है। इसकी जगह ज़मीन दे देते, तो कुछ इज़्ज़त से जी सकता था। पर अभी तक ज़मीन नहीं मिली। बहुत-से लोगों को जंगल काटकर ज़मीन दी गयी। मेरी तक़दीर ही ख़राब है। दो साल पहले नम्बर आया, तो ऐसा बुख़ार चढ़ा कि महीनों खड़ा नहीं हो सका। तब से ऐसे ही चल रहा है।" कुलभूषण का गला प्यास से सूख रहा था–"कहीं पानी मिलेगा?"–उसने दूर-दूर तक फैली लाल मिट्टी के प्रायः बंजर फैलाव को देखते हुए कहा। रमाकान्त ने सूखे-से पीपल के नीचे चटाई से काठ के टुकड़ों पर छावनी करके बनायी हुई पान-बीड़ी की दुकान की ओर इशारा किया–"दस पैसे में एक गिलास पानी मिलेगा।" पानी पीकर आगे बढ़े कि एक तम्बू में टेबल-कुर्सी पर बैठे एक जवान लड़के ने आवाज़ लगायी–"रमाकान्त दा। चन्दा देते जाइए। रसीद काट देता हूँ।"

"किस चीज़ का चन्दा?"–कुलभूषण ने हैरत से रमाकान्त से फुसफुसाकर पूछा।

"अरे, इन लड़कों ने इसी भीख पर पलकर जवानी में क़दम रखा है।

इनके जैसों की पूरी जमात यहाँ तैयार हो गयी है–बिना कुछ किये भीख के पैसों से भी भीख लेकर पलनेवालों की जमात।" तभी एक मोटरसाइकिल गरजती हुई वहाँ आकर रुकी। उसमें से एक हट्टा-कट्टा आदमी उतरा और बोला–"चन्दे के बिना काम कैसे होगा रमाकान्त दा? कलकत्ते से मन्त्रियों को यहाँ ला रहा हूँ। मैं ख़ुद कोलकाता होते हुए दिल्ली जा रहा हूँ। दण्डकारण्य में अभी नयी ज़मीन तैयार हो रही है। दस हज़ार लोगों को वहाँ बसाया जा सकेगा।" वहाँ कई लोग अब तक इकट्ठे हो गये थे। एक मरियल-से आदमी ने कहा–"यह बात सुनते तो पाँच साल हो गये। लगता है यहीं माना कैम्प में मरना लिखा है।" सुनते ही मोटरसाइकिल वाला भड़क उठा–"कहो तो अभी यहीं धरती में गाड़ दूँ।" सब चुप हो गये और चन्दा देकर रसीद लेने लगे।

कुलभूषण की हैरानी देखकर रमाकान्त ने कहा–"अभी एक सप्ताह रहेंगे तो सब समझ जायेंगे। अच्छा यह बताइए कि बड़े बाबू कुष्टिया में ही हैं या वे भी इधर आ गये? क्या किराने का कारोबार बन्द कर दिया?" कुलभूषण ने उसे अनाम चिट्ठी और अपने दोस्त मोहम्मद इस्लाम के बारे में बताया–"पिताजी ज़मीन-जायदाद का मोह नहीं छोड़ सकते। चाहे जान ही चली जाये। अब तुम मेरे बारे में कुछ पूछो, उससे पहले ही तुम्हें बताता हूँ। बड़े भाइयों के पास मेरा गुज़ारा नहीं हो सकता। मुझे वे एक बँधुए मज़दूर की तरह रखते हैं जिस पर जब-तब चोरी का इल्ज़ाम लगाकर लात-घूँसे मारते रहें। इसीलिए मैं यहाँ चला आया हूँ। अच्छा लगेगा तो यहीं ज़िन्दगी काट दूँगा। तुम जानते हो, मैं मेहनत करने से नहीं डरता। रमाकान्त ने सिर हिलाया–"जानता हूँ भूषौन बाबू। मेरा मतलब है गोपाल बाबू। चलिए, जैसे ऊपरवाला रखेगा, हम वैसे ही रहेंगे।"

"लेकिन तुम इस तरह अचानक फरीदपुर छोड़कर क्यों चले आये थे?"–कुलभूषण ने पूछा। "मेरी बीवी की इज़्ज़त बचाने के लिए। मेरे दुर्भाग्य से वह बहुत सुन्दर थी। पाँच साल पहले अयूब ख़ान का मिलिटरी शासन आने के बाद पाकिस्तान में रहते उसे बचाना सम्भव नहीं था। दो बार मेरे पड़ोसी ने, जो 'ईस्ट बंगाल रेज़ीमेंट' में काम करता था, मेरे घर पर हमला करवाया! उसके बाद मैं रातोंरात निकल गया। वरना मेरी बीवी की इज़्ज़त तो जाती ही। दोनों बच्चे अनाथ हो जाते।"

कुलभूषण ने पूछा–"मोटरसाइकिल वाला आदमी कौन है?" रमाकान्त ने बताया–"यह शरत नस्कर है। ख़ुद रिफ़्यूजी बनकर यहाँ आया था। सबका दुख-दर्द दूर करने का नाटक कर इसने काफ़ी पैसा जमा कर लिया है। रायपुर में गाय-भैंस की खटाल बना ली है। कई बड़े-बड़े तालाबों में मछली

पकड़ने का ठेका ले लिया है, जिसकी सप्लाई कलकत्ता तक करता है। इसने रसीद काटनेवाले लड़के जैसे कइयों को पाल रखा है। रायपुर में कभी किसी महँगे होटल में शराब पिलाकर उन्हें सिनेमा दिखाता है। दस-बीस रुपये भी देता है। हमारे वार्ड के गोपीनाथ ने चन्दा देने से मना किया था। उन लड़कों ने उसे उतना मारा कि उसे अस्पताल ले जाना पड़ा। यह कुछ सरकारी लिफ़ाफ़ों में चिट्ठियाँ और नक़्शे लिए घूमता है। कहता है, देखिए ज़मीन तैयार करने से तो नहीं होगा। फ़सल उगाने के लिए बाँध भी बना रहे हैं। नक़्शे में नीले रंग की एक नदी देखकर अपने बच्चों के साथ जानवरों की तरह जीते लोग खुश हो जाते हैं कि जल्द ही उन्हें घर-दुकान और खेती करने की ज़मीन मिल जायेगी।"

कुलभूषण तपती धूप में रमाकान्त के साथ चलता हुआ उसके घर पहुँचा। देखा कि टीन की दीवाल से बनी झोंपड़ी पर टीन की ही छत है। सामने एक छोटा-सा आँगन है। रमाकान्त की पत्नी ने उसे देखते ही सिर पर आँचल खींच लिया। रमाकान्त से परिचय मिलने पर दोनों हाथों से उसके दोनों पाँव छूकर बंगाली तरीक़े से प्रणाम किया। कुलभूषण उस दुबली, सिकुड़ी हुई सी, साँवली, झुर्री पड़ी औरत को देखकर सोचता रहा—क्या यह सचमुच छह साल पहले इतनी सुन्दर थी कि इसे किसी शैतान से बचाने के लिए रमाकान्त को अपना घरबार छोड़ना पड़ा? तभी रमाकान्त ने अपनी बीवी को डाँटते हुए पूछा—"वह कहाँ है? तुम्हारी राजकुमारी? और तुम्हारा बेटा महल में दिख नहीं रहा?" उसकी बीवी ने कातर नज़रों से देखते हुए कहा—"ठीक है, ठीक है। पानी पियो। शान्ति से रहो। बच्चे अभी-अभी बाहर गये हैं। आ जायेंगे।"

एक सप्ताह में कुलभूषण को सचमुच बहुत कुछ पता चल गया था। उसने रमाकान्त के आँगन में अपना तम्बू गाड़ लिया था। सुबह-शाम उन लोगों की आवाज़ें उनका कोई राज़ बाक़ी नहीं रहने देती थीं। रमाकान्त की बीवी एक दिन उसे अकेला पाकर कहने लगी—"बाबू, तुम तो देख ही रहे हो। मेरी बेटी ललिता चौदह साल की हो गयी है। इधर-उधर खाने का जुगाड़ करती फिरती रहती है। फ़रीदपुर में रहते, तो क्या उसे ऐसा करने देते? अब तक तो ब्याह हो जाता। मैं उसे क्या दोष दूँ? वह आठ साल की थी तब हम कलकत्ता के सियालदह प्लेटफ़ॉर्म पर आकर कई महीने पड़े रहे। तभी वह पेट के लिए जुगाड़ करना सीख गयी थी। एकदम सुबह-सुबह धापा के खेतों से ठेलागाड़ी में सब्ज़ियाँ आतीं। ललिता उसमें से गोभी-बैंगन चुराकर ले आती। डाँटने पर

कहती–पेट तो सब्ज़ी से ही भरता है। चावल तो सिर्फ़ एक मुट्ठी मिलता है। वह देखती थी कि उससे एक साल छोटा भाई अर्जुन रोज़ भूख से घण्टों रोता है। रमाकान्त बच्चों पर बहुत ग़ुस्सा करता है। पर वे जुगाड़ न करें तो क्या करें? उन्हें बचपन से ही पता है कि भूख क्या होती है।"

कुलभूषण ने एक सप्ताह में इधर-उधर घूम-फिरकर माना कैम्प में बहुत-सी दोस्तियाँ कर ली थीं। कुष्टिया की तरह ही उसने पाया कि ग़रीब तबके और छोटी जाति के लोग उसे बहुत जल्दी अपना बना लेते हैं। रमाकान्त का बेटा अर्जुन आदिवासियों से महुआ की शराब लाकर रायपुर शहर के बलवान सिंह ढाबे पर डिलीवरी करता है। इसके बदले में उसे चार-पाँच रुपये मिल जाते हैं। खाने को ढाबे की बासी रोटी-तड़का मिल जाता है। दूरदराज से आनेवाले ट्रक ड्राइवरों के लिए शाम के बाद एक दूसरा धन्धा भी चलता है। बलवान सिंह अर्जुन से कहता है–"क्या लौंडे! यही माल लाता रहेगा? दूसरे माल का धन्धा भी कर। वहाँ छोकरियाँ भी तो बहुत हैं। एक-दो ले आ। दस रुपये बख़्शीश दूँगा।"

कुलभूषण का दिल रमाकान्त की बीवी के लिए दुखता है। वह जानता है कि अपनी सुन्दरता और ज़वानी को लूटे जाने के डर से वह बेचारी घरबार खोकर किसी तरह परिवार पाल रही है। पर वह नहीं जानती कि पाकिस्तानी मिलिटरी अफ़सर की जगह अब उसकी बेटी के ऊपर कैम्प का किरानी बाबू घोष घात लगाये हुए है। भरी दोपहरी के सन्नाटे में ललिता रोज़ दाल-चावल-तेल-चीनी से भरे गोदाम में शरबत पीने के लालच में जाती है। उससे तिगुनी उम्र का किरानी बाबू घोष कुंजे से पानी लेकर लोटे में मुट्ठी भर-भर के चीनी डालता है। फिर पानी में नीबू का रस मिलाकर उसे गिलास पकड़ा देता है और कहता है–"इतनी सुन्दर है रे तू! धूप में घूम-घूमकर काली हो जायेगी। यहीं रोज़ आ जाया कर।" फिर उसके गाल पर हाथ फेर कर कहता है–"चीनी लेगी? कल एक थैला ले आना। बिना कंकड़ का अच्छा चावल दूँगा।" ललिता चीनी का पैकेट घर नहीं ले जाती। उसे 'सी' ब्लॉक के चाय की दुकान के मालिक लालाजी को बेचकर चार रुपये उठा लेती है। घर लेकर आती है चुराये हुए दो-चार भुट्टे और थोड़ा बथुआ का साग। माँ की गाली सुनते हुए घोष बाबू की बात याद कर मुस्कराती है–"इतनी सुन्दर है रे तू।" किसी ने आज तक उसे सुन्दर नहीं कहा था। माँ और बाबा तो हर समय गाली-गलौज करते डाँटते रहते हैं।

पत्रकार ने कहा–"मतलब कि आप कैम्प की ज़िन्दगी को जल्दी ही अच्छे से जान गये? ललिता के बारे में जो बातें उसके माँ-बाप तक नहीं जानते थे, वे भी आप जानने लगे? कितने दिन रहे वहाँ?" कुलभूषण मुस्कराया–"लोग अपने सुख-दुख की बातें मुझसे कर लेते हैं। हमारे तेलीपाड़ा में कोई ऐसा घर नहीं है, जिसके सारे राज़ मुझे नहीं मालूम। आप तो जानते होंगे, बंगाल में कम्युनिस्ट पार्टी हर घर में घुसी है। बाप-बेटे के झगड़े से लेकर मियाँ-बीवी का झगड़ा पार्टी ही सलटाती है। पर सोचिए कि लोग क्या ऐसे ही भरोसा कर लेते हैं किसी पर? रिफ़्यूजी तो बेचारा तक़दीर का मारा होता है। उसके गाँव का नाम पूछने भर देर है, वह आपको अपनी जन्मपत्री सुना देगा। उसके बाद वह बाक़ी लोगों के राज़ बतायेगा। दो महीने में मैं सब कुछ जान गया। लोग मुझसे बातें करके हलके हो जाते हैं।"

कैम्प में दिन बीतते गये। कुलभूषण को अब नहीं लगता कि अनिल मुखर्जी उसे इधर मिलेंगे। यहाँ ज़्यादातर वे लोग भेजे गये थे जो खेतीबाड़ी करके, ज़मीन जोतकर कुछ उगा सकेंगे। दण्डकारण्य प्रोजेक्ट की शुरुआत में कैम्प में रहते बहुत से लोग वहाँ की दुर्गति से बचने के लिए ख़ुद नाम दिखाकर यहाँ आये थे। बाद में उन्नीस सौ साठ के क़रीब सारे कैम्प बन्द करके सरकार ने लोगों को ज़बरदस्ती यहाँ भेजा। पर वही लोग यहाँ बस पाये, जो खेती के काम से जुड़े हुए थे। उन्होंने बहुत कष्ट उठाकर यहाँ की बंजर ज़मीन को थोड़ी बहुत खेती के लायक बना लिया। पर बाक़ी लोग, जो शारीरिक रूप से मेहनत करने लायक नहीं थे, यहाँ से वापस लौट गये। अनिल मुखर्जी तो शारीरिक रूप से अक्षम हैं। हो सकता है कि वे कलकत्ता में ही हों या किसी 'परमानेंट लायबिलिटी' कैम्प में भेज दिये गये हों जो सिर्फ़ अकेली औरतों या बहुत बूढ़े लोगों के लिए अब भी बने हुए हैं। कुलभूषण की तहकीक़ात में किसी ने लँगड़ाकर चलते किसी आदमी को 'माना कैम्प' में नहीं देखा था।

रमाकान्त मण्डल फरीदपुर का नामी कीर्तनिया था, यह अब माना कैम्प में आकर कुलभूषण को पता चला है। "अपना सब कुछ खोकर अब मेरे सुर हाहाकार में बदल गये हैं, गोपाल बाबू"–रमाकान्त कुलभूषण को कहता है–"पर फिर भी इस जंगल का निर्वासन मिलने पर और भीख के अनाज पर पलते हुए मैंने हरिनाम नहीं छोड़ा। राजा राम तक को अपना राजपाट छोड़कर

नंगे पाँव इसी दण्डकारण्य में आना पड़ा था। हमारी तो औक़ात ही क्या है?" लोगों से चन्दा इकट्ठा कर उसने एक ढोल बंगाल से यहाँ मँगाया है। तुलसी के पौधे को मण्डप बनाकर पानी से सींचकर बचाये रखा है। शाम को अँधेरा होते-होते बूढ़े, बच्चे, औरतें मण्डप में जुट जाते हैं। कभी विष्णु चक्रवर्ती आकर भागवत पाठ करता है। रमाकान्त तन्मय होकर कीर्तन करता है–"*भज निताई गौरांगो, राधे श्याम।*" उसकी आवाज़ उसके हृदय से निकलकर सबके दिलों में गूँजती है। लोग शिकायत भूल जाते हैं कि जिसका वे कीर्तन कर रहे हैं, वह उन्हें देखता ही नहीं। वरना क्या वे ऐसी हालत में होते?

कीर्तन के बाद जब वे अपने ब्लॉक में लौटते हैं, तो रमाकान्त कहता है। "कीर्तन करते हुए मुझे ऐसा लगता है जैसे उसी छूट गयी मिट्टी पर बैठा हुआ पद्मा नदी पर टिमटिमाते दीयों वाली नौकाओं को देख रहा हूँ। अभी कीर्तन शेष करके सुपारी-नारियल के पेड़ों के नीचे से घर लौटूँगा। बकुल के सफ़ेद फूलों की गन्ध से भरी हवा हलके से मुझे उठाकर घर पहुँचा देगी।" उसकी बात सुनकर कुलभूषण को अपनी गोराई नदी का किनारा याद आता है। याद आता है वह दिन जब वह घर छोड़कर आने के पहले ज़ार-ज़ार रोया था। उसे लगता है कि सात सौ नदियोंवाले देश, पूर्व बंगाल के हर जीव के पास एक नदी रही होगी जो वह देश छूटने पर अब आँसुओं की तरह उसके अन्दर छिपी बहती है। रमाकान्त कहता रहता है– "जाने किन पापों की सज़ा गोविन्द ने दी है। पर सब दिन एक से नहीं रहते। ये दिन भी बीतेंगे। ज़रूर बीतेंगे।"

ये दिन शायद अब सचमुच बीतनेवाले हैं। कैम्प में ख़बर फैली है कि कैम्प में अटके हुए अठारह हज़ार लोगों में से आठ-दस हज़ार लोगों को बसाने की ज़मीन तैयार हो गयी है। बुलडोजरों से जंगल काटकर साफ़ कर दिये गये हैं। ख़ाली ज़मीन पर लोगों को सात-सात एकड़ ज़मीन, रहने का घर और खेती करने के लिए 'लोन' दिया जायेगा। हरिमण्डप में अब हरिनाम कम होता है। इस बात की चर्चा ज़्यादा है। रमाकान्त कहता है–"सब गोविन्द की दया है। यहाँ भीख के पैसों पर ज़िन्दगी काटते हुए अब और रहना पड़ा, तो हम मनुष्य ही कहलाने लायक नहीं रहेंगे।" भीड़ में एक आदमी कहता है–"ठीक कहते हैं रमाकान्त दा। रायपुर शहर में दुकान पर कुछ ख़रीदते हुए दरमुलाई करते हैं तो दुकानदार झिड़कते हुए कहता है–"अबे भाग यहाँ से बंगाली! भीख माँगकर खाता है और यहाँ दर-दाम करने चला है।"

उसी रात रमाकान्त के घर में नया काण्ड होता है। उसके बेटे अर्जुन ने महुआ की शराब डिलीवरी करते-करते शायद एकाध चुस्की लगा ली है। रमाकान्त गन्ध पाकर उसको मारने चला है। कुलभूषण माँ-बाप-बेटे का

हल्ला-गुल्ला सुनते हुए सिर झुकाकर तम्बू में बैठा है। अर्जुन बलवान सिंह ढाबे का रोटी-तड़का खाकर शायद जल्दी लम्बा हो गया है। रमाकान्त से एकाध इंच ऊँचा हो चला है। अचानक उसकी तेज़ आवाज़ आती है–"ख़बरदार, जो मुझे हाथ लगाया। बड़े बाप बन रहे हो। बाप जैसा काम क्या किया है तुमने? खाना सरकार देती है। रहने का घर सरकार का है। तुम क्या करते हो? यहाँ हम सियार-सूअर के बच्चों की तरह जगह-जगह घूमते रहते हैं। आये हो बाप का अधिकार जताने!" कुलभूषण सुनता है। इस पृथ्वी ने सूरज की परिक्रमा करते-करते जाने कितने बेटों को अपने बाप को यही सब कहते सुना होगा। ख़ुद उसकी क्या हालत है? कहाँ है वह बाप जिसने उसे पैदा करके यहाँ आने के लिए छोड़ दिया? क्या उसे कोई फ़िक्र है कि वह ज़िन्दा है या मर गया? और ज़िन्दा है तो धरती के किस कोने में कहाँ की हवा में साँस ले रहा है? बगल के टीन के घर में सन्नाटा हो गया है। सारी पृथ्वी जैसे साँस रोक कर चुप है। उस सन्नाटे में कुलभूषण को धरती पर टपकते अपने आँसुओं की आवाज़ सुनायी पड़ती है। वह तुरन्त भूलने का बटन दबाकर लेट जाता है।

अगले दिन दोपहर में सरकारी ऑफ़िस के बाहर की लम्बी दीवार पर सरकारी ऑर्डर की कार्बन कॉपी लटका दी गयी है। दोपहर में पूरा प्रान्त जलता है इसलिए लोग बाहर नहीं निकलते। पर आज ऑफ़िस के बाहर भीड़ पर भीड़ इकट्ठी हो रही है। माइक पर लोगों के नाम पुकारे जा रहे हैं।

दिल्ली से कलकत्ता तक फ़ाइलें आठ साल तक घूमती रहीं। अब दस हज़ार लोगों को घर जैसा घर मिलेगा। इन घरों की दीवारें मिट्टी की होंगी, टीन की नहीं। जिसका नाम पुकारा जाता है, वह ख़ुशी से चिल्ला उठता है। लोग ठाकुर का नाम मन में जप रहे हैं। कहीं कीर्तन शुरू हो गया है। कुलभूषण अर्जुन के पास जाता है। वह अपने दोस्तों के साथ एक तरफ़ चुपचाप खड़ा है। सबके चेहरे लटके हुए हैं। कुलभूषण अर्जुन से पूछता है–"क्या हुआ?" अर्जुन जैसे ज़हर उगलते हुए कहता है–"होगा क्या? देखते नहीं, मेरा बाप ख़ुशी से कैसे उछल-उछल कर राधामाधव निताई-गौरांग गा रहा है। कहता है–अपना घर मिलेगा। अरे, घर नहीं जंगल मिलेगा। यहाँ रायपुर शहर में हम लोग गाँवों से चावल लाकर महाजन की गद्दियों में देकर दस-बीस रुपये कमा लेते थे। सिनेमा देख लेते। अब जंगल में बनवास मिल रहा है और ये लोग पागल की तरह खुशियाँ मना रहे हैं।"

लाइन में खड़ी ट्रकों में सबका सामान उठने लगा। कैम्प लगभग आधा ख़ाली हो रहा है। सुबह-सुबह ट्रकें चलने लगीं, पहाड़ों और जंगलों

की ओर। थोड़ी देर में पहाड़ नज़दीक आते गये। कई बड़े-बूढ़े दोनों हाथ जोड़कर पहाड़ों-वनों को नमस्कार करने लगे। "इसी दण्डक वन में सीता और राम-लक्ष्मण लीला करने आये थे", एक पोपली बूढ़ी ने कहा। बड़े-बड़े शाल के पेड़ों की छाया में ट्रकों के गरजने की आवाज़ पहाड़ों से टकराकर गूँजने लगी। धीरे-धीरे सबके चेहरे सुस्त पड़ने लगे। जाने ऐसे कब तक, कहाँ तक जाना होगा। कुछ देर बाद पहाड़ की घाटी में खेती नज़र आयी। धान के खेत, मक्का के सिर उठाये हुए खेत और खेतों के आसपास गाँव की बस्तियाँ नज़र आयीं। आम, कटहल, केले के पेड़ों के नीचे साइकिल पर इधर-उधर जाते हुए लोग दिखे। बैलगाड़ी पर सामान लादकर हाट जाते हुए लोग दिखे। बंगाल की तरह तालाब में लोग नहाते नज़र आये। ट्रक में सबके चेहरों पर चमक आ गयी। एक आदमी बोला-"देखो, ये रिफ़्यूजियों का बसाया हुआ गाँव है। कुछ साल पहले आकर इन लोगों ने यहाँ की लाल मिट्टी तक को बदल दिया है। देखो, वहाँ किसान कैसे हल जोत रहा है।" सबके मुरझाये चेहरे आशा से खिल उठे।

ट्रक आगे चली तो कुलभूषण पोपली बूढ़ी के पास बैठ गया। "माई, तूने रामायण पूरी पढ़ रखी है? मेरी माँ भी हर महीने तुलसी-रामायण का एक पाठ करती है।" कुलभूषण को माँ की बहुत याद आने लगी। जाने क्या रोती भी होगी कि नहीं उसके लिए? रोने पर बड़े भाइयों के ग़ुस्सा होकर डाँटने का डर भी तो लगता होगा! जाने क्या-क्या पूजा-पाठ कर रही होगी कि वह लौट आये। तभी पोपली बूढ़ी कुलभूषण का हाथ पकड़कर बोलने लगी-"अरे बेटा, अब तो मेरे जीवन की इतनी कहानियाँ हो गयी हैं कि एक रामायण बन जाये। चौदह साल तो मेरे ही बनवास के हो गये। जाने इसका अन्त कब होगा। पाकिस्तान बनने के तीन साल बाद बरिसाल का दंगा हुआ था ना? तभी हम रात भर पानी भरे हुए धान और पाट के खेतों में छुपते-छुपाते चलकर बॉर्डर पार कर इधर के बंगाल आये। बॉर्डर से हमें ऐसे ही एक ट्रक में भरकर बहुत दूर एक कैम्प में ले गये। तब मेरी बहू के पेट में आठ महीने का बच्चा था। ट्रकवाले ड्राइवर ने ऐसा ट्रक चलाया कि बहू के जचगी का दर्द उठ गया। ड्राइवर से बड़ी मिन्नत करके सब लोगों ने ट्रक रुकवाई और पीछे जाकर झाड़ियों में बच्चा पैदा करवाया। देख उधर कोने में। मेरा चौदह साल का पोता दिख रहा है ना? वही जन्मा था ट्रक में। बंगाल के कैम्प से ज़बरदस्ती माना कैम्प भेज दिया। अब फिर नया बनवास हो रहा है।"

शाम होते होते यात्रा उमरकोट की ऑफ़िस के सामने मैदान पर आकर

रुक गयी। कुलभूषण को एक मिनट के लिए लगा कि वह कुष्टिया में जागेश्वरी मिल के मैदान में ही है। चारों तरफ़ हरियाली थी। सब्ज़ी के खेत में कुम्हड़ा-बैंगन उग रहा था। कर्मचारियों के छोटे-बड़े सुन्दर क्वार्टर थे। एक तरफ़ स्कूल था। बच्चे फुटबॉल खेल रहे थे। मैदान के एक तरफ़ टीन के शेड लगाकर कैम्प के लोगों के लिए रात काटने का इन्तज़ाम था। बड़ी कड़ाहियों में खाना चढ़ा हुआ था। रास्ते के उस तरफ़ चाय-मिठाई-किराने की दुकानें थीं। कुलभूषण रमाकान्त के साथ घूम-घूम कर देख रहा था। अचानक रमाकान्त रुक गया–"यह मिठाई की गन्ध तो मेरी पहचानी हुई है। पद्मा नदी के किनारे हाट बैठती थी। वहाँ शशिभूषण, कालीपद और नथूराम कितने ही हलवाई बाँस की दुकानें बनाकर अपनी मिठाई बेचते थे।" तभी एक आवाज़ आयी–"रमाकान्त काका! आप ही हैं ना?" उन लोगों ने देखा कि एक युवक सामने खड़ा है–"मैं रवि हूँ। फरीदपुर के शशिभूषण हलवाई का बेटा।" रमाकान्त ने उसे गले से लगा लिया–"अरे तुम इतने बड़े हो गये। शशिभूषण कहाँ है?" सारी खोजख़बर देते हुए रवि ने शाल के हरे पत्ते में एक-एक चमचम रखकर उन्हें पकड़ा दी। रमाकान्त की आँखों से उसे खाते हुए झरझर आँसू गिरते रहे-"कौन जानता था कि यह स्वाद फिर कभी मिलेगा।"

अगले दिन यात्रा उड़ीसा की छोर से होते हुए इन्द्रावती नदी का पुल पारकर आगे चली। आगे जैपुर शहर पड़ा। वहाँ दोनों तरफ़ बड़े-बड़े मकान थे। सिनेमा हॉल दिखते ही दूसरे ट्रक में बैठे अर्जुन और उसके साथियों ने बहुत शोर मचाया। पर ट्रकों के रुकने का कोई सवाल नहीं था। आगे फिर ऊँचे पहाड़ और शाल और बाँस के वन थे जिनसे बहुत कम रोशनी छनकर नीचे आ रही थी। ऐसे गहन अरण्य को पार करते हुए तमसा नदी आयी। "यही शबरी का देश है जिसके जूठे बेर राम ने खाये थे"–पोपली बूढ़ी ने फिर कहा। शाम होते-होते ट्रक मलकानगिरि के एक विशाल तालाब पर पहुँचे जो लाल कमलिनी के फूलों और पत्तों से ढँका हुआ था। बूढ़ी ने कहा–"यह बाली राजा का सरोवर है। यहीं वह रोज़ स्नान करके तर्पण करता था।"

सारे ट्रक मलकानगिरि ज़ोन ऑफ़िस के सामने मैदान के उस पार रुके। उनमें से धूल से नखशिख तक ढँके हुए लोगों को उतरते देख वहाँ के काफ़ी लोगों की भीड़ उमड़ आयी। पाँच-छह साल पहले वे लोग भी इसी तरह पहाड़ों को पार कर इसी तरह इस अरण्य में आये थे। ज़ोन ऑफ़िस में रिफ़्यूजियों के नाम रजिस्टर में लिखकर उनके राशनकार्ड से नम्बर मिलाकर बसने के लिए नयी ज़मीन का अलॉटमेंट किया जायेगा। दीवार पर एक बड़ा नक़्शा

टाँगा हुआ था। 'दण्डकारण्य डिवेलपमेंट अथॉरिटी' यानी डीडीए के जवान अफ़सर मिस्टर सिन्हा ने कहा–"हर परिवार को सात एकड़ ज़मीन और रहने का घर दिया जायेगा। खेती के लिए बैल, कुदाल, हल सब मिलेगा। पहली फ़सल होने तक राशन का 'डोल' भी मिलेगा। किन्तु उसके आगे आपको ख़ुद अपना जीवन चलाना होगा। आपने उमरकोट गाँव से होते हुए मलकानगिरि की हरी-भरी बस्ती को देख लिया है। मलेरिया-काला ज्वर और बहुत-सी विपदाओं से लड़कर आदमी ने प्रकृति पर जीत हासिल की है। दण्डकारण्य एक नये रूप में गढ़े जाने के लिए आप सबका स्वागत करता है।" अर्जुन के एक साथी छोकरे ने चिल्लाकर कहा–"साला! जंगल में बनवास देकर स्वागत करता है। खटखटकर मरने के लिए स्वागत करता है।" सब उधर देखने लगे। तभी उसके बाप ने उसे एक थप्पड़ मारा। उसके बाद सन्नाटा छा गया।

ट्रक आगे चली तो बाज़ार-हाट, बच्चों की स्कूल और लौकी-कुम्हड़ा-टमाटर की खेती पीछे छूट गयी। कंकड़ डालकर बनायी गयी काली सड़क जाने कहाँ पीछे खो गयी। धूल उड़ाती ट्रकें दोनों तरफ़ गहराती शाम में अँधेरे तल वाले वनों के अन्दर चलती रहीं। बीच-बीच में चीत्कार कर कोई मोर झपझप कर उड़ जाता। एक सियार का जोड़ा खजूर के घने झुरमुट से छलाँग लगाकर ट्रक के सामने से दौड़ गया। बीच-बीच में दीमक के बड़े-बड़े मन्दिर के कंगूरे जैसे ढूह दिख रहे थे। एक दस फ़ीट ऊँचे ढूह को देखकर पोपली बूढ़ी बोली–"वाल्मीकि मुनि भी तपस्या करते-करते ही ऐसे ही दीमकों से ढँक गये थे रे!" अर्जुन का जो साथी बाप से थप्पड़ खाकर बाप के साथ इस ट्रक में आ गया था, बोल उठा–"उस साले वाल्मीकि को सरकार ने इस जंगल में किसलिए भेजा था?" उसका बाप इस बार उस पर चिल्लाते हुए लात-घूँसे बरसाने लगा। सबके बीचबचाव से ही वह रुका।

अचानक ज़मीन से उठता पूर्णिमा का चाँद दिखायी पड़ा। धीरे-धीरे वह पूरी तरह उग आया जैसे ज़मीन का बस सहारा लिए हुए हो। इस अद्‌भुत नज़ारे के सामने सबके हृदय जाने कैसी सान्त्वना से भर उठे। सब शान्त होकर एकटक उधर ही देख रहे थे। बूढ़ी कहने लगी जैसे कल की सी बात हो–"ठीक ऐसा ही कोजागरी पूर्णिमा का चाँद था जो मैंने अपनी शादी के पहले साल लक्ष्मी-पूजा करते देखा था। बस धरती को हलका-सा छूता हुआ। तालाब के किनारे और आगे धान के पानी भरे खेतों में दो चाँद चमक रहे थे। एक पानी के ऊपर और एक पानी के अन्दर। चाँदनी ऐसी खिली कि रात ही रात जैसी नहीं रही। चावल के चूरे से बनायी मेरी सफ़ेद अल्पना ऐसा

रूप धरकर चमकने लगी कि लगा आँगन में सफ़ेद कमल के गुच्छे पर गुच्छे खिल गये हों। मुझे लगा मैंने माँ लक्ष्मी को इधर-उधर घूमकर अपने घर की तरफ़ आते देखा। वह सिर से पैर तक सोने से लदी हुई थी और बालूचारी की साड़ी पहने हुए थी। इमली के पेड़ के नीचे से होती हुई वह आ रही थी कि...।" अचानक पोपली बूढ़ी की बात को काटते हुए एक भयानक आवाज़ सुनायी दी जैसे धरती उलट रही हो।

सारे ट्रक धचका देकर रुक गये। उन लोगों ने देखा कि एक बड़ी जगह में बड़ी-बड़ी मशीनों से शाल-महुआ-आम-चम्पा के बड़े-बड़े पेड़ धक्का मार-मारकर गिराये जा रहे हैं। जिन पक्षियों के बसेरे टूट रहे थे, वे चीख़ते-चिल्लाते इधर-उधर उड़ रहे थे। मशीनों से पेड़ों के टुकड़े किये जा रहे थे। बुलडोजर एक तरफ़ से मिट्टी का पहाड़ खींचते ला रहे थे।

ट्रक आगे बढ़े, तो यही दृश्य जगह-जगह दिखाई पड़ा। जंगलों को काटकर उनके बीच-बीच से जगह निकाली जा रही थी। कहीं-कहीं घर भी बनाये जा रहे थे। जहाँ ट्रक ने उन लोगों को उतारा, वहाँ एक लम्बे टीन के शेड के बाहर दो-चार ट्यूबवेल भी बैठाए हुए थे। जगह-जगह खड़े ट्रक, बुलडोजर, डंपरों के बीच-बीच में तम्बू गाड़े हुए थे। एक अफ़सर दो कर्मचारियों के साथ उनकी तरफ़ आया। अर्जुन उन्हें देखते ही ग़ुस्से से पागलों की तरह चिल्लाने लगा—"बाक़ी लोग शहर में रहेंगे और हमें यहाँ बंगाल से दूर बनवास काटना होगा? क्यों? हम लोग जानवर हैं क्या? हमें यहाँ मारने के लिए भेजा गया है? साँप-बिच्छू काटने से मरें, नहीं तो बाघ-भालू के पेट में चले जायें।" अफ़सर उसे शान्त करते हुए बोला—"आप लोगों से पहले भी लोगों ने ऐसे ही जंगलों को काट कर सुन्दर गाँव बसा लिए हैं। आप क्यों नहीं कर पायेंगे? दो-चार दिन आपको तकलीफ़ ज़रूर होगी। आज रात सारे पुरुष उधर कैम्प में और औरतें टीन के शेड में रहेंगी। जल्दी ही सबको घर-ज़मीन अलॉटमेंट किया जायेगा।"

भात-तरकारी खाकर लोग अलग-अलग शेड में सोने चले गये। दिन-भर के थके-हारे लोगों को पड़ते ही नींद आ गयी। तभी मच्छरों के दल ने उन पर हमला बोल दिया। दूर हिरन बोल रहे थे। अचानक पेड़ों की शाखाओं को तोड़ता कोई जानवर दौड़ा। सब उठकर बैठ गये। तभी किसी जानवर की आवाज़ पास में गूँज उठी। कुलभूषण ने कहा—"बाघ होगा।" उसकी आवाज़ काँप रही थी। कई शताब्दियों से इस जंगल में कोई आदमी नहीं आया होगा। जंगल इन आवाज़ों के ज़रिये जैसे उनका विरोध कर रहा था।

आग जली हुई रखकर सब लोगों ने अधजगे रात काटी। पर सुबह होते ही सुनहली रोशनी में रात का आदिम डर उड़ गया। कुदाल लेकर सब काम में जुट गये। सब अपनी-अपनी ज़मीन का निशान बनाने लगे। ज़मीन साफ़ करते सबके पसीना बह रहा था और मुँह सूख रहा था। दोपहर के बाद सब खाने बैठे। मोटे चावल का भात, कुम्हड़े की सब्ज़ी और दाल खाते हुए रमाकान्त ने कुलभूषण को कहा-"क्या अमृत-सा भोजन है गोपाल बाबू। बहुत दिनों बाद अपनी मिट्टी पर अपना पसीना टपका है। भीख का अनाज खाते हुए जीना हराम हो गया था।" कुलभूषण को अनमना-सा देखकर रमाकान्त ने उसे जैसे ख़ुश करने के लिए कहा-"पर आप भी हमारे साथ किसान बन सकते हैं, यह तो मैंने सोचा नहीं था।" कुलभूषण हँस कर रह गया।

रात को जब सब काम ख़त्म होने पर खाने बैठे, तो रमाकान्त को कुलभूषण दिखाई नहीं पड़ा। वह 'गोपाल बाबू' 'गोपाल दा' की हाँक लगाते-लगाते चारों तरफ़ घूम आया। फिर 'भूषौन बाबू' कहकर पुकारने लगा। थककर शेड में आकर उसने देखा कि कुलभूषण का थैला ग़ायब है किन्तु उसका राशनकार्ड वहीं पड़ा है। उसने उसे उठाया और उलटकर एक कोने में लिखा हुआ बांग्ला का महीन अक्षर पढ़ा-'जाच्छि' यानी 'जा रहा हूँ।' पर कहाँ? कैसे? रमाकान्त की आँखों में आँसू आने लगे। तभी बेटी ललिता पास आकर खड़ी हो गयी-"बाबा, गोपाल बाबू चले गये। एक ट्रकवाले से बात करते मैंने उन्हें देखा था। उन्होंने उसे कुछ रुपये भी दिये। उसने गोपाल बाबू को पीछे चढ़ जाने के लिए कहा और उन्हें ख़ाली पीपों के पीछे छिपा दिया।"

रमाकान्त ने उसे आश्चर्य से देखा और पूछा-"तुम्हें कैसे मालूम? तुमने पहले क्यों नहीं बताया?" ललिता चुप रही। "गोपाल बाबू ने मना किया था?"-रमाकान्त ने पूछा। "बाबा, अर्जुन और उसके दोस्त भी ट्रकों में छिपकर वापस मलकानगिरि जाना चाहते थे। वहाँ से बस मिलती है जो जगदलपुर होते हुए रायपुर जाती है। लेकिन गोपाल बाबू ने सबको समझा-बुझाकर वापस लौटा दिया। उन्होंने कहा-बलवान सिंह तुम लोगों को बँधुआ मज़दूर बनाकर बासी रोटी देगा और दिन-रात खटायेगा। ऑटो-भटभटिया में बैठकर टेरीकोट का पैंट पहनकर रायपुर जाकर सिनेमा देखने का सपना दो दिन में हवा हो जायेगा जब बड़े-बड़े कड़ाह-टोपिए दिन-रात माँजने पड़ेंगे। अगर तुम लोग भागने की कोशिश करोगे, तो बलवान सिंह शराब बेचने के झूठे केस में फँसाकर जेल भिजवा देगा। उन्होंने रायपुर के अख़बार में छपी फ़ोटो दिखाई जिसमें कई बच्चों को लोहे की चेन से बाँधकर उनसे काम करवाया जाता था।"

रमाकान्त सारी बातें सुन अवाक् था। भूषौन बाबू ने उसके परिवार को बचा लिया। अगर अर्जुन भाग जाता और शायद ललिता भी, तो पिछले सालों की इतनी तकलीफ़ उठाने का क्या मतलब रहता? रमाकान्त ने ट्रक में धूल खाते भूषण बाबू की कल्पना की और मुस्कराया। बनिये का बेटा किसानी कर नहीं पाता। ठीक ही हुआ कि वह यहाँ से चला गया। हो सकता है कि वह अपने बाप के पास पाकिस्तान लौट जाये और वापस अपने किराने के व्यापार में जुट जाये। यहाँ के मोटे भात का दाना-पानी शायद उसके भाग्य में लिखा था, इसीलिए इतनी दूर उसके साथ यात्रा कर यहाँ तक चला आया। कहते ही हैं, दाने-दाने पर खानेवाले का नाम लिखा होता है। रमाकान्त ने ललिता के सिर पर प्यार से हाथ रखा और कहा-"बेटी, अपने माँ-बाप को छोड़कर मत जाना। समय आने पर तुम्हें एक अच्छे वर को सौपूँगा। हमारे भिखारी की तरह जीने के दिन ख़त्म हो गये। अब हम इज़्ज़त से खायेंगे-सोयेंगे और इज़्ज़त से जीयेंगे।" ललिता ने सिर हिलाया। वह कल ही ट्यूबवेल के पानी से अच्छी तरह शरीर रगड़कर धोयेगी। उस बूढ़े किरानी बाबू ने जहाँ-जहाँ छुआ है, सब धो-पोंछकर हमेशा के लिए मिटा देगी।

कुलभूषण रायपुर के बस स्टैंड पर उतरा, तो उसका पोर-पोर थकान से भरा हुआ था। माना कैम्प लौटने का उसका इरादा नहीं था, इसलिए उसने राशनकार्ड रमाकान्त के पास ही छोड़ दिया था। वह रिफ़्यूजी नहीं है। जिन लोगों को मजबूरी में अपना घरबार छोड़कर अनजानी धरती पर अपना ठिकाना खोजकर बसना है, उनमें और कुलभूषण में बहुत अन्तर है। कुलभूषण की धुरी अब भी उसी धरती पर लगी है जहाँ वह पैदा हुआ। पिताजी का निर्णय आज उसे सही लगा। उसका घर कुष्टिया में उसके बाप सहित खड़ा हुआ है। कलकत्ता की ढाकापट्टी में भी माँ का कमरा है। वह वहीं लौट जायेगा। उसे याद आया कि बड़े भाई ने एक साड़ी प्रिंटिंग कारख़ाने में उसे लगवाने की बात कर रखी है। न वह भाइयों की दुकान में काम करेगा न वे उससे मुटिया-मज़दूर की तरह कपड़ों की गाँठ उठवायेंगे। वह कुष्टिया जाकर पिताजी को ढाकापट्टी ले आयेगा और अपने लिए पड़ोसियों का ख़ाली कमरा लेने के लिए उन पर दबाव डालेगा। उसके बाद शादी करके गृहस्थी बसायेगा। दर-दर बहुत भटक लिया। क्या पता उस रात जंगल में बाघ आकर उसे ही उठा ले जाता। उसके माँ-बाप-भाइयों किसी को पता तक नहीं चलता। बाघ की दहाड़ सुनते ही कुलभूषण ने निश्चय कर लिया था कि अगर आज रात ज़िन्दा बच गया तो अगली रात वहाँ नहीं रहेगा। उसने रमाकान्त से कुछ नहीं

कहा क्योंकि वह रमाकान्त को वहाँ के जीवन को झेलने के लिए कमज़ोर नहीं बनाना चाहता था। जिसे अपनी मिट्टी पर अपने पसीने का सुख कई बरसों भीख पर पलती ज़िन्दगी के बाद नसीब हुआ है, उसे उसी एहसास के साथ जीने देना ठीक होगा। इसीलिए वह सिर्फ़ एक शब्द लिखकर चला आया था। कहने को था भी क्या? बेकार के शब्द बेकार तकलीफ़ को बढ़ाते। रमाकान्त के आवारा बेटे और उसके दोस्तों को मालूम है कि कुलभूषण ट्रक ड्राइवर से साँठ-गाँठ कर निकल गया है। रमाकान्त को उसे ढूँढ़ने की परेशानी नहीं होनेवाली है।

पत्रकार ने हँसकर कहा– "तो शेर से डरकर लौट आये आप?" कुलभूषण ने टोकते हुए कहा– "दण्डक वन में शेर नहीं, बाघ मिलते हैं।" पत्रकार ज़ोर से हँसा– "हाँ हाँ वही। एक ही बात है। तो आपने रमाकान्त का क़र्ज़ उतार दिया? उसके बच्चों को वापस भाग आने से रोक लिया?" कुलभूषण ने ख़ुश होकर कहा– "कुष्टिया के लालन फ़क़ीर ने कहा है, सबके अन्दर वही अलग-अलग रूप धरकर बैठा है। वह कच्चा सोना है। मतलब समझे? रमाकान्त के बच्चों ने जीवन से बहुत कुछ सीखा था, वे भटक गये थे, पर सँभलने की ताक़त उनमें कम नहीं थी।" पत्रकार की आँखों में आश्चर्य था कि यह चोरी-चकारी करनेवाला बन्दा अचानक फिलासफ़ी की बातें भी कर लेता है। कुलभूषण उसके मन की बात समझकर हँस पड़ा– "लालन पढ़ा-लिखा नहीं था। पर उसकी बातें दिल में घुसकर बैठ जाती हैं। इसीलिए मैं अनिल मुखर्जी को खोजकर उनके काम आना चाहता था। वे कच्चा सोना नहीं थे। खाँटी सोना थे।"

"लेकिन आपने बताया नहीं कि वे आपको हिन्दुस्तान में कहाँ मिले? क्या आपको इस बात का जवाब मिला कि वे क्यों रातोंरात भाग आये थे?" कुलभूषण ने उदास होकर कहा– "मिले, पर मरघट में, जहाँ आदमी नहीं, उसकी देह मिलती है।"

जिन रास्तों पर हम चलकर कहीं जाते हैं, उन्हीं रास्तों से लौटते हुए रास्ते दुगने लम्बे हो जाते हैं। मलकानगिरि के आगे जंगल से लौटकर वापस रायपुर आना ऐसा था, जैसे कई जन्मों का सफ़र हो। आते समय शायद रमाकान्त के

साथ झटके खाते हुए उसे उतनी तकलीफ़ नहीं हुई थी। लौटते समय पहले ट्रक में छुपे हुए और बाद में जर्जर बस में मलकानगिरि से जगदलपुर होते हुए रायपुर का सफ़र उसकी हड्डियों को हिला गया था। कुलभूषण रायपुर से कलकत्ता की टिकट लेने स्टेशन पहुँचा, तो उसे लग रहा था कि उसकी उम्र अट्ठाईस साल की न होकर उससे दुगुनी हो गयी है। टिकटघर में घुसते हुए एक आदमी ने उसकी शक्ल देखकर उसे रोककर पूछा–"तुम बंगाली हो न? कलकत्ता क्यों जा रहे हो?" कुलभूषण ने हँसकर कहा–"मेरा नाम कुलभूषण जैन है। बंगाल में रहता ज़रूर हूँ। कलकत्ता के ढाकापट्टी में घर है। सूतापट्टी में दुकान है।" दो नाम और दो पहचान होने से कुलभूषण को कहीं कोई दिक्क़त नहीं आती, शक़्ल चाहे जैसी भी हो।

काउंटर पर जाकर टिकट का दाम पूछकर कुलभूषण बचे-खुचे रुपयों को टटोल रहा था कि टिकटवाले आदमी ने कहा–"भूषौन दा!" कुलभूषण ने झटके से सिर उठाकर देखा तो देखता ही रह गया। अनिल मुखर्जी का बड़ा लड़का टिकट बाबू की कुर्सी पर बैठा था। "अरे! तुम! श्रीकान्त! तुम्हारे बाबा कहाँ हैं? अनिल दा कहाँ हैं? मैंने तुम लोगों को कहाँ नहीं खोजा! खोजते-खोजते माना कैम्प से उमरकोट और मलकानगिरि के आगे तक पहुँच गया।"–कुलभूषण एक साँस में बोल गया। श्रीकान्त ने कहा–"क्या कलकत्ता आज की ट्रेन से जायेंगे?" कुलभूषण बोला–"अनिल दा से बिना मिले नहीं जाऊँगा।" श्रीकान्त ने अपने बगल की कुर्सी पर बैठे आदमी से अपनी जगह सँभालने को कहा और बाहर निकल आया। कुलभूषण ने देखा कि श्रीकान्त जैसे अचानक बड़ा-सा हो गया है। साल-भर पहले तो वह बीस-बाईस साल का युवक लगता था। अब जैसे कोई और आदमी हो गया है। मूँछें रख ली हैं। ये दोनों बाहर निकलकर चायवाले की गुमटी के पास आकर खड़े हो गये। कुलभूषण ने सोचा था कि श्रीकान्त उसे तुरन्त अनिल दा के पास ले जायेगा, पर श्रीकान्त ने ऐसा कुछ नहीं कहा। मिट्टी के माधो की तरह ज़मीन को देखता खड़ा रहा। दुकान के बाहर बैठते हुए कुलभूषण ने पूछा–"चाय पीयोगे?" उसने ना करते हुए सिर हिला दिया। कुलभूषण चुप हो गया। समय जैसे किसी खुली नल से बूँद-बूँद टपक रहा था। कुलभूषण को अपनी हर हड्डी में ऐसी थकान लग रही थी जैसे वह कई दिनों से रोज़ सौ किलो का बोझ ढो रहा हो। जब उसे समझ में आ गया कि यह लड़का अपने-आप कुछ नहीं बोलेगा, तो उसने अपना गला दो बार खँखारा। "तुम लोग क्या यहीं पास में रहते हो?"–कुलभूषण ने पूछा। लड़के ने चौंककर उसे देखा और "हाँ" कहकर चुप हो गया।

"क्या बात है श्रीकान्त? तुम क्या मुझे अनिल दा से मिलवाना नहीं चाहते?"– यह कहते-कहते कुलभूषण के अन्दर अचानक यह विचार कौंधा कि शायद अनिल दा इस दुनिया से जा चुके हैं। इसीलिए यह लड़का इस तरह अवसाद में है। उसके अन्दर रुलाई का ज्वार उठा। तभी लड़का बोल पड़ा–"उनसे मिलने से कोई फ़ायदा नहीं है।"

कुलभूषण को राहत मिली कि जो वह सोच रहा था वह सही नहीं था। उसने कहा–"कोई फ़ायदा नहीं है? मतलब? मैं क्या उनसे बकाया रुपया वसूलने आया हूँ? तुम सोच रहे हो कि इसीलिए मैं उन्हें खोज रहा हूँ?" भूषण को धक्का लगा कि उसके फटेहाल होने के बावजूद श्रीकान्त उसे सिर्फ़ एक महाजन की तरह ही देख पा रहा है। "नहीं, नहीं भूषौन दा। मैं ऐसा बिल्कुल नहीं सोच रहा था। बाबा न बोल सकते हैं, न चल पाते हैं...पूरी तरह किसी को पहचानते भी नहीं....बस दीवाल की तरफ़ मुँह फेरे पड़े रहते हैं...खाना भी ज़बरदस्ती खिलाना पड़ता है"–श्रीकान्त ने रुक-रुककर बताया। कुलभूषण ने आश्चर्य से कहा–"ऐसा कैसे हो गया? तुम लोग डॉक्टर क़ासिम को बिना बताये इस तरह यहाँ क्यों चले आये? अब भी क्या हुआ है! तुम्हें बाबा को उनके पास वापस कुष्टिया ले जाना चाहिए।" श्रीकान्त फिर चुप हो गया। फिर उसने सिर हिलाया और कहा–"नहीं, नहीं। यह नहीं हो सकता।" अब कुलभूषण को ग़ुस्सा आने लगा था। शायद यह लड़का पागल हो गया है। उसने खड़े होते हुए कहा–"तुम मुझे उनके पास लेकर चलो। मैं ख़ुद देखूँगा कि क्या किया जाना चाहिए। तुम्हारी माँ क्या कहती हैं? मुझे उनसे बात करनी है।" अनिल दा का लड़का वैसे ही ठस बैठा रहा। न हिला न डुला। कुलभूषण ने उसे हाथ पकड़कर खींचते हुए कहा–"उठो। चलते क्यों नहीं? मैं छह दिन से ट्रक और बसों में घूमते-घूमते यहाँ पहुँचा हूँ। तुम्हारी बकवास और नहीं सुन सकता।" श्रीकान्त ने अपना हाथ वापस खींच लिया और कहा–"तो आपको कौन रोक रहा है? आप जाइए ना अपने रास्ते। बाबा-माँ-मेरी बहन कोई आपसे मिलना नहीं चाहेगा। आपको क्या इतनी-सी बात समझ में नहीं आती?"

कुलभूषण पत्थर बना वहीं खड़ा-का-खड़ा रह गया। दुनिया में कोई ऐसा जीव नहीं है जो उससे मिलना चाहता हो। उसके माँ-बाप-भाई भी सोच रहे होंगे कि अच्छा हुआ, उससे छुटकारा मिल गया। क्यों जाये वह कलकत्ता? यहीं रेल के सामने कूदेगा और एक मिनट में सचमुच सबको उससे छुट्टी मिल जायेगी। अचानक श्रीकान्त ने उसका मुँह देखा और हाथ पकड़कर पास में बैठाते हुए कहा–"बैठिए भूषौन दा! अगर मेरी बहन आपको देख लेगी तो उस पर फिर से दौरा पड़ जायेगा। वह कुष्टिया क्या, पाकिस्तान

के किसी आदमी के बारे में सोच भी लेती है तो पागलों की तरह चिल्लाने लगती है। उसे लगता है कि वे लोग अब भी कहीं छिपे हुए हैं और उसे उठा ले जायेंगे।"

कुलभूषण को एक मिनट के लिए लगा कि पूरा ब्रह्माण्ड उसके साथ घूमने लगा है। तो क्या उसकी बहन को लोग उठाकर ले गये थे? क्या हुआ था उसके साथ? क्या इसीलिए अपनी बेटी को लेकर अनिल दा यहाँ आ गये ताकि उसके दिमाग़ में घूमते प्रेतों से उसे बचा सकें? कुलभूषण अपने दिमाग़ में घूमते हुए सवालों में से एक भी अपनी ज़ुबान पर नहीं ला सका। उसकी हिम्मत जवाब दे गयी थी। जाने कितनी देर श्रीकान्त और वह आसपास चुपचाप बैठे रहे। तब श्रीकान्त बोला–"यहाँ रायपुर में एक बंगाली डॉक्टर हैं। उनके बारे में रेल में बाबा को किसी ने बताया था। मेरी बहन की हालत बहुत ख़राब थी। हम लोग सीधे उनके पास स्टेशन से चले गये। उन्होंने हमारी इतनी मदद की कि कोई अपना रिश्तेदार भी नहीं करता। अपने घर में हमें दो महीने तक रखा। मुझे रेलवे में नौकरी दिलायी। बहन का इलाज किया, पर उसका मन ठीक नहीं कर पाये। हर समय डर लगा रहता है कि वह पंखे से लटक न गयी हो। कई बार कोशिश कर चुकी है।"

कुलभूषण के दिमाग़ में बहुत सारे सवाल उठ रहे थे, पर किसी के घाव को क्या कुरेदे? वह श्रीकान्त को बताने लगा–"मेरे पिताजी के पास किसी की गुमनाम चिट्ठी आयी थी। तब उन्होंने माँ और मुझे भाइयों के पास कलकत्ता भेज दिया। भाइयों के घर में भी मैं एक रिफ़्यूजी ही था। चोरी का आरोप लगाकर मारपीट करने लगे तो मैं असली रिफ़्यूजी बनकर यहाँ आ गया। मुझे उम्मीद थी कि शायद अनिल दा भी मुझे मिल जायेंगे। अनिल दा से हमेशा मुझे ऐसा स्नेह मिला, जो मुझे अपने घर तक में कभी नहीं मिला। मुझे इतना तो पता था कि तुम लोगों के साथ नारायणगंज में कोई बड़ा हादसा हुआ है। मैंने सोचा कि अनिल दा के कुछ काम आ सकूँ तो मेरे जीते रहने का कोई मतलब निकले।" कुलभूषण की आपबीती सुनकर श्रीकान्त का चेहरा भरभरा आया जैसे कि वह रो पड़ेगा। काश कि वह श्रीकान्त को भूलने के बटन के बारे में बता सकता। पर जोगी बाबा ने सिर्फ़ श्यामा को ही यह करने का अधिकार दिया था।

श्रीकान्त ने अपने आपको सँभाल लिया था। वह कहने लगा–"हम अपने ताऊ की बेटी की सगाई में गये थे। किसे पता था कि हमारी ज़िन्दगी भी उनकी ज़िन्दगी के साथ-साथ बर्बाद हो जायेगी। जिस धरती पर पले-बड़े हुए, वह धरती ही छोड़नी होगी। ढाकेश्वरी मिल पर बाहर के बिहारी मज़दूरों

ने हमला किया था। ताऊजी का ऐसा दबदबा था कि उन्होंने कहा, 'अभी पुलिस आ जायेगी।' पर पुलिस आयी ही नहीं। हमारे आसपास के क्वार्टरों में चीख़ने-पुकारने की आवाज़ें आने लगीं, तब भी ताऊजी ने कहा, 'घर के अन्दर रहो। यहाँ आने की किसी की हिम्मत नहीं होगी।' पर ताऊजी ग़लत निकले। जब गुण्डों ने घर के सामने के दरवाज़े को तोड़ना शुरू किया, तब ताऊजी को होश आया। तब तक देर हो चुकी थी। सारी औरतों को एक कमरे में बन्द कर ताऊजी बाहर बैठे रहे। मैं छत से सटे आम के पेड़ पर चढ़कर छिप गया था। पहले ताऊजी को हथौड़े से मारकर बेहोश किया। जो सामने आया, उसे डण्डों से मारकर गिरा दिया। इसके बाद दोनों लड़कियों को उठा ले गये।"

"दोनों लड़कियों को?"–कुलभूषण के मुँह से निकला। फिर उसे समझ में आया कि जिस लड़की की सगाई में गये थे, उसे और श्रीकान्त की बहन को ले गये होंगे। "अगले दिन ताऊजी को होश आया। उसके बाद पुलिस की गाड़ी आयी और हमें वहाँ से निकालकर लक्ष्मीनारायण मिल में पहुँचा गयी। वहाँ हज़ारों लोग पहले से जमा थे। लड़कियों का कुछ पता नहीं था। हम सब भूखे-प्यासे बदहाल थे। तभी पुलिस का एक मुसलमान अफ़सर दोनों लड़कियों को लाकर पहुँचा गया। उसी ने उन दोनों को जान पर खेलकर दंगाइयों से बचाया था। पर तब तक उनके साथ वह सब कुछ हो चुका था, जो नहीं होना चाहिए था"–श्रीकान्त सुबकने लगा था। कुलभूषण जाने कितनी देर चुप बैठा रहा। फिर उसने कहा–"तुम्हें अगर लगता है कि मेरे जाने से तुम्हारी बहन को तकलीफ़ होगी, तो मैं नहीं जाऊँगा। पर मुझे वादा करो कि तुम अनिल दा को कभी-न-कभी बताओगे कि मैं उन्हें खोजते हुए यहाँ तक आया था। मेरी सलाह मानो तो तुम लोग वापस लौट जाओ। मैंने रिफ़्यूजियों को पास से देखा है। वे ख़ाली अपने छूटे हुए घर, नदी और खेतों की बातें करते हैं। वे स्मृतियों के तोते बनकर रह गये हैं। उन्हीं पुरानी बातों को, जगहों को, नामों को दोहराते रहते हैं जिन्हें छोड़ आये हैं। वे इन्सान हैं सिर्फ़ ख़ुद के लिए। सरकार के लिए ज़मीन को नष्ट करनेवाली टिड्डियों से ज़्यादा कुछ नहीं हैं। बस उन्हें टिड्डियों की तरह मारा नहीं जा सकता। उन्हें पृथ्वी पर समय का उलटा चक्कर लगाते रहने के लिए छोड़ दिया गया है। उनके लिए समय वर्तमान से भविष्य की ओर नहीं जाता। वर्तमान से भूतकाल की तरफ़ जाता है।"

श्रीकान्त अब सीधा बैठ गया था। उसने तमककर कहा–"आप कहते हैं,

बहन को लेकर कुष्टिया लौट जाये? ऐसी सलाह देने के पहले कुछ सोचना चाहिए था। शायद आपको पता नहीं कि कुष्टिया में दो बीवियों वाला एक मुसलमान मजिस्ट्रेट आया था। वे दोनों सगी बहनें थीं। कलकत्ता में आज़ादी के एक साल पहले जो दंगा हुआ था, उसमें उसने उन दोनों हिन्दू लड़कियों को बचाकर अपने घर में शरण दी थी। एक सप्ताह बाद दंगा रुकने पर वह बाइज़्ज़त उन्हें उनके घर पहुँचाने गया, तो उनके माँ-बाप ने उन्हें वापस लेने से इनकार कर दिया। उनकी निगाह में मुसलमान के घर रहने के कारण वे भ्रष्ट हो चुकी थीं। किसी तरह वे लोग नहीं माने कि उसने उनकी इज़्ज़त लूटी नहीं थी। उनकी इज़्ज़त बचायी थी। आख़िरकार उस मुसलमान आदमी को मजबूर होकर उन दोनों से शादी करनी पड़ी। मेरी बहन को लेकर पूरे कुष्टिया में जाने कितनी कहानियाँ फैल चुकी होंगी। उससे कौन शादी करेगा? वहाँ जाकर वह कैसे जियेगी? लोगों का सामना कैसे करेगी?"

कुलभूषण को याद आया कि मजिस्ट्रेट अपनी छोटी बेगम को लेकर कई बार लालन फ़क़ीर के दरगाह पर आता था। यह भी याद आया कि उसकी बीवी काफ़ी सुन्दर थी। तभी श्रीकान्त ने उससे कहा–"एक चीज़ आपको देनी थी।" कहकर वह वापस टिकटघर में घुस गया। कुलभूषण सोचता रहा कि वह क्या चीज़ देनेवाला है। एक मिनट बाद ही श्रीकान्त एक अख़बार लेकर प्रकट हुआ। बांग्ला के अख़बार में कुलभूषण की छोटी-सी फ़ोटो छपी थी, जिसे देखकर उसे कोई नहीं पहचान सकता था। नीचे लिखा था–"कुलभूषण, तुम्हारी माँ बचेगी नहीं। जल्दी घर लौटो।" नीचे पिताजी का नाम लिखा था। कुलभूषण ठठाकर हँस पड़ा। श्रीकान्त उसे अचरज से देखता रहा। "पिताजी जाने क्यों नाटक कर रहे हैं! तुम एक काम कर सकते हो श्रीकान्त? इसी अख़बार में जवाब लिखवा दो–मैं जहाँ हूँ, वहीं ठीक हूँ। माँ तुम्हारे कारण बीमार है। अच्छा होगा कि तुम घर लौटो"–कहकर वह हँसता चला गया। श्रीकान्त ने देखा कि हँसने पर कुलभूषण काफ़ी ठीक-ठाक दिखने लगता था।

यह कोई रूपकथा नहीं : मार्च 1971

श्यामा की नींद भोंपू पर कुछ बोलने की आवाज़ से खुली। उसने लेटे-लेटे देखा कि सुबह हो चुकी है। पाँच-साढ़े पाँच बज रहे होंगे। अमला का दीवार के सहारे लगा बिस्तर उठ चुका था। श्यामा ने चौकी पर अपने बगल में सोयी हुई मल्ली की ओर देखा। छह साल की होते-होते मल्ली का चेहरा अमला से काफ़ी मिलने लगा था। ख़ासकर उसकी आँखों में वैसी ही कुछ अलग बात थी। तभी अमला दौड़कर अन्दर आयी–"सुना तुमने? मिलिटरी क्या बोल रही है? चारों तरफ़ मिलिटरी की जीपें घूम रही हैं। बोल रहे हैं–कर्फ़्यू लगाया गया है। कोई भी घर से बाहर निकला, तो उसे गोली मार दी जायेगी।" अमला की आवाज़ में घबराहट थी। श्यामा को तुरन्त ख़याल आया कि गोबिन्दो धोबी बगल के गाँव में चौबीस घण्टे का हरिनाम कीर्तन करके आज सुबह घर लौटनेवाला था।

श्यामा झटके से बिस्तर पर उठ बैठा। पिछले साल माँ के देहान्त के बाद से गोबिन्दो बिल्कुल जोगी बन गया था। उसे न खाने-पीने की सुध थी न सोने-जागने की। हरिनाम में उसका मन ऐसा रमा था कि जगह-जगह से उसका बुलावा आता रहता। जाने इस मिलिटरी का क्या इरादा है? कर्फ़्यू क्यों लगाया है? डॉक्टर क़ासिम अवामी लीग की तरफ़ से सात दिसम्बर के चुनाव में खड़े हुए थे। नवम्बर के अन्त के बीस दिनों में श्यामा ने अपने रिक्शे में भोंपू लगाकर उनका जमकर प्रचार किया था।

चुनावों के एक महीने पहले आये तूफ़ान में पाकिस्तानियों की पोल खुल गयी थी कि वे बंगालियों को कीड़े-मकोड़ों से ज़्यादा नहीं समझते। जनरल याहया ख़ान हेलिकॉप्टर से तूफ़ान की तबाही देखकर वापस कराची चला गया था। डॉक्टर क़ासिम ने कहा–"हमारे नेता मुजीबुर्रहमान ठीक बोलते हैं कि पाकिस्तान के पास इतनी बड़ी सेना है, पर बंगालियों को दफ़ना रही है

ब्रिटिश मैरीन सेना। पाँच लाख मरे हुए बंगालियों ने अपने जीवन का वोट डाल दिया है। अब हम बचे हुए बंगालियों के वोट बोलेंगे।"

श्यामा बिस्तर पर बैठे-बैठे मिलिटरी के भोंपू की आवाज़ सुनता रहा। गोली मार दी जायेगी? गोली मारनी थी तो चुनाव क्यों कराया? नेशनल असेम्बली की कुल तीन सौ सीटों में आधी से ज़्यादा सीटें अवामी लीग जीत गयी है। पूरे पाकिस्तान के प्रधानमन्त्री हमारे बंगाली नेता मुजीबुर्रहमान क्यों न बनें? पर अब याहया ख़ान अपने वादे से मुकर रहा है।

हमें हमारा हक़ चाहिए।

'जय बांग्ला!!'

'तोमार आमार ठिकाना, पद्मा गंगा जमुना'–इन नदियों का देश तुम्हारा-हमारा ठिकाना है।

हमारा देश बांग्लादेश है।

हमारी भाषा बांग्ला है।

'आमार सोनार बांग्ला, आमि तोमाय भालोबाशी।'

'सोनार बांग्ला श्मशान कैसे बन गया?'

ये सारे नारे श्यामा के दिमाग़ में एक के बाद एक घूमते चले गये। पिछले पच्चीस दिनों से यानी मार्च की पहली तारीख़ से पूरे पूर्वी पाकिस्तान में अवामी लीग को सरकार नहीं बनाने देने के ख़िलाफ़ हड़ताल चल रही है। जगह-जगह बंगाली-बिहारी झगड़े हो रहे हैं। कहीं-कहीं पुलिस ने हड़तालियों पर गोली चलायी है। कल शाम डॉक्टर क़ासिम ने अवामी लीग के लोगों को अपने घर बुलाने श्यामा को भेजा था। उन्होंने कहा था कि फ़ोन पर बात करने में ख़तरा है क्योंकि ऑपरेटर पाकिस्तानी आर्मी के लिए अवामी लीग के नेताओं पर जासूसी कर सकता है। अवामी लीग के लोग डर रहे हैं। कई लोग शहर छोड़कर गाँवों में जा रहे हैं।

श्यामा के दिमाग़ में कल डॉक्टर क़ासिम से सुनी बातें दौड़ने लगीं–"टिक्का ख़ान को पूर्व पाकिस्तान का गवर्नर बना कर भेजा गया है। यह वही जनरल टिक्का ख़ान है जिसे 'बूचर ऑफ़ बलोचिस्तान' की उपाधि मिली हुई है। इसने तेरह साल पहले पाकिस्तान के बलोच प्रान्त में आज़ादी की माँग करने पर बलोच लोगों को कसाई की तरह काट डाला था।" श्यामा ने देखा कि सबके चेहरे उतरे हुए थे। "आप लोगों ने हमारे नेता शेख़ मुजीबुर्रहमान का सात मार्च का रामना रेसकोर्स का भाषण अगले दिन ढाका रेडियो पर सुना होगा। हमें लड़ने के लिए तैयार होना होगा। अपने घरों को क़िला बनाना होगा। ख़बर है कि पाकिस्तान की सेना हवाई जहाज़ से ढाका

में सादे कपड़ों में उतर रही है। बंगाल की खाड़ी में पाकिस्तानी सेना को बन्दूक़ें-बम सप्लाई के लिए जहाज़ खड़े हैं। निहत्थे बंगालियों को मारने में उन्हें वक़्त नहीं लगेगा। पर आप लोग डरकर गाँव की तरफ़ जाकर छिप जायेंगे तो यहाँ हम लड़ाई कैसे लड़ेंगे?"

श्यामा ने अपने दोस्त मोहम्मद इस्लाम की तरफ़ देखा था। उसे पता था कि मोहम्मद इस्लाम ने अपने बीवी-बच्चों को उनके गाँव में भेज दिया है। वह ख़ुद भी शायद भागने की सोच रहा था। तभी डॉक्टर क़ासिम ने कहा-"आप सब यहाँ क़सम खाइए कि जो होगा, हम सब मिलकर उसका सामना करेंगे।" श्यामा नें देखा कि मोहम्मद इस्लाम ने भी हाथ उठाकर क़सम खायी और उसकी तरफ़ देखकर मुस्कराया। कुलभूषण के जाने के बाद से श्यामा ने उससे मेलजोल बन्द कर दिया था। उसके अन्दर यह बात घर कर गयी थी कि भूषण के पिता को मुस्लिम लीग की वह धमकी भरी चिट्ठी उसी ने लिखी थी। कुलभूषण के पिता अब भी अपने बन्द पड़े कमरों के साथ अकेले उसी घर में रह रहे थे। सबको पता चल चुका था कि वे कुष्टिया छोड़नेवाले नहीं हैं। मोहम्मद इस्लाम ने जब से अवामी लीग की सदस्यता ली थी, तब से श्यामा का उसके प्रति मन कुछ ठीक हो गया था। हो सकता है कि इसने वह चिट्ठी नहीं लिखी हो। यह बात कई बार उसके मन में आयी थी। बहुत बार हम लोगों पर शक करते चले जाते हैं। पृथ्वी की सूर्य के चारों तरफ़ जाने कितनी परिक्रमाओं के बाद वह शक ग़लत सिद्ध होता है।

डॉक्टर क़ासिम के घर सुनी बातें श्यामा के दिमाग़ में रात भर घूमती रही थीं। उसे ठीक से नींद नहीं आयी थी। रात को उसे लगा भी था कि कहीं दूर से ट्रक या जीप चलने की आवाज़ें आ रही हैं। श्यामा ने अब उठकर दरवाज़ा खोलकर बस्ती के बाहर जाकर झाँका। सड़क पर दूर-दूर तक सन्नाटा था। भोंपू की आवाज़ दूर जा चुकी थी। अमला उसके पीछे आ खड़ी हुई। "मैं ज़रा कुमारख़ाली से आनेवाली सड़क तक जाता हूँ। बाबा वहीं से कीर्तन करके लौटेंगे"-श्यामा ने कहा। उसने देखा कि अमला का चेहरा डर से सफ़ेद हो गया। "तुम चिन्ता मत करो। मुझे धान और गन्ने के खेतों से होते हुए बाँस के जंगल से आम के बागान तक जाने का रास्ता मालूम है। गोराई नदी के किनारे जो बहुत पुराना आम का पेड़ है न, उस पर चढ़कर दूर तक देख सकूँगा। मिलिटरी मुझे पकड़ नहीं पायेगी"-श्यामा ने अमला को सान्त्वना देते हुए कहा। अचानक अमला ने उसका हाथ पकड़ लिया। श्यामा का पूरा शरीर सिहर उठा। सात साल में अमला ने कभी ऐसा नहीं किया था। उसने अमला

की तरफ़ चौंककर देखा। अमला ने नीचे देखते हुए कहा–"बहुत सावधानी से जाना। मल्ली और मैं तुम्हारा इन्तज़ार करेंगे।"

श्यामा धान और गन्ने के खेतों से होते हुए बाँस के जंगलों तक पहुँचा, तो उसे मिलिटरी की आवाज़ें सुनने लगी थीं। आम बागान के अन्दर कूदकर वह गोराई के किनारे पहुँचा, तो मंजरों से लदे आम के पत्तों के बीच से उसने देखा कि दूर से एक नौका आ रही है। पेड़ पर छोटी-छोटी कैरियाँ आ गयी थीं। कोयल अपने सबसे ऊँचे सुर में बोल रही थी। नौका पास में आयी तो श्यामा ने साफ़ देखा कि गोबिन्दो धोबी के साथ और छह लोग नौका पर सवार थे। वे सब आपस में हँस-बोल रहे थे। साफ़ ज़ाहिर था कि उन्हें कर्फ़्यू के बारे में कुछ पता नहीं था।

श्यामा अगर चिल्लाकर बोले तो शायद उन्हें कुछ सुनायी दे जाये। श्यामा ने इन्तज़ार किया कि कोयल एक घड़ी चुप हो जाये, तो वह बाबा को आवाज़ देकर कर्फ़्यू की बात समझाने की चेष्टा करे। तभी अचानक गोलियाँ चलने की आवाज़ से नदी का किनारा गूँज उठा। कोयल झप से उड़ गयी। एक पल में जो लोग हँस-बोल रहे थे, नदी की रेत पर तड़पते हुए या एकदम शान्त पड़े नज़र आये। श्यामा भौचक्का रह गया। उसने देखा कि उसका बाप गोबिन्दो धोबी आकाश की तरफ़ मुँह किये शान्त पड़ा था। उसकी धोती और कुर्ता ख़ून के छींटों से रंग गया था। श्यामा के गले से उसके हृदय को चीरती हुई एक चीख़ निकली। वह पेड़ से नदी की रेत पर कूदनेवाला था कि उसके कान के बिल्कुल बगल से सूँ-सूँ की आवाज़ के साथ एक गोली निकल गयी। श्यामा पेड़ की डाल से चिपका हुआ कब तक हिलक-हिलक कर रोता रहा, उसे कोई अनुमान नहीं था।

मिलिटरी की जीप की पास आती गड़गड़ाहट से उसे होश आया। उसने देखा कि मिलिटरी के चार जवान रस्सी लेकर जीप से उतरे। उन्होंने सातों शवों को बन्दूक़ की नली से कोंच कर देखा कि वे ज़िन्दा हैं या नहीं। फिर उन्होंने हर लाश के पैरों में रस्सी बाँधी और उन्हें घसीटते हुए नदी के किनारे ले जाकर नदी में फेंक दिया। श्यामा ने बहते आँसुओं के बीच दूर से हाथ जोड़कर बाबा को प्रणाम किया। उसके बाबा को हाथ लगाने तक नहीं दिया इन राक्षसों ने। इन निहत्थे ग़रीब लोगों ने मिलिटरी का क्या बिगाड़ा था? हे गोराई गंगा! तुम मेरे बाबा को मोक्ष देना। उसके जैसी शुद्ध आत्मा धरती पर कम लोगों की होती होगी। श्यामा ने देखा कि नदी का पानी लाल हो गया था। चारों राक्षस हँसते-बोलते मिलिटरी की जीप पर सवार हो गये; जैसे कि

उन्होंने सात निर्दोष इन्सानों को नहीं, सात उड़नकौवों पर निशाना साधा हो। श्यामा के अन्दर ग़ुस्से का ज्वार उठा। उसका मन हुआ कि जीप में कूदकर उन लोगों को उन्हीं की बन्दूक़ से गोली मार दे। तभी उसे अमला और मल्ली के चेहरे याद आ गये। अमला का हाथ पकड़ना याद आया। वह सुबकता हुआ जीप को दूर जाते देखता रहा।

श्यामा किसी तरह गिरता-पड़ता वापस घर पहुँचा। उसकी हालत देखकर अमला सब कुछ समझ गयी। "बाबा कोथाय?"–उसने रोते हुए पूछा। "गोली मारकर नदी में फेंक दिया"–श्यामा ने कलपते हुए कहा। अमला का रोना सुनकर तुरन्त आसपास के घरों से बस्ती के लोग वहाँ इकट्ठे हो गये। श्यामा को लोग घेरकर न जाने क्या-क्या कहते रहे। श्यामा की आँखों के सामने गोबिन्दो धोबी का नदी में गिरता शरीर और उसकी जगह लेता लाल पानी घूम रहा था। उसे और कुछ न सुनाई दे रहा था न दिखाई दे रहा था। बस्ती के बुजुर्ग लोगों में से एक ने उसे धरती पर बैठाकर उस्तरे से उसका सिर मूँड़ना शुरू किया, तभी उसे होश आया। वह बाबा-बाबा कहकर बिलखता रहा। उस दिन बस्ती में किसी के घर चूल्हा नहीं जला। किसी परिवार ने भूखे बच्चों के लिए देर रात चूल्हा जलाकर खिचड़ी बनायी। रात को अमला ने उसके लिए धरती पर चटाई डाल दी। मल्ली ज़िद करके उसके साथ सोने आयी और 'बाबा' कहकर उसके गले में हाथ डाल दिया। श्यामा बच्चों की तरह फफककर रो पड़ा। मल्ली उसे बड़ों की तरह चुप कराती रही।

अमला सुबह से अब तक एक शब्द भी नहीं बोली थी। अचानक उसने कहा-"सुनते हो?" श्यामा ने चौंककर उसकी तरफ़ देखा। "मुझे नहीं लगता कि इतने थोड़े से लोगों को मारकर मिलिटरी यहाँ से चली जायेगी। कल रात साढ़े दस बजे डेढ़ सौ मिलिटरी वाले तेरह जीप और ट्रकों में भरकर जैसोर कैंट से आये थे। इन्होंने कुष्टिया पुलिस थाने में सारे बंगाली पुलिसवालों की बन्दूक़ें अपने क़ब्ज़े में ले लीं। कुष्टिया ज़िला स्कूल और रेडियो स्टेशन पर भी इन लोगों ने रात में ही अपना डेरा जमा लिया था।" अमला की बात सुनकर श्यामा के आँसू सूख गये। उसे डॉक्टर क़ासिम का ख़याल आया। उसने अमला से यह नहीं पूछा कि उसे इतनी जानकारी कैसे मिली। उसने कहा-"मुझे डॉक्टर क़ासिम के पास पहुँचना होगा।" अमला चुपचाप उसे देखती रही। फिर उसने कहा-"जब तक कर्फ़्यू नहीं उठता, तब तक इन्तज़ार करना बेहतर होगा। मेरा ख़याल है तुम्हें अब सो जाना चाहिए। कल ठंडे

दिमाग़ से सोचना कि आगे क्या करना है।" श्यामा ने अमला को कृतज्ञता से देखा और आँखें बन्द कर सो गया।

रात भर श्यामा उठ-उठ कर बैठता रहा और अमला उसके पास बैठी उसे वापस सो जाने को कहती रही। सुबह की तेज़ रोशनी में श्यामा की आँखें खुलीं तो उसने देखा कि अमला उसके पास बैठी-बैठी दीवार का सहारा लेकर सो रही है। उसे याद आया कि अमला रात भर उसकी पीठ पर हाथ फेरती रही है। गोबिन्दो धोबी ने सचमुच कितने सच्चे मन से त्रिनाथ से प्रार्थना की होगी कि उसके बेटे श्यामा का जीवन नीरस ना रह जाये। श्यामा आँसू बहाते हुए अमला और मल्ली को एक-एक करके देखता रहा। तभी उसके सुबकने की आवाज़ से अमला की नींद खुल गयी। उसने अपने पल्लू से अपनी भर आयी आँखों को पोंछा और उठ खड़ी हुई। श्यामा चुपचाप लेटा हुआ उसे कमरे से बाहर आते-जाते देखता रहा। पूरी दुनिया में जैसे सन्नाटा छाया हुआ था। बस्ती के अन्दर लोगों की आवाज़ें ऐसे गुम थीं जैसे पूरी बस्ती भुतहा बस्ती में बदल गयी हो। यहाँ तक कि रोज़ चहकने वाली चिड़ियाँ, कोयल और कौवे भी चुप थे। न किसी बच्चे के रोने की आवाज़ थी, न उनके खेलने-लड़ने-झगड़ने की। सब जैसे अदृश्य रहकर गोबिन्दो धोबी के चले जाने का मातम मना रहे थे।

शाम को सूरज ढलने को हुआ, तब अचानक मिलिटरी की जीप और भोंपू की आवाज़ आनी शुरू हो गयी। श्यामा सारे दिन लेटा रहा था। अमला ने उसे पत्तल पर थोड़ी खिचड़ी दी थी, पर उसने दो कौर खाकर पत्तल खिसका दी थी। श्यामा लपककर उठा और मिलिटरी की जीप की आवाज़ की तरफ़ बस्ती की सँकरी गलियों से होता पहुँच गया। नहीं, ये लोग वे मिलिटरी वाले नहीं थे जिन्होंने गोबिन्दो धोबी को गोली मारी थी। वह एक घर की दीवार से सटा छिपकर उनकी हर दिशा में तानी हुई बन्दूक़ों की तरफ़ देखता रहा। "कल सुबह अट्ठाईस मार्च को साढ़े पाँच बजे से कर्फ़्यू ख़त्म होगा"-भोंपू की आवाज़ से उसे फिर डॉक्टर क़ासिम का ध्यान आया। कहीं उन्हें मिलिटरी ने पकड़ न लिया हो, यह सोचकर उसका दिल डूबने लगा। डॉक्टर क़ासिम अवामी लीग की तरफ़ से चुनाव जीत कर सबकी नज़रों में आ गये हैं। मिलिटरी ने क्या उन्हें अब तक छोड़ा होगा? डॉक्टर क़ासिम ने उस दिन कहा ही था-"मुझे नहीं लगता कि याहया ख़ान बंगालियों के जीते हुए इस चुनाव को मानेगा। वह फिर से मार्शल लॉ लगा देगा और अवामी लीग को ग़ैरक़ानूनी घोषित कर देगा। उसके बाद वह अवामी लीग के लोगों को जेल में भर देगा।"

अगले दिन सुबह ठीक छह बजे मोहम्मद इस्लाम अपने सिर पर अमरूद से भरी एक टोकरी लिए प्रकट हुआ। उसने श्यामा का सफाचट सिर देखकर चौंककर कहा–"क्या हुआ श्यामा?" सारी बातें सुनकर उसने श्यामा को कपड़ों की एक गठरी साथ लेकर चलने को कहा–"श्यामा तुम्हारा दुख मैं समझता हूँ। पर अभी हमारे पास रोने का समय नहीं है। डॉक्टर क़ासिम पच्चीस मार्च की रात को ही कुष्टिया से मालगाड़ी पकड़कर पास के गाँव में चले गये थे। तुम्हें पता नहीं होगा कि ढाका में मिलिटरी ने उस रात विश्वविद्यालय में घुसकर सैकड़ों अध्यापकों और छात्रों को गोली मार कर भयंकर ख़ूनखराबा किया है। डॉक्टर क़ासिम के पास रात दस बजे ढाका के टेलीफ़ोन एक्सचेंज से किसी अनाम आदमी का फ़ोन आया था। उसने रोते हुए उन्हें ढाका की गली-गली में हो रहे क़त्लेआम के बारे में बताया और तुरन्त वहाँ से निकल जाने को कहा। उसका अन्देशा था कि सभी शहरों पर मिलिटरी इसी तरह क़हर बरसायेगी। डॉक्टर क़ासिम उसकी बात सुनते ही अपनी रिवॉल्वर और ऑटोमेटिक बन्दूक़ लेकर निकल गये थे।"

श्यामा ने मोहम्मद इस्लाम को बाहर सड़क पर इन्तज़ार करने को कहा और झटपट तैयार होने लगा। उसे याद आया कि अमला ने बताया था कि कुष्टिया पर उसी रात मिलिटरी ने पुलिस थाना, रेडियो स्टेशन और ज़िला स्कूल पर क़ब्ज़ा कर डेरा डाल लिया था। तभी अमला ने आकर कहा–"सुनते हो? मुझे तुमसे एक बात कहनी है।" श्यामा को मालूम था कि अमला ने मोहम्मद इस्लाम की सारी बातें सुन ली हैं। उसने कहा–"अमला, मुझे जाने से मत रोकना। इस तरह बाबा को बिना किसी दोष के उन लोगों ने मार दिया। मैं उनसे बदला लिए बिना नहीं रह सकता।" अमला ने अपना सिर हिलाया जैसे वह ऐसी कोई बात करने नहीं जा रही थी। फिर उसने लजाते हुए धरती को देखते हुए कहा–"मैं सिर्फ़ यही कहना चाहती थी कि बाबा की तेरहवीं हो जायेगी, उसके बाद हम पति-पत्नी की तरह रहेंगे।" श्यामा उसका मुँह देखता रह गया। उसके मन में छाये अवसाद के ऊपर जैसे मधुर घण्टी-सी बजी। उसने कहा–"एक मिनट रुको।" फिर उसने दीवार के सहारे लगी चौकी खिसकाकर उसके पीछे एक छेद से एक पोटली निकाली। उसमें से हरा पन्ना जड़ी एक सोने की अँगूठी निकालकर वह अमला के पास आया। उसका हाथ पकड़कर उसे अँगूठी पहना दी। अमला और वह एक-दूसरे को कसकर पकड़कर रोते रहे।

"मैं तुम्हें कुछ बताना चाहता हूँ"–श्यामा ने अलग होते हुए कहा–"यह अँगूठी मेरे दोस्त कुलभूषण की निशानी है। वह मेरा सच्चा दोस्त था। उसने मुझे कभी छोटी जात का या ग़रीब नहीं समझा। उसने हिन्दुस्तान जाते समय मुझे अपनी माँ की यह अँगूठी दी थी और कहा था कि मैं जिससे प्रेम करूँ उसे पहना दूँ। तुमने उसे देखा था ना एक बार त्रिनाथ के कीर्तन में?" अमला ने कहा–"हाँ। वह पाकिस्तान से हमेशा के लिए क्यों चला गया? उसके पिता तो यहीं अकेले रहते हैं ना?" श्यामा को फिर अमला की जानकारी पर आश्चर्य हुआ। उसने कहा–"मेरी बात ध्यान से सुनो। तुम्हें कभी लगे कि दुनिया में तुम्हारा कोई सहारा नहीं, तो तुम उसके पिता से उसका कलकत्ते का पता लेकर चली जाना। वह अपने भाइयों के साथ ढाकापट्टी नाम की जगह पर रहता है। उसे नहीं मालूम कि मैंने तुमसे शादी की है। पर वह अँगूठी देखते ही समझ जायेगा।" अमला ने आकाश की तरफ़ मुँह करके दोनों हाथ जोड़कर कहा–"नहीं श्यामा। मुझे तुम्हारे सिवाय किसी सहारे की ज़रूरत नहीं होगी। मैं यह अँगूठी कपड़े में बाँधकर मल्ली के गले में काली डोरी से ताबीज़ की तरह बाँध दूँगी। नहीं तो सबको शक होगा कि अचानक ऐसी दामी चीज़ मेरे हाथ में कहाँ से आ गयी। तुम जितनी जल्दी लौट सको, आ जाना। मेरा दिल अकेले में बहुत घबराता है।"

श्यामा रिक्शे को तेज़ चलाता हुआ कुष्टिया से दक्षिण–पश्चिम जाने की सड़क की ओर बढ़ा। वह मोहम्मद इस्लाम के बताये रास्ते पर चलता रहा। एक घण्टे बाद मोहम्मद इस्लाम ने उसे रुककर रिक्शा पेड़ के पीछे छिपाने के लिए कहा। उसके बाद वे लोग आधे घण्टे तक खेतों और जंगल के बीच से होते हुए चलते रहे। अचानक मोहम्मद इस्लाम ने रुककर कहा–"श्यामा, तुम मुझसे नाराज़ रहते हो ना? तुम सोचते हो कि कुलभूषण को मैंने यहाँ से भगाया। पर यह सच नहीं है। मैंने उसे इतना ज़रूर कहा था कि अगर वे लोग कुष्टिया छोड़कर जायें तो अपना घर हमें बेच दें।" श्यामा चलते–चलते रुक गया और उसने मोहम्मद इस्लाम को कन्धे पर ज़ोर का धक्का देते हुए कहा–"तो? क्यों कहा तुमने उसे ऐसा? यह क्यों नहीं कहा कि मेरे रहते तुम्हें डरने की कोई ज़रूरत नहीं है? सच कहो, तुम्हीं लोगों ने वह चिट्ठी लिखी थी या नहीं कुलभूषण के बाप को?" मोहम्मद इस्लाम ने अपने को गिरने से बचाते हुए ग़ुस्से से कहा–"हाँ। मेरे चाचा ने लिखी थी। पर तुम्हें पता होना चाहिए कि मुझे यह बात मालूम नहीं थी। मैंने तो अपने घर में इतना सुना था कि कुलभूषण के माँ–बाप भी हमेशा के लिए कलकत्ता चले जाने की

सोच रहे हैं। बाद में जब मुझे पता चला, तो मैंने चाचा से कहा कि अगर उन लोगों ने कुलभूषण के पिता को ज़रा भी तंग किया, तो मुझसे बुरा कोई नहीं होगा। तब से किसी ने उन्हें परेशान किया कभी? बोलो?"

श्यामा चुप रहा। हो सकता है कि जो यह कह रहा है वह सच है। भले ही पूरा सच न हो। वैसे भी यह समय आपस में लड़ने का नहीं है। सारे हिन्दू अवामी लीग के साथ हैं। अगर मोहम्मद इस्लाम अवामी लीग में है और डॉक्टर क़ासिम उस पर भरोसा करते हैं, तो हम बांग्लादेश की लड़ाई में साथी हैं। पाकिस्तानियों के लिए सारे बंगाली दुश्मन हैं–हिन्दू बंगाली हों या मुसलमान बंगाली। श्यामा ने मोहम्मद इस्लाम की तरफ़ हाथ बढ़ाते हुए कहा–"चलो, अच्छा हुआ कि मेरे मन से तुम्हारे प्रति शक निकल गया। देखो भाई, मैंने देखा है कि कैसे उन पाकिस्तानी दरिन्दों ने मेरे सीधे-सादे बाबा को बेमतलब गोलियों से भून दिया। तुम तो मेरे बाबा को जानते हो। क्या वह और उसके साथ के किसान-मज़दूर सैनिकों के लिए कोई ख़तरा थे?" मोहम्मद इस्लाम ने उसका हाथ थामते हुए कहा–"श्यामा, हमारे पास सिर्फ़ लाठी-बल्लम-चाकू हैं जबकि उनके पास बन्दूक़ें, बम और टैंक हैं। इस लड़ाई में हममें से कितने मरेंगे और कितने बचेंगे, कहना मुश्किल है। मैंने अपने परिवार को इसीलिए गाँव भेज दिया है। वहाँ से हिन्दुस्तान की सीमा पास है। यहाँ ख़तरा बढ़ा, तो वे सीमा पार करके उधर चले जायेंगे।"

श्यामा चलते-चलते सोचता रहा। अगर उसे कुछ हो गया, तो अमला और मल्ली का क्या होगा? श्यामा ने धीरे-से मोहम्मद इस्लाम के कन्धे पर हाथ रखकर उसे रोका–"सुनो बन्धु! मुझसे एक वादा करो। यदि मुझे कुछ हो जाये, तो तुम अमला और मल्ली को सीमा पार कर कोलकाता में कुलभूषण तक पहुँचा दोगे। तुम्हें उसके पिता से उसका पता-ठिकाना मिल जायेगा। दुनिया में अगर कोई है, जो उन्हें सहारा दे सकता है, तो वह कुलभूषण ही है।" मोहम्मद इस्लाम ने अपना हाथ बिना कुछ कहे अपने दिल पर रखा जैसे कि वादा कर रहा हो। उसकी आँखों में पानी भर आया था। फिर वह मुड़कर आगे चलने लगा।

बाँस के घने जंगलों से होते हुए वे कुछ देर में एक गाँव में पहुँचे। श्यामा ने आश्चर्य से देखा कि वहाँ एक सरकारी डाक-बँगला था जिसके बाहर क़रीब पाँच सौ लोग इकट्ठे थे। मोहम्मद इस्लाम उसे डॉक्टर क़ासिम के पास अन्दर ले गया। श्यामा ने देखा कि वहाँ 'ईस्ट पाकिस्तान राइफल' के बहुत से सैनिक अपनी बन्दूक़ें लेकर मौजूद थे। मोहम्मद इस्लाम ने उनके कमांडर

का नाम उसके कान में फुसफुसाकर बताया—"मेजर अबु उस्मान चौधरी।" आसपास के गाँवों का एक-एक झुण्ड अन्दर आता और मेजर चौधरी उन्हें एक नक़्शे में सड़कें दिखाकर पेड़ गिराने और गड्ढे खोदकर बन्द करने का निर्देश देते। आसपास के सभी थानों की पुलिस और नवयुवक, जिन्हें 'अंसार' क़िस्म की मिलिटरी की थोड़ी ट्रेनिंग मिली हुई थी, को बन्दूक़ों की सूची बनाने के लिए कहा जा रहा था। पता करना था कि इलाक़े में किन लोगों के पास गदा-गन, शॉट्गन और राइफल के लाइसेंस थे।

डॉक्टर क़ासिम ने सिर मुँड़ाये श्यामा को देखकर पास बुलाया। मोहम्मद इस्लाम ने श्यामा के बाबा को मिलिटरी द्वारा बेमतलब मार डालने की बात उन्हें बतायी। डॉक्टर क़ासिम ने कहा—"श्यामा, अभी तुम्हें अपने दुख को भूलना होगा। मेजर चौधरी कुष्टिया को आज़ाद कराने की योजना बना रहे हैं। तुम्हें अपनी बस्ती के लोगों को साथ लेना होगा। आसपास के गाँवों में जितने लोगों को जोड़ सको, इस लड़ाई में साथ रखना है।"

श्यामा के मन में उनकी बातें सुनकर एक ज्वार-सा उठा। उसका दिल भर आया। बाबा, तुम्हारा बलिदान यूँ ही बेकार नहीं जायेगा! उसने झुककर डॉक्टर क़ासिम के दोनों पैर छूकर माथे पर धूल लगायी। बाहर आकर मेजर चौधरी ने लोगों को भाषण देते हुए कहा—"हमारे पास ईस्ट पाकिस्तान राइफल्स के सौ सिपाही हैं जिनके पास बन्दूक़ें हैं। साथ में 'अंसार' वाहिनी की ट्रेनिंग लिए कुछ लोगों के पास सिंगल बैरल शॉटगन हैं। हम एक साथ कुष्टिया के ज़िला स्कूल, पुलिस लाइन और रेडियो स्टेशन पर तीन गुटों में बँटकर अटैक करेंगे। हमारे पास उनकी एल.एम.जी. जैसी आधुनिक बन्दूक़ें नहीं हैं। पर लाठी-बल्लम, कुल्हाड़ी-कुदाल-फरसा लिए हज़ारों लोगों की सेना है। वे गोली भी चलायेंगे, तो कितनों को मार सकेंगे?" मेजर चौधरी ने आगे कहा—"आठ मील तक हमारे लोग घेरा बनायेंगे। इकतीस मार्च को यानी आज के दो दिन बाद रोशनी होने के पहले हमें अटैक करना है। तब तक आप लोगों में से जो भी बन्दूक़ चलाने की ट्रेनिंग लेना चाहता है, वह अपना नाम यहाँ लिखवा सकता है।"

श्यामा का अगला दिन बन्दूक़ चलाना सीखने में लगा—राइफल के पुर्जों को खोलना-जोड़ना और राइफल को लोड-अनलोड करना, लेटकर निशाना लगाने का तरीक़ा सिखाया जा रहा था। फिर वह कुष्टिया लौटकर अपनी बस्ती के लोगों और आसपास के गाँवों के किसान-मज़दूरों को इकतीस मार्च की लड़ाई लड़ने के लिए तैयार करने में लग गया। अमला और मल्ली से मिलने

के लिए एक घण्टे के लिए वह घर गया। उसने अमला को सारी योजनाएँ बतायीं–"मैं थ्री नॉट थ्री रायफल चलाना सीख गया हूँ। हमें सिर्फ़ एक गोली का निशाना लगाने मिला था। तब पता चला कि मेरा निशाना काफ़ी अच्छा है। बस डर यही लगता है कि सामने किसी आदमी को गोली मारनी होगी, तब बन्दूक़ का घोड़ा दबा पाऊँगा या नहीं।" अमला के चेहरे पर डर साफ़ लिखा था, पर उसने कहा–"तुम याद कर लेना कि बाबा को उन लोगों ने कैसे गोली मारी थी। तुम हमारी चिन्ता मत करना। मैंने सात साल बाद अपने बाप को ताँती-टोला में सन्देश भेजा था। उन्होंने मुझे माफ़ कर दिया है। यहाँ डर हुआ तो मैं मल्ली को लेकर उनके पास चली जाऊँगी। बस तुम अपना ख़याल रखना। मैं तुम्हारा इन्तज़ार करूँगी।" सुनकर श्यामा ने राहत की साँस ली।

तीस मार्च की रात को कुष्टिया सदर थाने के बंगाली पुलिसवालों ने पाँच रात पहले अपनी बन्दूक़ें छीननेवाले बलूच रेज़ीमेंट कम्पनी के सैनिकों पर बहुत आसानी से क़ब्ज़ा कर लिया। उसके बाद पुलिसवाले वहाँ से बहुत सारी राइफलें और गोलियाँ लेकर गाँवों में फैल गये। उनके साथ जुट गये कुष्टिया ज़िले के बहुत सारे छात्र। सबने मिलकर वहाँ के किसानों को गुरिल्ला लड़ाई के तरीक़े सिखाने की योजना बनायी। श्यामा यह देखकर हैरान था कि छोटी धोती और लुंगी पहने अधनंगे किसान उसी लगन से बन्दूक़ें चलाना सीख रहे थे, जिस तरह कम उम्र के छात्र। एक पचहत्तर साल का आदमी दूसरे विश्वयुद्ध की पुरानी गदा-बन्दूक़ लेकर साथ चला। इस बन्दूक़ में नली के अन्दर बारूद भरकर उसे चलाने के पहले बारूद को डण्डी से अन्दर जमाना पड़ता था। सबसे अद्भुत दृश्य था–गोराई नदी को पार करके उस तरफ़ के गाँवों से लोग पर लोग कन्धे पर गमछे में गुड-चिड़वा बाँधे चले आ रहे थे। सबके हाथों में कोई न कोई खेती का औज़ार था। किसी के अन्दर यह डर नज़र नहीं आ रहा था कि वे मिलिटरी की बन्दूक़ों का सामना अपने खेत बोने-जोतने-काटने के सामान से कैसे करेंगे।

इकतीस मार्च को सुबह साढ़े चार बजे अँधेरे में श्यामा 'ईस्ट बंगाल राइफ़ल्स' के सैनिकों के साथ थ्री नॉट थ्री एनफील्ड बन्दूक़ लेकर तैयार था। रात भर वे लोग बिना आवाज़ के ज़िला स्कूल में पाकिस्तानी सेना के कैम्प को सामने सड़क की ओर से घेरकर बैठे थे। अचानक एक साथ हज़ारों लोगों का पीछे से शोर उठा–"जय बांग्ला!" यह इशारा था कि साढ़े चार बज गये हैं। एक साथ उठे शोर से पाकिस्तानी सेना की सिट्टी-पिट्टी शायद गुम हो गयी थी। उन्हें लगा होगा कि वे मुक्तिवाहिनी के लोगों से घिर गये हैं।

क़रीब दस मिनट तक सन्नाटा रहा। उसके बाद ज़िला स्कूल से पहली गोली चली। जवाब में इधर से भी एक साथ गोलियाँ चलने लगीं। श्यामा ने अभी तक एक बार भी गोली नहीं दागी थी। अँधेरे में कोई नज़र नहीं आ रहा था। कोई बन्दूक़ की गोली दागता, तभी उसकी चमक से पता चलता है कि वहाँ कोई है। क्या वह गोली चलाये? एक क्षण के लिए श्यामा हक्का-बक्का सा बन्दूक़ को देखता रहा। तभी उसने देखा कि उसके बगल वाला पुलिस का आदमी चीख़कर ज़मीन पर गिर गया है। उसके कन्धे में गोली लगी थी और उसके ख़ून का गीलापन श्यामा को भिंगो रहा था।

श्यामा ने चिल्लाकर पीछे की तरफ़ मुँह करके आवाज़ लगायी–"गोली लग गयी है।" तुरन्त पीछे से सियार की बोली सुनी और आवाज़ दोहराकर पीछे चलती गयी। उस आदमी को दो आदमियों ने आकर बाँस की खपच्ची पर उठाकर लिटाया और चले गये। श्यामा के मन में अमला और मल्ली के चेहरे घूम गये। यह गोली उसको भी लग सकती थी। मुश्किल से एकाध फ़ुट का फ़ासला होगा। तभी हलकी-सी रोशनी होने लगी। श्यामा ने भी निशाना साध कर गोलियाँ दागनी शुरू कीं। दोपहर होते-होते यह ख़बर आ गयी थी कि मुक्तिवाहिनी के सैनिकों ने रेडियो स्टेशन और पुलिस लाइन पर क़ब्ज़ा कर लिया है। चारों तरफ़ ख़ुशी से भरा 'जय बांग्ला' का शोर उठता-गिरता रहा। दोनों जीत लिए गये ठिकानों से बन्दूक़ें लिए ईस्ट बंगाल राइफ़ल्स के सिपाही और पुलिसवाले ज़िला स्कूल के ठिकाने कुष्टिया-जैसोर रोड पर आ गये थे।

श्यामा को अचानक बहुत थकान महसूस हुई। वह पीछे की तरफ़ बढ़ता गया। पीछे के घने बाँस के वन में लोग बिस्कुट खाने के लिए दे रहे थे। उसे पता था कि डॉक्टर क़ासिम खुद अपनी ऑटोमेटिक स्पेनिश राइफल लिए मेजर अबु उस्मान चौधरी के साथ ज़िला स्कूल के सामने की सड़क के उस तरफ़ एक मकान की छत पर हैं। अचानक मुहम्मद इस्लाम ने पीछे से आकर उसे गले लगा लिया। श्यामा के कपड़ों पर ख़ून सूख गया था। जगह-जगह हाथ पर ख़ून के सूखे हुए छींटे थे। मोहम्मद इस्लाम बोला–"श्यामा, पाकिस्तानियों के डेढ़ सौ में से मुश्किल से पैंसठ लोग बचे होंगे। बलूच रेज़ीमेंट का मेजर शोएब चारों तरफ़ से घिर गया है। जैसोर से इनकी मदद आनी असम्भव है क्योंकि सारे रास्ते बन्द कर दिये गये हैं। हमारी जीत पक्की है। जय बांग्ला!"

श्यामा के चेहरे पर थकान फैली थी। वह बोला–"जिन लोगों ने बाबा को मारा, वे भी मर गये होंगे या ज़िन्दा होंगे? मैं उन्हें एकदम पहचान लूँगा। आम के पेड़ के अन्दर से मैंने उन सबको एकदम साफ़ देखा था।"

मोहम्मद इस्लाम ने कहा–"श्यामा वे भी मारे जायेंगे या पकड़ लिए जायेंगे। यह तो लड़ाई की शुरुआत है। इन लोगों को एकदम बेरहमी से अधिक-से-अधिक बंगालियों को मारने और अधिक-से-अधिक बंगाली औरतों का बलात्कार करने का ऑर्डर है ताकि बाक़ी सारे लोग डरकर सहम जायें। ढाका में इन्होंने एक रात में हज़ारों निहत्थे लोगों को गोली मारी। किसी को नहीं छोड़ा–बच्चा बूढ़ा औरत–जो सामने दिखा, उसे मारते गये। ढाका के आकाश पर चील, कौवे और गिद्ध मँडरा रहे हैं। लाशों से सड़कें पटी हुई हैं।"

श्यामा का दिल दहल उठा। कैसे एक दिन में पूरी बंगाली जाति का भाग्य बदल गया है। अब तक हिन्दुओं को 'मालाउन' कहकर उन्हें भगाने की चेष्टा करनेवाले बंगाली मुसलमानों को ख़ुद उनके ही धर्म भाई बेहिचक गोली मार रहे हैं। "ज़िला स्कूल से बाहर निकलने का कुष्टिया-जैसोर रोड यही एक रास्ता है। इनकी जीप में लाइट मशीनगन लगी हुई है। पर अगर ये भागने की चेष्टा करेंगे, तो बुरी तरह मरेंगे"–मोहम्मद इस्लाम जोश में बोलता गया।

श्यामा घर जाकर कपड़े बदलकर रात को दो बजे वापस ज़िला स्कूल लौट आया। अमला उसके ख़ून से भरे कपड़ों को देखकर बहुत घबरायी थी। श्यामा ने उसे सारा क़िस्सा सुनाकर कहा–"जाने क्यों मुझे लगता है जैसे मेरे बाबा के ख़ून के छींटे उड़कर मेरे पास आ गये हैं। जैसे कि बाबा ने मुझसे होली खेली हो।" अमला उसे अजीब नज़रों से देखती रही। फिर उसने जैसे कुछ अफ़सोस के साथ कहा–"तुम तो एक सप्ताह में एकदम बदल गये।" श्यामा को एहसास हुआ कि वह सच बोल रही थी। दो दिन में ही बन्दूक़ चलाने में उसे कोई परेशानी नहीं लग रही थी जबकि वह जानता था कि उससे किसी आदमी की जान जा सकती है। उसने एक लम्बी साँस छोड़ी। जब यह सब बीत जायेगा, वह भूलने का बटन दबाकर फिर वही श्यामा बन जायेगा, जो अमला को पसन्द है।

कुछ घण्टे बाद एक अप्रैल को सूरज की पहली किरण की झलक मारने के पहले ठीक वही हुआ था, जो मोहम्मद इस्लाम ने कहा था। अचानक ज़िला स्कूल से मिलिटरी के ट्रक और जीपें इंजनों की गर्जन के साथ दनादन गोलियाँ दागती हुई ज़िला स्कूल के मुख्य दरवाज़े से बाहर निकली थीं। गोलियों की बौछार ऐसी थी कि पूरा इलाक़ा दहल उठा था। बाँस के झुरमुटों में अँधेरे में छिपे मुक्तिवाहिनी के सैनिकों को एक बार लगा था कि धरती काँप रही है और बिजलियाँ धरती से ऊपर की ओर जा रही हैं। किन्तु जैसा कि मोहम्मद इस्लाम ने कहा था, बड़े-बड़े पेड़ों को काटकर उनके भागने

के सारे रास्ते बन्द किये जा चुके थे। जैसे ही जीपें रुकीं, अगल-बगल से "जय बांग्ला" का निनाद करते हुए हँसिया, बरछी, कुदाल लिए लोग बाहर निकल आये। मिनटों में ही पाकिस्तानी सैनिकों के शव जीपों के बाहर धरती पर लोट रहे थे। श्यामा जब तक बन्दूक़ टाँगे हुए वहाँ तक पहुँचा, तब तक भीड़ लाशों को छोड़ आगे बढ़ रही थी। पाकिस्तानी सेना के ट्रक पेड़ों को एक तरफ़ ठेलकर आगे चले गये थे। भीड़ "जय बांग्ला" का घोष करती अब उनके पीछे जा रही थी।

श्यामा उन लाशों को देखता खड़ा रहा। सूरज ऊपर नहीं उठा था, पर रोशनी इतनी हो गयी थी कि सब कुछ साफ़ दिखाई दे। अचानक कोयल ने ख़ूब ज़ोर से बोलना शुरू किया। तभी श्यामा ने देखा कि गोबिन्दो धोबी पर गोली चलानेवाला एक पाकिस्तानी सैनिक वहाँ मरा पड़ा था। वह काफ़ी लम्बा था। उसके गोरे चेहरे को ढँकती घनी काली दाढ़ी-मूँछें थीं। श्यामा ने उसे साफ़ पहचान लिया। उसका पूरा शरीर और वर्दी ख़ून से लथपथ थे। वह ख़ून के लगातार बड़े होते चकत्ते के बीच शान्त पड़ा था। श्यामा ने हैरत से देखा कि उस सैनिक के चेहरे पर अद्‌भुत सुकून जैसा कुछ छाया हुआ था। ऐसी भयानक मौत मिलने से तो चेहरे पर दर्द, डर या क्रोध होना चाहिए। तो क्या उसके बाबा का चेहरा भी आकाश को देखता हुआ ऐसा ही शान्त रहा होगा? अचानक श्यामा का मन हुआ कि उस लाश के पास बैठकर ख़ूब रोये। इतना रोये कि उसकी आवाज़ गोराई नदी में बहकर जाने कहाँ पहुँच गये बाबा के शरीर तक पहुँच जाये। तभी मोहम्मद इस्लाम ने उसे झटका देकर कहा–"क्या देख रहे हो श्यामा! मर गया ये हत्यारा। उसे देखकर तुम दुखी क्यों हो रहे हो!"

श्यामा ने उसे कुछ जवाब नहीं दिया। उसे पता था कि कुष्टिया के बहुत से लोगों की तरह मोहम्मद इस्लाम चिड़ियों का शिकार करने एयरगन रखता था। वह कई बार बचपन में श्यामा को डरपोक कहकर उसका मज़ाक़ उड़ा चुका था। श्यामा वापस मुड़कर ज़िला स्कूल के दरवाज़े पर आ गया। बायीं तरफ़ अढ़ाई तले की अधबनी स्कूल की दस साल पुरानी इमारत थी। दाहिनी तरफ़ कुछ क्वॉर्टर थे, जिनमें स्कूल के प्रिंसिपल और अध्यापक रहते थे। सामने की तरफ़ स्कूल का विशाल मैदान था। वहाँ से गुज़रते हुए कितनी बार श्यामा के मन में यह बात आती थी कि काश वह ऐसे स्कूल में पढ़ा होता। वह कभी स्कूल के अन्दर नहीं गया था। आज जा सकता था, पर उसके क़दम नहीं उठे। जाने कितनी लाशें पड़ी होंगी अन्दर!

वह आगे चलकर पुलिस लाइन के पास जा पहुँचा। वहाँ उसने डॉक्टर क़ासिम के बड़े लड़के अबुल को देखा। उसने श्यामा को देखते ही आवाज़ दी और उसे लेकर पुलिस लाइन के अन्दर बन्दूक़ें रखने के अस्त्रागार की तरफ़ ले गया। भारी दरवाज़े पर एक भारी ताला लटका हुआ था जिसे तोड़ने की कोशिशें नाकाम हो चुकी थीं। "इसे कैसे तोड़ा जाये"–उसने पूछा। श्यामा ने ताले को छूकर खड़काकर देखा। वह इतना भारी था कि हिलता भी मुश्किल से था। तभी श्यामा को ध्यान आया कि जागेश्वरी मिल की बड़ी बोउदी की सोने की चूड़ियाँ और बालियों को बेचते समय उसने कई बार मारवाड़ी पट्टी के सुनार को एक ऐसिड से सोना गलाते देखा था। अबुल को बताते ही वह उछल पड़ा–"जय बांग्ला! हाँ हाँ! बिल्कुल! उस ऐसिड को 'एकुआ रेजिया' कहते हैं। मैंने उसके बारे में पढ़ा है। चलो हम जाकर सुनार को उसके ऐसिड के साथ यहाँ ले आते हैं।" अबुल के साथ एक घोड़ागाड़ी में बैठकर वह उसे मारवाड़ी पट्टी की ओर ले चला। "तुम यह थ्री नॉट थ्री बन्दूक़ चला पाये श्यामा?"–अबुल ने उसकी बन्दूक़ को देख हँसकर पूछा। श्यामा ने बिना कुछ कहे सिर हिलाया। "देखो हमारे ग़रीब अवाम ने रिकॉयललेस, ऑटोमैटिक गन और मशीनगन चलाती हुई पाकिस्तानी आर्मी को कैसे हरा दिया! अब कुष्टिया हमारी मुक्तिवाहिनी के क़ब्ज़े में है। बांग्लादेश को आज़ाद होने से कोई नहीं रोक सकता"–अबुल का चेहरा चमक रहा था। "अस्त्रागार का ताला खुल जायेगा तो मुक्तिवाहिनी के पास बन्दूक़ों की कमी नहीं रहेगी। इसी घोड़ागाड़ी पर लादकर बन्दूक़ें योद्धाओं के पास पहुँचा देंगे।"

ज़िला स्कूल से कुष्टिया की भीड़ शहर के बाहर जा रही पाकिस्तानी सेना की ट्रकों के पीछे गई थी। आगे जाकर ट्रक चार फ़ीट गहरे खोदे गये गड्ढों में गिरकर रुक गयी थीं। किन्तु पाकिस्तानी सेना ने किसान-मज़दूरों द्वारा मारे जाने के पहले गोलियों से पचास लोगों को भून डाला। मोहम्मद इस्लाम ने जब यह ख़बर पुलिस लाइन में ताला लगाते अबुल क़ासिम तक पहुँचाई, तो सबके चेहरों पर शोक की छाया उतर आयी। श्यामा का दिल डूब रहा था। कौन इस तरह का ख़ूनख़राबा चाहता है? बंगालियों को मजबूर होकर एक ऐसे युद्ध में शामिल होना पड़ रहा है जहाँ उनकी मौत लगभग निश्चित है। "जो पाकिस्तानी सैनिक बचकर भाग रहे थे, उन सबको पकड़कर मार डाला गया है"–मोहम्मद इस्लाम ने ऐसे कहा जैसे मुक्तियोद्धाओं की मौत का हिसाब चुकता कर दिया गया हो। श्यामा के दिमाग़ में ख़ून से लथपथ उस

गोरे पंजाबी सैनिक का चेहरा घूम गया। क्या उसका मरना बाबा की मौत के ग़म को कम कर सकता है?

"क्या पाकिस्तानी सैनिकों को मारना ज़रूरी है? क्या हम उन्हें जेल में नहीं रख सकते?"—श्यामा ने अबुल क़ासिम से पूछा। वह सोच में पड़ गया। फिर उसने कहा—"मैं बाबा और मेजर चौधरी से बात करता हूँ। वह जवान पंजाबी नसीम वकार, जो असिस्टेंट डिप्टी कमिश्नर बनकर पिछले जनवरी कुष्टिया में आया था, उसे मारकर ग़ुस्साई भीड़ ने उसकी लाश को सड़कों पर आधे घण्टे तक घसीटा। यह देखकर मुझे लगा था कि हमें इस तरह युद्ध नहीं करना है। वरना उनमें और हम बंगालियों में अन्तर ही क्या रह जायेगा?" श्यामा को बाद में पता चला कि रेडियो स्टेशन से भागे हुए पाकिस्तानियों को कुष्टिया ज़िला जेल में रखा गया है। पर अगले ही दिन जैसोर कैंटोनमेंट से सहायता के लिए नौ जीपों का जो क़ाफ़िला आया, उसे कुष्टिया के बाहर बिसाकाली गाँव के पास बाँस बिछाकर लताओं से ढँके हुए गहरे गड्ढों में गिराकर सौ-डेढ़ सौ सैनिकों को मार डालने से कोई रोक नहीं पाया।

एक सप्ताह तक जैसे सोने का सूरज कुष्टिया पर चमक रहा था। पूरे सप्ताह घर-घर की छत पर, ट्रक और रिक्शों पर बांग्लादेश का हरा, लाल और सुनहला झण्डा फहराता नज़र आया। श्यामा भी अपने रिक्शे पर झण्डा लगाकर अमला और मल्ली को ज़िला स्कूल तक घुमा लाया था। उसके अन्दर शोक, अफ़सोस के साथ-साथ कुष्टिया को आज़ाद करने की ख़ुशी धड़क रही थी। सड़क पर हर आदमी एक-दूसरे का "जय बांग्ला" कहकर अभिवादन कर रहा था। एक उत्सव-सा हवा में जैसे उड़ रहा था जो मन में भविष्य के प्रति छिपे भय को उड़ा ले जा रहा था। अस्त्रागार की बन्दूक़ों को घोड़ागाड़ी और बैलगाड़ी पर लादकर कई ठिकानों पर पहुँचा दिया गया था। जगह-जगह मैदानों में मुक्तिवाहिनी के सैनिक लोगों को लेटकर बन्दूक़ चलाने, एक-दूसरे को संकेत से सूचना देने और छापामारी की तरक़ीबें सिखा रहे थे।

कहीं-कहीं बिहारी या पाकिस्तानी मुसलमानों यानी अबंगालियों के घरों पर बंगालियों ने हमले किये थे। वे सब अपने घरों में दुबके हुए बैठे थे। "ढाका में जिस तरह से मशीनगन से गोलियाँ चलाकर, टैंक से गोले फेंक कर और लेम थ्रोअर से आगजनी कर हज़ारों लोगों का क़त्लेआम किया गया है, यूनिवर्सिटी में प्रोफ़ेसरों और विद्यार्थियों को चुन-चुन कर मारा गया है, वे ख़बरें चारों ओर फैल चुकी हैं। ढाका से शरणार्थी भारत की ओर जाते हुए गाँव-गाँव में हत्याओं के भयानक क़िस्से बताते जा रहे हैं। ढाका यूनिवर्सिटी

होस्टल से लड़कियों को उठा ले गये हैं। गली-गली से औरतों और लड़कियों को बैरकों में ले जाया गया है। हमारे मुक्तियोद्धाओं के ग़ुस्से को रोकना मुश्किल है। कुष्टिया के सारे बिहारी मुसलमान भूखे-प्यासे घरों में बन्द हैं। अनाज की दुकानों के बाहर लिख दिया गया है कि उन्हें कोई अनाज न बेचे। हम कोशिश कर रहे हैं कि उनके घरों पर हमला न हो"-डॉक्टर क़ासिम की इन्सानियत से भरी बातें श्यामा के दिल को सुकून पहुँचा रही थीं। आख़िर हर इन्सान को जीने का हक़ है। मरे कोई भी,. ख़ून ही निकलता है। किसी की भी लाश हो, कुछ घण्टों में सड़ने और बदबू मारने लगती है। हर परिवार एक ही तरह रोता-बिलखता है जिसके लोग मारे जाते हैं।

सात अप्रैल को गोबिन्दो धोबी की तेरहवीं की पूजा हो गयी थी। ग्यारहवीं के दिन मृतक भोज में श्यामा की बस्ती के मुश्किल से दस लोग आये थे। पाकिस्तानी सेना कुष्टिया के बाहर कैम्प लगाकर बैठी है, इस सूचना से सब डरे हुए थे। कहीं कुष्टिया में सेना ढाका की तरह क़हर न बरसाये, इस चिन्ता से सब बस्ती छोड़-छोड़कर गाँव की तरफ़ या अपनी 'देशेर बाड़ी' की तरफ़ चले जा रहे थे। तेरहवीं के बाद श्यामा अमला को उसके पिता के पास पहुँचा आया था। श्यामा जानता था कि अमला जाना नहीं चाहती थी। पर उसे डॉक्टर क़ासिम के बेटे के साथ भारत की सीमा के पास एक गाँव में जाना था। अबुल क़ासिम ने उसे बताया था कि वहाँ बांग्लादेश की नयी सरकार बनने जा रही है और डॉक्टर क़ासिम को स्वास्थ्य मन्त्री बनाया जायेगा। अमला और मल्ली को वह अकेला नहीं छोड़ना चाहता था। बहुत समझाकर वह अमला को उसके पिता के पास ले गया था। उनकी अपनी ज़िन्दगी को जानने-समझने-जीने का वक़्त अभी नहीं आया था। श्यामा ने देखा था कि मल्ली के गले में काली डोरी में एक मोटा सा ताबीज़ कपड़े में अच्छी तरह से सिलाई किये हुए पड़ा था। अमला जाते समय उसके गले लगकर बहुत रोयी थी। तभी श्यामा को जागेश्वरी मिल वाली ठाकुरमाँ की बात बहुत याद आयी थी-"तुम्हें वही परख सकेगा जो तुम्हारे रूप के पीछे तुम्हारी आत्मा तक पहुँच सकेगा।" ठाकुरमाँ का ही आशीर्वाद है कि अमला का प्रेम उसे मिल सका है।

अमला को उसके पिता के पास पहुँचाकर श्यामा काफ़ी निश्चिन्त हो गया था। वह अब अपनी बस्ती में न जाकर डॉक्टर क़ासिम के घर के बाहर रिक्शा लगाकर वहीं रहने लगा था। डॉक्टर क़ासिम श्यामा पर बहुत भरोसा करते हैं। उन्होंने देखा है कि श्यामा ने जागेश्वरी मिल हड़प लिए जाने के बाद

कार्तिक बाबू और उनके परिवार का अन्तिम समय तक कितना साथ निभाया था। उन्हें पता है कि वह 'पीर बाबर्ची भिश्ती खर' है यानी किसी भी तरह का कोई काम कर सकता है। अबुल ने उसे हँसकर कहा भी था—"श्यामा, तुम तो जूता सिलाई से चंडी पाठ तक सब कर लेते हो।" पुलिस लाइन के अस्त्रागार का ताला खुलवाने से बैलगाड़ी और घोड़ागाड़ी पर लादकर जगह-जगह मुक्तिवाहिनी के ठिकानों पर बन्दूक़ें पहुँचाने में उसने जी-जान लगा दी थी। धोबी होने के कारण अच्छे-अच्छे घरों से लेकर उसकी जान-पहचान का दायरा हर तरह के लोगों से था।

श्यामा ने डॉक्टर क़ासिम को बॉर्डर के पास बैद्यनाथतला में नयी बांग्लादेश सरकार के प्रधानमन्त्री और सेनापति के साथ एक ही मंच पर बैठे देख बहुत गौरव का अनुभव किया था। सत्तरह अप्रैल का यह सुनहरा दिन देखने का सौभाग्य मिलना कोई मामूली बात नहीं थी। इस जगह का नाम अब मुजीबनगर रख दिया गया। श्यामा ने बांग्लादेश का हरा-लाल झण्डा हवा में फहराकर लहराता हुआ देखा तो उसे अचानक एक बात समझ में आ गयी। उसके जीवन का लक्ष्य, जो हमेशा एक सपने की तरह धुँधला रहता था, इस पल एकदम साफ़ होकर चमक रहा था। वैसे ही जैसे कल रात हुई अप्रैल की बारिश में सौ बीघा ज़मीन पर फैले आम के इस विशाल बगीचे की एक-एक पत्ती धुलकर चमक रही थी। हरियाली पर चमकता आकाश का सूरज बांग्लादेश के झण्डे पर बने सूरज पर उसी तरह लहरा रहा था। आम के पेड़ों पर लदे गाँववालों से लेकर भारत की नज़दीकी सीमा से आये देशी-विदेशी पत्रकार और नेता उस क्षण की महिमा को अपने अन्दर उतार रहे थे। श्यामा को दस साल की उम्र में कुष्टिया स्टेशन पर गाँधी बाबा से मिलने से लेकर आज तक हमेशा लगता रहा कि उसके जीवन का कोई ख़ास मक़सद है। आज उसे लगा कि बांग्लादेश की आज़ादी के महायज्ञ में उसकी कितनी भी छोटी भूमिका क्यों न हो, वह उसके पूरे जीवन को एक अर्थ दे गयी थी।

बांग्लादेश की सरकार बनने के समारोह के बाद श्यामा एक बार घर लौटकर अमला और मल्ली की ख़बर लेना चाहता था। तभी उसे पता चला कि कल ही पाकिस्तानी सेना ने वापस कुष्टिया पर अधिकार करने के लिए हमला बोल दिया है। चारों तरफ़ उनके जलाये हुए गाँव जल रहे हैं और भागते हुए लोगों को गोली मारी जा रही है। श्यामा सकते में आ गया। अमला का बूढ़ा बाप उसकी और मल्ली की क्या रक्षा करेगा? डॉक्टर क़ासिम अपनी

जिस फ़ोर्ड गाड़ी से मुजीबनगर आये थे, उसकी बैटरी काम नहीं कर रही थी। वे एक बैलगाड़ी में बैठकर कुष्टिया से बारह किलोमीटर दूर अपने ससुराल जा रहे थे। उन्होंने श्यामा को जाते समय कहा–"तुम सीमा पार करके इंडिया चले जाओ। वहाँ मुक्तिवाहिनी के लिए ट्रेनिंग कैम्प चल रहे हैं। देश को आज़ाद करने के लिए हमें लम्बी लड़ाई लड़नी होगी।"

श्यामा असमंजस में पड़ा रहा। उसका दिल उसे कुष्टिया की तरफ़ खींच रहा था। हो सकता है कि वह जाकर अमला और मल्ली को बचा सके। यह काम देश की लड़ाई से कम ज़रूरी नहीं है। पिछले दस दिनों से वह दीनदुनिया भूलकर देश की मुक्ति के आन्दोलन में लगा हुआ है। कुष्टिया से मुजीबनगर की सत्तर किलोमीटर की दूरी पर आते-जाते उसने ढाका और फ़रीदपुर के पास के गाँवों और शहरों से भागकर भारत की सीमा तक पहुँचने को बेचैन अधनंगे, अधमरे, भूखे-प्यासे पगलाये लोगों के क़ाफ़िलों को देखा है। जगह-जगह सड़कों पर कॉलेरा से मर गये लोगों की सड़ती हुई लाशें हैं और उन पर झपटते कुत्तों, कौवों और गिद्धों का शोर है। अपने परिवार के मारे गये सदस्यों का क्रियाकर्म न कर पाने के लिए रोते-बिलखते लोग हैं। कोई औरत गोद में बच्चा लिए अपने गोली से घायल होकर मरते हुए पति के बगल में बैठी है। बगल से शरणार्थियों के क़ाफ़िले लाशों की दुर्गन्ध से बचने के लिए एक हाथ से नाक दबाये दूसरे हाथ से सिर पर रखे सामानों की गठरी पकड़े चले जा रहे हैं। जगह-जगह सड़क के किनारे दो ईंटों का चूल्हा जलाकर हाँडी में थोड़े से चावल पकाती औरतें हैं और उस चावल को टकटकी लगाकर देखते भूखे बच्चे हैं। कोई अर्धनग्न औरत अपने बाल बिखेरे पूरे परिवार को खोकर अकेली प्रलाप करती चल रही है।

श्यामा के दिल ने हर बार ऐसे दृश्यों को देखकर अमला और मल्ली के बारे में सोचा है। हर बार उसके मन ने उसे दिलासा दिया है कि अगर पाकिस्तानी सेना कुष्टिया पर हमला करेगी भी, तो शहर के अन्दर की मुख्य जगहों पर, बड़े-बड़े सरकारी संस्थानों पर ही हमला होगा। ज़्यादा-से-ज़्यादा जागेश्वरी मिल या आसपास के अमलापाड़ा, थानापाड़ा और मारवाड़ी पट्टी जैसे इलाकों में ही सेना लूटमार करेगी। नीची जातियों और ग़रीबों की बस्तियों में मिलिटरी अपनी गोलियाँ क्यों ख़र्च करेगी? श्यामा यही सब सोचता हुआ कन्धे पर थ्री नॉट थ्री रायफल टाँगे कुष्टिया की ओर रिक्शा चलाता हुआ जा रहा था। लोग उसे उल्टी दिशा में जाते देख हैरान होकर रुक जाते थे। किसी के

अन्दर ताक़त बची होती, तो उसकी बन्दूक़ देखकर उसे 'जय बांग्ला' कहता। वह किसी बहुत बूढ़े आदमी या झुकी हुई बूढ़ी औरत को लाठी ठकठकाते हिन्दुस्तान की ओर बढ़ते देखता, तो सोचता कि लौटते समय ऐसे एकाध लोगों को तो अपने रिक्शे में बैठा ही लेगा। मुक्तिवाहिनी ने जगह-जगह सड़कों पर पेड़ गिरा रखे थे और गड्ढे खोद रखे थे। कई बार छिपे हुए योद्धाओं ने उसे रिक्शा सड़क के उस पार ले जाने में उसकी मदद की। कई बार उसे रिक्शा खेतों से और नहरों से उतारकर ले जाना पड़ा। अप्रैल की धूप उसके ऊपर आग बरसाती जा रही थी। बीच-बीच में बादल आते, तो उसे राहत मिलती। जब भूख लगती, तो वह थोड़ा चिड़वा और गुड़ मिलाकर पानी के साथ गटक लेता और आगे बढ़ जाता।

जाने मोहम्मद इस्लाम कहाँ होगा? कुष्टिया में ही होगा या अपने बीवी-बच्चों के पास गाँव चला गया होगा? श्यामा के पास जानने का कोई उपाय नहीं था। श्यामा ने तीन-चौथाई दूरी पार कर ली, तब उसे दूर से आकाश में उठता काला धुआँ और आग की लपटें दिखाई देने लगीं। उसने रिक्शा रोक लिया और जंगल के अन्दर उतारकर छिपा दिया। उसे वहाँ मुक्तियोद्धाओं का एक दल मिला। वे सब सत्रह से पैंतीस की उम्र के नौजवान थे। उनमें कोई नंगे पाँव नहीं था। सबने कैनवास के मटमैले जूते पहन रखे थे। सबके पास राइफलें थीं और हाथ से फेंकने के ग्रेनेड थे। उनका मुखिया श्यामा के पास आया और बोला-"जय बांग्ला! मेरा नाम ज्योति दास है। आप कुष्टिया की दिशा में क्यों जा रहे हैं? वहाँ सेना घर-घर में घुसकर ख़ूनख़राबा, लूटपाट और बलात्कार कर रही है।" श्यामा सन्न रह गया। उसने अपने को सँभालकर डॉक्टर क़ासिम का नाम लिया और मुजीबनगर के शपथ-समारोह के बारे में बताया।

उन सबके चेहरे खिल उठे। "जय बांग्ला! बंगालियों को आज़ाद होने से अब कोई नहीं रोक सकता"-ज्योति दास ने कहा-"हम भले ही मुजीबनगर का समारोह नहीं देख पाये, पर सात करोड़ बंगाली जाति को आज़ाद करके ही रहेंगे। बांग्लादेश सरकार का शपथग्रहण समारोह पहले मुजीबनगर में न होकर हमारे शहर चूयाडांगा में होनेवाला था। पर यह ख़बर पाकिस्तानी सेना तक पहुँच गयी। तीन अप्रैल को काफ़ी नीचे उड़ते हुए दो फाइटर जेट विमानों ने जैसोर से उड़ान भरकर चूयाडांगा पर आधे घण्टे तक मशीनगन से गोलियाँ और नापाम बम बरसाये। इसलिए शपथग्रहण समारोह को बीस मील दूर ले जाया गया।" उन लोगों को कुष्टिया के रास्ते पर गुरिल्ला युद्ध के लिए भेजा गया था कि पाकिस्तानी सेना को मुजीबनगर आने से रोका जा सके।

"अगर चूयाडांगा में सरकार बनती तो हम लोग राष्ट्रगीत गाने वाली टोली में होते–" इतना कहकर वे सब 'आमार सोनार बांग्ला आमी तोमाय भालोबाशी' गाने लगे। श्यामा ने देखा कि सबकी आँखों से आँसू बह रहे थे।

"कुष्टिया की तरफ़ जाना ख़तरनाक है"–ज्योति दास ने कहा–"अभी सब मुक्तियोद्धा तितर-बितर हो गये हैं। पाकिस्तानी एयरफोर्स कुष्टिया और कुमारखाली पर बम गिरा रही है और उसके साथ सेना टैंक से गोले दाग रही है। वे लोग हर हालत में कुष्टिया को वापस हथियाना चाहते हैं। अभी हमारे पास एक ही रास्ता है कि हम सीमा पार करके भारत चले जायें, वरना हम सब मारे जायेंगे। उनकी सेना की ताक़त के सामने हम नहीं ठहर सकते।" श्यामा समझ रहा था कि वह ठीक कह रहा है, पर वह अमला और मल्ली को ऐसे कैसे छोड़ सकता है! तभी उसने देखा कि शरणार्थियों का एक क़ाफ़िला जल्दी-जल्दी चलता हुआ आ रहा है। पास आने पर श्यामा को धोबी बस्ती के लोग दिखायी पड़े। "अरे श्यामा, तुम कहाँ चले गये थे?"–जिस बूढ़े ने श्यामा का मुण्डन किया था, वह उसे पकड़कर रोने लगा–"सारी बस्ती जलाकर राख कर दी उन लोगों ने। जो जवान आदमी मिला, उसे गोली मार दी और जिसे नहीं मारा, उसे पूछताछ के लिए उठाकर ले गये। हमारे इलाक़े से सारी जवान औरतों को उठाकर ले गये। किसी को नहीं छोड़ा दरिन्दों ने। हमने पाकिस्तान का झण्डा बस्ती पर फहराया पर उससे कोई फ़र्क़ नहीं पड़ा। कौन-कौन मुक्तियोद्धा है यहाँ–पूछते रहे और गोली मारते रहे। हिन्दू-मुसलमान किसी को नहीं छोड़ा।" श्यामा के दिमाग़ में ये सारे दृश्य ऐसे घूम गये जैसे उसने ख़ुद ही यह सब देखा हो। किसी तरह अपने को सँभालकर उसने डरते-डरते पूछा–"ताँतीपाड़ा की तरफ़ भी हमला हुआ क्या?" बूढ़े ने तरस खाते हुए कहा–"अमला को वहाँ छोड़ गये थे ना? मुझे नहीं लगता कि वहाँ भी कोई बचा होगा। कुष्टिया ज़िला स्कूल और सर्किट हाउस में उन लोगों ने सेना का कैम्प लगाया है। जिन लोगों को पूछताछ के लिए ले गये हैं, वहाँ उन्हें तरह-तरह की यातनाएँ देकर गोली मार देते हैं। श्यामा, यह सब क्या हो गया? सुना है कि वे लोग बंगालियों की नस्ल को ख़त्म करना चाहते हैं। इसीलिए सब जवान औरतों को उठाकर ले जा रहे हैं।" श्यामा का दिमाग़ झनझना रहा था। बेहोशी की सी हालत में अपने बस्ती के बूढ़े की बातें सुनता रहा। जाने वह क्या-क्या बोलता जा रहा था। आख़िर में वह आगे बढ़ गया। श्यामा ने जाते हुए उसकी पीठ देखी, तब उसे समझ में आया कि बूढ़ा उसे अपने साथ सीमा-पार चलने के लिए कह रहा था।

ज्योति दास ने श्यामा के कन्धे पर हाथ रखा और पूछा–"तुम्हारा परिवार कुष्टिया शहर में है क्या?" श्यामा ने हामी भरी तो उसने कहा–"देखो, हमें अब तुरन्त बॉर्डर पर पहुँचना है। तुम हमारे साथ चलो। अभी कुष्टिया जाने से कोई फ़ायदा नहीं है। अगर तुम्हारा परिवार बचा होगा तो भी वे लोग कहीं छिपकर रह रहे होंगे। पाकिस्तानी सेना हर शहर की मुस्लिम लीग के समर्थकों को लेकर एक रजाकार वाहिनी बना रही है। ये लोग उनको स्थानीय अवामी लीग के समर्थकों और हिन्दुओं का पता-ठिकाना बता रहे हैं। कोई-न-कोई तुम्हारे बारे में उन्हें बता चुका होगा। अगर तुम पकड़े गये, तो वे लोग तुम्हें मार-मारकर तुमसे सब कुछ उगलवा लेंगे। इससे डॉक्टर क़ासिम और कई लोग ख़तरे में पड़ सकते हैं।" श्यामा ने अपनी बन्दूक़ को कन्धे पर टाँगते हुए कहा–"तुम लोग जाओ। वैसे भी अगर मेरी पत्नी और बच्ची को कुछ हो गया, तो मैं जी कर क्या करूँगा। और अगर वे ज़िन्दा हैं तो मैं उन्हें उन दरिन्दों के पास छोड़कर बॉर्डर तक नहीं जा सकता। मैं मिलिटरी का अपनी शक्ति भर मुक़ाबला करूँगा। जो होगा, हो जायेगा।" ज्योति दास ने एक लम्बी साँस छोड़ी और बिना कुछ कहे चला गया।

श्यामा ने बन्दूक़ को एक बोरे में डाला और कुष्टिया के रास्ते पर पैदल चल पड़ा। वह जैसे-जैसे आगे जाता, किसी पल उसे यह पक्का यक़ीन हो जाता कि अब वह अमला और मल्ली से कभी नहीं मिल सकेगा। उसके एक-एक क़दम पर एक-एक मन का बोझ लगने लगता। फिर उसके मन में एक आशा की किरण जाग उठती; क्या पता कि मोहम्मद इस्लाम ने उन लोगों को ताँतीपाड़ा से पहले ही निकाल लिया हो और वे लोग उसके गाँव में सुरक्षित हों। वह फिर अपने क़दमों की गति तेज़ कर देता। सड़क पर चलना सुरक्षित नहीं था, इसलिए वह जंगलों और खेतों से चलता हुआ जा रहा था। शाम होते-होते कुष्टिया शहर में घुसने पर वह सूनी निर्जन गलियों से होता हुआ आगे बढ़ा। ज़िला स्कूल से कुछ पहले मोहम्मद इस्लाम का घर पड़ता था। उसने सोचा कि वह पहले देखेगा कि उसका दोस्त वहाँ है या नहीं। श्यामा उसकी गली तक पहुँचा, तो उसने देखा कि पूरी गली के घर आधे जले हुए हैं। ऐसे लग रहा था कि पूरा शहर मुरदों का शहर बन गया हो। कहीं कोई आवाज़ नहीं थी।

उसने जाकर मोहम्मद इस्लाम के घर का दरवाज़ा खटखटाया। अन्दर से कोई आवाज़ नहीं आयी। श्यामा ने आवाज़ लगाकर कहा–"मैं हूँ श्यामा! कोई है घर के अन्दर?" तुरन्त दरवाज़ा खुला और मोहम्मद इस्लाम के भाई

कबीर ने उसे अन्दर घुसाकर दरवाज़ा बन्द कर लिया। वे दोनों एक-दूसरे को बिना कुछ बोले ऐसे देखते रहे, मानो निश्चय कर रहे हों कि सामनेवाला सच में ज़िन्दा है। श्यामा ने घर में घुसते समय देखा था कि ठीक सामने जिन्ना की और याहया ख़ान की तस्वीरें दीवाल पर लगी हुई हैं। घर में सारा सामान बिखरा हुआ था और टूटा-फूटा था। यह साफ़ था कि मिलिटरी वहाँ आयी थी। "हम सब भागकर पीछे के खेतों में छिप गये थे। हमारे चाचा के पाँव की हड्डी एक सप्ताह पहले टूटी थी। वही घर में छिप कर रहा। पर उन्होंने उसे ढूँढ़ लिया और यहाँ से डण्डे मारते हुए चलाकर ले गये।"–श्यामा के मन में तुरन्त आया, यह वही चाचा होगा जिसने कुलभूषण के बाप को धमकी भरी अनाम चिट्ठी लिखी थी। "मैं यहाँ अकेला रह रहा हूँ। मोहम्मद भाई ने बाक़ी सबको बॉर्डर की तरफ़ भेज दिया। ख़ुद भी वे कुलभूषण के बाप और तुम्हारी बेटी को लेकर हिन्दुस्तान चले गये हैं। पाकिस्तानी सेना ने सारी बस्तियाँ जला डालीं। पैसेवाले हिन्दू तो यहाँ से पहले ही भाग गये थे। उनके घरों में जो मिला, आर्मीवाले सब लूट ले गये। ख़ाली अबंगालियों के घर बचे हुए हैं"–कबीर ने एक साँस में सारी बातें कह डालीं। श्यामा उसे बीच में रोककर पूछना चाहता था कि उसने मल्ली के साथ अमला का नाम क्यों नहीं लिया। तभी कबीर बोल उठा–"सारी जवान बंगाली औरतों को ट्रक में भेड़-बकरियों की तरह भरकर वे लोग ज़िला स्कूल और सर्किट हाउस के कैम्प में ले गये हैं। तुम्हारी बीवी को भी।"

श्यामा के मन में कहीं अन्दर दबाकर रखा हुआ डर अब सच का सामना नहीं कर पाया। धूप, मशक़्क़त, आधे पेट खाना और नींद नहीं होने के कारण वह इस बात को सहन नहीं कर पाया और बेहोश होकर गिर गया। होश आने से आँखें खुलीं, तो देखा कबीर उसके मुँह पर पानी के छींटे दे रहा था। "श्यामा, हम सबका सब कुछ लुट गया है। यही सच है। मैं भी अब मुक्तिवाहिनी में शामिल हो जाऊँगा।" कबीर की बात सुन श्यामा ने कमज़ोर आवाज़ में कहा–"ये लोग बंगालियों को मार रहे हैं, पर हमारी औरतों के साथ यह क्यों कर रहे हैं? औरतें तो युद्ध में शामिल नहीं हैं।" कबीर कुछ देर चुप रहा। फिर उसने कहा–"क्या कहूँ! बताने में भी शर्म आती है। मैं घर के पिछवाड़े के आम के पेड़ के अन्दर छिपकर बैठा था। हमारे घर में तोड़फोड़ करके वे चाचा को मारते हुए ले गये। उनमें से एक ने कहा–अरे यहाँ कोई बंगालिन तो मिली नहीं। इन मुसलमानों को असली मुसलमान बनाना है। हमारे बीज से इनके बच्चे पैदा होंगे, तभी यहाँ

पाकिस्तान बनेगा। कोई घर छूटना नहीं चाहिए। अब हम रात में भी सेना की ड्यूटी करेंगे–यह कहते हुए वे हँस–हँसकर एक–दूसरे की पीठ ठोंक रहे थे।"

श्यामा के पास कहने को कुछ नहीं था। ज़िन्दगी किसी को ऐसे दिन झेलने के लिए तैयार नहीं करती। आदमी जो झेलता है, सोचता है कि वह अपनी सहनशक्ति से ज़्यादा सह रहा है। अमला को लेकर श्यामा के शरीर ने उसे परेशान नहीं किया, यह सोचना भी झूठ होगा। पर वह अपने तन और मन को भूलकर अमला के लिए जी रहा था। वह अमला को एक ठिकाने से ज़्यादा कुछ दे भी क्या सकता था। अब जब अमला ख़ुद उसकी होना चाहती थी, तब भाग्य ने किस बेदर्दी से उसे छीन लिया था। सिर्फ़ छीना भी होता तो श्यामा सह सकता था। पर अमला के तन और मन पर अमला की मर्ज़ी के बिना कोई हक़ जमा ले, वह यह नहीं होने देगा। "कबीर तुम चाहो, तो बॉर्डर के लिए निकल जाओ। क्या मैं तुम्हारे घर पर एकाध दिन ठहर सकता हूँ? फिर सोचूँगा कि आगे क्या करना है"–श्यामा ने कहा।

अगली सुबह अँधेरे में कबीर के जाने के बाद श्यामा उसके दिये हुए उसके चाचा के ढीलेढाले काले कपड़े पहन बाहर निकला। उसने अपने अन्दर राइफल को छिपा लिया था। उससे पहले यह पता करना होगा कि कुष्टिया से उठायी गयी औरतों को उन्होंने कहाँ रखा है। उसे मालूम है कि मिलिटरी उसे देखते ही गोली मार देगी। आते समय कुष्टिया में घुसने के बाद उसने एक रिक्शेवाले को अपने रिक्शे में और एक फलवाले को उसकी टोकरी पर मरे हुए देखा था। ये लोग बच्चे-बूढ़े, ग़रीब–अमीर, हिन्दू–मुसलमान किसी में फ़र्क़ नहीं कर रहे हैं। शायद ज़्यादा–से–ज़्यादा लोगों को मार देना चाहते हैं ताकि बाक़ी लोगों की हिम्मत टूट जाये।

श्यामा वापस ज़िला स्कूल के सामने बाँस के वन तक आसानी से पहुँच गया। अँधेरे में सारी सड़कें सूनी पड़ी थीं। चारों तरफ़ टूटे–फूटे अधजले घर थे। उनके बीच अगर कोई मोहल्ला अनछुआ था, तो समझ में आ जाता था कि वह पाकिस्तानी सेना के ख़बरी 'रजाकारों' या आज़ादी के समय भारत से आये 'मुजाहिदों' का मोहल्ला होगा या मुस्लिम लीग वालों का होगा। रास्ते में उसे एक छोटी–सी सुनसान मस्जिद दिखायी पड़ी थी जिसका दरवाज़ा खुला था। श्यामा के मन में जाने क्या आया कि पहली बार वह किसी मस्जिद में घुस गया। उसने नमाज पढ़ने की मुद्रा में बैठकर सच्चे दिल से अल्लाह को पुकारा। तुम्हें इन्सान किसी भी नाम से पुकारे, तुम्हीं हो जिससे अर्ज़ी की जा सकती है। मेरी मदद करो। मुझे रास्ता दिखाओ।

उसने देखा कि ज़िला स्कूल का दरवाज़ा बन्द था और अन्दर लम्बे-लम्बे खम्भों पर बत्तियाँ जल रही थीं। एक चिड़िया भी वहाँ से उड़कर जाती, तो निगाह में आ सकती थी। तभी वहाँ एक चिड़िया बोलने लगी। जल्दी ही रोशनी हो जायेगी। वह क्या करे? इस शहर में जाने कहाँ-कहाँ इन लोगों ने कैम्प लगाये हैं, कहाँ-कहाँ बैरक बनाकर औरतों को रखा है? कैसे वह अमला को खोजे कि वह कहाँ है? अचानक श्यामा के मन में एक बात आयी। उनकी धोबी बस्ती के पास कूका चिड़ियों ने एक बार इमली के पेड़ पर ज़मीन से चार मीटर ऊपर अपना घोंसला बनाया था। जब तक उनके अंडों से बच्चे निकलकर उड़ नहीं गये, तब तक सुबह-शाम उनकी आवाज़ पूरे इलाके में गूँजती रहती थी। श्यामा मल्ली को इमली के पेड़ के पास राधाचूड़ा के बड़े पेड़ पर चढ़ाकर कूका का घोंसला और उनके छोटे-छोटे बच्चे दिखा लाया था। बाद में जब कूका दम्पति अपना घोंसला छोड़कर उड़ गये, तो मल्ली कहीं भी कूका की आवाज़ सुनकर कूका-कूका कहकर उछल पड़ती थी। तब से श्यामा जब भी घर में घुसता, कौवे की तरह काली और कोयल की तरह लम्बी पूँछ वाली ताँबई रंग का कोट पहने इस बड़ी-सी चिड़िया की नक़ल करता घुसता। बहुत दिनों तक उन्होंने यह खेल खेला था कि वह आवाज़ मल्ली के बाबा की है या सचमुच कूका की!

श्यामा कूका की कूंप-कूंप-कूंप को ठीक उसी की तरह दोहराता गया। कुछ देर तक आवाज़ निकालने के बाद वह चुप हो गया। ज़िला स्कूल और सर्किट हाउस के बीच घने पेड़ों का बागान है। श्यामा सड़क पार कर दीवार के ऊपर से उस जंगल में कूद गया। वहाँ जाकर उसने फिर कूंप-कूंप-कूंप करना शुरू किया। अचानक उसे सुनायी पड़ा कि सर्किट हाउस की तरफ़ से कूका चिड़िया की आवाज़ आ रही है। यह कहना मुश्किल था कि आवाज़ सचमुच चिड़िया की है या अमला की। धड़कते दिल से श्यामा आवाज़ करता सर्किट हाउस के उस छोर तक पहुँचा, जहाँ पेड़ ख़त्म हो जाते थे। कूका की आवाज़ बन्द हो चुकी थी पर उसे साफ़-साफ़ किसी औरत के रोने की आवाज़ सुनायी पड़ी।

श्यामा का दिल भर आया। कुछ देर में अपने को सँभालकर उसने फिर कूका की आवाज़ की। तुरन्त खिड़की से वही आवाज़ वापस लौट आयी। श्यामा अपने आँसुओं को काली क़मीज़ की आस्तीन से पोंछकर सोचने लगा कि उसे आगे क्या करना चाहिए। अमला अगर किसी तरह बाहर निकल आये, तो शायद कोई रास्ता निकल पाये। एक घण्टा बीत गया। तब उसने

देखा कि एक मिलिटरी का सिपाही अमला को बन्दूक़ से ठेलते हुए बाहर निकला। अमला ने अपना पेट पकड़ रखा था और ज़ोर-ज़ोर से दर्द के मारे चिल्ला रही थी। सिपाही अमला को ठेलते हुए उसी जगह ले आया जहाँ नारियल, सुपारी, राधाचूड़ा, गुलमोहर, आम के पेड़ों का घना बागान था। "जल्दी करो, वरना गोली मार दूँगा"—सिपाही कह रहा था। श्यामा के पास एक ही रास्ता था कि वह सिपाही के ऊपर कूद जाये और उसे बन्दूक़ के हत्थे से मारकर बेहोश कर दे।

श्यामा के कूदते ही सिपाही ज़ोर से चिल्ला उठा। श्यामा ने बन्दूक़ के हत्थे को उसके सिर पर मारकर उसे बेहोश कर दिया। पर तब तक उसकी आवाज़ अन्दर पहुँच चुकी थी। रात के सन्नाटे में हर आवाज़ दस गुना बढ़ जाती है। बहुत हलकी-सी रोशनी भी होने लगी थी। अन्दर से आवाज़ें तेज़ होती गयीं। श्यामा अमला का हाथ पकड़कर पेड़ों के बीच से भागता चला गया। उसे एक आम का पुराना पेड़ दिखाई दिया जिसकी डाली झुकी हुई थी। वे दोनों पेड़ के ऊपर डालियों को पकड़कर चढ़ते गये। अमला को लेकर श्यामा पेड़ों की डालियों और पत्तों में छिपा रहा। अमला को हरे रंग की शर्ट और लुंगी में देखकर उसे तसल्ली हुई कि नीचे से जल्दी से वे लोग दिखाई नहीं देंगे। अब तक पेड़ के नीचे बूटों की आवाज़ें और गालियाँ सुनने लगी थीं। वे दोनों दम साधे एक-दूसरे को पकड़े चुपचाप बैठे रहे। थोड़ी देर में बूटों की आवाज़ दूर चली गयी।

श्यामा के पास इस क्षण वह सब कुछ था, जिसके लिए वह सौ बार अपनी जान दे सकता था। उसकी नाक अमला की अपरिचित ख़ुशबू से सराबोर थी। उसके कान अमला के दिल की धड़कनों को सुन रहे थे जो उसकी अपनी धड़कनों से सुर मिलाकर बज रही थीं। उसकी आँखें जैसे किसी नशे में डूबकर बन्द हो गयीं। उसका पूरा वजूद किसी अनजान सुकून के अनुभव से तृप्त था। अचानक अमला ने कुछ कहकर उसकी जैसे नींद तोड़ दी। श्यामा ने आँखें खोलकर अमला की तरफ़ देखा। वह यह देखकर सन्न रह गया कि अमला के पूरे चेहरे और शरीर पर दाँतों से काटने और नाख़ूनों से नोचने के निशान थे। अमला ने उसे अपने को देखते देखा, तो वह रोने लगी। उसने अपने होंठ श्यामा के कान से लगा दिये और कुछ कहने लगी।

श्यामा को कुछ समझ में नहीं आया कि वह क्या कह रही है। उसने कुछ अलग होकर पूछा—"क्या?" अमला ने फुसफुसाकर कहा—"श्यामा, हम लोग यहाँ से ज़िन्दा नहीं जा पायेंगे। हो सकता है वे मुझे ना मारें ताकि मेरे

शरीर पर रात भर दस लोग अत्याचार करते रह सकें। कल रात एक लड़की ने अपने बालों से फाँसी लगा ली थी। इन लोगों ने हमारी साड़ियाँ पहले ही खुलवा दी थीं कि हम फाँसी न लगा सकें। आज सबके बाल काट देंगे। श्यामा, तुमने मुझे एक दिन बचाया था। आज भी तुम ही मुझे बचा सकते हो। मुझे अपनी बन्दूक़ से गोली मार दो। फिर मेरे ख़ून से मेरी माँग भर देना।"

श्यामा ने सिर हिलाकर हामी भरी। तब अमला ने अपनी अनुपम आवाज़ में बेहुला-लखिन्दर की कथा से धीरे-धीरे गाना शुरू किया:

आमि सजनी सेजेछी...
मैं सज गयी हूँ सजनी
इस मधुर रात्रि के लिए
मन में मेरे वनफूल की गन्ध
पाँवों में चपल हिरणी छन्द
आँखों में माया का काजल डाल
मैं सज गयी हूँ सजनी...

बेहुला की चिर-परिचित दुःख-गाथा की नौटंकी उन दोनों की आँखों के सामने खेली जाने लगी। बेहुला सज रही है। शहनाई बज रही है। शादी की रात लखिन्दर को साँप डसनेवाला है। बेहुला को विधवा होना है। कलेजे में छेद करती बेहुला की रुलाई उठती है। केले के खम्भों से बने बजरे पर नदी में वह अपने पति की लाश को लेकर बहती जा रही है। कथा सुनते सारा गाँव आँसू पोंछ रहा है-औरतें पल्लू से, पुरुष धोती से। बेहुला की तपस्या और नेती धोबिन की मदद से लखिन्दर के प्राण लौट आते हैं। कथा समाप्त हो जाती है, पर सारा गाँव उसी आवेश में डूबा बैठा रहता है। भावनाओं का एक तूफ़ान उनके ऊपर से गुज़र गया है।

अमला ने गाना बन्द कर दिया। श्यामा ने उसे बाँहों में जकड़ लिया। वे दोनों वे ख़ुद नहीं हैं। वे ही बेहुला और लखिन्दर हैं। अमला ने हलके से हँसकर कहा-"मैं तो तुम्हारी धोबिन हूँ।" श्यामा भी हँसा। बूटों की आवाज़ पास आने लगी। शायद उन लोगों को अमला का गाना सुन गया हो। उसने अमला की माँग भरी, तब तक बूटों की आवाज़ बिल्कुल पास आ गयी थी। श्यामा ने एक गोली अपने लिए रखकर बाक़ी अपने सधे निशाने से पाकिस्तानी सिपाहियों पर ख़ाली कर दीं। वह गिरा भी तो ऐसे, जैसे अमला का आलिंगन कर रहा हो।

कुलभूषण : कौन कहता है नाम में क्या रखा है?

"पसीना और पसीने की गन्ध"—कुलभूषण ने रिफ़्यूजियों पर किताब लिखनेवाले पत्रकार को कहा—"कलकत्ता में बस कंडक्टरी करनेवाले दिनों को याद करता हूँ, तो बस यही याद आता है।" पत्रकार चुपचाप उसका मुँह देखता रहा। उसने सवाल किया था—"बस कंडक्टरी के दिनों के अनुभव बताइए।" कुलभूषण से पूछने का मक़सद यह था कि उन्नीस सौ अड़सठ का साल कलकत्ता में नक्सल आन्दोलन के चरम का साल था। ऐसा हो ही नहीं सकता था कि कलकत्ता के उत्तर में दक्षिणेश्वर काली मन्दिर से शहर के बीचोंबीच चौरंगी के बस रूट पर उसने कोई काण्ड न देखा हो। "अरे हाँ, चरमराती हुई, बजती हुई, पुरानी जर्जर बस का काला-काला धुँआ"—कुलभूषण फिर कहने लगा—"रात में घर आकर जब खाँसकर बलगम निकालता, तो वह पूरा काला होता था। कपड़े काले, बाल चिटचिटाते हुए"—कुलभूषण हँसते हुए कह रहा था—"लेकिन काम बुरा नहीं था। परिवार का पेट पाल लेता था। आप तो जानते हैं, उन दिनों बेकारी और हड़तालों का ज़माना था। रोज़ ही बस किसी-न-किसी नारे लगाते जुलूस में फँस जाती—गली गली में शोर है, जी.एम. शाह चोर है... देखिए एक नारा भी याद आ गया!"

"तो आप भी बेकारी से बचने के लिए कंडक्टर बने?"—पत्रकार ने हँसकर अपनी दाढ़ी पर हाथ फेरते पूछा। कुलभूषण ने कहा—"वैसे तो रिफ़्यूजियों के लिए नौकरियाँ थीं—पढ़े-लिखों के लिए भी और मुझ जैसे अधपढ़े आदमी के लिए भी। अगर आप उन दिनों के अख़बार उठाकर पढ़ें, तो देखेंगे कि कलकत्ता में लोग ख़ासकर रिफ़्यूजियों को नौकरी पर रखने के लिए इश्तेहार देते थे। घर में नौकर-दाई का काम, स्कूल में शिक्षक के लिए या बच्चों को प्राइवेट ट्यूशन पढ़ाने के लिए, दर्ज़ियों के लिए नौकरियाँ थीं। घर में साफ़-सफ़ाई या खाना बनानेवाले

रिफ़्यूजी और रिफ़्यूजी प्राइवेट टीचर को रहने की जगह, खाना और 'हाथ-ख़र्चा' देने का इश्तेहार आता रहता था। ऐसे इश्तिहार में साफ़ लिखा रहता था कि घर में बच्चों को पढ़ानेवाले टीचर को घर के और सारे काम भी करने होंगे–" बात पूरी करते-करते कुलभूषण के साथ पत्रकार भी खिलखिलाकर हँस पड़ा। पत्रकार के दिमाग़ में शर्ट-पैंट पहने, चश्मा लगाये एक भद्र बंगाली का चेहरा उभर आया था, जो बच्चों को पढ़ाने के बाद घर में झाड़ू लगा रहा था। पर तुरन्त ही वे दोनों गम्भीर होकर अपनी हँसी पर जैसे शर्मिन्दा होकर इधर-उधर देखने लगे।

"आपने बताया कि आप रायपुर के माना कैम्प से लौटकर सबसे पहले एक साड़ी प्रिंटिंग कारख़ाने में काम सीखने गये थे। उसका क्या हुआ?"–पत्रकार के सवाल पर कुलभूषण की हँसी ग़ायब हो गयी। "होना क्या था? वही हुआ, जो मेरे साथ होता आया है। चोरी करे कोई, भरे कोई। कारख़ाने का मैनेजर एक नम्बर का चोर था। उसने प्रिंटिंग के लिए आयी साड़ियों की कई गाँठें चुरा लीं। इल्ज़ाम लगाया मुझ पर। साड़ी पर प्रिंट करवानेवाली कम्पनी ने पुलिस भेजी। मुझे चार दिन जेल की हाजत में रखा। कोर्ट में पेशी हुई, तब मुझे छोड़ दिया गया। मैंने कोर्ट में अंग्रेज़ी में बताया कि मैं पूर्व बंगाल के एक धनी घर का रिफ़्यूजी हूँ, जो काम सीखकर अपना कारख़ाना खोलने के मक़सद से वहाँ गया था। मेरी बात सुनकर जज क्या और वक़ील क्या, सब हक्केबक्के रह गये। मैंने कहा–साहब शक्ल पर मत जाइए। यह शक्ल आपकी भारत सरकार की दी हुई है, जिसने अपने ही लोगों को मारे और लूटे जाने के लिए एक दूसरी सरकार के हवाले कर दिया।"

पत्रकार ने कुछ अचरज के साथ कहा–"आप तो अच्छी अंग्रेज़ी बोल लेते हैं। क्या ईस्ट बंगाल के स्कूलों में अंग्रेज़ी की पढ़ाई अच्छी थी?" कुलभूषण कुछ शरमाकर बोला–"आपको शायद मैंने नहीं बताया कि मैं एक साल नैनीताल के एक बोर्डिंग स्कूल में पढ़ने गया था। वैसे मैंने कोर्ट में यह बात बोलने की प्रैक्टिस चार दिन की जेल में कर ली थी। एक से एक पढ़े-लिखे लोग जेल में मिलते हैं"–कुलभूषण के साथ पत्रकार भी फिर खिलखिलाकर हँस पड़ा।

कुलभूषण चुप होकर पत्रकार को कुछ देर ग़ौर से देखता रहा–"आपको रिफ़्यूजियों में इतनी दिलचस्पी कैसे हुई? आप तो 'बांगाल'

नहीं हैं? इधर के 'घोटी' बंगाली तो रिफ़्यूजियों को खटमल, चूहे या तिलचट्टों से ज़्यादा कुछ नहीं समझते थे।" पत्रकार ने कहा–"सच कहूँ? आपकी तरह मेरी पत्नी भी ईस्ट बंगाल के रिफ़्यूजी परिवार से है। उसकी माँ की कहानी सुनते-सुनते मुझे लगा कि मुझे इस पर काम करना चाहिए। जो रिफ़्यूजी पिछले पचास सालों में ईस्ट बंगाल से कलकत्ता आये थे, उनकी कहानियाँ क्या हैं? इक्कीसवीं सदी में तो ये कथाएँ सुनानेवाले प्रायः इस दुनिया से जा चुके होंगे।" कुलभूषण मुस्कराया–"अच्छा! तो अपनी सास की कहानी कहने के लिए यह योजना बनी है?" पत्रकार ने झेंपकर कहा–"शुरुआत वहीं से हुई। वैसे आपको बता दूँ कि जब भी मेरी सास अपने पूर्व बंगाल में बरिसाल के दिनों की बातें करती हैं, वे मानसिक अवसाद में चली जाती हैं।" कुलभूषण ने कहा–"समझ सकता हूँ। चार दिन की जेल में मुझे बहुत से रिफ़्यूजी मिले। आश्चर्य की बात थी कि वे लोग प्रायः ऊँचे कुल-गोत्र के परिवारों से थे, जिनके पास वहाँ काफ़ी ज़मीन-जायदाद थी। समीर घोष की बात कहूँ? वह अपनी दादी और माँ-बाप के साथ गोद में उन्नीस सौ पचास में कलकत्ता आया था। कुछ दिन किसी रिश्तेदार के यहाँ मुश्किल से काटकर उन्होंने कलकत्ते में दो कमरों का एक घर किराये पर लिया। ज़मीन-जायदाद और ख़ानदानी ठाठ तो वहीं छूट गया था। धीरे-धीरे घर का किराया न देने के कारण कलकत्ता शहर उन्हें बेदर्दी से दो कमरों के घर से एक कमरे के घर में और फिर शहर की सीमा से बाहर, और दूर निकालता गया। जब सोने का अन्तिम छल्ला भी बिक गया, तो उन्हें अपने परिवार का इतिहास भूलकर पेट भरने के लिए रिफ़्यूजी कैम्प में जाना पड़ा। कैम्प में बहुत-सी पार्टियाँ थीं जो समाज में क्रान्ति लाने की दावेदार थीं। गुण्डों के दल भी थे, जो उनके उद्धार के लिए मौजूद थे। रेल का वैगन तोड़कर चोरी करना, छुरा चलाना, पॉकेटमारी सीखने में आपत्ति न हो, तो पेट भरने का इन्तज़ाम तुरन्त हो सकता था। जेल जाना पहली बार बहुत बुरा लगता है। बाद में आदत हो जाती है।"

पत्रकार ने चौंककर कुलभूषण को देखा–"तो आप भी कई बार जेल घूम आये?" कुलभूषण को अचानक महसूस हुआ कि वह बहुत-सी ऐसी बातें बोल गया है जो एक पत्रकार को नहीं बोलनी चाहिए थीं। उसने कहा–"नहीं। मैं सिर्फ़ एक बार झूठे मामले में जेल गया। वही चार दिन। लेकिन मेरे परिवार में किसी को इस बारे में पता नहीं है। आपको अपनी

किताब से यह बात हटानी होगी। वरना आप और मैं दोनों मुश्किल में पड़ सकते हैं।" पत्रकार के चेहरे का रंग उड़ गया। बात-बात में हँसनेवाला यह आदमी ख़तरनाक हो सकता है! "बेशक़! बेशक़! आपका नाम इस तरह की किसी केस-हिस्ट्री में कभी नहीं आयेगा। आप मुझे कोई भी बात बता सकते हैं। मैं किताब छपने के पहले अपना लिखा हुआ आपको पढ़ाकर ही प्रकाशक को दूँगा।" कुलभूषण मुस्कराया-"आप तो समझ ही सकते हैं। आदमी अपने परिवार का सम्मान अपने मरने के बाद भी बचाना चाहता है। मेरे जेल जाने का घर में किसी को पता नहीं चला, क्योंकि मैं जब-तब घर से कुछ दिनों के लिए ग़ायब होता ही रहता था। मेरे परिवार की इज़्ज़त मुझसे बढ़नेवाली नहीं है। फिर भी उन्हें यह नहीं लगना चाहिए कि मैं कोई आये दिन जेल काटनेवाला शातिर चोर या अपराधी था। मैं समीर घोष के बारे में बता रहा था ना? जो मुझे जेल में मिला था? मैं बाद में कई बार उसके घर गया। उसकी दादी ने मुझसे कहा-"हम लगातार ग़रीब से और ग़रीब होते गये। पर मैंने हिम्मत कभी नहीं हारी। मेरी सबसे बड़ी हार यह है कि मैं अपने परिवार को उसी हिम्मत से जीना नहीं सिखा पायी। क्या चोर-डाकू हुए बिना समीर दो जून की रोटी कमाकर नहीं खा सकता?"

"वह समय सिर्फ़ कलकत्ता में ही उथलपुथल का समय नहीं था"-पत्रकार बोला-"अमेरिका में, पेरिस में सब जगह सड़कों पर लोग उतर रहे थे। उन्नीस सौ अड़सठ में हर जगह विद्यार्थी आन्दोलन कर रहे थे। पुलिस की टियर गैस खा रहे थे। बसें जला रहे थे।" कुलभूषण फिर हँस पड़ा और हँसता चला गया। पत्रकार उसका मुँह देखता रहा कि उसने कौन-सा चुटकुला सुना दिया है। कुलभूषण अपने को रोककर बोला-"देखिए, दुनिया का तो मुझे मालूम नहीं है। मुझे तो सिर्फ़ अपना समय याद है। मेरा बचपन से ही स्वभाव है कि मैं हर काम को अच्छे से करता हूँ और दूसरे लोगों की भरसक मदद करता हूँ। कहीं लोग एक बस जला रहे हों और ऐसा करने में मुश्किल हो रही हो, तो मैं उनकी मदद कर दूँगा। मुझे पता है कि वे अपना ग़ुस्सा निकाल रहे हैं। लेकिन मेरा विश्वास कीजिए, मैंने कभी किसी पर ग़ुस्सा नहीं किया। एक बार अपने भाई को रास्ते से हटाने के लिए धक्का ज़रूर दिया था। ऐसा नहीं कि मुझे ग़ुस्सा नहीं आता। पर मेरे पास एक जादू की पुड़िया है।

उसे खाते ही मैं ख़ुश हो जाता हूँ। ग़ुस्सा ख़त्म हो जाता है। यह भूल ही जाता हूँ कि किस बात पर ग़ुस्सा आया था।"

पत्रकार का चेहरा बदल गया। जैसे सोच रहा हो, अच्छा, तो यह बात है! उसने कुलभूषण को अजीब-सी निगाहों से देखा और पूछा– "गाँजा-अफ़ीम की लत आपको कहाँ से कब लगी?" कुलभूषण हँसने लगा– "अरे नहीं भाईसाहब। मुझे ऐसी कोई लत नहीं है। मैं एक अच्छा पति और अच्छा पिता हूँ। इस देश का एक अच्छा नागरिक हूँ। अच्छे परिवार का हूँ। क्या आपको इस बात पर कोई शक है? मेरी मुश्किल यह है साहब, कि मेरी ज़िन्दगी में दो और दो चार नहीं होते। लोग कहेंगे कि कुलभूषण जैन गोपाल चन्द्र दास कैसे हो सकता है? या कि मारवाड़ी होते हुए बस-कंडक्टर कैसे हो सकता है? लोग मेरी कहानी पर यक़ीन नहीं कर पाते। या नहीं करना चाहते। सच मानिए, मुझे ख़ुश रहने के लिए, सारी बातों को भूलने के लिए गाँजा या अफ़ीम की ज़रूरत नहीं पड़ती।"

"जी, मुझे यक़ीन है कि आप जो कह रहे हैं, वह सच है। हर आदमी के अन्दर हर हाल में ख़ुश रहने की, किसी भी तरह ज़िन्दा रहने की ताक़त नहीं होती, तो हज़ारों लोग रोज़ आत्महत्या न कर लेते? मेरी जानकारी में रिफ़्यूजियों में सुसाइड के केस नहीं के बराबर हैं। बहुत-से लोग आधे पेट खाना नहीं मिलने से या बीमारियों से ज़रूर मरे, लेकिन किसी ने आत्महत्या की हो, ऐसा नज़र में कम ही आता है"–पत्रकार ने कहा। उसकी बातें सुनकर कुलभूषण फिर मुस्कराने लगा। पत्रकार को अब तक उसकी मुस्कराहट से कुछ चिढ़-सी होने लगी थी। "ऐसा है भाई साहब, रिफ़्यूजियों को आत्महत्या करने की नौबत ही कम आयी। बहुत-से परिवारों में लोग दंगों में मारे गये। कई बचने के लिए भागकर बॉर्डर तक आने के रास्ते में लूटपाट या तकलीफ़ों से मरे। कई कैम्पों में बीमारियों से मरे। आधे पेट खाने से मरे। कई रेल के वैगन तोड़ने या बम फेंकने के दौरान मरे। कई नक्सली बनकर पुलिस की गोली से मरे। जेल में पिटाई से मरे। कई तो अपने नक्सली साथियों के शक के कारण मारे गये कि वे पुलिस के ख़बरिये हैं। आत्महत्या करने की नौबत कहाँ से आती?" कुलभूषण ने मुस्कराते हुए कहा जैसे कि कोई परीकथा सुना रहा हो। पत्रकार ने बात बदलते हुए कहा– "साड़ी प्रिंटिंग का काम तो आप सीख नहीं पाये? उसके बाद आपने क्या किया? सीधे बस कंडक्टर बन गये?"

"जेल से लौटकर मैं घर आया, तो बड़े भाई ने बहुत लानत-मलानत की। उसे पता चल गया था कि मुझे चोरी के शक में वहाँ से निकाल दिया गया है। बहुत मुश्किल से उसे मैंने यक़ीन दिलाया कि मैंने चोरी नहीं की थी। मुझे मैनेजर ने फँसा दिया था। तब उसने मुझे अपने किसी दोस्त की इलेक्ट्रिक की दुकान में काम पर रखवा दिया। छह महीने बाद एक दिन मैंने बड़े भाई को बताया कि वहाँ भी कैशियर गड़बड़ी कर रहा है। इसके पहले कि इल्ज़ाम मुझ पर लगे, मैं काम छोड़ रहा हूँ। बड़ा भाई इस बात से इतना नाराज़ हुआ कि उसने कह दिया कि वह मेरे लिए अब से कुछ नहीं करेगा। वह तब तक ढाकापट्टी वाला घर छोड़कर अलग रहने लगा था। इस तरह वापस मैं बेकार हो गया। बाक़ी दोनों भाई तो मेरी सूरत देखना पहले से ही पसन्द नहीं करते थे।" कुलभूषण ने एक लम्बी साँस छोड़ी। "अच्छा, तो फिर बस कंडक्टरी के अलावा कोई रास्ता नहीं था आपके पास?"—पत्रकार ने बात आगे बढ़ायी। "अरे नहीं, रास्ते तो आदमी खोजता ही रहता है। तब तक मेरी पत्नी रीमा से मेरा 'लव' काफ़ी आगे बढ़ चुका था। हम दोनों ने कालीघाट में एक-दूसरे को माला पहनाकर शादी कर ली। उसके पिता के घर नॉर्थ कलकत्ता के तेलीपाड़ा पहुँचे, तो उसके माँ-बाप मुझे देखकर बहुत ख़ुश हुए। मैंने दो लड़ की भारी सोने की चेन, कान के बुंदे और अँगूठी पहनाकर रीमा से शादी की थी। पहली बार जमाई होने का सुख मैंने जाना। सास-ससुर ने मेरी बहुत ख़ातिर की। धीरे-धीरे मैं उनके घर का एक हिस्सा बन गया। नीचे से बाल्टियों में पानी भर लाता। घर का सौदा-सुलुफ कर देता। घर में एक जवान आदमी होना बूढ़े-बुढ़िया के लिए वरदान जैसा था।"

"तो आप घरज़माई बन गये"—पत्रकार ने हँसकर पूछा। "नहीं, मैं कुछ दिन कलकत्ता के बाहर हिन्द मोटर में एक किराये का घर लेकर रहा। मँझले भैया वहीं रहते थे। पर मेरे सास-ससुर बीमार थे। अकेले रहना उनके लिए बहुत मुश्किल था। मेरी पत्नी के बहुत कहने पर ही मैं वापस लौटा।" कुछ देर चुप रहकर कुलभूषण फिर बोलने लगा– "आप रिफ़्यूजियों पर किताब लिख रहे हैं। आपको पता ही होगा, कलकत्ता शहर में जहाँ भी रिफ़्यूजी रहने आये, आसपास के लोगों ने उनका बहुत विरोध किया। मेरे ससुर अपने अविवाहित भाई के पास रहने आये थे। कुछ दिन बाद ही भाई लिवर की बीमारी से चल बसा। तब उन्हें वहाँ

से निकालने के लिए मकानमालिक ने केस तो किया ही, बिजली-पानी बन्द कर दिया। नीचे लाल मिर्च जलाकर रोज धुआँ करते, जिससे वे लोग खाँसते-खाँसते मर जायें। आस-पड़ोस के लोग उनके घर में मरे चूहे-छिपकली फेंक देते। उन्हें देखते ही बांगाल-कंगाल का जाप करने लगते।"

पत्रकार ने अपना चश्मा नाक पर ऊँचा करते हुए कहा– "थोड़ा तो जानता हूँ। ज़बरदख़ल कॉलोनियों में तो रोज़ मारपीट-गुण्डागर्दी आम बात थी। मेरी सास ने पूर्व बंगाल के बरिसाल में रहते हुए घर के अन्दर भी कभी सिर से पल्ला नहीं उतारा था। साल में एक बार मायके जाते समय नौका में बैठकर घर के पीछे की नहर से होती हुए बड़ी नहर और वहाँ से नदी तक जाती थीं। नौका में और वहाँ से घर जाने की पालकी में भी पर्दे होते थे। अँगुलियों से फाँक कर परदे के अन्दर से नदी को देखते हुए ही मायके पहुँच जाती थीं। लेकिन रिफ़्यूजी कॉलोनी में वे रोज़ झाँसी की रानी बनकर औरतों का दल बनाकर मकानमालिक के गुण्डों से पंगा लेती थीं। घर-घर घूमकर उन्होंने चादर-साड़ी बेचने का काम भी किया। जिस औरत ने कभी अकेले घर के बाहर क़दम नहीं रखा था, वह राशन के लिए, पानी भरने के लिए, नहाने-फारिग होने के लिए घण्टों लाइन में खड़ी रहती। लाइन तोड़नेवालों से झगड़ा करती रहती।" कुलभूषण सिर हिलाता रहा। ये कहानियाँ तो शहरी रिफ़्यूजियों की कहानियाँ हैं। पत्रकार को क्या मालूम कैम्प के रिफ़्यूजियों के अपार कष्ट की कहानियाँ? वहाँ रमाकान्त की बीवी की तरह वे आधे पेट खटती-खटती घिस जातीं। धूप और धूल से बेरंग हो जातीं। जवान होती लड़कियों के लिए पैसा कमाने के लिए अपने शरीर को बेचने का रास्ता था। रमाकान्त की चौदह साल की बेटी तक उस रास्ते पर चल पड़ी थी।

"आपको बताऊँ, मेरी सास को सबसे बड़ा दुख किस बात का था?"–पत्रकार ने पूछा। जाने कौन-से बड़े दुख की बात बतानेवाला है यह, कुलभूषण ने सोचा। पूर्व बंगाल के ज़मींदारों के दुख रईसी की यादों में हैं; उनकी ज़मीन जोतनेवाले बगरदारों के अचानक आय ख़त्म हो भुखमरी की नौबत आ जाने के; दुकानदारों और व्यापारियों के दुख हैं मकान-दुकान और ज़मीन में गड़े सोने को नहीं ले आ पाने के। धोबी, नाई, कुम्हार, चमार, खेतिहर मज़दूर-नामशूद्र जातियों के दुखों की तो कोई बात भी नहीं करता। कितने कालेपानी अण्डमान गये,

कितने दण्डकारण्य के जंगलों में, कितने वहाँ से भागकर सुन्दरवन गये और पुलिस की गोलियों से मारे गये। औरतों के दुखों की सूची तो अनन्त है–कभी ख़त्म नहीं होती। कहीं इज़्ज़त गयी, तो कहीं परिवार छूटकर बेसहारा हुई। जाने कितनी औरतों का बलात्कार हुआ। सारी लड़ाइयाँ उसकी देह पर ही लड़ी जाती हैं। तभी पत्रकार बोला–"बात अटपटी लग सकती है, पर उसके पीछे की भावना को समझिए। मेरी सास को सबसे बड़ा दुख इस बात का है कि अगर वह अपने बंगाल की ज़मीन पर अन्तिम साँस लेती, तो चन्दन के काठ की चिता पर चढ़कर जाती। जानते हैं न, हज़ार बूटोंवाली मयूर किनारी की टांगाईल साड़ी से सिर पर पल्लू ढँके और चाभी के भारी गुच्छे को आँचल के कोने से पीछे लटकाकर घूमनेवाली गृहस्वामिनियों को कैसी मौत मिली? उनकी अस्थियाँ रेल की पटरियों के पास कूड़े के ढेर में या दण्डकारण्य के जंगलों में कहाँ फेंकी गयीं, किसी को पता तक नहीं है।" पत्रकार अपनी बात कहकर अपने क़ाग़ज समेटने लगा था।

कुलभूषण उसे देखता रहा। अभी तो न जाने कितनी कहानियाँ वह इस बन्दे को और सुना सकता है। लेकिन असली कहानी तो वह इसे बतानेवाला नहीं है। वह कहानी जब-जब कुलभूषण को याद आयेगी, वह भूलने का बटन दबा देगा। पत्रकार तभी बोल उठा–"आप चाहें तो अपनी पत्नी के बारे में भी बतायें। आप पहली बार उनसे सिलाई क्लास के बाहर मिले थे। वे क्या सिलाई करके अपना घर चलाती थीं? उनके परिवार में और कौन कमानेवाला था? कोई भाई नहीं था क्या?" उसकी बात सुन कुलभूषण हर बार की तरह मुस्कराया–"मेरी पत्नी रीमा मेरी तरह अपने घर में सबसे छोटी थी। मेरी ही तरह उसकी तरफ़ किसी ने कभी ध्यान नहीं दिया। उसके दो भाई थे, जो पढ़ने में बहुत तेज़ थे। पर जब घर-ज़मीन-जायदाद छूट गया, तो पढ़ाई भी कैसे जारी रहती? तेलीपाड़ा के घर में रहते हुए बड़ा भाई बम बनानेवालों के साथ लग गया। उसकी विज्ञान की पढ़ाई अच्छी थी। ट्रेनिंग मिलने पर वह इस काम में काफ़ी उस्ताद निकला था। बाद में उसका कुछ पता नहीं चला। बम बनाते समय मरा या पुलिस की गोली से–कुछ पता नहीं चला।" पत्रकार ने कहा–"ओह! कितना दुखद अन्त हुआ होगा। माँ-बाप तो टूट ही गये होंगे। दूसरा भाई क्या करता था?" कुलभूषण मुस्कराया–"दूसरा भाई सीधे रास्ते चला। कलकत्ता में डलहौजी में किसी प्राइवेट दफ़्तर

में क्लर्क बन गया। शादी कर ली और कुछ दिन बाद ही माँ-बाप से बेबात झगड़कर ससुराल चला गया। माँ-बाप के पास कुछ था नहीं कि उसे कुछ दे सकते। उनकी ज़िम्मेदारी उठाने लायक उसकी कमाई नहीं थी। शादी के पहले से ही घर मेरी पत्नी सिलाई-कढ़ाई करके चलाती थी। बड़ाबाज़ार में किसी साड़ी की दुकान में जरी के बेल-बूटे बनाने का काम करती थी। अँधेरे में उठकर खाना बनाना, झाड़पोंछ, कपड़े धोना वगैरह काम कर डालती, जिससे रोशनी रहते सिलाई-कढ़ाई करती रह सके। अँधेरा होने पर बस पकड़कर बड़ाबाज़ार की दुकान में पूरा हुआ काम लौटा देती और अगले दिन का काम ले आती। फिर खाना बनाकर सबको खिलाकर सो जाती। दिन-महीने-साल ऐसे ही गुज़रते रहे। उसका हाथ मैंने जब पहली बार पकड़ा, तो उसकी अँगुलियों में छेद-ही-छेद थे।"

पत्रकार ने कहा-"हाँ, बहुत-सी रिफ़्यूजी लड़कियाँ, जो अच्छे परिवारों की थीं, इसी तरह बिनब्याही रह गयीं। उनके ऊपर अपने बूढ़े या बीमार माँ-बाप और परिवार को पालने का बोझ आ पड़ा। उनके ऊपर यौवन आया और बिना किसी के देखे ही चला गया। भीड़ भरी बसों में धक्के खातीं-कहीं ऑफ़िसों में, तो कहीं सेल्सगर्ल बनकर, कहीं टीचर, तो कहीं अस्पतालों में नर्स बनकर, तो कहीं सिलाई-मशीन चलाकर या कढ़ाई-बुनाई करके वे अपना परिवार पालती रह गयीं।" कुलभूषण ने कहा-"एक बात किन्तु आप भूल गये। आधी से ज़्यादा रिफ़्यूजी औरतें, जो बिना पढ़ी-लिखी थीं या एकदम ग़रीब परिवार की थीं, उनके लिए एक काम हमेशा मौजूद था। कम्युनिस्ट पार्टी की रैलियों में धूप, धूल, बारिश, ठण्ड में सड़क पर अपने अधिकारों की माँग करती जुलूस में चलती औरतें भी ये ही थीं। मेरी पत्नी रीमा सरकार के साथ इन जुलूसों में मैंने भी हिस्सा लिया-" कुलभूषण फिर हँसने लगा था-"हमारी माँगें रोटी-कपड़ा और सर पर छत की ही नहीं थीं, कुँवारी लड़कियों की शादी और विधवाओं की फिर से शादी के लिए सरकारी मदद की भी थी।"

"अरे वाह! तो आप सड़कों पर अपनी पत्नी के साथ 'आमार दावी, मानते हौबे, मानते हौबै' के नारे लगाते कलकत्ता में रोज़ निकलनेवाले जुलूसों में भी घूम रहे थे? इसका मतलब आप पूरी तरह गोपाल चन्द्र दास बन गये। आपने अपने कुष्टिया के पड़ोसी का किरदार अपने ऊपर

पूरी तरह ओढ़ लिया? कौन मानेगा कि कुलभूषण जैन ने अपने बनियेपन को पूरी तरह छोड़ दिया और सर्वहारा के साथ हो गया!" कुलभूषण की हँसी एक क्षण के लिए एकदम ग़ायब हो गयी–"मैंने जब रीमा सरकार को बिना किसी उम्मीद के सुबह से रात तक खटते-मरते देखा तो मुझे लगा कि मैं इस धरती पर किसी एक प्राणी की आँखों का सपना तो बन सकता हूँ। एक जवान, बदसूरत, ग़रीब रिफ़्यूजी लड़की के लिए क्या एक पत्नी बनने का, माँ बनने का सुख वर्जित है? क्या उसने इसलिए इस धरती पर जन्म लिया है कि वह अपने नाकारा भाइयों के बदले कोल्हू के बैल की तरह खटते हुए अपने माँ-बाप के मुँह में रोटी डाल सके? हर पड़ोसी से, हर किरानेवाले से बचकर अँधेरे में घर से निकले ताकि अपनी बीमार माँ की दवाइयों के पेटे लिए गये उधार के तकादे से बच सके?" कुलभूषण चुप हो गया। पत्रकार ने देखा था कि जब-जब वह अपनी पत्नी का ज़िक्र करता, कुलभूषण की मुस्कान ग़ायब हो जाती थी। उसका चेहरा बदलकर वह किसी बांग्ला फ़िल्म में प्रायः दिखनेवाले एक विलेन जैसा दिखने लगता था।

"कुलभूषण, आपकी पत्नी की कहानी सुनकर मुझे ऋत्विक घटक की बांग्ला फ़िल्म 'मेघे ढाका तारा' की याद आ रही है। इस फ़िल्म की कहानी बहुत दर्दनाक थी–कैसे एक रिफ़्यूजी लड़की परिवार को पालती-पालती अन्त में टीबी से मर जाती है। उसका प्रेमी उसे छोड़कर उसी की छोटी बहन से सम्बन्ध बना लेता है। परिवार के लिए वह लड़की अपनी बलि दे देती है"–पत्रकार ने कहा। कुलभूषण चुपचाप पत्रकार का मुँह ताकता रहा, जैसे फ़िल्म की पूरी कहानी जानना चाह रहा हो। पत्रकार ने कहा–"सिर्फ़ कहानी बताकर किसी फ़िल्म को जाना नहीं जा सकता। पूरी तरह से जानने के लिए, उसके मर्म तक पहुँचने के लिए आपको फ़िल्म देखनी होगी। अन्तिम 'सीन' में वह लड़की पहाड़ों पर टीबी के सेनेटोरियम में मरते हुए अपने भाई को कहती है–वह मरना नहीं चाहती। वह जीना चाहती है। आज भी रोंगटे खड़े हो जाते हैं उस दृश्य को याद करके।"

कुलभूषण एक झटके से उठ खड़ा हुआ। वह कमरे के दरवाज़े तक चला गया, जैसे बाहर जाना चाहता हो। फिर वापस मुड़कर आकर बैठ गया। "मेरे बड़े भैया ने एक दिन सुबह-सुबह मुझे चौरंगी-एस्प्लेनेड के बस अड्डे पर आकर पकड़ा। प्राइवेट बस में मेरी ड्यूटी सुबह छह

बजे से रात दस बजे तक होती थी। कभी चौरंगी से ड्यूटी होती, कभी दक्षिणेश्वर से। मैं उन दिनों हिन्द मोटर में गंगा नदी के उस पार रहता था। वहाँ से दक्षिणेश्वर बस अड्डे पर आने में सुबह-सुबह दस मिनट लगते थे। पर जब चौरंगी से सुबह बस में निकलना होता, तो मुझे रात को बस में ही सोना पड़ता था। बड़े भैया को हमारे चचेरे भाई के लड़के से पता चल गया था कि मैं कंडक्टरी कर रहा हूँ"–कुलभूषण का चेहरा उत्तेजना से भरा हुआ था, जैसे वह उसी दिन को फिर से जी रहा हो।

पत्रकार ने कहा–"बड़े भैया ने क्या मना कर दिया कंडक्टरी करने से?" कुलभूषण हँसा–"मना कर दिया? भैया सुबह पाँच बजे मुझे खोजते-खोजते बत्तीस नम्बर बस पर पहुँच गये। शायद विक्टोरिया मैदान में टहलकर आ रहे थे। उन्होंने सफ़ेद जूते पहन रखे थे। मैं बस अड्डे पर नहा-धोकर अपनी खाकी वर्दी पहनकर तैयार हुआ ही था। दस पैसेवाली टिकटें अपने बैग में लेकर रख ली थीं और पचास रुपये की रेजगारी भी, जैसा कि नियम था। आप तो जानते ही होंगे कि कैसे लोग बेईमानी करने के लिए दस पैसे की टिकट के लिए दस रुपये का नोट बढ़ा देते हैं जिससे कंडक्टर से लड़ाई करते-करते उनका स्टॉप आ जाये और वे बिना टिकट लिए उतर जायें।" कुलभूषण की बात पर पत्रकार ने हामी भरते हुए सिर हिलाया। वाक़ई यह रोज़ की ही घटना थी। वैसे भी भीड़ भरी बस में झटके खाते और अक्सर पायदान पर किसी तरह झूलते लोग जैसे ही अन्दर आते, किसी-न-किसी बात पर लड़ाई करने लगते थे।

बड़े भैया मुझे देखकर एक पल के लिए तो खड़े-के-खड़े रह गये। फिर उन्होंने आगे बढ़कर मुझे दो झापड़ लगाये। मेरा बैग छीनकर ज़मीन पर फेंक दिया। सारी टिकटें और रेजगारी ज़मीन पर बिखर गयी। फिर भैया चिल्ला-चिल्लाकर जूतों से टिकटों को रौंदते हुए मुझे हमारी ख़ानदानी गालियाँ सुनाने लगे। सच कहूँ तो पहले मैंने उनके मुँह से ये गालियाँ कभी नहीं सुनी थीं। आसपास के लोग जमा होने लग गये थे। गनीमत थी कि सुबह-सुबह पैसेंजर कम थे। तभी मेरी बस का मालिक आया और उसने भैया को ज़ोर से धक्का देकर कहा–"बाबू! इतनी गर्मी यहाँ मत दिखाइए। कोई झगड़ा है तो बाहर जाकर करिए। कंडक्टर से क्या झगड़ा है आपका?" बड़े भैया ने कहा–"मेरा भाई है यह साला।" बस के मालिक ने आश्चर्य से एक बार उन्हें ऊपर से

नीचे मॉर्निंग वॉक की सजधज में देखा और फिर मुझे। अब तक भैया रोने लगे थे।

उनके आँसू देखकर मुझे होश आया। मैंने तुरन्त ज़मीन पर बिखरी रेजगारी और टिकटें बैग में डालकर मालिक को थमा दीं और कहा–मैं जा रहा हूँ। बड़े भैया को साथ लेकर मैं बस अड्डे से बाहर आ गया। भैया फिर मुझे गरम होकर अंटशंट बकने लगे। ख़ानदान की इज़्ज़त, माँ-बाप की इज़्ज़त वग़ैरह वग़ैरह। फिर अचानक उन्होंने मुझे कॉलर से पकड़ लिया और मारवाड़ी में कहा– "बीन्न छोड़ दे।" मतलब कि 'उसे छोड़ दे।' एक सैकेंड में मुझे समझ में आ गया कि वे मुझे मेरी पत्नी रीमा को छोड़ने के लिए कह रहे हैं। मैंने अपनी कॉलर छुड़ाते हुए उन्हें बांग्ला में जवाब दिया– "संसार छोड़ दूँगा। उसे नहीं छोडूंगा। बड़े भाई का फ़र्ज़ निभाने आये हो? बस यही है तुम्हारा फ़र्ज़? माँ-बाप ने क्या किया मेरे लिए? तुम तीन-तीन बड़े भाइयों ने क्या किया मेरे लिए? अब मेरे जीवन में जो प्रेम-भालोबाशा है, उसे भी ख़ानदान के नाम पर छीन लेना चाहते हो?" बड़े भैया का मुँह उतर गया, पर आँखों में चमक उभरी। जैसे कि माजरा समझ गये हों। शायद सोच रहे थे कि मुझे कोई अपूर्व सुन्दरी बंगाली ड्रीमगर्ल मिल गयी है और मैं उसे छोड़नेवाला नहीं हूँ। अपनी भर आयी आँखों को पोंछते हुए उन्होंने कहा– "अच्छा ठीक है। पर यह काम छोड़ना होगा। तुम ख़ानदान को मानो ना मानो, रहोगे तो हमारे ख़ानदान के ही। मुझसे वादा करो कि कभी यह काम नहीं करोगे। कभी भी कोई तुमसे पूछे कि तुमने बस कंडक्टरी की है क्या, तो तुम एक ही जवाब दोगे कि यह बात एक अफ़वाह है। मैंने उनके आँसुओं की परवाह करते हुए यह वचन दे दिया।"

पत्रकार मुँह बाये पूरा क़िस्सा सुन रहा था। उसने कहा– "आपकी इजाज़त हो तो एक दिन आपके घर आकर आपकी पत्नी का भी इंटरव्यू करना चाहूँगा।" कुलभूषण इस बात पर जैसे ख़ुश होकर मुस्कराता हुआ उठ खड़ा हुआ– "अच्छा अब चलता हूँ।" दरवाज़े तक जाते हुए उसने कहा– "आप कुलभूषण जैन का नाम दर्ज कीजियेगा। गोपाल चन्द्र दास का नहीं।" पत्रकार ने सिर हिलाया। वह पूछने जा रहा था कि कुलभूषण के घर वह कब आ सकता है कि तभी कुलभूषण ने फिर कहा– "आप कुलभूषण का नाम दर्ज कीजिए।" पत्रकार ने फिर सिर हिलाया और कहा– "आपकी पत्नी से बातचीत...।"

कुलभूषण मुस्कराया और उसने कहा– "ज़रूर। पर आप कुलभूषण जैन का नाम तो दर्ज कीजिए।" पत्रकार के अन्दर ग़ुस्सा उठने लगा था। उसने अपने को रोकते हुए कहा– "बिल्कुल। आप चिन्ता न करें।" कुलभूषण हँसते हुए बोला– "पत्रकार लोग सुनते कुछ हैं, लिखते कुछ और हैं। इसलिए बार-बार कह रहा हूँ, कुलभूषण का नाम दर्ज कीजिए।" पत्रकार का मन हो रहा था कि वह अपने बाल नोच ले। पर वह किसी तरह अपने पर क़ाबू किये रहा। कुलभूषण दरवाज़े से बाहर निकल गया और घूमकर उसने दरवाज़ा बन्द करते हुए जैसे ही मुँह खोला, पत्रकार ने ज़ोर से कहा– "कुलभूषण का नाम दर्ज कर लिया है।" कुलभूषण एक पल के लिए बिना हिले-डुले खड़ा रहा। फिर वे दोनों अपनी-अपनी हँसी हँस पड़े।

कुलभूषण पत्रकार के घर से निकलकर पैदल चलता रहा। उसने भाई के घर जाने के लिए बस नहीं पकड़ी। चौरंगी से बालीगंज भाई के घर पहुँचने में आधा घण्टा–चालीस मिनट लगेंगे। पर उसे लगा कि बस में वह अपने आपसे बात नहीं कर सकेगा। एक भीड़ होती है जो आपको एकदम अकेला कर देती है। यह है राह चलते लोगों की भीड़। कुलभूषण ने देखा है कि रास्ते पर चलते हुए अपने से बात करनेवालों में वह अकेला नहीं है। बहुत–से लोग ऐसा करते चलते हैं। उन्हें कोई पागल समझे तो समझे। कुलभूषण को फ़िलहाल पता नहीं है कि अगले बीस साल बाद ऐसा करना फ़ैशन हो जायेगा। लोग अपने कानों में बिना तार का इयरफ़ोन लगाये अपनी पॉकेट में पड़े दिखाई न देते हुए मोबाइल के ज़रिये सड़कों पर हँसते–बोलते–मुँह बनाते–इतराते चलेंगे। न कोई उन्हें बहरा समझेगा और न पागल। अभी मोबाइल फ़ोन शहर में कुछ अमीरों के पास ही आये हैं। बाक़ी के पास उन्हें जल्दी–से–जल्दी ख़रीदने का सपना है। बड़े भैया के छोटे बेटे विनायक के पास पहली बार मोबाइल फ़ोन देखकर कुलभूषण को बहुत आश्चर्य हुआ था। पुलिसवालों को बड़ा–सा वॉकी–टॉकी लिए बात करते तो उसने देखा है, पर छोटे से फ़ोन पर चाहे जिससे बात करते विनायक को देख वह हैरान रह गया था।

कुलभूषण अपने से बात करता आराम से चलता रहा। नहीं, पत्रकार को वह अपनी सारी कहानियाँ बतानेवाला नहीं है। अपनी पत्नी रीमा सरकार से भी उसको मिलानेवाला नहीं है। इस पत्रकार को उसने जितनी कहानियाँ सुनायी हैं,

वैसी केस-हिस्ट्री बतानेवाले उसे और कहाँ मिलेंगे? दण्डकारण्य कैम्प तक पहुँचनेवाले रिफ़्यूजी कलकत्ते में मुश्किल से एकाध होंगे। जो कहानी उसे पत्रकार से हर हाल में छिपाकर रखनी है, वह है मल्ली यानी मालविका के उस तक पहुँचने की गाथा। अपनी बेटी को उसने कभी रिफ़्यूजी नहीं समझा। ना उसने किसी को उसे ऐसा मानने दिया। उसने हमेशा अपना पेट काटकर मालविका को सबसे अच्छा खाने और पहनने दिया है। इतना ध्यान उसने अपने बेटे प्रशान्त का कभी नहीं रखा। शुरू-शुरू में रीमा सरकार के मन में मालविका के माँ-बाप को लेकर बहुत सन्देह थे। कहीं कुलभूषण कुष्टिया में अपनी सन्तान तो पैदा करके नहीं छोड़ आया था? कहीं झूठ बोलकर उसे लाकर अब रीमा सरकार को मजबूर तो नहीं कर रहा कि वह दुनिया को बताये कि मालविका उसकी चचेरी बहन की लड़की है। साथ में यह कहानी गढ़े कि उसके माँ-बाप बांग्लादेश की लड़ाई में मारे गये।

धीरे-धीरे रीमा सरकार मालविका के जादू की गिरफ़्त में आ गयी थी। मालविका पहले दिन से उसे 'माँ' कहकर उससे चिपक गयी थी। कुलभूषण ने रीमा सरकार को यक़ीन दिला दिया था कि उसकी असली माँ अमला का रूप-रंग, क़द-काठी बिल्कुल रीमा सरकार से मिलता है। वरना छह साल की लड़की कोई पागल तो नहीं है कि किसी और को अपनी माँ समझती? मालविका का रंग कुष्टिया से रिफ़्यूजी कैम्प तक पहुँचने के मीलों के सफ़र में एकदम काला पड़ गया था। अगर कुलभूषण ने अमला की आँखें मालविका के चेहरे पर लगी हुई न देखी होतीं, तो वह खुद विश्वास नहीं कर पाता कि वह अमला की बेटी है।

कुलभूषण अप्रैल के महीने में एक दिन माँ से मिलने ढाकापट्टी चला गया था। उस साल अप्रैल की चार तारीख़ को चैत्र महीने की नवरात्रि पड़ी थी। कुलभूषण को मालूम था कि आज माँ नौ दिनों बाद कलश पर आम के पत्तों के बीच हरा नारियल बैठाकर बनाई दुर्गा की पूजा की समाप्ति करेगी। उसके मन में छोटे-से हवनकुंड में हलवा-पूड़ी-घी की समिधा की ख़ुशबू भर गयी थी। माँ के हाथ की पूड़ी-रायता-चने की सब्ज़ी खाने को उसका मन ललचा उठा था। माँ उसे अचानक आया हुआ देखकर एक बार चौंकी थी। फिर उसका लाड़ लड़ाते हुए उसे अपने कमरे में बैठाकर पूड़ी-सब्ज़ी-रायता खिलाया था। वह देख रहा था कि माँ बार-बार दरवाज़े की तरफ़ देखती थी

कि कहीं उसके बेटे-बहू दरवाज़े पर खड़े होकर उसकी बातें न सुन रहे हों। कुलभूषण को देखते ही सबका मुँह फूल गया था जैसे कि वह कोई रोग फैलानेवाला कीटाणु हो।

वह खा रहा था कि छोटे भैया आकर माँ को बाहर से आवाज़ देकर कह गये कि वे दोनों मन्दिर जा रहे हैं। सुनकर माँ की ख़ुशी और राहत कुलभूषण से छिपी नहीं रही थी। पूड़ी का अन्तिम कौर चाटकर खाते हुए कुलभूषण माँ की घुटी हुई रोने की आवाज़ से चौंक गया था। "क्या हुआ माँ"—कहते हुए उसने वह कौर निगल लिया था। माँ ने रोते-रोते इशारा किया कि भूषण उठकर दरवाज़ा बन्द कर दे। माँ के रोने की तीव्रता बढ़ती जा रही थी। माँ की पीठ पर हाथ फेरते हुए वह बार-बार रोने का कारण पूछता रहा। अचानक माँ ने रोना बन्द कर दिया और कहा—"तुमको पता है कि ईस्ट पाकिस्तान में लड़ाई-झगड़ा चल रहा है?" कुलभूषण ने सिर हिलाया। बंगाली मोहल्ले में रहते हुए बांग्ला अख़बार आसानी से मुफ़्त में पढ़ने मिल जाता है। तेलीपाड़ा में रविवार शाम को लगनेवाले अड्डे में लोग चिन्ता कर रहे थे कि उधर से 'बांगाल' रिफ़्यूजी बॉर्डर पार करके हज़ारों की संख्या में वापस आने लगे हैं।

"जिस बाप के चार बेटे हों, उसकी कोई खोजख़बर लेनेवाला नहीं है"—माँ ने हिचकियाँ लेते हुए रुक-रुककर कहा। कुलभूषण को आश्चर्य हुआ कि माँ पिताजी को लेकर अचानक इतनी चिन्ता क्यों कर रही है। पिताजी दो-तीन महीने पहले वीज़ा बनवाकर कलकत्ता आकर गये थे। यह बात उसे मालूम थी। वह कई बार कलाकार स्ट्रीट में कपड़े की दुकान पर नौकरी करते हुए जाते-आते ढाकापट्टी की गलियों में छिपकर वहाँ से उन लोगों को देखता था। पान की दुकान पर लक्ष्मण सिंह ख़ुद उसे देखते ही पटर-पटर सारे समाचार सुना देता। बड़े भैया ने उसे ढाकापट्टी के पास ही एक साड़ी की दुकान में काम दिलवा दिया था। "माँ, तुम तो जानती हो कि पिताजी कुष्टिया छोड़नेवाले नहीं हैं, चाहे कुछ भी हो। उनकी चिन्ता क्यों बेकार कर रही हो? जब शान्ति हो जायेगी वे ख़ुद ही आ जायेंगे"—भूषण ने कहा।

माँ ने तड़पकर उसे देखा—"मुझे तुमसे यह आशा नहीं थी कुलभूषण। मुझे पता है कि मेरी सब सन्तानों में तुझे ही सबसे ज़्यादा दुख मिले। लेकिन एक तू ही है जिसे मेरा दर्द सबसे ज़्यादा पता चलता है।" कुलभूषण को बड़ा आश्चर्य हुआ। ज़िन्दगी में आदमी कुछ बातों से एकदम अनजान रहता है जब तक कोई उसके मुँह पर ही बोल कर न बता दे। तो माँ को याद है कि जब वह रोती थी, तो वही उसकी पीठ पर हाथ फेरने के लिए उठता था।

माँ ने उसका हाथ पकड़ लिया–"कुलभूषण, यह लड़ाई पहले जैसी हिन्दू-मुसलमान वाली लड़ाई नहीं है। मैंने सुना है कि पाकिस्तान की सेना लोगों को हवाई जहाज़ से बम गिराकर, टैंक से गोले बरसाकर और बन्दूक़ों से दनादन मार रही है। कुष्टिया का सराफ़ परिवार रातोंरात भाग कर चला आया है। यह भी कह रहे हैं कि ढाका में सेना ने हज़ारों लोगों को एक रात में मार डाला है। लोग जो कुछ बटोर सके, उसे सिर पर गठरियों में रखकर गिरते-पड़ते दौड़े चले आ रहे हैं।"

"लेकिन माँ पिताजी तो वहीं रहनेवाले हैं। तुम यह बात अच्छी तरह जानती हो। फिर भी इतना रोना-गाना कर रही हो। अगर सराफ़ लोग भाग आये हैं, तो पिताजी क्यों नहीं आये? उन्हें क्या पता नहीं होगा कि वहाँ क्या हो रहा है?" यह कहते-कहते उसे श्यामा का ध्यान आया–"माँ, उन लोगों ने क्या बताया? कुष्टिया में भी कुछ हुआ है क्या?" कुलभूषण की बातों से माँ का चेहरा उतर गया था–"हाँ, बताया तो। कहते हैं कि जिस दिन ढाका में सेना ने ख़ूनख़राबा किया, उसी रात कुष्टिया में भी सेना ने सारे थानों और सरकारी मकानों पर क़ब्ज़ा कर लिया था। अगली सुबह से कर्फ़्यू लगाया गया। इससे अनजान कई किसान-मज़दूरों को सुबह-सुबह गोली मार दी। अड़तालीस घण्टे बाद जैसे ही कर्फ़्यू उठा, सराफ़ लोग सैनिकों को दो हज़ार 'टाका' घूस देकर वहाँ से निकल आये। उसके बाद की ख़बर तो उन लोगों को भी क्या मालूम?" माँ की बातों से कुलभूषण सोच में पड़ गया–"तो माँ, तुम क्या चाहती हो? मैं कुष्टिया जाकर पिताजी का पता लगाऊँ? पर मेरे पास पासपोर्ट नहीं है। अगर वहाँ सेना का डर नहीं होता, तो अब तक मैं क्या एक बार भी कुष्टिया नहीं जाता? गोराई गंगा, हमारा घर, सब कितना याद आता है मुझे।" माँ कुछ नहीं बोली। शायद समझ गयी थी कि कुलभूषण का वहाँ जाना बहुत ख़तरनाक है।

अप्रैल महीने के अन्त में एक दिन बड़े भैया का फ़ोन दुकान पर आया–"माँ की तबीयत ख़राब है। तुम्हें याद कर रही है।" कुलभूषण समझ गया कि माँ पिताजी की चिन्ता में घुली जा रही होगी। अब तक सबको पता चल चुका था कि पूर्व पाकिस्तान में सेना आम लोगों को अन्धाधुन्ध गोली मार रही है। जवान औरतों का अपहरण कर उन्हें सैनिक छावनी और बैरकों में ले जा रही है। अब तक बंगाल में दस लाख रिफ़्यूजी आ गये थे। वे हर जगह हर किसी को दिखाई पड़ रहे थे। कोई ऐसी गली नहीं होगी जहाँ वे नज़र न आ रहे हों। कुलभूषण साड़ी की जिस दुकान में काम करता था, उनकी लड़की के

ससुरालवाले फरीदपुर से अनाज लादनेवाली बड़ी नौका में छिपकर आठ दिन में पद्मा नदी से होते हुए बनगाँव बॉर्डर से आये थे। उन आठ दिनों में उन्हें कई बार मौत का सामना करना पड़ा था। कभी नदी में डूबने से बचे, कभी साँप के डसने से बचे। मिलिटरी की नदी में गश्त लगाती गनबोट से बचने की कहानी रोंगटे खड़े करनेवाली थी। गनबोट दिखते ही सारे मारवाड़ी पुरुषों ने धोती-कुर्ते की जगह माँझियों के कपड़े पहने, औरतों को बुरके पहनाकर अनाज के बड़े-बड़े गट्ठरों में डालकर बाँधा गया। पर गनबोट उनकी तरफ़ न आकर आगे चली गयी थी। उन लोगों ने मशीनगन से बेबात गोलियाँ चलाकर उनकी नौका को नहीं डुबाया, यह एक चमत्कार ही था।

कुलभूषण माँ के पास गया तो माँ बहुत देर तक कुछ नहीं बोली। उसकी आँखों से लगातार आँसू गिर रहे थे। आख़िर कुलभूषण ने कहा–"माँ, मैं कल ईस्ट पाकिस्तान की बॉर्डर पर जा रहा हूँ। कुष्टिया से आनेवाले लोग दर्शना तक पैदल आ रहे हैं। पिताजी अगर आयेंगे तो वहीं से आयेंगे।" माँ ने कुलभूषण का हाथ पकड़ लिया और कहा–"बेटा भूषण! अब तुम्हारी माँ ज़्यादा दिनों तक रहनेवाली नहीं है। पति की गोद में मेरे प्राण जायें, बस यही इच्छा बाक़ी है।"

माँ की आख़िरी ख़्वाहिश पूरी हो गयी थी। पिताजी सिर्फ़ पसली रह गये बदन पर सिर्फ़ गमछे को लुंगी की तरह लपेटे माँ के पास आये, उसके दो महीने के अन्दर ही माँ चली गयी। जिस पूर्णिमा की रात माँ गुज़री, उसके पहले दिन कुलभूषण ने एक सपना देखा कि माँ अपने दमकते हुए माथे पर बड़ी-सी लाल बिन्दी लगाये एक नौका में बैठी नदी को पार कर रही है। आकाश में ललाई लिए हुए उगता हुआ पूरा गोल चाँद माँ को टकटकी लगाये देख रहा है। कुलभूषण कभी चाँद को देखता तो कभी माँ की बिन्दी को। तभी माँ मुस्करायी और कहा–"देखा कुलभूषण! मेरे सिन्दूर की पुकार को देखा? मेरे सिन्दूर की आग को देखा?" कुलभूषण भी मुस्करा दिया था। कम-से-कम माँ की अन्तिम इच्छा तो वह पूरी कर पाया था।

कुलभूषण पिताजी को खोजने अगले ही दिन सुबह-सुबह लोकल ट्रेन पकड़कर रानाघाट चला गया था। वहाँ स्टेशन पर उसने जो रिफ़्यूजियों की भीड़ देखी, उसका सिर चकरा गया। इतनी भीड़ तो उसने ज़िन्दगी में पहले कभी नहीं देखी थी। तिल धरने की भी जगह न हो, ऐसे आदमियों की भीड़ दिख रही थी। अगर पिताजी इस भीड़ में होंगे तो भी उन्हें देख पाना नामुमकिन होगा। कुलभूषण स्टेशन पर उतरकर एक जगह खड़ा हुआ लोगों को देखता

रहा। बूढ़े-बच्चे-औरतें-आदमी और उन सबके माथे पर, हाथों में सामान की गठरियाँ ही गठरियाँ। ज़मीन पर बैठे कुछ लोगों से उसने बात करने की कोशिश की। उनकी बातें सुन उसे अपनी पुरानी रेल-यात्राएँ याद आ गयीं जो उसने सात साल पहले ढाका मेल से सियालदह और बाद में रिफ़्यूजी स्पेशल ट्रेन से रायपुर के माना कैम्प तक की थीं। न जाने कब तक दुनिया में इस तरह झुण्ड-के-झुण्ड आदमी अपने घरों से भगाये जाते रहेंगे।

माँ ने जो कहा था, वह वाक़ई सच था। यह लड़ाई पिछली लड़ाइयों की तरह आपसी ख़ूनख़राबे की नहीं थी। इस बार एक पूरी तरह से हथियारों से लैस सेना, बम और ऑटोमैटिक बन्दूक़ें लेकर हज़ारों-लाखों लोगों को एक ही दिन में मार रही थी। बंगाली औरतों का अपहरण कर उन्हें कैम्पों में रखकर उन पर अमानुषिक अत्याचार कर रही थी। बंगाली जाति विद्रोह कर अपना बांग्लादेश बनाने का फ़ैसला कर चुकी थी। कलकत्ता में थियेटर रोड पर उनकी सरकार चल रही थी। हज़ारों बंगाली छात्र और आम आदमी 'ईस्ट बंगाल राइफल्स', 'अंसार वाहिनी' और बंगाली पुलिसवालों के साथ मिलकर सेना से लड़ रहे थे। "अब मुसलमान ही मुसलमान से लड़ रहा है"—कुलभूषण ने आश्चर्य से अपने आपको कहा। उसे मोहम्मद इस्लाम का ख़याल आया। अच्छा हो कि उसे भी वही भुगतना पड़े जो उसने भुगता है। अपना घरबार छोड़कर दर-दर भटकने की सज़ा उसे भी मिलनी चाहिए। "लेकिन इस बार भी हिन्दू ही ज़्यादा भाग रहे हैं। उन्हें इंडिया का दलाल बताकर मिलिटरी मार रही है"—फ़रीदपुर से आये एक शख़्स ने उसे बताया—"फरीदपुर में हिन्दुओं के घरों के बाहर पीले रंग से अंग्रेज़ी का 'एच' लिखकर वहीं के रजाकार ख़बरिये, सेना को उन्हें पहचानने में मदद कर रहे हैं।"

रानाघाट से आगे की रेल पकड़कर कुलभूषण दर्शना बॉर्डर तक जा पहुँचा। पूरे रास्ते पर रिफ़्यूजियों के सरकारी कैम्प नज़र आ रहे थे। स्कूलों और सरकारी इमारतों को कैम्प में बदल दिया गया था। बाँस, खपच्ची और होगल घास से घर बनाकर सरकार उनके रहने का इन्तज़ाम कर रही थी। फिर भी खुले आकाश के नीचे हज़ारों भूखे-नंगे लोग बैठे-सोते-चलते नज़र आ रहे थे। हर रोज़ साठ हज़ार नये रिफ़्यूजी आ रहे थे। कुलभूषण को समझ में नहीं आ रहा था इस महाजुलूस में वह पिताजी को कैसे खोजेगा? कुष्टिया ज़िले से आनेवाले लोगों की भरमार थी। वह जिससे बात करता, वहीं के किसी गाँव का नाम लेता। कुष्टिया के एक आदमी ने बताया—

"एक अप्रैल को मुक्तिवाहिनी ने कुष्टिया पर क़ब्ज़ा करके घर-घर पर बांग्लादेश का हरा-लाल झण्डा फहरा दिया था। पर सोलह अप्रैल को आर्मी ने फिर कुष्टिया को छीन लिया। एक-एक गाँव और शहर के एक-एक मोहल्ले में सेना आग लगा रही है। भागते हुए लोगों को बन्दूक़ की गोली मार देते हैं और जवान औरतों और लड़कियों को उठाकर ले जाते हैं। कई का तो उनके घरवालों के सामने ही बलात्कार करते हैं।" कुलभूषण को यह सब सुनकर श्यामा की बड़ी चिन्ता हुई। क्या श्यामा भागकर इधर आया होगा? उसे तो कुलभूषण हज़ारों की भीड़ में भी पहचान लेगा।

क्या पिताजी सत्तर किलोमीटर की दूरी पैदल तय कर यहाँ पहुँच सकेंगे? उसने सुना कि सैकड़ों लोग रास्ते में थकान से मर गये थे; सैकड़ों पतला पाख़ाना होते-होते शरीर क़ा सारा पानी निकल जाने से मर गये। काश कि पिताजी नौका में गोराई और पद्मा नदी से होते हुए आये हों। गंगा जब बहकर ईस्ट पाकिस्तान में चली जाती है, उसका नाम पद्मा हो जाता है। वहाँ कई रिफ़्यूजी पद्मा नदी से जालंगी गाँव में आकर वहाँ से दर्शना की तरफ़ आये थे। पिताजी जाने कहाँ से, किस तरह इंडिया आये होंगे, यदि उन्होंने सचमुच कुष्टिया शहर और अपने मकान को छोड़ने का फ़ैसला किया होगा।

तभी कुलभूषण को वहाँ कुष्टिया में अपने साथ स्कूल में पढ़नेवाला शशिकान्त साहा दिखाई पड़ा। कुछ देर तक वे दोनों एक-दूसरे को देखते खड़े रहे। पहले शशिकान्त ने कहा-"अरे! कुलभूषण?" कुलभूषण ने तब एकबारगी उसे नाम सहित पहचान लिया-"पिताजी को ढूँढ़ने आया हूँ। तुमको कुछ ख़बर है उनकी?"-उसने नाउम्मीदी से पूछा। शशिकान्त ने तुरन्त कहा-"अरे हाँ। हम एक साथ ही तो आये थे। मैंने तुम्हारे पिताजी को बड़ी मुश्किल से आगे चलकर एक बैलगाड़ी में बैठाया। उन्हें बार-बार पाख़ाना हो रहा था। उनमें चलने की बिल्कुल ताक़त नहीं बची थी। उनके साथ कुष्टिया का ही एक आदमी और उसकी छोटी-सी लड़की भी थी।"

कुलभूषण इस सूचना से अवाक् रह गया। इसका मतलब यह है कि पिताजी सचमुच पाकिस्तान में अपनी ज़मीन-जायदाद का मोह छोड़कर निकल आये हैं। माँ का डरना सही था। उनके साथ ज़रूर श्यामा ही होगा। उसने शादी कर ली होगी और उसकी बीवी-लड़की साथ होंगी। शशिकान्त ने कहा-"वे लोग यहाँ पास में विजयनगर कैम्प में चले गये। लोगों ने कहा, कैम्प में जाने से डॉक्टर और दवा मिल जायेगी। कुछ दिन आराम किये बिना वे कलकत्ता

जा नहीं सकते थे। बहुत कमज़ोर हो गये थे।" कुलभूषण का कलेजा मुँह को आ गया। माँ का रोना ठीक ही था कि चार-चार लड़कों के रहते बाप की ख़बर लेनेवाला कोई नहीं है। जब भी पिताजी ईस्ट पाकिस्तान से आते, सब कोई सपरिवार उनसे जल्दी-से-जल्दी मिलने पहुँच जाते। इंडिया में जो विदेशी चीज़ें देखने भी नहीं मिलती थीं, वे पाकिस्तान में धड़ल्ले से बिकती थीं। पिताजी हर बार खिलौने, घड़ियाँ, पेन, रेडियो लाकर सबको देते। वहाँ सोना भी सस्ता था। माँ को कई बार सोने की चेन लाकर देते। माँ हर बार रूठकर कहती कि उसे वहाँ की कोई चीज़ नहीं चाहिए। फिर उसे उठाकर अपने ब्लाउज़ में दबा लेती।

विजयनगर कैम्प ज़्यादा दूर नहीं था। कुलभूषण ने देखा कि शाम होने लगी है। अब रात को पिताजी को लेकर रेल नहीं पकड़ सकेगा। उसे रात यहीं गुज़ारनी होगी। वह लम्बे-लम्बे क़दम रखता बताये हुए रास्ते पर चल पड़ा। उसे दूर से ही टीन की दीवार और टीन की ही छत से बनी हुई झोंपड़ियाँ दिखाई पड़ीं। दोनों तरफ़ खेतों के बीच ऊँची-सी जगह पर, जो शायद कोई स्कूल का मैदान रहा होगा, बहुत-सी झोंपड़ियाँ लाइन से बनी हुई थीं। उनके पीछे सैकड़ों तम्बू ज़मीन में कुछ दूरी पर गड़े नज़र आ रहे थे। यह दृश्य दिखाई देते ही एक अजीब-सी दुर्गन्ध ने कुलभूषण को जकड़ लिया। जैसे-जैसे वह आगे बढ़ता गया, वैसे-वैसे दुर्गन्ध बढ़ती जा रही थी। तभी उसे रास्ते में एक कटा हुआ आधा हाथ दिखाई पड़ा जिसमें एक लोहे का कड़ा और शंख की बनी बंगाली सुहागिनों की सफ़ेद चूड़ी थी। वह एक मिनट के लिए ऐसे ठिठककर खड़ा हुआ जैसे उसने प्रेत देख लिया हो। अचानक उसे एहसास हुआ कि शाम गहराती जा रही है और कैम्प के चारों तरफ़ सियार बोल रहे हैं। उसे यह भी समझ में आ गया कि वह हाथ कच्ची मिट्टी में दफ़नाई किसी औरत का है, जिसे सियारों ने खाने के लिए निकाल लिया है।

वह दौड़ता हुआ झोंपड़ियों की तरफ़ बढ़ने लगा। दुर्गन्ध को वह जैसे भूल गया। झोंपड़ियों के पास आकर उसने देखा कि वह कैम्प के कर्मचारियों का दफ़्तर था। रायपुर के माना कैम्प की तरह यहाँ भी लोगों की भीड़ लगी हुई थी और नाम पुकार कर चावल, गेहूँ, दाल, तेल और कुछ रुपये दिये जा रहे थे। कुलभूषण को लगा जैसे हू-ब-हू यही दृश्य उसके जीवन में पहले घट चुका है। इस दृश्य और उस पहलेवाले दृश्य में रत्तीभर भी अन्तर नहीं था। वह भीड़ के पीछे खड़ा होकर उचककर आगे देखने लगा। किसी से कैसे पूछा जाये कि उसके पिता गिरधारी लाल जैन किस तम्बू में मिलेंगे? जब उसे

लगा कि वहाँ आगे तक पहुँचना नामुमकिन है, तो वह तम्बुओं की तरफ़ चल पड़ा। एक तम्बू में कई परिवारों के लोग भरे थे। चारों तरफ़ गन्दगी ही गन्दगी थी। उल्टी, मलमूत्र, जूठन फेंकी हुई थी। कई लोग तम्बू के बाहर बैठे सिर पर हाथ रखे जाने कहाँ देख रहे थे। कोई औरत अपने बच्चे को दूध पिला रही थी। कोई अपने बच्चे के सिर पर हाथ बार-बार रखकर उसका बुख़ार देख रही थी। बच्चे एकदम नंगे थे। बूढ़े अधनंगे से, कमर पर गमछा या लुंगी लपेटे थे। ज़्यादातर औरतें अधेड़ उम्र की थीं जो अपनी गोद के बच्चों की दादी या नानी लग रही थीं। ये सारे बेसहारा लोग जाने कितने भरे-पूरे अनाज के खेतों और घरों को छोड़कर इस गँधाते नरक में आ पड़े हैं।

कुलभूषण ने देखा कि एक अधेड़ औरत कच्ची लकड़ी जलाकर एल्युमिनियम की हाँडी में चावल पकाती उसे हर तम्बू में जाते घूर रही है। वह रुक गया। ईस्ट बंगाल की बांग्ला में उसने पूछा–"कहाँ से आ रही हो माँ?" "कुष्टिया के दौलतपुर से"–उस औरत ने छोटा-सा जवाब दिया और वापस हाँडी में उबलते पानी को देखने लगी। "साथ में कौन है माँ?"–कुलभूषण ने फिर पूछा। औरत ने कहा–"बूढ़ा ससुर है। घर जला दिया। मेरे आदमी को गोली मार दी। बहू को उठा ले गये। बेटा मुक्तिवाहिनी में चला गया।" कुलभूषण चुप रहा। औरत चावल को चम्मच से चलाकर देख रही थी। उसकी आँखों में आँसू का नामोनिशान नहीं था। "मैं अपने पिता को खोज रहा हूँ। उनका नाम गिरधारी लाल जैन है"–कुलभूषण ने एक गन्दे आवारा कुत्ते को दुरदुराते हुए कहा जो उसके पैंट पर अपना मुँह लगा रहा था। "अच्छा वो मारवाड़ी! तभी तो कहूँ। देखने में ठीक तुम्हारी तरह है ना! वही तो उधर, उस तम्बू में है। उल्टी-टट्टी कर रहा है दो दिन से"–औरत ने बिना सिर उठाये अँगुली-से एक तम्बू की ओर इशारा किया।

कुलभूषण धड़कते दिल से उस तम्बू की ओर बढ़ा। क्या सचमुच उसमें पिताजी और श्यामा होंगे? उसने तम्बू का पर्दा हटाया तो देखता का-देखता-रह गया। मोहम्मद इस्लाम सात साल बाद भी वैसा-का-वैसा लग रहा था। उसकी गोद में पिताजी का सिर था और वह उनकी छाती पर हाथ रखे हुए कुछ बुदबुदा रहा था। तम्बू के एक कोने में छह-सात साल की एक लड़की मैली फ्रॉक पहने बड़ी-बड़ी आँखों से यह दृश्य देख रही थी। कुलभूषण को देखते ही उस छोटे-से तम्बू में जैसे भूकम्प आ गया। पिताजी उठकर बैठ गये और ज़ोर-ज़ोर से, "बेटा आ गया। मेरा बेटा आ गया"–दोहराते हुए रोने लगे। उनकी आवाज़ में इतना दम देखकर कुलभूषण को तसल्ली हुई कि वे मरनेवाले नहीं हैं।

किसी तरह उसने पिताजी को चुप कराया। सबके कुशल-मंगल की सूचना दी। पता चला कि तीन-चार घण्टों से पिताजी को उल्टी-दस्त होना रुक गया है। उनके बगल में दवा-पानी का इन्तज़ाम और तम्बू के अन्दर किसी तरह की गन्दगी न देखकर कुलभूषण ने आँखों-ही-आँखों में मोहम्मद इस्लाम का शुक्रिया अदा किया। कोने में बैठी लड़की अब उसे एकटक देखने लगी थी। कुलभूषण ने उसकी तरफ़ देखा और एक पल में ही अमला की आँखें पहचान लीं। उसने मोहम्मद इस्लाम की तरफ़ सवालिया निगाहों से देखा।

मोहम्मद इस्लाम ने लड़की को आवाज़ दी–"मल्ली।" वह उठ खड़ी हुई और उसने आगे आकर कुलभूषण के गले में बाँहें डाल दीं और कहा "भूषौन काका!" उसकी आवाज़ की मिठास से कुलभूषण सराबोर हो गया। फिर उस छोटी-सी लड़की ने कहा–"मेरे बाबा का नाम श्यामा है और मेरी माँ का नाम अमला है। माँ ने कहा है कि जब आप मिल जायेंगे तबसे मैं आपको बाबा बोलूँगी और पुरानी सारी बातें भूल जाऊँगी।" इसके बाद उसने अपने गले में पड़ा कपड़े में बँधा ताबीज़ दिखाया और कहा–"माँ ने कहा है कि यह आपने बाबा को दिया था। इसे आपके सिवाय किसी को नहीं देना है।" कुलभूषण के शरीर का एक-एक रोम उस लड़की के प्रति प्रेम से भीग रहा था। उसने उसे अपनी गोद में बिठा लिया और पीछे से उसका उलझे हुए बालों का माथा चूमता रहा। अचानक उसने देखा कि पिताजी उसे ग़ुस्से से घूर रहे हैं, ठीक वैसे ही जैसे वे किसी ग़रीब-गुरबे से बातें करते हुए उसे देखते थे। इसका मतलब है कि उनकी तबीयत बिल्कुल ठीक है। यह सोचकर वह बेमौसम हँस पड़ा।

मोहम्मद इस्लाम उठ खड़ा हुआ–"तुम मिल गये हो कुलभूषण, तो मैं आज रात ही वापस लौट जाऊँगा। श्यामा और मैं दोनों मुक्तिवाहिनी की तरफ़ से लड़ रहे थे। हमने कुष्टिया पर बांग्लादेश का झण्डा भी फहरा दिया था, पर बाद में पाकिस्तानी सेना ने हम पर बहुत बुरी तरह से हमला किया। आधे शहर को जलाकर राख कर दिया। हर घर में किसी-न-किसी की गोलियों से मौत हुई होगी। न जाने कितने जवान लड़कियों और औरतों को उठा ले गये। श्यामा सबके मना करने के बावजूद अमला को छुड़ाने कुष्टिया चला गया। यह ख़बर है कि उन दोनों को सेना ने गोली मार दी।" कुलभूषण सकते में आकर बोला–"यह ख़बर ग़लत भी तो हो सकती है। तुम तो यहाँ आ गये थे। तुम्हें क्या मालूम?" मोहम्मद इस्लाम समझ गया कि भूषण श्यामा और अमला के मरने को स्वीकार नहीं करना चाहता। उसने कहा–"हम ऐसी लड़ाई लड़ रहे हैं जैसे कि कोई चींटी हाथी से लड़ने चली हो। हमारे पास बस सही ख़बरों की ताक़त है। श्यामा ने मुझे यह काम सौंपा था कि अगर उसे कुछ हो गया तो

अमला और मल्ली को मैं तुम तक पहुँचा दूँगा। उसे मुझ पर भरोसा था। मैंने उसे बताया था कि तुम्हारे पिताजी को मुस्लिम लीग की अनाम चिट्‌ठी मैंने नहीं, बल्कि मेरे चाचा ने लिखी थी। चाचा ने ही यह अफ़वाह फैलायी थी कि तुम लोग हमेशा के लिए कुष्टिया छोड़कर भारत जा रहे हो। उसे उसके किये का दण्ड पाकिस्तानी सेना ने दे दिया है। पंजाबी मुसलमान ही बंगाली मुसलमान को मार रहा है। हम सब इन्सानियत के गुनहगार हैं।"

भूषण ने मल्ली को पहले दिन से मालविका कहकर पुकारा। कैम्प से निकलते समय मोहम्मद इस्लाम ने अमला और अली के सम्बन्ध और श्यामा के गर्भवती अमला को स्वीकार करने की कहानी सुना दी थी। कुलभूषण ने कभी अपनी पत्नी रीमा सरकार तक को इस बारे में नहीं बताया। आदमी के मन का कोई भरोसा नहीं है। वह किसी को अपना मान लेता है तो सोचता है कि वह अपने-पराये के भेद से, हिन्दू-मुसलमान या छोटी जाति-बड़ी जाति के भेदों से ऊपर उठ गया है। पर जाने कब उसके मन में कितने साल बाद कोई बात सिर उठाकर खड़ी हो जाये। भूषण ने सबके मन में बसी क्षुद्रताओं को देखा है। मालविका के जीवन पर वह किसी बात की कोई आँच नहीं आने देगा। आज भी जब मालविका इस दुनिया में नहीं है, उस पत्रकार को वह उसका नाम तक बताने को तैयार नहीं है। क्या पता वह पत्रकार कहानी की खोज में मालविका के जीवन की उस तह तक पहुँच जाये, जिसके बारे में मालविका शायद ख़ुद भी नहीं जानती थी?

श्यामा ने शायद उसे भूलने के बटन के बारे में बता दिया होगा। तभी उसने कभी कुलभूषण के सामने अपने असली माँ-बाप का एक बार भी नाम नहीं लिया। अचानक कुलभूषण को कुछ याद आया। मालविका के जाने के बाद उसने उसकी सारी किताबें-कापियाँ निकालकर पढ़ने की कोशिश की थी। क्या पता उसके मन में कुछ रहा हो, जो वह कह नहीं पायी हो। कहीं कुछ लिखकर रख गयी हो। पर उसे ऐसा कुछ नहीं मिला था। हाँ, रवीन्द्रनाथ टैगोर की किसी किताब में उसने कुछ पंक्तियों के नीचे काले पेन से मोटी-मोटी लाइनें खींच रखी थीं। फिर उसमें से कुछ पंक्तियों को मालविका ने बार-बार एक काग़ज़ पर लिख रखा था जैसे उन्हें किसी नाटक के लिए याद कर रही हो-'गोरा के सामने उसका जीवन एक क्षण में ही जैसे सपना हो गया। वह क्या है, इसे जैसे समझ ही नहीं पाया। उसकी माँ नहीं, पिता नहीं, देश नहीं, जाति नहीं, नाम नहीं, गोत्र नहीं, देवता नहीं।' भूषण की आँखों के सामने ये शब्द ऐसे चले आये, जैसे वह उन्हें अभी पढ़ रहा हो। उसके सीने में ऐसा दर्द उठा, जैसे उसे किसी ने छुरा मार दिया हो।

क्या मालविका को अपना बचपन याद था? क्या उसे रवीन्द्रनाथ की वह किताब पढ़कर कुछ याद आ गया था? क्या उसे याद था कि अमला उसे कैसे गाना सुनाकर सुलाती थी? कैसे श्यामा उसे कन्धे पर बैठाकर मेले में घुमाने ले जाता होगा? कैसे श्यामा के माँ-बाप उसका लाड़ लड़ाते रहे होंगे? क्या वह कुछ भी नहीं भूली थी? क्या वह भूलने का एक लम्बा नाटक कर रही थी?

कुलभूषण को दर्द सहन नहीं हुआ, तो वह एक मकान की चहारदीवारी पर लगी लोहे की रेलिंग को पकड़कर खड़ा हो गया। जाने वह कितनी देर वहाँ खड़ा गाड़ियों, बसों और मिनीबसों के हॉर्न सुनता सड़क का धुँआ खाता रहा। फिर होश आने पर उसने भूलने का बटन दबा दिया और वापस अपने से बात करता चलने लगा–इस तरह तुमको रास्ते में एक मकान की दीवार से पीठ टिकाये खड़े हुए किसी ने देख लिया तो जाने क्या कहेगा। यह जगह बड़े भाई के घर से ज़्यादा दूर नहीं है। उस 'आत्मकथा' नाटक के मुख्य किरदार कुलभूषण को अपनी कहानी दुनिया को सुनाने दो। तुम्हारी आत्मकथा न कभी लिखी जायेगी और न कोई उसे पढ़कर तुम्हारे सारे राज़ जानेगा। वैसे भी कौन आत्मकथा में सारी बातें सच लिखता होगा या सारी की सारी बातें लिखता होगा! तुम्हें मालविका को दुनिया की निगाहों से बचाये रखना है। वह मर गयी तो क्या, आज भी वह सिर्फ़ तुम्हारी बेटी है। श्यामा और अमला की अमानत नहीं, तुम्हारी बेटी है। यह पत्रकार बहुत चालाक क़िस्म का प्राणी है। उसने सारी बातें खोद-खोदकर पूछ ली हैं। कौन जाने उसकी क्या मंशा है? कहता है कि वह रिफ़्यूजियों पर किताब लिख रहा है–यह बताने कि उनकी ज़िन्दगियाँ पिछले पचास साल में कहाँ से कहाँ पहुँचीं। बोलता है कि–"भूषण बाबू, आपकी ज़िन्दगी यूनिक है क्योंकि आप सिर्फ़ कुलभूषण जैन ही नहीं हैं, गोपाल चन्द्र दास भी हैं।" इसीलिए उसे बार-बार कहना पड़ा कि वह कुलभूषण जैन का नाम दर्ज करे। जाने वह अपनी किताब में कौन-सा नाम दर्ज करेगा? आदमी की पहचान तो उसको जन्म देनेवाले माँ-बाप से ही होती है, भले ही उससे जीने में कोई सहूलियत हो न हो। कल एक बार फ़ोन करके पत्रकार को फिर कह देगा, आप कुलभूषण का नाम ही दर्ज कीजिएगा।

❑❑